HET GEZICHT VAN DE DOOD

Van Iris Johansen zijn verschenen:

Lelijk eendje
Ver na middernacht
Het gezicht van de dood

Iris Johansen

Het gezicht van de dood

Uitgeverij Luitingh ~ Sijthoff

Voor meer informatie: kijk op **www.boekenwereld.com**

© 1999 I.J. Enterprises
All rights reserved
© 2000 Nederlandse vertaling
Uitgeverij Luitingh ~ Sijthoff B.V., Amsterdam
Alle rechten voorbehouden
Oorspronkelijke titel: *The Face of Deception*
Vertaling: Cherie van Gelder
Omslagontwerp: Karel van Laar
Omslagfotografie: Zefa

CIP/ISBN 90 245 3453 4
NUGI 342

WOORD VAN DANK

Ik dank N. Eileen Barrow, research-assistent en forensisch sculpteur bij het FACES Laboratory van de Louisiana State University uit het diepst van mijn hart. De tijd, hulp en voorlichting die ze zo edelmoedig beschikbaar stelde, was onmisbaar bij het schrijven van dit boek.

Ik ben ook innige dank verschuldigd aan Mark Stolorow, technisch directeur van Cellmark Diagnostics Inc., die mij zeer geduldig en vriendelijk heeft geholpen met de technische aspecten van het vaststellen van het DNA en de ingewikkelde bijzonderheden van chemiluminescentie.

PROLOOG

INSTELLING VOOR DIAGNOSTISCHE CLASSIFICATIE
JACKSON, GEORGIA
27 JANUARI
23.55 UUR

Het ging toch gebeuren.

O god, laat het niet gebeuren.

Verloren. Ze zou voorgoed verloren zijn.

Ze zouden allemaal verloren zijn.

'Ga nu maar mee, Eve. Je hoeft er niet bij te blijven.' Dat was Joe Quinn die naast haar stond. Zijn vierkante, jongensachtige gezicht zag er onder de zwarte paraplu die hij omhooghield bleek en betrokken uit. 'Je kunt nu niets meer doen. Hij heeft al twee keer uitstel van executie gehad. De gouverneur zal dat niet nog een keer doen. De laatste keer heeft dat al veel te veel heisa opgeleverd.'

'Maar hij móét het doen.' Haar hart bonsde zo fel dat het pijn deed. Maar goed, op dat moment deed alles ter wereld pijn. 'Ik wil de directeur van de gevangenis spreken.'

Quinn schudde zijn hoofd. 'Hij zal je niet te woord staan.'

'Hij heeft al eerder met me gepraat. Hij heeft de gouverneur opgebeld. Ik moet hem spreken. Hij begreep dat ik...'

'Ik breng je wel naar je auto. Het is ijskoud hier en je wordt kletsnat.'

Ze schudde haar hoofd en hield haar blik wanhopig gevestigd op de gevangenispoort. 'Praat jij dan met hem. Jij bent van de FBI. Misschien luistert hij wel naar jou.'

'Het is te laat, Eve.' Hij probeerde haar onder zijn paraplu te trekken, maar ze ontweek hem. 'Jezus, je had hier nooit naartoe moeten komen.'

'Jij bent ook gekomen.' Ze gebaarde naar de meute krantenverslaggevers en mensen van radio en tv die zich bij de poort verzameld hadden. 'Zij zijn ook gekomen. Wie heeft er meer recht om hier te zijn dan ik?' Haar keel werd dichtgeknepen door haar snikken. 'Ik moet ze tegenhouden. Ik moet ze ervan doordringen dat ze dit niet kunnen...'

'Geschifte trut.'

Iemand draaide haar met een ruk om en ze stond plotseling tegenover een man van begin veertig. Zijn gezicht was vertrokken van pijn en de

7

tranen rolden hem over de wangen. Het duurde even voor ze hem herkende. Bill Verner. Zijn zoon was een van de verdwenen kinderen. 'Bemoei je er niet mee.' Verners vingers boorden zich in haar schouders. 'Laat ze hem maar vermoorden. Je hebt al veel te veel verdriet veroorzaakt en nu probeer je hem weer zijn verdiende loon te laten ontgaan. Verdomme nog aan toe, laat ze die smeerlap toch róósteren.'

'Dat kan ik niet... Begrijp je het dan niet? Ze zijn verloren. Ik moet...'

'Je houdt je erbuiten want, god helpe me, anders zul je het betreuren dat je...'

'Laat haar met rust.' Quinn kwam naar voren en sloeg Verners handen van Eve af. 'Begrijp je dan niet dat ze nog meer lijdt dan jij?'

'Ik mag barsten als dat waar is. Hij heeft mijn jongen vermoord. Ik laat niet toe dat ze nog eens probeert hem de dans te laten ontspringen.'

'Dacht je dat ik niet wil dat hij doodgaat?' zei ze heftig. 'Hij is een monster. Ik zou hem zelf wel dood willen maken, maar ik kan niet toestaan dat hij...' Ze had helemaal geen tijd om ruzie te maken, dacht ze wanhopig. Ze had nergens tijd voor. Het moest bijna middernacht zijn.

Ze gingen hem ter dood brengen.

En Bonnie zou voorgoed verloren zijn.

Ze wendde Verner met een ruk de rug toe en holde naar de poort.

'Eve!'

Met gebalde vuisten bonsde ze op de poort. 'Laat me binnen! Jullie moeten me binnenlaten. Alsjeblieft, doe het niet.'

Flitslicht.

De bewakers van de gevangenis kwamen naar haar toe.

Quinn probeerde haar weg te trekken van de poort.

De deuren gingen open.

Misschien was er nog een kans.

God, laat er alsjeblieft nog een kans zijn.

De directeur van de gevangenis kwam naar buiten.

'Hou ze tegen,' schreeuwde ze. 'U moet ze tegenhouden...'

'Ga naar huis, mevrouw Duncan. Het is voorbij.' Hij liep langs haar heen naar de tv-camera's.

Voorbij. Het kon niet voorbij zijn.

De directeur van de gevangenis keek ernstig in de camera's en zijn mededeling was kort en onomwonden. 'Er was geen uitstel van executie. Ralph Andrew Fraser werd vier minuten geleden geëxecuteerd en om zeven minuten over twaalf dood verklaard.'

'Néé.'

8

Het was een gefolterde kreet vol eenzaamheid, even gebroken en verlaten als het gejammer van een verdwaald kind.

Eve besefte niet eens dat die kreet uit haar binnenste kwam.

Quinn ving haar op toen haar knieën knikten en ze op slag buiten bewustzijn voorover viel.

ATLANTA, GEORGIA
3 JUNI
ACHT JAAR LATER
'Je ziet eruit als een geest. Het is bijna middernacht. Slaap jij dan nooit?'
Eve keek op van de computer en zag Joe Quinn aan de andere kant
van de kamer tegen een deurpost geleund staan. 'Natuurlijk wel.' Ze
zette haar bril af en wreef in haar ogen. 'Eén avondje doorgaan maakt
nog geen workaholic. Of zoiets. Ik moest gewoon die afmetingen controleren voordat...'
'Ik weet het. Ik weet het.' Joe kwam het lab-annex-studeerkamer binnen en viel in de stoel naast het bureau. 'Diane zei dat je haar vanmiddag bij de lunch hebt laten zitten.'
Ze knikte schuldig. Het was de derde keer deze maand dat ze een afspraak met Joe's vrouw had afgezegd. 'Ik heb haar uitgelegd dat de
politie van Chicago de uitslag nodig had. De ouders van Bobby Starnes zaten te wachten.'
'Paste het?'
'Meer dan voldoende. Dat wist ik al bijna zeker voordat ik de beelden
over elkaar projecteerde. Er ontbraken een paar tanden aan de schedel, maar de gebitsgegevens kwamen vrijwel overeen.'
'Waarom hebben ze jou er dan bij gehaald?'
'Zijn ouders wilden het niet geloven. Ik was hun laatste hoop.'
'Doffe ellende.'
'Ja, maar ik weet wat het is om te hopen. En als ze zien hoe Bobby's
gelaatstrekken overeenkomen met de schedel weten ze dat het voorbij
is. Dan zullen ze accepteren dat hun kind dood is en dan komt er misschien een eind aan.' Ze wierp een blik op het beeld op haar computerscherm. De politie van Chicago had haar een schedel gegeven en een
foto van de zevenjarige Bobby. Met behulp van visuele apparatuur en
haar computer had ze Bobby's gezicht op de schedel geprojecteerd. Zoals ze al had gezegd paste het vrijwel precies. Bobby had er op die foto zo levendig en lief uitgezien, dat je hart er bijna van brak.
Het waren allemaal hartenbrekers, dacht ze vermoeid. 'Ben jij op weg
naar huis?'
'Yep.'

'En kwam je alleen maar langs om mij de mantel uit te vegen?'
'Volgens mij is dat een van de belangrijkste doelen in mijn leven.'
'Leugenaar.' Haar blik was gericht op de zwarte leren tas in zijn handen. 'Is dat voor mij?'
'We hebben in de bossen in North Gwinnett een skelet gevonden. Het is door de regen blootgelegd. Er zijn dieren bij geweest, dus er is niet veel van over, maar de schedel is intact.' Hij knipte de tas open. 'Het is een klein meisje, Eve.'
Hij zei het altijd meteen als het om een klein meisje ging. Ze nam aan dat hij haar op die manier in bescherming probeerde te nemen.
Ze pakte de schedel voorzichtig aan en bestudeerde hem. 'Het is geen klein meisje. Ze was nog net geen tiener, misschien een jaar of elf, twaalf.' Ze wees op een vertakte breuk in de bovenkaak. 'Ze is op z'n minst een winter aan de kou blootgesteld.' Voorzichtig raakte ze de brede neusholte aan. 'En ze was waarschijnlijk zwart.'
'Dat helpt.' Hij trok een grimas. 'Maar niet veel. Je zult haar gezicht moeten boetseren. We hebben geen flauw idee wie ze is. Er zijn geen foto's om op de schedel te projecteren. Weet je wel hoeveel meisjes in deze stad van huis weglopen? Als ze uit een van de achterbuurten komt, is haar verdwijning misschien niet eens aangegeven. Daar zijn de ouders meestal drukker met hun pogingen om aan crack te komen dan met een oogje te houden op hun...' Hij schudde zijn hoofd. 'Sorry. Ik was het even vergeten. Ik met mijn grote bek...'
'Dat overkomt je wel vaker, Joe.'
'Alleen bij jou. Dan ben ik niet zo op mijn hoede.'
'Moet ik dat als een compliment beschouwen?' Er verschenen rimpels van concentratie in haar voorhoofd terwijl ze de schedel bestudeerde. 'Je weet best dat mam al jaren van de crack af is. En er zijn een boel dingen in mijn leven waarvoor ik me schaam, maar niet voor het feit dat ik in een achterbuurt ben opgegroeid. Ik was misschien wel dood geweest als ik niet zo'n harde leerschool had gehad.'
'Je had het wel overleefd.'
Daar was ze zelf niet zo zeker van. Ze was er te dichtbij geweest om maar voetstoots aan te nemen dat geestelijke gezondheid of het vermogen tot overleven voor iedereen waren weggelegd. 'Zin in een kop koffie? Wij achterbuurtkinderen kunnen een lekker bakkie troost zetten.'
Hij vertrok zijn gezicht. 'Au. Ik heb toch gezegd dat het me speet.'
Ze glimlachte. 'Ik vond dat ik je nog wel een klein trapje na kon geven. Je verdiende loon voor al dat generaliseren. Koffie?'

'Nee, ik moet naar huis, naar Diane.' Hij stond op. 'Er is niet veel haast bij deze als ze toch al zolang begraven heeft gelegen. Ik zei al dat we niet eens weten naar wie we moeten zoeken.'

'Dan doe ik het rustig aan. Ik ga 's avonds wel aan haar werken.'

'Ja, je hebt ook tijd genoeg.' Hij keek naar de stapel studieboeken die op de tafel lag. 'Je moeder zei dat je aan een studie fysische antropologie was begonnen.'

'Het is maar een schriftelijke cursus. Ik heb momenteel geen tijd om naar colleges te gaan.'

'Maar waarom in 's hemelsnaam antropologie? Heb je niet al genoeg te verhapstukken?'

'Ik dacht dat ik er wel iets aan zou hebben. Ik heb mijn best gedaan om zoveel mogelijk op te steken van de antropologen met wie ik heb samengewerkt, maar er is nog te veel dat ik niet weet.'

'Je werkt nu al veel te hard. Je werkschema zit al voor maanden propvol.'

'Daar kan ik niets aan doen.' Ze trok een gezicht. 'Dat komt door die commissaris van jou die het niet na kon laten om in *60 Minutes* mijn naam te noemen. Waarom had hij zijn mond niet kunnen houden? Ik had meer dan genoeg te doen zonder al die zaken van buiten de stad.'

'Als je maar niet vergeet wie je echte vrienden zijn.' Joe liep naar de deur. 'Je laat ons niet in de steek om aan een of andere bekakte universiteit te gaan studeren.'

'Jij moet nodig over bekakte universiteiten praten als je zelf op Harvard hebt gezeten.'

'Dat was in een vorig leven. Nu ben ik een gemoedelijke zuiderling. Volg mijn voorbeeld en blijf waar je thuishoort.'

'Ik ga helemaal nergens naartoe.' Ze stond op en zette de schedel op de plank boven haar werktafel. 'Behalve komende dinsdag uit lunchen met Diane. Als ze nog wil. Vraag jij haar dat?'

'Vraag het haar zelf maar. Ik staak mijn bemiddelingspogingen. Ik heb zelf al genoeg problemen.' Hij bleef even bij de deur staan. 'Ga naar bed, Eve. Ze zijn dood. Ze zijn allemaal dood. Het doet hun geen kwaad als jij af en toe gaat slapen.'

'Doe niet zo stom. Dat weet ik best. Je doet net alsof ik een neuroot ben of zo. Het is gewoon niet professioneel om werk te laten liggen.'

'Dat zal best wel.' Hij aarzelde. 'Ben je weleens benaderd door John Logan?'

'Door wie?'

'Logan. Van Logan Computers. Een miljardair die Bill Gates op de

hielen zit. Hij is tegenwoordig constant in het nieuws vanwege die feestjes die hij in Hollywood geeft om geld in te zamelen voor de Republikeinse Partij.'
Ze haalde haar schouders op. 'Je weet dat ik vrijwel nooit naar het nieuws kijk.' Maar ze kon zich wel herinneren dat ze een foto van Logan had gezien, waarschijnlijk in de zondagskrant van de afgelopen week. Hij was eind dertig of begin veertig, met een Californisch-bruine huid en kortgeknipt donker haar dat aan de slapen begon te grijzen. Hij had glimlachend omlaag staan kijken naar een of andere blonde filmster. Sharon Stone? Ze wist het niet meer. 'Nou, hij heeft mij niet om een bijdrage gevraagd. Die zou hij ook niet hebben gekregen. Ik stem op de onafhankelijken.' Ze wierp een blik op haar computer. 'Dat is een Logan. Hij maakt goeie computers, maar dat is het enige contact dat ik ooit met de grote man heb gehad. Hoezo?'
'Hij heeft naar je geïnformeerd.'
'Wat?'
'Niet in eigen persoon. Hij laat zich vertegenwoordigen door een machtige advocaat van de westkust, Ken Novak. Toen ik dat op het bureau te horen kreeg, ben ik het gaan natrekken en ik weet bijna zeker dat Logan erachter zit.'
'Vast niet.' Ze glimlachte sluw toen ze een woordgrapje maakte: 'Dat is niet ingeprogrammeerd.'
'Je hebt wel vaker privéopdrachten aangenomen.' Hij grinnikte. 'Een man in zijn positie moet op weg naar de top wel over lijken zijn gegaan. Misschien is hij de plek vergeten waar hij er een begraven heeft.'
'Lollig hoor.' Ze wreef vermoeid over haar nek. 'Heeft die advocaat die inlichtingen gekregen?'
'Wat denk je verdorie wel? Wij weten heus wel hoe we onze mensen moeten beschermen. Laat het me weten als hij je privénummer te pakken krijgt en je lastig gaat vallen. Ik zie je nog wel.' De deur viel achter hem dicht.
Ja, Joe zou haar net als altijd in bescherming nemen en hij kon dat als geen ander. Hij was veranderd sinds ze elkaar al die jaren geleden hadden leren kennen. De tijd had alle sporen van jongensachtigheid bij hem weggebeukt. Vlak na Frasers executie had hij zijn baan als FBI-agent opgezegd en was bij de politie van Atlanta gaan werken. Hij was nu hoofdinspecteur van de recherche. Eigenlijk had hij haar nooit verteld waarom hij die stap had gedaan. Ze had het hem wel gevraagd, maar zijn antwoord – dat hij geen zin meer had om zich te onderwerpen aan de druk van het bureau – had haar nooit bevredigd. Joe kon

heel terughoudend zijn over zijn privéleven en ze had niet verder gevraagd. Het enige dat ze wist, was dat hij er altijd was als ze hem nodig had.

Zelfs die avond bij de gevangenis, toen ze zich eenzamer dan ooit had gevoeld.

Daar wilde ze vanavond niet aan denken. De wanhoop en de pijn waren nog steeds even rauw als...

Goed, denk er dan wel aan. Ze wist uit ervaring dat de pijn alleen te dragen was als ze zich er niet voor verstopte.

Fraser was dood.

Bonnie was verdwenen.

Ze sloot haar ogen en liet de golf van verdriet over zich heen slaan. Toen het gevoel afnam, deed ze haar ogen weer open en liep naar de computer. Werken hielp altijd. Bonnie was dan misschien verdwenen en zou nooit gevonden worden, maar er waren anderen...

'Heb je weer een nieuwe?' Sandra Duncan stond op de drempel, gekleed in een pyjama en haar favoriete roze chenille kamerjas. Van de andere kant van de kamer keek ze strak naar de schedel. 'Ik dacht dat ik iemand op de oprit hoorde. Je zou toch verwachten dat Joe je met rust zou laten.'

'Ik wil niet met rust gelaten worden.' Eve ging aan haar bureau zitten.

'Het maakt niet uit. Er is geen haast bij. Ga maar weer naar bed, mam.'

'Jij moet naar bed.' Sandra Duncan liep naar de schedel toe. 'Is het een klein meisje?'

'Vlak voor de puberteit.'

Ze was even stil. 'Weet je, je zult haar toch nooit vinden. Bonnie is er niet meer. Laat het los, Eve.'

'Ik heb het losgelaten. Ik doe gewoon mijn werk.'

'Gelul.'

Eve glimlachte. 'Ga nou maar naar bed.'

'Kan ik iets voor je doen? Moet ik iets te eten voor je maken?'

'Ik heb te veel respect voor mijn spijsvertering om die door jou te laten saboteren.'

'Ik doe mijn best.' Sandra trok een gezicht. 'Sommige mensen zijn niet voor koken in de wieg gelegd.'

'Jij hebt andere gaven.'

Haar moeder knikte. 'Ik ben een goed gerechtelijk stenograaf en ik kan iemand verrekte goed aan de kop zeuren. Ga je nu naar bed of moet ik een demonstratie geven?'

'Nog een kwartiertje.'

'Nou, zoveel speelruimte wil ik je nog wel geven.' Ze liep naar de deur.
'Maar ik ga wel liggen luisteren of ik de deur van je slaapkamer hoor.'
Ze bleef even staan en zei toen een beetje onhandig: 'Ik kom morgen
na het werk niet meteen naar huis. Ik ga uit eten.'
Eve keek verrast op. 'Met wie?'
'Met Ron Fitzgerald. Ik heb het al eerder over hem gehad. Hij is een
van de juristen van het kantoor van de officier van justitie. Ik vind hem
aardig.' Ze klonk bijna uitdagend. 'Ík moet altijd om hem lachen.'
'Mooi zo. Ik wil hem graag leren kennen.'
'Ik ben niet zoals jij. Het is al heel lang geleden dat ik met een man uit
ben geweest en ik heb gezelschap nodig. Ik ben geen non. Goeie gena-
de nog aan toe, ik ben nog niet eens vijftig. Ik kan niet plotseling op-
houden met leven omdat...'
'Waarom gedraag je je zo schuldig? Heb ik dan weleens gezegd dat ik
wilde dat je thuisbleef? Je hebt het recht om precies te doen wat je wilt.'
'Ik gedraag me schuldig omdat ik me schuldig voel.' Sandra keek nors.
'Je zou me het een stuk gemakkelijker maken als jij niet zo hard was
voor jezelf. Jij lijkt wel een non.'
God, ze wou dat haar moeder daar vanavond niet over was begonnen.
Ze was te moe om dat aan te kunnen. 'Ik heb een paar relaties gehad.'
'Tot ze je werk in de weg zaten. Twee weken, op z'n hoogst.'
'Mam.'
'Oké, oké. Ik vind alleen dat het tijd wordt dat je weer een normaal le-
ven gaat leiden.'
'Wat normaal is voor de ene persoon, hoeft nog niet normaal te zijn
voor een ander.' Ze keek neer op haar computerscherm. 'Maak nu dat
je wegkomt. Ik wil dit afmaken voor ik naar bed ga. Denk erom dat
je morgen wel even binnen komt vallen om me alles over je etentje te
vertellen.'
'Zodat je uit de tweede hand kunt leven?' vroeg Sandra pinnig. 'Ik zal
er eens over nadenken.'
'Je doet het toch wel.'
'Ja, ik doe het toch wel.' Haar moeder zuchtte. 'Welterusten, Eve.'
'Welterusten, mam.'
Eve leunde achterover in haar stoel. Ze had moeten zien dat haar moeder rusteloos en ongelukkig begon te worden. Emotionele instabiliteit
was altijd gevaarlijk voor iemand die van een verslaving probeerde af
te komen. Maar verdomme nog aan toe, mam had al sinds Bonnies
tweede verjaardag niets meer gebruikt. Alweer zo'n geschenk waar
Bonnie voor had gezorgd toen ze in hun leven kwam.

Ze maakte waarschijnlijk een berg van een molshoop. Doordat ze met een verslaafde was opgegroeid, was ze bijzonder argwanend geworden. Haar moeders rusteloosheid was vast heel typerend en gezond. Het beste dat haar kon overkomen was een vaste relatie met veel genegenheid. Dus laat Sandra haar gang gaan, maar hou wel een oogje in het zeil. Ze staarde zonder iets te zien naar het scherm. Ze had vanavond meer dan genoeg gedaan. Er kon weinig twijfel over bestaan dat de schedel toebehoorde aan de kleine Bobby Starnes.

Haar oog viel op het Logan-embleem toen ze zich afmeldde en de computer uitzette. Raar dat je nooit aandacht aan dat soort dingen schonk. Waarom zou Logan in vredesnaam vragen over haar stellen? Waarschijnlijk deed hij dat ook helemaal niet. Het zat er dik in dat het een misverstand was. Haar leven en dat van Logan bevonden zich aan verschillende uiteinden van het spectrum.

Ze stond op en bewoog haar schouders om ze wat minder stijf te maken. Ze zou Bobby's schedel inpakken, hem samen met het rapport meenemen naar het huis en het hele zaakje de volgende ochtend versturen. Ze vond het nooit prettig om meer dan één schedel in het lab te hebben. Joe lachte haar uit, maar ze had het gevoel dat ze niet haar volle aandacht aan het werk waar ze mee bezig was kon schenken als ze een andere schedel zag die stil stond te wachten. Dus zou ze Bobby Starnes en het rapport de volgende ochtend naar Chicago sturen en overmorgen zouden Bobby's ouders weten dat hun zoon thuisgekomen was, dat hij niet meer bij de verloren zielen hoorde.

Laat het los, Eve.

Haar moeder begreep niet dat de zoektocht naar Bonnie een vast onderdeel was geworden van haar levenspatroon en dat ze niet meer wist welke draad naar Bonnie leidde en welke naar de andere verdwenen kinderen. In dat opzicht was ze waarschijnlijk een verdomd stuk onevenwichtiger dan haar moeder, dacht ze treurig.

Ze liep de kamer door en bleef voor de plank met de schedel staan. 'Wat is er met je gebeurd?' mompelde ze terwijl ze het identificatielabeltje van de schedel trok en het op de werktafel gooide. 'Een ongeluk? Moord?' Ze hoopte dat het geen moord zou zijn, maar daar kwam het bij dit soort zaken meestal wel op neer. Ze voelde zich gekweld bij de gedachte aan de angst die het kind voor haar dood had moeten doorstaan.

De dood van een kind.

Iemand had dit meisje als baby in de armen gehouden en toegekeken hoe ze haar eerste stapjes maakte. Eve bad dat iemand van haar had gehouden en haar vreugde had geschonken voor ze uiteindelijk in die kuil in het bos was verdwenen.

Ze raakte voorzichtig het jukbeen van het meisje aan. 'Ik weet niet wie je bent. Vind je het erg als ik je Mandy noem? Dat heb ik altijd een leuke naam gevonden.' Jezus, zij stond tegen skeletten te praten en ze maakte zich zorgen dat haar moeder ze niet meer alle vijf op een rijtje had? Het was misschien raar, maar ze had altijd het gevoel gehad dat het oneerbiedig was om net te doen alsof die schedels geen identiteit hadden. Dit meisje had geleefd, gelachen en van iemand gehouden. Ze verdiende het niet om onpersoonlijk behandeld te worden.

'Je moet even geduld hebben, Mandy,' fluisterde Eve. 'Morgen ga ik de maten opnemen en vlak daarna begin ik met boetseren. Ik vind je wel. Ik zal zorgen dat je thuiskomt.'

MONTEREY, CALIFORNIë

'Weet je zeker dat zij de beste keus is?' John Logan hield zijn blik gevestigd op het tv-scherm met de video van de scène die zich voor de gevangenispoort had afgespeeld. 'Ze maakt geen al te stabiele indruk. Ik heb al genoeg problemen zonder dat ik te maken krijg met een vrouw die ze niet alle vijf op een rijtje heeft.'

'Mijn god, wat ben je toch een vriendelijk en bezorgd wezen,' mompelde Ken Novak. 'Volgens mij had die vrouw wel enige reden om een tikje uit haar evenwicht te zijn. Dat was de avond waarop de moordenaar van haar kleine meid werd geëxecuteerd.'

'Dan had ze een gat in de lucht moeten springen en moeten aanbieden om zelf de knop om te draaien. Dat zou ik hebben gedaan. In plaats daarvan heeft ze de gouverneur gesmeekt om uitstel te verlenen.'

'Fraser werd veroordeeld voor de moord op Teddy Simes. Hij werd bijna op heterdaad betrapt en was er niet in geslaagd om zich van het lichaam van de jongen te ontdoen. Maar hij heeft bekend nog elf andere kinderen te hebben vermoord, met inbegrip van Bonnie Duncan. Hij heeft allerlei details verteld die er geen twijfel over lieten bestaan dat hij schuldig was, maar hij heeft nooit willen vertellen waar hij de lichamen heeft gelaten.'

'Waarom niet?'

'Dat weet ik niet. Die smeerlap was stapelgek. Nog een laatste rotstreek misschien? De klootzak weigerde zelfs om tegen de doodstraf in beroep te gaan. Daar werd Eve Duncan helemaal tureluurs van. Ze wilde niet dat hij werd geëxecuteerd voor hij had verteld waar haar

dochter was. Ze was bang dat ze haar nooit meer terug zou vinden.'
'En is haar dat gelukt?'
'Nee.' Novak pakte de afstandsbediening en zettc het beeld stil. 'Dat
is Joe Quinn. Rijke ouders, heeft aan Harvard gestudeerd. Iedereen
verwachtte dat hij advocaat zou worden, maar in plaats daarvan meld-
de hij zich bij de FBI. Hij heeft samen met de politie van Atlanta aan
de zaak Bonnie Duncan gewerkt en hij is daar nu bij de recherche. Hij
is met Eve Duncan bevriend geraakt.'
Quinn leek destijds een jaar of zesentwintig te zijn. Een vierkant gezicht, een brede mond en intelligente, wijd uit elkaar staande ogen. 'Alleen maar bevriend?'
Hij knikte. 'Als ze met hem naar bed is geweest, is ons dat ontgaan.
Drie jaar geleden was ze getuige bij zijn huwelijk. Ze heeft de afgelopen acht jaar een of twee relaties gehad, maar niets serieus. Ze is een
workaholic en dat is geen echte basis voor verheffende persoonlijke relaties.' Hij keek Logan veelbetekenend aan. 'Nietwaar?'
Logan negeerde de opmerking en wierp een blik op het rapport dat op
zijn bureau lag. 'Is de moeder verslaafd?'
'Niet meer. Ze is al jaren geleden afgekickt.'
'En hoe zit het met Eve Duncan?'
'Die heeft nooit verdovende middelen gebruikt. En dat was een wonder. Vrijwel iedereen bij haar in de buurt snoof of spoot. Met inbegrip
van mama. Haar moeder was een buitenechtelijk kind en kreeg Eve
toen ze vijftien was. Ze leefden van een uitkering in een van de slecht-
ste wijken van de stad. Eve kreeg Bonnie op haar zestiende.'
'Wie was de vader?'
'Die heeft ze niet op het geboortebewijs laten zetten. Kennelijk heeft
hij het kind niet erkend.' Hij drukte op een knop om de band weer verder te laten lopen. 'Nu krijgen we een portret van het kind te zien. CNN
heeft de zaak echt uitgemolken.'
Bonnie Duncan. Het kleine meisje was gekleed in een Bugs Bunny-T-
shirt, een spijkerbroek en tennisschoenen. Haar rode haar was een wilde krullenbos en haar neus zat onder de sproeten. Ze lachte naar de
camera en haar ondeugende gezicht straalde van vrolijkheid.
Logan kreeg een misselijk gevoel. Wat was dat toch voor wereld waarin een monster zo'n kind kon vermoorden?
Novaks blik was vast op zijn gezicht gevestigd. 'Lief ding, hè?'
'Spoel maar door.'
Novak drukte op de knop en het beeld was weer terug bij de poort van
de gevangenis.

'Hoe oud was Duncan toen het kind werd vermoord?'
'Drieëntwintig. Het kleine meisje was zeven. Fraser werd twee jaar later geëxecuteerd.'
'En die vrouw draaide door en raakte geobsedeerd door botten.'
'Verrek, nee,' zei Novak kortaf. 'Waarom pak je haar zo hard aan?'
Logan draaide zich om en keek hem aan. 'Waarom verdedig jij haar uit alle macht?'
'Omdat ze niet... Ze heeft lef, verdomme.'
'Heb je bewondering voor haar?'
'Van top tot teen,' zei Novak. 'Ze had het kind kunnen afstaan voor adoptie of het laten aborteren. In plaats daarvan hield ze haar. Ze had net als haar moeder een uitkering kunnen aanvragen en in hetzelfde straatje door kunnen gaan. Overdag, als ze werkte, bracht ze de baby naar een crèche voor alleenstaande moeders en 's avonds volgde ze schriftelijk een universitaire opleiding. Ze had haar studie bijna afgerond toen Bonnie verdween.' Hij keek naar Eve Duncan op het scherm. 'Dat had haar dood kunnen betekenen of ze had in een neergaande spiraal terecht kunnen komen waardoor ze weer op het uitgangspunt terechtkwam, maar dat gebeurde niet. Ze ging weer studeren en maakte iets van haar leven. Ze is afgestudeerd aan de kunstacademie van de staatsuniversiteit van Georgia en heeft een diploma als computerspecialist voor leeftijdsontwikkeling van het Nationale Centrum voor Vermiste en Misbruikte Kinderen in Arlington, Virginia. Nadat ze lessen had gevolgd bij twee van de meest toonaangevende reconstructiekunstenaars in het land is ze ook gekwalificeerd op het gebied van de reconstructie van gelaatstrekken in klei.'
'Een taaie tante,' mompelde Logan.
'En intelligent. Ze is niet alleen forensisch sculpteur en expert op het gebied van leeftijdsontwikkeling, maar ze maakt ook computer- en videoprojecties. In haar vakgebied zijn er niet zoveel mensen die al die terreinen onder de knie hebben. Je hebt zelf die clip uit *60 Minutes* gezien waarin wordt getoond hoe ze het gezicht reconstrueerde van dat kind dat in de moerassen in Florida was gevonden.'
Hij knikte. 'Dat was ongelooflijk.' Hij richtte zijn blik weer op de video. Eve Duncans lange, magere lichaam was gehuld in spijkerbroek en regenjas en leek verschrikkelijk broos. Haar schouderlange roodbruine haar was kletsnat en omlijstte een bleek, ovaal gezicht waar verdriet en wanhoop op te lezen stonden. De bruine ogen achter de bril met het metalen montuur weerspiegelden dezelfde eenzaamheid en pijn. Hij wendde zijn ogen af. 'Is er iemand anders te vinden die even goed is?'

Novak schudde zijn hoofd. 'Jij wilde de beste hebben. Zij is de beste. Maar het zal je moeite kosten om haar te krijgen. Ze heeft het behoorlijk druk en ze werkt het liefst aan zaken betreffende verdwenen kinderen. Ik neem niet aan dat dit iets met een kind te maken heeft?' Logan gaf geen antwoord. 'Geld is meestal een behoorlijk goed argument.'

'Maar dat geldt misschien niet voor haar. Ze zou veel meer kunnen verdienen als ze zich aan een universiteit verbond in plaats van als freelancer te werken. Ze woont in een huurhuis in Morningside, een wijk die tegen het centrum van Atlanta aan ligt, en ze heeft een lab in een gerenoveerde garage achter het huis.'

'Misschien is er nog geen universiteit geweest die haar een aanbod heeft gedaan dat ze niet kon afslaan.'

'Dat zou kunnen. Aan jou kunnen ze niet tippen.' Hij trok zijn wenkbrauwen op. 'Ik veronderstel dat je geen zin hebt om me te vertellen waarvoor je haar nodig hebt?'

'Nee.' Novak stond bekend om zijn integriteit en was waarschijnlijk wel te vertrouwen, maar Logan kon zich onmogelijk het risico permitteren om hem in vertrouwen te nemen. 'Weet je zeker dat zij de enige is?'

'Zij is de beste. Ik heb je al verteld dat ze... Wat zit je dwars?'

'Niets.' Dat was niet waar. Het hele verdomde vooruitzicht dat hij Eve Duncan zou moeten uitkiezen, zat hem dwars. Ze was al een slachtoffer. Ze zat er bepaald niet op te wachten om opnieuw opgeofferd te worden.

Waarom aarzelde hij nog? Het maakte niet uit of er iemand aan onderdoor ging, hij moest ermee doorgaan. De beslissing was al gevallen. Verrek, dat had die vrouw zelf al voor hem gedaan door de beste op haar terrein te worden. En hij moest de beste hebben.

Ook al zou het haar dood betekenen.

Ken Novak gooide zijn aktetas op de passagiersstoel van zijn cabrio en startte de auto. Hij wachtte tot hij de lange oprit achter zich had gelaten en de hekken uit was voor hij de autotelefoon pakte en een privénummer belde bij het ministerie van financiën.

Terwijl hij wachtte tot hij doorverbonden werd met Timwick dwaalde zijn blik naar de Stille Oceaan. Op een dag zou hij net zo'n huis hebben als dat van Logan aan Seventeen Mile Drive. Zijn eigen huis in Carmel was chic en modern, maar het kon niet in de schaduw staan van de landhuizen hier. De bezitters van deze huizen vormden de elite, koningen op het gebied van zaken en financiën, die iedereen en alles naar hun pijpen lieten dansen. Die toekomst lag voor Novak wel degelijk binnen bereik. Logan was begonnen met een klein bedrijfje en had dat opgebouwd tot een gigantische onderneming. Daar was niets anders voor nodig geweest dan hard werken en de meedogenloosheid om door te zetten, hoe de zaken er ook voor stonden. Nu kon hij doen wat hij wilde. Novak had de afgelopen drie jaar voor Logan gewerkt en hij had een enorme bewondering voor hem. Af en toe vond hij hem zelfs aardig. Logan hoefde alleen maar een knop om te draaien en de charme stroomde...

'Novak?' Timwick was aan de lijn.

'Ik kom net bij Logan vandaan. Ik denk dat zijn keuze op Eve Duncan is gevallen.'

'Hoezo denk? Weet je het niet zeker?'

'Ik heb hem gevraagd of hij wilde dat ik contact met haar opnam. Hij zei dat hij dat zelf wel zou doen. Zij is het vast, tenzij hij alsnog van gedachten verandert.'

'Maar hij wil je niet vertellen waarom hij haar nodig heeft?'

'Geen denken aan.'

'Zelfs niet of het om iets persoonlijks gaat?'

Dat wekte Novaks belangstelling. 'Het moet toch om iets persoonlijks gaan, of niet soms?'

'Dat weten we niet. Uit jouw rapporten blijkt dat hij van alles en nog wat heeft laten onderzoeken. Sommige van die opdrachten waren misschien bedoeld om jou op het verkeerde been te zetten.'

'Dat zou kunnen. Maar jij vond ze belangrijk genoeg om me een vorstelijk bedrag te betalen om meer bijzonderheden te weten te komen.'

'En je zult nog veel meer krijgen als je ons iets geeft dat we tegen hem kunnen gebruiken. De afgelopen zes maanden heeft hij veel te veel geld ingezameld voor de Republikeinse Partij en de verkiezingen zijn al over vijf maanden.'

'Maar jullie hebben in ieder geval een Democratische president. Uit de cijfers blijkt dat de populariteit van Ben Chadbourne deze maand weer is gegroeid. Denk je dat Logan er zeker van wil zijn dat de Republikeinen weer de overhand krijgen in het Congres? Dat kan ook best gebeuren zonder dat hij zich ermee bemoeit.'

'En het kan ook niet gebeuren. Misschien kunnen we de volgende keer allemaal onze biezen pakken. We moeten Logan tegenhouden.'

'Stuur hem dan de belastingdienst op zijn dak. Dat is altijd een goeie manier om iemand in diskrediet te brengen.'

'Er valt niets op hem aan te merken.'

Novak had niets anders verwacht. Logan was te slim om in die val te trappen. 'Dan denk ik dat je wel op mij zult moeten vertrouwen, hè?'

'Niet noodzakelijk. We hebben nog andere bronnen.'

'Maar niet zo dicht bij hem als ik.'

'Ik heb al gezegd dat we je goed zullen betalen.'

'Ik heb eens na zitten denken over dat geld. Ik geloof dat ik liever bepaalde gunsten in ruil zou willen hebben. Ik overweeg om me kandidaat te stellen voor de positie van vice-gouverneur.'

'Je weet best dat wij Danford steunen.'

'Maar hij is niet zo nuttig voor jullie als ik.'

Het bleef even stil. 'Zorg dat ik de inlichtingen krijg die ik nodig heb, dan zal ik er eens over nadenken.'

'Daar wordt aan gewerkt.' Novak hing de telefoon op. Het was gemakkelijker geweest dan hij had verwacht om Timwick een zetje in de rug te geven. Hij moest zich echt zorgen maken over de aanstaande presidentsverkiezingen. Democraat of Republikein, al die politieke insiders konden over één kam worden geschoren. Zodra ze de smaak van macht te pakken kregen, raakten ze eraan verslaafd en een verstandig man gebruikte die verslaving om weer wat hoger te klimmen op de ladder die naar Seventeen Mile Drive voerde.

Hij volgde een bocht in de weg en Logans Spaanse paleis op de heuvel kwam weer in zicht. Logan was geen insider, hij was iets dat je tegenwoordig met een lampje moest zoeken: een echte patriot. Hij was een Republikein, maar Novak had hem drie jaar geleden de Democratische president horen prijzen tijdens die onderhandelingen met Jordan.

Maar patriotten waren vaak onvoorspelbaar en konden gevaarlijk zijn. Timwick wilde hem ten val brengen en als hij het spel goed speelde, kon Novak zich naar die gouvernementszetel toepraten. Hij twijfelde er eigenlijk niet aan dat de taak die Logan voor Eve Duncan in petto had iets persoonlijks was. Hij was gespannen en te terughoudend geweest. Geheimen met betrekking tot menselijke overblijfselen duidden in de meeste gevallen op schuld. Moord? Dat zou kunnen. Hij had op het randje geleefd in de begintijd toen hij zijn best deed om zijn imperium van de grond te krijgen. Het leek erop dat Logan op een bepaald moment in zijn roerige verleden een behoorlijke misstap had begaan.

Hij had niet gelogen over zijn bewondering voor Eve Duncan. Hij had altijd al gehouden van vrouwen die taai waren en ergens hun schouders onder konden zetten. Hij hoopte dat hij haar niet samen met Logan ten val zou brengen. Verrek, misschien zou hij die vrouw wel een gunst bewijzen door Logan ten val te brengen. Logan had het voornemen om haar met die karakteristieke meedogenloze intensiteit te benaderen en misschien werd ze wel onder de voet gelopen.

Hij grinnikte toen hij besefte hoe hij al redenerend verraad had weten om te bouwen tot hoffelijkheid. Hij was toch een verdomd goeie advocaat.

Maar advocaten waren in dienst van de koningen die langs deze weg woonden, ze waren zelf geen koningen. Om de troon te kunnen bestijgen, moest hij zich vanuit zijn positie als raadsman opwerken.

Het zou leuk zijn om zelf met de scepter te kunnen zwaaien.

2

'Je ziet er mooi uit,' zei Eve. 'Waar ga je vanavond naartoe?'
'Ik heb een afspraak met Ron bij Anthony's. Hij houdt van het eten daar.' Sandra boog zich voorover, controleerde haar mascara in de halspiegel en trok vervolgens de schouders van haar jurk recht. 'Die verdomde schoudervullingen. Ze verschuiven steeds.'
'Haal ze er dan uit.'
'We hebben niet allemaal zulke brede schouders als jij. Ik heb ze nodig.'
'Vind jij het eten daar ook lekker?'
'Nee, het zijn mij te veel liflafjes. Ik was liever naar de Cheesecake Factory gegaan.'
'Zeg dat dan tegen hem.'
'De volgende keer. Misschien hoor ik het wel lekker te vinden. Het kan best dat je het moet leren eten.' Ze grinnikte in de spiegel naar Eve. 'Jij wilt ook steeds nieuwe dingen leren.'
'Ik hou van Anthony's, maar ik vind het ook nog steeds lekker om me vol te stouwen bij McDonald's als ik daar toevallig zin in heb.' Ze overhandigde Sandra haar jasje. 'En iedereen die me aan m'n verstand probeert te brengen dat ik dat niet zou moeten doen, kan de volle laag krijgen.'
'Ron probeert me niet aan mijn verstand te brengen...' Ze haalde haar schouders op. 'Ik vind hem aardig. Hij komt uit een goeie familie in Charlotte. Ik weet niet of hij begrip zal kunnen opbrengen voor de manier waarop we vroeger leefden... Ik zou het echt niet kunnen zeggen.'
'Ik wil hem graag ontmoeten.'
'De volgende keer. Als jij hem van top tot teen opneemt met die kille blik van je, zou ik me een kind van de middelbare school voelen dat voor het eerst een vriendje mee naar huis neemt.'
Eve grinnikte en sloeg even haar arm om haar heen. 'Je bent niet goed wijs. Ik wil gewoon weten of hij wel goed genoeg is voor je.'
'Zie je nou wel?' Sandra liep naar de deur. 'Ontegenzeggelijk het eerste-afspraakjes-syndroom. Ik ben laat. Ik zie je straks wel.'
Eve liep naar het raam en keek hoe haar moeder achteruit de oprit afreed. Ze had haar moeder in jaren niet meer zo opgewonden en blij gezien.

Eigenlijk voor het laatst toen Bonnie nog leefde.

Nou ja, het had geen zin om hier voor het raam te blijven staan piekeren. Ze was blij dat haar moeder een nieuwe romance had, maar ze zou niet met haar willen ruilen. Ze zou niet weten wat ze met een man in haar leven moest beginnen. Ze hield niet van kortstondige avontuurtjes en alle andere mogelijkheden eisten een toewijding die ze niet kon opbrengen.

Ze ging naar de achterdeur en liep de paar treetjes bij de keuken af. De kamperfoelie stond in bloei en de benevelende geur omhulde haar toen ze het pad afliep naar het lab. Tegen de avond en vroeg in de ochtend leken de bloemen altijd sterker te ruiken. Bonnie was dol op de kamperfoelie geweest en plukte altijd bloemen van het hek waar constant bijen rondzoemden. Eve had van alles geprobeerd om haar ermee op te laten houden voordat ze gestoken zou worden.

De herinnering deed haar glimlachen. Ze had er lang over gedaan voor ze in staat was om de fijne herinneringen van de nare te scheiden. In het begin had ze geprobeerd zichzelf de pijn te besparen door alle gedachten aan Bonnie uit te bannen. Daarna was ze gaan begrijpen dat dat inhield dat ze niet alleen Bonnie moest vergeten, maar ook alle vreugde die ze haar en Sandra in het leven had geschonken. Bonnie verdiende een beter lot...

'Mevrouw Duncan.'

Ze verstijfde en draaide zich met een ruk om.

'Neem me niet kwalijk, het was niet mijn bedoeling om u te laten schrikken. Ik ben John Logan. Zou ik u misschien even kunnen spreken?'

John Logan. Als hij zichzelf niet had voorgesteld, zou ze hem toch wel van de foto herkend hebben. Hoe zou ze die gebruinde Californische huid kunnen missen? dacht ze spottend. En in dat grijze Armani-pak en zijn Gucci-loafers leek hij in haar kleine achtertuin evenmin op zijn plaats als een pauw. 'U hebt me niet laten schrikken. U overviel me.'

'Ik heb aangebeld.' Hij glimlachte terwijl hij op haar toe kwam lopen. Er zat geen onsje vet aan zijn lichaam en hij straalde zelfvertrouwen en charme uit. Ze had nooit van charmante mannen gehouden; charme kon te veel verhullen. 'Ik neem aan dat u me niet hebt gehoord.'

'Nee.' Ze had plotseling zin om een deuk te slaan in zijn zelfvertrouwen. 'Loopt u altijd zomaar andermans tuinen binnen, meneer Logan?'

Hij trok zich niets aan van haar sarcasme. 'Alleen als ik iemand absoluut wil spreken. Kunnen we even ergens met elkaar praten?' Zijn blik dwaalde naar de deur van haar lab. 'Daar werkt u altijd, hè? Ik zou het graag willen zien.'

'Hoe weet u dat ik daar werk?'

'Niet van uw vrienden bij de politie van Atlanta. Ik heb begrepen dat ze tot het uiterste zijn gegaan om uw privacy te beschermen.' Hij wandelde naar voren en bleef naast de deur staan. Hij glimlachte. 'Alstublieft?'

Hij was er kennelijk aan gewend dat hij altijd meteen zijn zin kreeg en ze voelde opnieuw een golf van ergernis opkomen. 'Nee.'

Zijn glimlach werd iets minder stralend. 'Ik heb misschien een voorstel voor u.'

'Dat weet ik. Waarom zou u hier anders zijn? Maar ik heb het te druk om nog meer werk aan te nemen. U had beter eerst kunnen opbellen.'

'Ik wilde u persoonlijk spreken.' Hij wierp een blik op het lab. 'We zouden eigenlijk naar binnen moeten gaan om te praten.'

'Waarom?'

'Dat zal me een aantal dingen over u vertellen die ik moet weten.'

Ze staarde hem ongelovig aan. 'Ik solliciteer niet naar een functie bij een van uw bedrijven, meneer Logan. Het is niet nodig dat ik mijn persoonlijkheid voor u blootleg. Het lijkt me beter dat u nu vertrekt.'

'Geef me tien minuten.'

'Nee, ik moet aan het werk. Vaarwel, meneer Logan.'

'John.'

'Vaarwel, meneer Logan.'

Hij schudde zijn hoofd. 'Ik blijf.'

Ze verstijfde. 'Om de donder niet.'

Hij leunde tegen de muur. 'Toe maar, ga maar aan het werk. Ik blijf buiten wachten tot u bereid bent om met me te praten.'

'Doe niet zo belachelijk. Ik blijf waarschijnlijk tot na middernacht doorwerken.'

'Dan zie ik u na middernacht.' Van zijn oorspronkelijke charme was geen spoor meer te bekennen. Hij was ijzig koel, taai en onwrikbaar vastberaden.

Ze trok de deur open. 'Ga weg.'

'Nadat u mij te woord hebt gestaan. Het zou veel gemakkelijker voor u zijn om mij gewoon mijn zin te geven.'

'Ik hou er niet van als dingen te gemakkelijk gaan.' Ze deed de deur dicht en knipte het licht aan. Ze hield er niet van als dingen te gemakkelijk gingen en ze hield er ook niet van om zich te laten dwingen door mannen die dachten dat de hele wereld van hen was. Oké, haar reactie was misschien een beetje overdreven geweest. Ze was meestal niet zo gemakkelijk uit haar evenwicht te brengen en hij had eigenlijk niets

anders gedaan dan zich in haar omgeving te wagen.
Maar verdraaid nog aan toe, ze wilde zelf bepalen met wie ze omging.
Die klootzak kon daar mooi de hele avond buiten blijven staan.

Om vijf over halftwaalf gooide ze de deur open.
'Kom maar binnen,' zei ze kortaf. 'Ik wil niet dat u daar rondhangt als mijn moeder thuiskomt. U zou haar aan het schrikken kunnen maken. Tien minuten.'
'Dank u wel,' zei hij rustig. 'Ik stel uw welwillendheid op prijs.'
Geen spoor van sarcasme of ironie in zijn stem, maar dat wilde nog niet zeggen dat het er ook niet was. 'Bittere noodzaak. Ik had gehoopt dat u het al veel eerder zou opgeven.'
'Ik geef het nooit op als ik iets nodig heb. Maar ik sta er wel van te kijken dat u uw vrienden bij de politie niet hebt opgebeld om me de tuin uit te laten gooien.'
'U bent een machtig man. U zult wel over de nodige contacten beschikken. Ik wilde hen niet in problemen brengen.'
'Ik neem nooit wraak op de brenger des onheils.' Zijn blik dwaalde door het lab. 'U hebt hier behoorlijk wat ruimte. Vanbuiten lijkt het veel kleiner.'
'Het was vroeger een koetshuis voordat het een garage werd. Dit gedeelte van de stad is behoorlijk oud.'
'Het is heel anders dan ik had verwacht.' Hij keek naar de roestbruin met beige gestreepte bank, de groene planten op de vensterbank en naar de ingelijste foto's van haar moeder en Bonnie op de boekenplank aan de andere kant van de kamer. 'Het maakt een... warme indruk.'
'Ik haat kille, steriele labs. Ik zou niet weten waarom ik het niet zowel behaaglijk als efficiënt zou kunnen maken.' Ze ging achter haar bureau zitten. 'Vertel het maar.'
'Wat is dat?' Hij liep naar de hoek. 'Twee videocamera's?'
'Die heb ik nodig om beelden over elkaar te projecteren.'
'Wat is... Interessant.' Zijn aandacht was getrokken door Mandy's schedel. 'Dit lijkt wel iets uit een voodoofilm met al die priempjes erin gestoken.'
'Dat is om de verschillende huiddikten aan te geven.'
'Moet u dat altijd doen voor u...'
'Vertel het maar.'
Hij kwam terug en ging naast het bureau zitten. 'Ik zou graag willen dat u voor mij een schedel identificeert.'
Ze schudde haar hoofd. 'Ik ben goed, maar een identiteit kan alleen

28

zeker worden gesteld aan de hand van gebitsgegevens en DNA.'
'In beide gevallen is er vergelijkingsmateriaal nodig. Die weg kan ik pas inslaan als ik vrijwel zeker ben.'
'Waarom?'
'Het zou moeilijkheden veroorzaken.'
'Gaat het om een kind?'
'Het gaat om een man.'
'En u heeft geen flauw idee wie hij is?'
'Ik heb wel een idee.'
'Maar dat wilt u mij niet vertellen?'
Hij schudde zijn hoofd.
'Zijn er foto's van hem?'
'Ja, maar die wil ik u niet laten zien. Ik wil dat u vanuit het niets begint en niet dat u een gezicht reconstrueert dat u verwacht aan te treffen.'
'Waar is de schedel gevonden?'
'In Maryland... geloof ik.'
'Weet u dat niet?'
'Nog niet.' Hij glimlachte. 'Hij is in feite nog niet echt gevonden.'
Haar ogen werden groot van verbazing. 'Wat doet u dan hier?'
'U moet erbij aanwezig zijn. Ik wil u bij me hebben. Ik zal heel snel moeten handelen als het skelet gevonden wordt.'
'En u verwacht van mij dat ik mijn werk opgeef en meega naar Maryland in de hoop dat u dat skelet zult vinden?'
'Ja,' zei hij kalm.
'Gelul.'
'Vijfhonderdduizend dollar voor twee weken werk.'
'Wat?'
'U hebt er al op gewezen dat uw tijd waardevol is. Ik heb begrepen dat u dit huis huurt. Dan zou u het kunnen kopen en nog steeds een heleboel overhouden. Daarvoor hoeft u alleen maar twee weken tot mijn beschikking te staan.'
'Hoe weet u dat ik dit huis huur?'
'Er zijn andere mensen die zich niet zo loyaal hebben opgesteld als uw vrienden bij de politie.' Hij bestudeerde haar gezicht. 'U vindt het niet leuk als er een dossier over u wordt aangelegd.'
'Daar kunt u donder op zeggen.'
'Dat neem ik u niet kwalijk. Ik zou het zelf ook niet leuk vinden.'
'Maar u hebt het wel gedaan.'
Hij herhaalde de woorden die ze eerder tegenover hem had gebruikt.

'Bittere noodzaak. Ik moest weten met wie ik te maken kreeg.'
'Dan is uw moeite verspild. Want u krijgt niet met me te maken.'
'Is het geld niet aantrekkelijk voor u?'
'Denkt u dat ik maf ben? Natuurlijk is het aantrekkelijk voor me. Ik ben zo arm als een kerkrat opgegroeid. Maar mijn leven draait niet om geld. Tegenwoordig kies ik het werk dat ik aanpak met grote zorg uit en uw aanbod sla ik af.'
'Waarom?'
'Het interesseert me niet.'
'Omdat het geen kind betreft?'
'Gedeeltelijk.'
'Er zijn nog andere slachtoffers behalve kinderen.'
'Maar die zijn niet zo hulpeloos.' Ze zweeg even. 'Is uw man een slachtoffer?'
'Waarschijnlijk wel.'
'Moord?'
Hij was even stil. 'Dat zit er dik in.'
'En u vraagt mij doodleuk om samen met u naar de plaats van een moord te gaan? Wat zou me ervan weerhouden om de politie op te bellen en die te vertellen dat John Logan bij een moordzaak is betrokken?'
Hij glimlachte flauw. 'Omdat ik dat zou ontkennen. Ik zou tegen hen zeggen dat ik overwoog om u het skelet te laten onderzoeken van die nazi-oorlogsmisdadiger wiens graf in Bolivia is aangetroffen.' Hij liet zijn woorden even inwerken. 'En daarna zou ik aan alle touwtjes trekken die tot mijn beschikking staan om uw vrienden bij de politie van Atlanta niet alleen een figuur te laten slaan maar zelfs als misdadigers af te schetsen.'
'U zei dat u nooit wraak nam op de brenger des onheils.'
'Maar dat was voor ik me realiseerde hoe vervelend u dat zou vinden. Kennelijk komt die loyaliteit van twee kanten. Een mens moet elk wapen gebruiken dat hem wordt geboden.'
Ja, hij zou het doen ook, besefte ze. Zelfs terwijl ze zaten te praten had hij haar bestudeerd en al haar vragen en antwoorden afgewogen.
'Maar dat wil ik helemaal niet doen,' zei hij. 'Ik doe mijn best om zo eerlijk mogelijk tegen u te zijn. Ik had best kunnen liegen.'
'Iets weglaten kan ook een leugen zijn en u vertelt me praktisch niets.'
Ze keek hem recht in de ogen. 'Ik vertrouw u niet, meneer Logan. Denkt u dat dit de eerste keer is dat iemand als u hier naartoe is gekomen met de vraag of ik een skelet kan verifiëren? Vorig jaar heb ik een telefoontje

30

gehad van een zekere meneer Damaro. Hij bood me een heleboel geld aan om naar Florida te komen en een gezicht te boetseren op een schedel die hij toevallig in zijn bezit had. Hij zei dat een vriend hem die vanuit Nieuw-Guinea had toegestuurd. Het was zogenaamd een antropologische vondst. Ik heb de politie van Atlanta opgebeld en toen bleek dat meneer Damaro in werkelijkheid Juan Camez was, een drugshandelaar uit Miami. Zijn broer was twee jaar daarvoor verdwenen en het vermoeden bestond dat hij door een rivaliserende organisatie om het leven was gebracht. De schedel werd bij wijze van waarschuwing naar Camez gestuurd.'

'Ontroerend. Ik veronderstel dat ook drugshandelaren er familiegevoelens op na houden.'

'Dat vind ik niet grappig. Vertel dat maar aan de kinderen die ze aan de heroïne brengen.'

'Ik wil niet met u redetwisten. Maar ik verzeker u dat ik geen enkele connectie heb met de georganiseerde misdaad.' Hij trok een gezicht. 'Nou ja, ik heb af en toe weleens gebruik gemaakt van een bookmaker.'

'Moet ik me nu ontwapend voelen?'

'Er zal kennelijk een wereldomspannende overeenkomst voor nodig zijn om u te ontwapenen.' Hij stond op. 'Mijn tien minuten zijn voorbij en ik wil me niet opdringen. Ik laat u even nadenken over mijn voorstel en bel u nog.'

'Ik heb er al over nagedacht. Het antwoord is nee.'

'De onderhandelingen zijn nog maar net geopend. Als u er uw gedachten niet meer over wilt laten gaan, zal ik dat wel doen. Er moet iets zijn dat ik u kan aanbieden om het werk voor u de moeite waard te maken.' Hij stond haar even met samengeknepen ogen aan te kijken. 'Er is iets aan mij dat u tegenstaat. Waar gaat het om?'

'Niets. Behalve het feit dat u over een lijk beschikt waar niemand iets van af mag weten.'

'Niemand behalve u. Ik wil beslist dat u er wél van afweet.' Hij schudde zijn hoofd. 'Nee, er is nog iets anders. Vertel me maar wat het is, dan kan ik het uit de weg ruimen.'

'Welterusten, meneer Logan.'

'Nou, als u me dan geen John wilt noemen, laat dan dat meneer maar weg. U wilt toch niet de indruk wekken dat u mij beleefd bejegent.'

'Welterusten, Logan.'

'Welterusten, Eve.' Hij bleef bij de piëdestal staan en keek naar de schedel. 'Weet je, ik begin hem aardig te vinden.'

'Zij. Het is een meisje.'

Zijn glimlach ebde weg. 'Sorry. Dat was niet grappig. Ik veronderstel dat we allemaal op onze eigen manier reageren op wat er na onze dood van ons wordt.'

'Ja, dat is zo. Maar soms zijn we gedwongen om dat al eerder onder ogen te zien. Mandy kan niet ouder zijn geweest dan twaalf jaar.'

'Mandy? Weet je dan wie ze was?'

Eigenlijk had ze zich dat niet willen laten ontglippen. Verdraaid, wat maakte het ook uit. 'Nee, maar ik geef ze meestal een naam. Bent u nu niet blij dat ik u heb afgewezen? U zou toch niet willen dat zo'n excentriekeling als ik met uw schedel aan de slag ging?'

'O jawel, ik heb veel waardering voor excentriekelingen. De helft van de kerels in mijn denktanks in San Jose zijn een tikje geschift.' Hij liep naar de deur. 'Tussen twee haakjes, die computer van jou is drie jaar oud. We hebben een nieuwer model dat twee keer zo snel is. Ik zal je er een laten toesturen.'

'Nee, bedankt. Deze doet het prima.'

'Sla nooit een poging tot omkoping af als je niet in drievoud moet tekenen voor een gunst die ertegenover staat.' Hij deed de deur open.

'En pas op dat je niet meer, zoals vanavond, de deur van het slot laat. Je weet maar nooit wie je hier zou kunnen opwachten.'

'Ik sluit de deur van het lab iedere avond af, maar het zou onhandig zijn om hem voortdurend op slot te houden. Alles wat hier staat, is verzekerd en ik kan wel op mezelf passen.'

Hij glimlachte. 'Dat zal vast wel. Ik bel je nog.'

'Ik heb u toch gezegd dat ik...'

Ze praatte tegen een lege ruimte, hij had de deur al achter zich dichtgetrokken.

Ze slaakte een zucht van opluchting. Niet dat ze ook maar een moment betwijfelde dat ze weer van hem zou horen. Ze had nog nooit een man ontmoet die zo vastberaden zijn eigen doel nastreefde. Ook al had hij haar met fluwelen handschoentjes aangepakt, het staal eronder was duidelijk voelbaar geweest. Nou ja, ze had wel eerder te maken gehad met dit soort bulldozers. Ze hoefde alleen maar op haar punt te blijven staan, dan zou John Logan na verloop van tijd de moed wel opgeven en haar met rust laten.

Ze stond op en liep naar de piëdestal toe. 'Zo slim is hij kennelijk toch niet, Mandy. Hij wist niet eens dat jij een meisje was.' Niet dat er veel mensen waren die dat zouden hebben geweten.

De telefoon op haar bureau ging over.

Mam? Ze had de laatste tijd wat problemen met de ontsteking van haar auto gehad.

Het was niet haar moeder.

'Ik herinnerde me plotseling iets toen ik bij de auto kwam,' zei Logan. 'Ik dacht dat ik dat er ook nog maar even bij moest doen voor het geval je mijn oorspronkelijke aanbod in overweging neemt.'

'Ik neem het oorspronkelijke aanbod niet in overweging.'

'Vijfhonderdduizend voor jou. Vijfhonderdduizend voor het Adam Fonds voor Vermiste en Weggelopen Kinderen. Ik heb begrepen dat jij een gedeelte van je inkomsten in dat fonds stort.' Zijn stem zakte verleidelijk. 'Besef je wel hoeveel kinderen met behulp van een dergelijk bedrag teruggebracht kunnen worden bij hun ouders?'

Dat wist ze beter dan hij. Hij kon haar geen aanlokkelijker lokaas voorhouden. Mijn god, Machiavelli had nog iets van hem kunnen leren.

'Al die kinderen. Zijn die geen twee weken van je tijd waard?'

Ze waren wel tien jaar van haar tijd waard. 'Niet als dat betekent dat ik daarvoor een misdrijf moet plegen.'

'Misdrijven zijn vaak een kwestie van hoe je ertegen aankijkt.'

'Gelul.'

'Neem nou eens aan dat ik je bezweer dat ik niets te maken heb gehad met een eventuele boze opzet in verband met die schedel.'

'Waarom zou ik je geloven?'

'Win maar inlichtingen over me in. Ik heb niet de reputatie dat ik een leugenaar ben.'

'Reputaties zeggen me niets. Als het maar genoeg voor hen betekent, liegen mensen toch. Ik heb hard gewerkt om mijn carrière van de grond te krijgen. Die wil ik niet zomaar te grabbel gooien.'

Het was even stil. 'Ik kan je niet beloven dat je hier helemaal ongeschonden uit te voorschijn komt, maar ik zal mijn best doen om je zoveel als ik kan in bescherming te nemen.'

'Ik kan mezelf wel beschermen. Ik hoef alleen maar nee tegen je te zeggen.'

'Maar je komt wel in de verleiding, hè?'

Christus, of ze in de verleiding kwam.

'Zevenhonderdduizend voor het fonds.'

'Nee.'

'Ik bel je morgen weer.' Hij verbrak de verbinding.

Verdomde vent.

Ze legde de hoorn op de haak. Die smeerlap wist precies op welke knopjes hij moest drukken. Al dat geld om te besteden aan het zoeken naar de andere verdwenen kinderen, naar de kinderen die misschien nog in leven waren…

Het was toch wel een risico waard als ze ervoor kon zorgen dat er zelfs maar een paar van hen weer naar huis konden worden gebracht? Haar blik ging naar de piëdestal. Mandy was misschien wel van huis weggelopen. Als ze de kans had gehad om naar huis te komen, was ze misschien niet….

'Ik zou het niet moeten doen, Mandy,' fluisterde ze. 'Het kan best iets heel ergs zijn. Mensen smijten niet zomaar een miljoen dollar voor zoiets als dit over de balk als ze ook maar een greintje eerlijkheid bezitten. Ik moet nee tegen hem zeggen.'

Maar Mandy kon haar geen antwoord geven. Geen van de doden kon antwoord geven.

De levenden echter wel en Logan had erop gerekend dat ze gehoor zou geven aan hun roep.

Verdomde vent.

Logan zat achter het stuur en leunde achterover met zijn blik vast op het kleine, houten huis van Eve Duncan gevestigd.

Zou het genoeg zijn?

Waarschijnlijk wel. Ze was in ieder geval in verleiding gebracht. Ze was met hart en ziel gewijd aan het opsporen van verdwenen kinderen en hij had daar zo geraffineerd mogelijk op ingespeeld.

Wat voor soort man maakte hem dat? vroeg hij zich vermoeid af.

Een man die moest zorgen dat de klus geklaard werd. Als ze niet inging op zijn aanbod, zou hij morgen een hoger bedrag bieden.

Ze was taaier dan hij had verwacht. Taai, intelligent en opmerkzaam.

Maar ze had een achilleshiel.

En er kon geen twijfel over bestaan dat hij daar gebruik van zou maken.

'Hij is net weggereden,' zei Fiske in zijn telefoon. 'Moet ik hem volgen?'

'Nee, we weten waar hij logeert. Heeft hij met Eve Duncan gesproken?'

'Ze is de hele avond thuis geweest en hij is meer dan vier uur gebleven.'

Timwick vloekte. 'Dan heeft ze toegehapt.'

'Ik kan haar wel tegenhouden,' zei Fiske.

'Nog niet. Ze heeft vrienden bij de politie. We willen nog niet te veel opzien baren.'

'De moeder?'

'Misschien. Dat zou in ieder geval voor uitstel zorgen. Daar wil ik even over nadenken. Blijf waar je bent. Ik bel terug.'

Bange haas, dacht Fiske minachtend. Hij had aan Timwicks stem kunnen horen hoe zenuwachtig hij was. Timwick bleef altijd nadenken, altijd aarzelen in plaats van voor de snelle, eenvoudige uitweg te kiezen. Je moest gewoon beslissen op welk resultaat je uit was en vervolgens gewoon alle stappen nemen om dat doel te bereiken. Als hij over evenveel macht en fondsen kon beschikken als Timwick, dan waren zijn mogelijkheden onbegrensd. Niet dat hij Timwicks baan zou willen hebben. Hij hield van zijn werk. Er waren niet veel mensen die net als hij zo'n vaste stek in het leven hadden gevonden.

Hij leunde achterover tegen de hoofdsteun van zijn stoel, zijn blik onafgebroken op het huis gevestigd.

Het was al middernacht geweest. De moeder kon elk moment thuiskomen. Hij had de buitenlamp al onklaar gemaakt. Als Timwick direct terugbelde, hoefde hij misschien niet eens naar binnen te gaan.

Als die lul tenminste de moed kon opbrengen om voor de verstandigste en simpelste oplossing te kiezen en Fiske op te dragen haar te vermoorden.

3

'*Je weet best dat je het toch doet, mama,*' *zei Bonnie.* '*Ik begrijp niet waarom je er zo over inzit.*'
Eve zat rechtop in bed en keek naar het zitje in de vensterbank. Als ze kwam, zat Bonnie altijd in de vensterbank met haar in spijkerbroek gestoken benen over elkaar geslagen. '*Dat weet ik helemaal niet.*'
'*Je kunt het toch niet laten. Vertrouw me nou maar.*'
'*Aangezien ik je alleen maar droom, kun je niet meer weten dan ik.*'
Bonnie zuchtte. '*Ik ben geen droom. Ik ben een geest, mama. Wat moet ik doen om je daarvan te overtuigen? Het bestaan van een geest zou helemaal niet zo moeilijk horen te zijn.*'
'*Je kunt me vertellen waar je bent.*'
'*Ik weet niet waar hij me begraven heeft. Ik was er niet meer bij.*'
'*Dat komt goed uit.*'
'*Mandy weet het ook niet meer. Maar ze vindt je wel aardig.*'
'*Als zij daar bij je is, hoe heet ze dan werkelijk?*'
'*Namen zeggen ons niets meer, mama.*'
'*Mij zeggen ze een heleboel.*'
Bonnie glimlachte. '*Waarschijnlijk omdat jij de behoefte hebt om liefde een naam te geven. Maar dat hoeft echt niet.*'
'*Dat zijn wijze woorden voor een zevenjarige.*'
'*Nou ja, goeie genade, het is al tien jaar geleden. Probeer me nou niet steeds in de val te lokken. Wie zegt dat een geest niet opgroeit? Ik kon toch niet eeuwig zeven jaar blijven.*'
'*Je ziet er nog hetzelfde uit.*'
'*Omdat ik ben wat jij wilt zien.*' *Ze leunde achterover tegen de wand van de alkoof.* '*Je werkt te hard, mama. Ik maak me zorgen over je. Misschien doet dat werk voor Logan je wel goed.*'
'*Ik neem dat werk niet aan.*'
Bonnie glimlachte.
'*Ik doe het niet,*' *herhaalde Eve.*
'*Het maakt niet uit.*' *Bonnie zat uit het raam te kijken.* '*Je moest vanavond aan mij en de kamperfoelie denken. Ik vind het fijn als ik maak dat je je prettig voelt.*'
'*Dat heb je al eerder tegen me gezegd.*'
'*Nou, dan zeg ik het nog een keer. In het begin was je veel te gekweld.*

Ik kon niet eens bij je in de buurt komen...'
'Je bent nu ook niet bij me. Je bent alleen maar een droom.'
'Ben ik dat?' Bonnie retourneerde haar blik. Een liefdevolle glimlach deed
haar gezicht oplichten. 'Dan vind je het vast niet erg als je droom nog een
tijdje langer bij je blijft? Soms kan ik zo naar je verlangen, mama.'
Bonnie. Liefde. Hier.
O god, hier.
Het maakte niet uit dat het maar een droom was.
'Ja, blijf maar,' fluisterde ze hees. 'Blijf alsjeblieft, liefje.'

De zon stroomde door het raam toen Eve de volgende ochtend haar
ogen opendeed. Ze wierp een blik op de klok en ging meteen rechtop
in bed zitten. Het was bijna halfnegen en ze stond altijd om zeven uur
op. Ze was verbaasd dat haar moeder niet even was komen kijken waar
ze bleef.
Ze zette met een zwaai haar voeten op de vloer en liep door de gang
naar de douche, uitgerust en optimistisch zoals meestal wanneer ze over
Bonnie had gedroomd. Een psychiater zou uit zijn dak gaan van die
dromen, maar dat kon haar geen barst schelen. Ze was drie jaar na
haar dood over Bonnie gaan dromen. De dromen kwamen regelmatig
terug, maar er viel geen staat op te maken wanneer ze kwamen of waardoor ze werden veroorzaakt. Misschien als ze een probleem had dat
opgelost moest worden? Maar goed, de uitwerking was altijd positief.
Als ze wakker werd, voelde ze zich rustig en tot alles in staat, net als
vandaag, vol vertrouwen dat ze de hele wereld aan kon.
Inclusief John Logan.
Ze trok snel een spijkerbroek en een losvallende witte blouse aan, haar
werkuniform, en holde de trap af naar de keuken.
'Mam, ik heb me verslapen. Waarom heb je me niet...'
Er was niemand in de keuken. Geen geur van bacon, geen koeken-
pannen op het fornuis... Het vertrek zag er precies zo uit als toen ze
om middernacht binnen was gekomen.
En Sandra was nog niet thuis geweest toen ze naar bed ging. Ze keek
even uit het raam en voelde een golf van opluchting opkomen. De auto van haar moeder stond op het vaste plekje op de oprit.
Ze was waarschijnlijk laat thuisgekomen en had zich ook verslapen.
Het was zaterdag en ze hoefde niet naar haar werk.
Eve moest goed opletten dat ze niet zou zeggen dat ze een beetje bezorgd was geweest, bedacht ze treurig. Sandra had gemerkt dat Eve de
neiging had om haar te veel in bescherming te nemen en ze had het vol-

ste recht om daar nijdig over te worden.

Ze schonk een glas sinaasappelsap uit de koelkast in, pakte de draagbare telefoon van de muur en belde Joe op het bureau.

'Diane zegt dat je haar niet gebeld hebt,' zei hij. 'Je moet haar opbellen, niet mij.'

'Vanmiddag, dat beloof ik.' Ze ging aan de keukentafel zitten. 'Vertel me eens iets over John Logan.'

Het bleef even stil aan de andere kant van de lijn. 'Heeft hij contact met je opgenomen?'

'Gisteravond.'

'Over werk?'

'Ja.'

'Wat moet je voor hem doen?'

'Dat weet ik niet. Hij wil me niet veel vertellen.'

'Je moet er toch over zitten te denken als je mij belt. Wat heeft hij als lokaas gebruikt?'

'Het Adam Fonds.'

'Christus, hij weet wel hoe hij je moet aanpakken.'

'Hij is slim. Ik wil weten hoe slim precies.' Ze nam een slokje sinaasappelsap. 'En hoe eerlijk.'

'Nou, hij valt niet in dezelfde categorie als die drugshandelaar van je uit Miami.'

'Dat is niet bepaald een troost. Heeft hij weleens een misdrijf gepleegd?'

'Niet voor zover ik weet. Niet in dit land.'

'Is hij geen Amerikaans staatsburger?'

'Jawel, maar toen hij net bezig was zijn bedrijf op te bouwen heeft hij een paar jaar in Singapore en Tokio gezeten om te proberen zijn producten te verbeteren en marktstrategieën te bestuderen.'

'Het heeft kennelijk gewerkt. Maakte je een grapje toen je zei dat hij bij zijn weg omhoog waarschijnlijk over lijken is gegaan?'

'Ja. We weten niet veel over de jaren die hij in het buitenland heeft doorgebracht. De mensen die met hem in contact kwamen, zijn zo lastig als de pest en ze hebben respect voor hem. Zegt je dat iets?'

'Dat ik voorzichtig moet zijn.'

'Precies. Hij heeft de reputatie dat hij geen vuile streken uithaalt en zijn werknemers tot loyaliteit weet te inspireren. Maar je moet wel bedenken dat dat alleen maar oppervlakkige dingen zijn.'

'Kun je nog meer voor me te weten komen?'

'Zoals wat?'

'Dat maakt niet uit. Heeft hij de laatste tijd nog iets ongebruikelijks

gedaan? Kun je iets dieper voor me spitten?'
'Jij je zin. Ik begin er meteen aan.' Hij hield even zijn mond. 'Maar het
komt je wel duur te staan. Je belt vanmiddag Diane op en volgend
weekend ga je met ons mee naar het huis aan het meer.'
'Ik heb geen tijd om…' Ze zuchtte. 'Ik ga wel mee.'
'En zonder een stel rammelende botten in je koffer.'
'Oké.'
'En je zorgt dat je je vermaakt.'
'Ik vermaak me altijd als ik bij jou en Diane ben. Maar ik snap niet
hoe jullie het met mij uithouden.'
'Dat noemen ze vriendschap. Komt je dat bekend voor?'
'Ja, bedankt, Joe.'
'Omdat ik de vuile was van Logan boven tafel probeer te krijgen?'
'Nee.' Omdat hij de enige was geweest die een halt had weten toe te
roepen aan de waanzin die haar gedurende al die nachten vol ver-
schrikking in zijn klauwen had proberen te krijgen en vanwege al die
jaren van werk en kameraadschap die erop waren gevolgd. Ze schraap-
te haar keel. 'Bedankt dat je mijn vriend bent.'
'Nou, als vriend geef ik je de goede raad om heel voorzichtig om te
springen met meneer Logan.'
'Het gaat om veel geld voor die kinderen, Joe.'
'En hij wist precies hoe hij je moest aanpakken.'
'Hij heeft me niet aangepakt. Ik heb nog geen besluit genomen.' Ze
dronk haar sinaasappelsap op. 'Ik moet aan het werk. Laat je me het
weten?'
'Dat zal ik doen.'
Ze hing de telefoon op en spoelde haar glas om.
Koffie?
Nee, ze zou in het lab wel een pot zetten. Tijdens het weekend kwam
mam meestal halverwege de ochtend bij haar langs om een kopje kof-
fie te drinken. Het was een leuke onderbreking voor hen allebei.
Ze pakte de sleutel van het lab uit de blauwe schaal op het werkblad,
holde de verandatrap af en liep naar het lab.
Niet meer nadenken over Logan. Ze had nog genoeg te doen. Ze moest
Mandy's hoofd afmaken en ze moest ook dat pakket bekijken dat ze
de afgelopen week van het LAPD toegestuurd had gekregen.
Logan zou haar vandaag wel opbellen of naar het huis toe komen.
Daar twijfelde ze geen moment aan. Nou, hij kon praten tot hij een
ons woog. Hij zou geen antwoord van haar krijgen. Ze moest eerst
meer te weten komen over…

De deur van het lab stond op een kier.
Ze stond verstijfd op het pad.
Ze wist zeker dat ze hem de vorige avond op slot had gedaan, zoals ze altijd deed. De sleutel had in de blauwe schaal gelegen waar ze hem altijd in gooide.
Mam?
Nee, de deurpost was versplinterd alsof het slot met geweld was opengebroken. Het moest een dief zijn geweest.
Ze duwde langzaam de deur open.
Bloed.
Lieve jezus, overal bloed...
Bloed op de muren.
Op de planken.
Op het bureau.
Boekenkasten waren tegen de vloer gesmeten en zagen eruit alsof ze in stukken waren gehakt. De bank lag op z'n kop en het glas in alle portretlijsten was aan diggelen.
En het bloed...
Haar keel werd dichtgeknepen.
Mam? Was ze naar het lab gekomen en had ze de dief verrast?
Ze liep met grote passen naar binnen, terwijl haar hart van paniek bijna op hol sloeg.
'Mijn god, het is Tom-Tom.'
Eve draaide zich met een ruk om en zag haar moeder op de drempel staan. Van opluchting zakte ze bijna door haar knieën.
Haar moeder staarde naar een hoek van de kamer. 'Wie zou nou zoiets doen met een arme kleine kat?'
Eve volgde haar blik en haar maag draaide zich om. De pers zat onder het bloed en was nauwelijks herkenbaar. Tom-Tom was het eigendom van een van hun buren, maar zat vaak in hun tuin om op de vogels te jagen die door de kamperfoelie werden aangetrokken.
'Dat zal mevrouw Dobbins ontzettend veel verdriet doen. Die oude kat was het enige ter wereld waar ze nog iets om gaf. Waarom zou...' Haar blik was afgedwaald naar de vloer naast het bureau. 'O Eve, wat naar voor je. Al je werk...'
Haar computer was vernield en ernaast lag de schedel van Mandy, verbrijzeld en kapotgeslagen met dezelfde wreedheid en doelmatigheid die bij de rest van de kamer waren aangewend.
Ze viel op haar knieën naast de stukken van de schedel. Alleen door een wonder zou die weer in elkaar gezet kunnen worden.

Mandy... verloren. Misschien wel voor altijd.

'Hebben ze iets meegenomen?' vroeg Sandra.

'Niet dat ik weet.' Ze sloot haar ogen. Mandy... 'Ze hebben gewoon alles vernield.'

'Vandalen? Maar we hebben allemaal zulke aardige kinderen in de buurt. Die zouden nooit...'

'Nee.' Ze deed haar ogen weer open. 'Wil jij Joe bellen, mam? Vraag of hij meteen hier naartoe wil komen.' Ze keek naar de kat en de tranen sprongen haar in de ogen. Hij was bijna negentien en had een zachtere dood verdiend. 'En haal ook een doosje en een doek. Terwijl we wachten, brengen we Tom-Tom naar mevrouw Dobbins toe en helpen haar hem te begraven. We vertellen haar gewoon dat hij is overreden. Dat is vriendelijker dan te vertellen dat dit het werk is van een of andere hersenloze barbaar.'

'Goed.' Sandra haastte zich naar buiten.

Een hersenloze barbaar.

De vernieling was barbaars, maar het was evenmin hersenloos als bij toeval gedaan. Integendeel, het was grondig en systematisch aangepakt. Wie de dader ook mocht zijn, hij had haar willen schokken en kwetsen.

Ze liet haar vinger zacht over een stukje van Mandy's schedel glijden. Het meisje was zelfs na haar dood nog door geweld getroffen. Dat had haar niet mogen overkomen, net zomin als het leven van die arme kleine kat op zo'n wrede manier beëindigd had mogen worden. Het was allebei fout. Ontzettend fout.

Ze verzamelde zorgvuldig alle stukjes van de schedel, maar er was geen plek om ze neer te leggen. De piëdestal aan de andere kant van de kamer was net als alle andere dingen kapotgeslagen. Ze legde de stukken op het met bloed besmeurde bureau.

Maar waarom lag de schedel aan deze kant van de kamer? vroeg ze zich plotseling af. De vandaal had hem met opzet hierheen gebracht voor hij hem in elkaar sloeg. Waarom?

De gedachte verdween uit haar hoofd toen ze het bloed zag dat uit de bovenste bureaula droop.

O god, nog meer?

Ze wilde de la niet opendoen. Ze wilde het gewoon niet.

Maar ze deed het toch.

Ze schreeuwde en sprong achteruit.

Er lag een grote plas bloed in en midden in de kleverige vloeistof lag een dode rat.

Ze schoof de la met een klap dicht.

'Ik heb een doos en een doek.' Haar moeder was weer terug. 'Wil je dat ik het doe?'

Eve schudde haar hoofd. Sandra zag er even misselijk uit als Eve zich voelde. 'Ik doe het zelf wel. Komt Joe?'

'Nu meteen.'

Eve pakte de doek, vermande zich en liep naar de kat. Maak je geen zorgen, Tom-Tom. We brengen je naar huis.

Joe stond in de deuropening toen ze twee uur later terugging naar het lab. Hij keek haar even aan en gaf haar zijn zakdoek. 'Er zit een vuile veeg op je gezicht.'

'We hebben net Tom-Tom begraven.' Ze poetste over haar betraande wangen. 'Mam is nog steeds bij mevrouw Dobbins. Ze was dol op die kat. Het was haar kind.'

'Als iemand mijn retriever iets aandeed, zou ik hem willen vermoorden.' Hij schudde zijn hoofd. 'We hebben naar vingerafdrukken gezocht, maar we hebben niets kunnen vinden. Hij heeft waarschijnlijk handschoenen aangehad. We hebben wel gedeeltelijke voetafdrukken gevonden in het bloed. Groot, waarschijnlijk van een man en maar één stel, dus ik durf te wedden dat er maar één dader was. Wordt er iets vermist?'

'Voor zover ik weet niet. Alles is alleen... vernield.'

'Het bevalt me niks.' Joe keek over zijn schouder naar de puinhoop. 'Iemand heeft er de tijd voor genomen om zulk grondig werk af te leveren. Het was een behoorlijke rotstreek en het lijkt mij geen toeval.'

'Dat denk ik ook niet. Iemand wilde mij pijn doen.'

'Misschien kinderen uit de buurt?'

'Geen die ik daarvan verdenk. Dit was te kil.'

'Heb je de verzekeringsmaatschappij al opgebeld?'

'Nog niet.'

'Dat kun je maar beter meteen doen.'

Ze knikte. Nog geen dag geleden had ze tegen Logan gezegd dat ze niet bang was om het lab open te laten. Ze had zich niet kunnen voorstellen dat er zoiets zou kunnen gebeuren. 'Ik ben er misselijk van, Joe.'

'Dat weet ik.' Hij pakte haar hand en kneep er troostend in. 'Ik zal zorgen dat een van de patrouillewagens een oogje op het huis houdt. Of wat zou je ervan zeggen om samen met je moeder een paar dagen bij mij te komen logeren?'

Ze schudde haar hoofd.

'Oké.' Hij aarzelde. 'Ik moet terug naar het bureau. Ik wil in de dossiers nakijken of er zich in deze buurt de laatste tijd meer van dit soort aanslagen hebben voorgedaan. Voel je je wel goed?'
'Ik red me wel. Bedankt dat je bent gekomen, Joe.'
'Ik wou dat ik meer voor je kon doen. We zullen navraag doen bij je buren en kijken of we iets meer te weten kunnen komen.'
Ze knikte. 'Maar niet bij mevrouw Dobbins. Je moet niemand naar haar huis sturen.'
'Goed. Als je me nodig hebt, bel je maar.'
Ze keek hem na toen hij wegliep en ging toen weer naar het lab. Ze wilde niet naar binnen. Ze had geen zin om opnieuw al dat geweld en die akelige dingen te zien.
Maar het moest. Ze moest zich ervan overtuigen dat er niets vermist was en daarna de verzekering opbellen. Ze vermande zich en liep naar binnen. De aanblik van het bloed was opnieuw een klap in haar gezicht. God, wat was ze bang geweest toen ze dacht dat dat misschien wel het bloed van haar moeder was.
Dode katten, afgeslachte ratten en bloed. Zoveel bloed.
Néé.
Ze holde de deur uit en zakte op de drempel neer. Koud. Ze had het zo koud. Ze sloeg haar armen om zich heen in een vergeefse poging het kille gevoel uit te bannen.
'Er staat een politieauto voor de deur. Is alles in orde met je?'
Ze keek op en zag Logan een meter of zo verderop staan. Ze kon het niet opbrengen om nu met hem te praten. 'Ga weg.'
'Wat is er aan de hand?'
'Ga weg.'
Hij keek naar de deuropening achter haar. 'Is er iets gebeurd?'
'Ja.'
'Ik ben zo terug.' Hij liep langs haar heen het lab binnen. Binnen een paar minuten stond hij alweer naast haar. 'Wat een smeerboel.'
'Ze hebben de kat van de buurvrouw vermoord. Ze hebben Mandy kapotgeslagen.'
'Ik heb de botscherven op het bureau gezien.' Hij zweeg even. 'Heb je ze daar gevonden?'
Ze schudde haar hoofd. 'Op de vloer ernaast.'
'Maar jij en je moeder zijn niet gewond?'
God, ze wilde dat ze op kon houden met beven. 'Ga weg, ik wil niet met je praten.'
'Waar is je moeder?'

43

'Bij mevrouw Dobbins. Haar kat… Ga weg.'
'Niet tot er iemand is die voor je kan zorgen.' Hij trok haar overeind.
'Kom, dan gaan we naar het huis.'
'Ik heb niemand nodig om voor me…' Hij sleepte haar min of meer mee over het pad. 'Laat me los. Raak me niet aan.'
'Zodra ik je binnen heb en je iets warms te drinken heb gegeven.'
Ze trok haar arm terug. 'Ik heb geen tijd om gezellig koffie te drinken. Ik moet de verzekeringsmaatschappij opbellen.'
'Dat doe ik wel.' Hij duwde haar met zachte hand de trap op en de keuken binnen. 'Ik zal overal voor zorgen.'
'Ik wil niet dat jij overal voor zorgt. Ik wil dat je weggaat.'
'Hou je dan koest en laat me iets te drinken voor je maken.' Hij duwde haar in een stoel bij de tafel. 'Dat is de snelste manier om van me af te komen.'
'Ik wil niet zitten…' Ze gaf het op. Ze was nu echt niet in staat om met hem te bakkeleien. 'Schiet op.'
'Jawel, mevrouw.' Hij draaide zich om naar de kast. 'Waar is de koffie?'
'In dat blauwe blik op het werkblad.'
Hij liet water in de kan lopen. 'Wanneer is het gebeurd?'
'Afgelopen nacht. Ergens na twaalf uur.'
'Had je het lab afgesloten?'
'Natuurlijk heb ik dat gedaan.'
'Rustig maar.' Hij deed een paar schepjes koffie in het koffiezetapparaat. 'Heb je niets gehoord?'
'Nee.'
'Dat vind ik vreemd met al die schade.'
'Joe zei dat hij precies wist wat hij deed.'
Hij zette het koffiezetapparaat aan. 'Enig idee wie het heeft gedaan?'
Ze schudde haar hoofd. 'Geen vingerafdrukken. Handschoenen.'
Hij pakte een vest van een haakje aan de deur van het washok. 'Handschoenen. Dan is het niet door amateurs gedaan.'
'Dat heb ik je al verteld.'
Hij hing het vest om haar schouders. 'Dat is waar.'
'En dit is mijn moeders vest.'
'Je hebt het nodig. Ik geloof niet dat ze het erg zal vinden.'
Ze had het inderdaad nodig. Het beven hield maar niet op.
Hij pakte de telefoon op.
'Wat ga je doen?'
'Ik bel mijn persoonlijke assistent, Margaret Wilson. Bij welke maatschappij loopt je verzekering?'

'Security America, maar je hoeft niet...'
'Hallo, Margaret. Met John,' zei hij in de telefoon. 'Ik wil dat je iets...
Ja, ik weet dat het zaterdag is.' Hij luisterde geduldig. 'Ja, Margaret.
Het is te gek voor woorden. Ik ben bijzonder dankbaar dat je zo ver-
draagzaam bent. Zou je nu je mond willen houden en me laten vertellen wat ik van je wil?'
Eve staarde hem verbaasd aan. Wat ze ook had verwacht, niet dat Logan zich door een van zijn werknemers de mantel uit liet vegen.
Hij trok al luisterend een gezicht naar Eve. 'Nu dan?' vroeg hij nog
eens aan de telefoon.
Dit keer was het antwoord kennelijk bevestigend, want hij zei: 'Doe
uit naam van Eve Duncan aangifte bij Security America.' Hij spelde
haar naam. 'Inbraak, vandalisme en mogelijk diefstal. Voor bijzonderheden en een bevestiging kun je contact opnemen met Joe Quinn,
bij de politie van Atlanta. Er moet meteen een schade-expert komen
opdraven en zorg ook voor een schoonmaakploeg. Ik wil dat dat lab
er om middernacht weer uitziet om door een ringetje te halen.' Hij
zuchtte. 'Nee, Margaret, ik wil niet dat je hierheen komt vliegen om
het zelf te doen. Sarcasme hebben we niet nodig. Zorg maar dat het
gebeurt. Ik wil niet dat Eve Duncan ook maar een vinger hoeft uit te
steken, behalve voor het ondertekenen van een schaderapport. Ik wil
ook een ploeg van de veiligheidsdienst hier hebben om het huis en Eve
en Sandra Duncan te beschermen. Bel me maar als je in de problemen
komt. Nee, ik twijfel geen moment aan je efficiëntie, ik wil alleen
maar...' Hij bleef nog even luisteren en zei toen vriendelijk, maar vastberaden: 'Tot ziens, Margaret.' Hij hing op en pakte vervolgens een
kopje uit de kast. 'Margaret zorgt overal voor.'
'Maar dat wil ze helemaal niet.'
'Ze wil me alleen goed inprenten dat ze niet eeuwig en altijd naar mijn
pijpen danst. Als ik het zelf zou doen, zou ze me ervan beschuldigen
dat ik het niet aan haar durfde over te laten.' Hij schonk hete koffie in
de kop. 'Melk of suiker?'
'Zwart. Werkt ze al lang voor je?'
'Negen jaar.' Hij zette de koffie voor haar neer. 'We zullen nog een
keer terug moeten om de dingen op te halen waarvan je niet wilt dat
de schade-expert ze onder ogen krijgt.'
'Ik geloof niet dat ik daar haast mee hoef te maken.' Ze nam een slokje koffie. 'Ik heb nog nooit meegemaakt dat een verzekeringsmaatschappij zo snel reageerde.'
'Laat dat maar aan Margaret over. Binnen de kortste keren staat er ie-

mand voor je neus.' Hij schonk een kop koffie voor zichzelf in en ging tegenover haar zitten. 'Ze beschouwt het vast als een uitdaging.' 'Ik ken Margaret niet, dus kan ik haar ook niet vertrouwen. Net zomin als ik jou kan vertrouwen.' Ze keek hem recht aan. 'En ik wil hier geen privébewakingsploeg hebben. Joe zorgt ervoor dat een patrouillewagen een oogje in het zeil houdt.'

'Mooi. Maar wat extra voorzorgsmaatregelen kunnen geen kwaad. Ze zullen je niet voor de voeten lopen.' Hij bestudeerde haar terwijl hij een slok koffie nam. 'Je ziet er iets beter uit. Ik had het idee dat je zo onderuit kon gaan.'

Ze voelde zich ook beter. Het beven was wat minder geworden. 'Doe niet zo stom. Ik was heus niet flauwgevallen. Ik word iedere dag met de meest akelige verhalen geconfronteerd. Ik was gewoon overstuur.'

'Daar had je het volste recht toe en dit specifieke akelige verhaal speelde zich wel heel dicht bij huis af. Dat maakt een verschil.'

Ja, haar privéleven was vredig en geweldloos verlopen sinds die avond bij de gevangenis. Op dit soort narigheid was ze niet voorbereid geweest. 'Het is meer dan dat. Nu heb ik het gevoel dat ik een slachtoffer ben. Ik heb gezworen dat ik mezelf nooit zou laten… ik háát dat.'

'Dat kan ik me heel goed voorstellen.'

Ze dronk haar koffie op en stond op. 'Als je echt denkt dat er meteen iemand van de verzekeringsmaatschappij langskomt, kan ik maar beter teruggaan en de rest van het lab controleren.'

'Wacht daar nog maar even mee. Je zei zelf al dat daar geen haast bij is.'

'Ik wil het zo gauw mogelijk achter de rug hebben.' Ze liep naar de deur. 'Straks komt mijn moeder thuis en ik wil niet dat ze het idee krijgt dat ze me moet helpen.'

'Je neemt je moeder wel heel erg in bescherming.' Hij liep achter haar aan de trap af. 'Is er een nauwe band tussen jullie?'

'Ja. Dat was vroeger niet zo, maar nu zijn we goede vrienden.'

'Vrienden?'

'Nou, ze is maar zestien jaar ouder dan ik. We zijn min of meer samen opgegroeid.' Ze keek even om. 'Je hoeft niet met me mee te gaan, hoor.'

'Dat weet ik.' Hij deed de deur van het lab voor haar open. 'Maar Margaret zou behoorlijk nijdig op me zijn als ik haar liet werken en zelf geen hand uitstak.'

4

'Wat een bloed,' zei Logan prozaïsch. 'Maar dat kunnen we wel aan de schoonmaakploeg overlaten.' Hij maakte een hoofdgebaar naar de stapel spullen op de vloer bij de in elkaar geslagen boekenkast. 'Waarom kijk je niet even of daar nog iets bij zit dat gered kan worden? Ik zie een stel foto's.'

Ze knikte en knielde naast de boekenkast neer. Ze besefte verbaasd dat het een stuk gemakkelijker was om hier samen met Logan te zijn. Zijn nuchtere houding was een lichtpuntje in de duisternis. Er was bloed: dat moest opgeruimd worden. Er waren vernielde dingen: kijk maar of er nog iets te redden viel.

En ze zag tot haar grote opluchting dat de foto's van Bonnie en haar moeder gered konden worden. Van allebei was alleen maar een hoekje af. 'Dat lukt wel.'

'Mooi. Dan is degene die dit heeft gedaan toch niet zo slim als ik dacht. Hij besefte niet hoezeer hij je had kunnen kwetsen door die foto te verscheuren.' Hij stond bij het bureau. 'Ik zal de laden even doorlopen en zien of er...'

'Wacht even! Er ligt een...' Ze was te laat. Logan had de la met de dode rat al opengetrokken.

De rat was verdwenen. De politie had hem waarschijnlijk meegenomen, maar de la droop nog steeds van het bloed.

Hij trok een gezicht. 'Ik ben blij dat ik die open heb gedaan voordat de schoonmaakploeg dat deed. Dan hadden we weleens problemen kunnen krijgen om ze hier te houden.' Hij trok de la eruit en liep ermee naar de deur. 'Ik ruim het wel voor je op.'

Hij had geen spoortje van verbazing getoond. 'Het lijkt je allemaal weinig te doen.'

'Help me herinneren dat ik je een keer vertel wat er na mijn eerste grote overname met mijn kantoor is gebeurd. In ieder geval heeft niemand hier zijn ontlasting achtergelaten. Blijf maar zoeken. Ik ben zo terug.'

Er viel niet veel meer te doorzoeken. De boeken waren kapotgescheurd, de zandloper die haar moeder voor haar in Six Flags had gekocht was gebroken, de voet van de piëdestal was in tweeën gehakt en...

De piëdestal. Mandy.

Waarom was Mandy meegenomen naar de andere kant van de kamer voor ze kapotgeslagen werd? Het was haar al eerder opgevallen hoe vreemd dat eigenlijk was, maar ze was te versuft geweest om het helemaal tot zich te laten doordringen. Alle andere vernielingen in de kamer leken met koele berekening te zijn gedaan. Wat was de reden dat de schedel...

Ze stond op en liep snel om het bureau heen. Het enige andere voorwerp dat hij op die plek kapotgeslagen had, was de computer. En de schedel was van de piëdestal gepakt om op dezelfde plek vernield te worden.

Ze staarde neer op de computer en plotseling drong het verband tot haar door. 'Mijn god.'

'Ik dacht wel dat je de boodschap zou begrijpen als je er goed over na zou denken.' Logan stond op de drempel naar haar te kijken.

'Jij snapte het wel.'

Hij knikte. 'Zodra je me vertelde waar de schedel was gevonden. Hij heeft geprobeerd het je duidelijk te maken, hè? De Logan computer. De schedel. Een waarschuwing.'

'Wie?'

'Dat weet ik niet. Kennelijk iemand die niet wil dat ik van jouw diensten gebruik maak.'

Haar blik dwaalde door de kamer. 'En dat is de reden voor deze puinhoop?'

'Ja.'

Ze keek hem weer aan. 'En je was niet van plan om mij dat te vertellen?'

'Niet als je er niet uit jezelf was opgekomen,' zei hij zonder omhaal. 'Ik was bang dat dat voor mij de doorslag zou geven. Dit was bedoeld om jou bang te maken en dat is gelukt.'

Ja, het had haar angst aangejaagd. Ze was niet alleen bang geworden, maar ook misselijk en verdrietig. Niet alleen om alles wat er vernield was, maar ook omdat Tom-Tom van het leven was beroofd en omdat Mandy's identiteit haar voorgoed ontstolen was.

En dat alles was gedaan om haar ervan te weerhouden een bepaalde weg te volgen. Ze voelde de woede oplaaien toen ze terugdacht aan hoe mevrouw Dobbins er die ochtend uit had gezien.

'Hij kan verrekken.' Haar stem trilde van kwaadheid. 'Hij kan naar de hel lopen.'

'Daar ben ik helemaal voor.' Logans blik was vast op haar gezicht gericht. 'Ik hoop dat ik iets mag opmaken uit het feit dat je hem naar de hel verwenst en niet mij.'

'De vuile schoft.' Ze liep met grote passen het lab uit. Ze kon zich niet herinneren dat ze ooit zo razend was geweest, met uitzondering van de dag waarop Fraser in de kraag was gepakt. Ze had zin om iemand te vermóórden. 'Het kon hem niets schelen. Dat deugt niet. Hoe kon hij...' Ze wist best hoe dat kon. Hij was waarschijnlijk net zo'n krankzinnige idioot als Fraser. Wreed, koud en zonder mededogen. 'Ik wil hem dit betaald zetten.'
'Dan zal ik voor je uitzoeken wie het is geweest,' zei Logan.
Ze draaide zich met een ruk naar hem om. 'Hoe kun je daar achter komen? Heb je gelogen toen je zei dat je niet wist wie het is geweest?'
'Ik weet niet wie het was, maar ik weet wel voor wie hij waarschijnlijk werkt.'
'Voor wie dan?'
Hij schudde zijn hoofd. 'Dat kan ik je niet vertellen, maar ik zal uitzoeken wie dit heeft gedaan.' Hij zweeg even. 'Als je met me meegaat.'
'Vertel me maar wie hem die opdracht heeft gegeven.'
'Daar kom je vanzelf achter als je meegaat en dat werk voor me opknapt. Waarom niet? Het zal tijd kosten om een nieuw lab in te richten. Je kunt nu toch alleen maar je tijd verdoen. Ik doe nog tweehonderdduizend bij het bedrag voor het Adam Fonds en ik lever je de klootzak die dit heeft gedaan er gratis bij.'
Er kwam plotseling een idee bij haar op. 'Misschien heb jíj dit wel laten doen om me zo ver te krijgen dat ik met je mee ga.'
'Dat zou veel te riskant zijn geweest. Je had ook naar de andere kant kunnen doorslaan. En trouwens, ik vermoord geen hulpeloze dieren.'
'Maar je bent wel bereid om je voordeel te doen met wat er is gebeurd.'
'Daar kun je donder op zeggen. Zijn we het eens?'
Ze keek de met bloed besmeurde kamer rond en voelde opnieuw een golf van razernij opkomen. 'Ik zal erover nadenken.'
'En als ik nu de prijs nog...'
'Hou op met me zo onder druk te zetten. Ik zei dat ik erover na zou denken.' Ze pakte een doos op van de grond waar printpapier in had gezeten en begon de scherven van Mandy's schedel erin te doen. Ze zag dat haar handen nog steeds trilden van woede. 'Ga weg. Ik bel je wel als ik een besluit heb genomen.'
'Ik moet heel snel handelen als ik...'
'Ik bel je wel.'
Ze voelde dat hij haar aan bleef kijken en verwachtte eigenlijk dat hij door zou gaan met zijn pogingen om haar over te halen.
'Ik logeer in het Ritz-Carlton Buckhead.' Hij zweeg even. 'Dat zou ik

je niet moeten vertellen. Het ondermijnt mijn onderhandelingspositie. Maar ik ben ten einde raad, Eve. Ik heb je hulp echt nodig. Ik ben tot alles bereid om die te krijgen. Bel me maar op en noem je prijs. Die zal ik betalen.'

Toen ze opkeek, was hij verdwenen.

Waardoor zou een man als Logan ten einde raad raken? Als hij daarvoor ook al wanhopig was geweest, had hij dat goed weten te verbergen. Misschien was het wel een kwestie van tactiek om net te doen alsof hij kwetsbaar was.

Nou ja, daar kon ze later wel over nadenken. Ze moest nu eerst terug naar het huis om te voorkomen dat haar moeder haar hier zou zoeken. Ze pakte de foto's en Mandy's doos op en liep naar de deur. Ze kon proberen de schedel weer in elkaar te zetten. Zelfs als dat niet helemaal precies lukte, kon ze er misschien toch met behulp van de computer een beeld op projecteren...

Ze voelde opnieuw een golf van hulpeloze woede door zich heen slaan toen ze besefte dat daar geen sprake van kon zijn. Joe had haar verteld dat ze er geen idee van hadden wie Mandy zou kunnen zijn, dus hoe zouden ze een foto van haar te pakken kunnen krijgen? Haar enige hoop was een reconstructie van het gezicht geweest, een gezicht dat hen vervolgens misschien op het spoor kon brengen van iemand, het deed er niet toe wie, die haar zou kunnen identificeren. Die hoop was de bodem ingeslagen door de smeerlap die opzettelijk de schedel kapot had geslagen om haar te waarschuwen dat ze iets niet mocht doen.

'Eve?' Dat was haar moeder die over het pad naar haar toe kwam lopen. 'Ik heb net de verzekeringsmaatschappij aan de telefoon gehad. Ze sturen meteen een schade-expert.'

'Echt waar?' Kennelijk had Logans Margaret gezegevierd. 'Hoe gaat het met mevrouw Dobbins?'

'Iets beter. Vind je dat we haar een jong poesje moeten geven?'

'De eerste paar maanden niet. Laat haar maar eerst het verdriet verwerken.'

Sandra's blik dwaalde naar het lab. 'Ik vind het zo erg voor je, Eve. Al je dossiers en je apparatuur.'

'Die kunnen worden vervangen.'

'Dit is zo'n prettige, rustige buurt. Dit soort dingen gebeurt hier nooit. Je zou er gewoon bang van worden.' Ze fronste. 'Denk je dat we een soort bewakingssysteem moeten nemen?'

'Daar hebben we het nog wel over.' Ze deed de keukendeur open. 'Er is koffie, heb je daar zin in?'

'Nee, ik heb al bij mevrouw Dobbins een kop koffie gedronken.' Ze was even stil. 'Ik heb Ron opgebeld. Hij stelde voor om samen te gaan lunchen zodat ik even mijn zinnen kon verzetten. Ik heb natuurlijk gezegd dat ik niet meeging.'

Maar het was duidelijk dat ze dat wel graag wilde, dacht Eve. Waarom zou ze het niet doen? Ze had een ellendige ochtend achter de rug en ze had troost nodig. 'Ik zou niet weten waarom je niet zou gaan. Je kunt hier toch niets doen.'

'Weet je dat zeker?'

'Heel zeker. Vooruit, bel hem maar terug.'

Ze bleef aarzelen. 'Hij vroeg of jij ook meekwam. Je hebt gezegd dat je hem graag wilde leren kennen.'

'Niet nu. Je zei dat er iemand van de verzekering zou komen.'

'Ik kom zo gauw mogelijk terug.'

Eve zette Mandy's doos op het werkblad in de keuken. 'Blijf maar zolang weg als je wilt.'

Sandra schudde haar hoofd en zei vastberaden: 'Twee uur. Langer niet.'

Ze wachtte tot de deur achter haar moeder dichtviel voor ze de glimlach die op haar gezicht zat vastgeplakt liet wegebben. Het was dom en egoïstisch om zich zo verlaten te voelen. Sandra had haar uiterste best gedaan om te helpen. Het was gewoon niet tot haar doorgedrongen dat Eve zich zo eenzaam voelde.

Hou op met dat gezeur. Je bent alleen. Je hebt geleerd om daarmee om te gaan. Zelfs Sandra was af en toe meer een verplichting dan een metgezel, maar dat maakte niet uit. Ze ging niet bij de pakken neerzitten omdat een of andere slijmbal had geprobeerd haar bang te maken.

Fraser.

Waarom bleef de gedachte aan hem zich toch steeds aan haar opdringen?

Omdat ze zich even hulpeloos en bang voelde als in de dagen nadat hij in haar leven was binnengedrongen. Hij had haar dochter vermoord en zij had zich gedwongen gezien om de autoriteiten te verzoeken hem nog niet te executeren. Ze had hem zelfs in de gevangenis opgezocht en hem gesmeekt haar alles over Bonnie te vertellen.

Hij had haar dat charmante lachje geschonken dat twaalf kinderen de dood in had gelokt, zijn hoofd geschud en nee gezegd. De klootzak had zelfs geweigerd om in hoger beroep te gaan, zodat de dossiers gesloten zouden worden en de kinderen nooit teruggevonden zouden worden. Ze had hem aan stukken willen scheuren, maar ze zat in de val, gevangen door de woorden die hij weigerde uit te spreken.

Maar nu was ze niet hulpeloos of machteloos. Ze hoefde geen slachtoffer te zijn. Ze kon actie ondernemen. Die wetenschap deed een golf van tevredenheid door haar lichaam razen. Logan kon voor haar uitzoeken wie haar lab had vernield.

Als ze zijn prijs betaalde.

Was ze bereid om die te betalen? Daar was ze tot nu toe niet zeker van geweest. Ze was van plan geweest om zijn voorstel rationeel en zonder emoties in overweging te nemen voordat ze hem haar antwoord gaf.

Logan had zijn hoop waarschijnlijk gevestigd op het feit dat ze zich op het ogenblik allesbehalve rationeel of emotieloos voelde. Hij zou zijn voordeel doen met elke zwakheid die ze hem toonde.

Dan moet je tegenover hem dus geen zwakheid tonen. Pak wat je nodig hebt en vermijd de valstrikken. Dat kon ze best. Ze was even intelligent als Logan en, zoals ze hem al had verteld, ze kon best op zichzelf passen.

Ze was geen slachtoffer.

'Ik zal het doen,' zei Eve toen Logan de telefoon oppakte. 'Maar op mijn voorwaarden. De helft van mijn honorarium vooraf en het hele bedrag voor het Adam Fonds moet op hun rekening staan voor ik dit huis verlaat.'

'Afgesproken. Ik laat het vandaag telefonisch overmaken.'

'Ik wil zeker weten dat het ook werkelijk is gebeurd. Over vier uur bel ik het hoofdkantoor van het fonds om me ervan te overtuigen dat ze het hebben ontvangen.'

'Dat lijkt me redelijk.'

'En ik wil dat mijn moeder en mijn huis bewaakt worden als ik weg ben.'

'Ik heb al tegen je gezegd dat jullie bewaking zouden krijgen.'

'Je hebt me ook beloofd dat je zou uitzoeken wie mijn lab heeft vernield.'

'Ik heb er al iemand op gezet.'

'En als ik tot de ontdekking kom dat wat ik doe mij medeplichtig maakt aan een of ander misdrijf, kap ik ermee.'

'Oké.'

'Je bent wel erg meegaand.'

'Ik heb je gezegd dat je zelf je prijs kon bepalen.' Ze zou het dóén. Verrek, hij had de hele wereld aan haar voeten willen leggen. 'Pak een koffer in. Ik kom je later vanavond ophalen.'

'Als ik tenminste de bevestiging van het Adam Fonds krijg.'

'Met die voorwaarde ga ik akkoord.'

'En ik moet aan mijn moeder vertellen waar we naartoe gaan.'

'Zeg maar tegen haar dat je onderweg zult zijn en dat je haar om de dag 's avonds opbelt.'

'Zal ik ook écht onderweg zijn?'

'Dat zit er dik in. Je kunt me om een uur of tien verwachten.'

Hij verbrak de verbinding. Já! Hij had haar te pakken. Nadat hij Eve had leren kennen en doorkreeg hoe taai ze was, had hij gevreesd dat het veel langer zou duren. Hij zou waarschijnlijk nog steeds met haar in de clinch hebben gelegen als de inbraak haar niet zo kwaad had gemaakt. Eigenlijk moest hij die smeerlap Timwick dankbaar zijn. Hij had geen grotere fout kunnen maken dan opdracht te geven voor die stomme zet. Er was genoeg geweld aan te pas gekomen om Eve ziedend te maken, maar niet genoeg om haar echt zo bang te maken dat ze overal van afzag.

En het voorval was voor Logan de waarschuwing geweest dat Timwick argwaan koesterde en mogelijk uit de eerste hand op de hoogte werd gehouden van zijn handelingen. Interessant.

Timwick was slim en hij maakte niet vaak fouten. Als hij erachter kwam dat Eve zich niet bang had laten maken, zou hij zijn vergissing herstellen en de druk verhogen.

En de volgende keer zou hij ervoor zorgen dat het geen kat was die het leven liet.

Op een straatlengte afstand van Eves huis glimlachte Fiske terwijl hij het elektronische afluisterapparaat uit zijn oor plukte en naast zich op de stoel legde. Hij was altijd dol geweest op technische foefjes en hij had met name bijzonder veel bewondering voor deze krachtige X436-versterker. Hij vond het een boeiend idee dat je iemand door de muren heen kon afluisteren. In feite ging het in dit geval om glazen ruiten, maar het machtsgevoel bleef hetzelfde.

Dat Eve Duncan als onderdeel van haar prijs om met Logan mee te gaan zijn hoofd eiste, beschouwde hij als een compliment. Daaruit kon je opmaken hoe goed hij zijn werk had gedaan. Die dode kat was een meesterlijke zet geweest. De dood van een huisdier raakte altijd een tere plek. Daar was hij achter gekomen toen hij in de vijfde klas zat en de hond van zijn onderwijzeres had vermoord. Die trut was een week lang met opgezwollen ogen naar school gekomen.

Hij had zijn werk gedaan; het was zijn schuld niet dat Timwicks bevelen het tegenovergestelde hadden bereikt. Fiske had tegen hem gezegd dat ze harder moesten toeslaan, maar Timwick had gezegd dat het daarvoor nog te vroeg was en misschien wel niet eens nodig zou zijn. De laffe zak.

'Jullie buitenlamp werkt niet,' zei Logan toen Eve de deur opendeed. 'Heb je een nieuwe lamp? Dan zet ik hem er wel even in.'
'Ik geloof dat er een in de keukenkast ligt.' Ze draaide zich om en liep de gang in. 'Wat raar, ik heb hem pas vorige week vervangen.'
De buitenlamp was aan toen ze een paar minuten later met een nieuwe gloeilamp terugkwam. 'Hij doet het alweer.'
'Hij zat alleen maar een beetje los. Is je moeder thuis?'
'Ze is in de keuken.' Ze trok rimpels in haar neus. 'Ze vond het helemaal niet erg dat ik wegging. Ze maakt al plannen om het lab opnieuw te schilderen.'
'Zou ik kennis met haar mogen maken?'
'Natuurlijk. Ik ga haar wel even...'
'Meneer Logan?' Sandra kwam naar hen toe. 'Ik ben Sandra Duncan. Ik ben ontzettend blij dat u Eve meeneemt nu we zo onder druk staan. Ze is wel aan vakantie toe.'
'Ik ben bang dat het geen vakantie wordt, maar het zal in ieder geval een verandering zijn. Ik zal mijn best doen om haar niet te hard te laten werken.' Logan glimlachte. 'Ze mag blij zijn dat ze iemand als u heeft om voor haar te zorgen.'
Logan gaf zijn charme de vrije loop en haar moeder smolt meteen, zag Eve.
'We zorgen voor elkaar,' zei Sandra.
'Eve heeft me verteld dat u haar lab gaat schilderen. Die inbraak was echt vreselijk.'
Sandra knikte. 'Maar de schoonmaakploeg heeft vrijwel geen smetje laten zitten. Als ze terugkomt, zal ze niet eens meer kunnen zien dat er daar zoiets naars is gebeurd.'
'Nou, ik voel me wel een beetje schuldig dat ik haar meeneem voor ze de dader te pakken hebben. Heeft Eve u verteld dat ik voor bewaking heb gezorgd?'
'Ja, maar Joe zal wel zorgen...'
'Ik zal me prettiger voelen als ik ook een steentje mag bijdragen. Als u het niet erg vindt, zal ik ervoor zorgen dat iemand u iedere avond opbelt en controleert of alles in orde is.'
'Dat vind ik helemaal niet erg, maar het is niet nodig.' Ze omhelsde

Eve. 'Niet te hard werken, hoor. Rust maar een beetje uit.'

'Maar kun jij het wel aan?'

'Ik red me heus wel. Ik ben blij dat ik even van je af ben. Nu kan ik Ron misschien een keertje te eten vragen zonder bang te zijn dat jij hem meteen de duimschroeven aanlegt.'

'Dat zou ik nooit...' Ze grinnikte. 'Nou ja, misschien zou ik hem wel een páár vragen hebben gesteld.'

'Zie je nou wel?'

Eve pakte haar aktetas op. 'Pas goed op jezelf. Ik bel zo vaak als ik kan.'

'Fijn dat ik u heb leren kennen, mevrouw Duncan.' Logan schudde haar de hand en pakte vervolgens Eves koffer op. 'Ik zal goed voor haar zorgen en ik breng haar zo gauw mogelijk weer terug.'

Weer dat charisma dat van hem afstraalde en Sandra meteen inpakte.

'Daar ben ik van overtuigd. Tot ziens, meneer Logan.'

Hij glimlachte. 'John.'

Ze glimlachte terug. 'John.'

Ze stond hen in de voordeur na te kijken terwijl ze via de trap naar het tuinpad liepen. Toen zwaaide ze nog een keer en deed de deur dicht.

'Wat was de bedoeling van die vertoning?' vroeg Eve.

Hij deed het portier voor haar open. 'Vertoning?'

'Je hebt zo met stroop naar mam staan smijten dat ze geen vin meer kon verroeren.'

'Ik was alleen maar beleefd.'

'Je gedroeg je als een charmeur.'

'Ik heb ontdekt dat je zo vaak de weg effent. Heb je daar bezwaar tegen?'

'Het zijn allemaal leugens. Daar heb ik de pest aan.'

'Waarom heb...' Hij was even stil. 'Fraser. Ik heb gehoord dat hij net zo'n type was als Ted Bundy. Verdomme, ik ben geen Fraser, Eve.'

Dat wist ze best. Niemand was zoals Fraser, behalve de duivel in eigen persoon. 'Ik kan er niets aan doen... Het doet me gewoon denken aan... Het irriteert me.'

'Aangezien we samen moeten werken, is dat het laatste waar we op zitten te wachten. Ik beloof je dat ik zo grof en zo onbeschoft zal zijn als ik kan.'

'Mooi.'

'Helemaal niet mooi. Ik sta erom bekend dat ik af en toe behoorlijk vervelend kan zijn.' Hij startte de auto. 'Vraag het Margaret maar.'

'Zoals jij haar hebt beschreven, betwijfel ik of ze dat zou slikken.'

'Dat klopt. Ze kan nog veel akeliger zijn dan ik. Maar ik doe mijn best.'
'Waar gaan we naartoe?'
'Wat heb je tegen je moeder gezegd?'
'Ik heb niets tegen haar gezegd. Ik zei dat jij aan de westkust gevestigd was en ze ging ervan uit dat we daarheen zouden gaan. Zij en Joe Quinn hebben het nummer van mijn digitale telefoon voor onvoorziene gevallen.' Ze vroeg nog een keer: 'Maar waar gáán we naartoe?'
'Nu? Naar het vliegveld. We gaan met mijn vliegtuig naar mijn huis in Virginia.'
'Ik heb apparatuur nodig. De meeste van mijn spullen zijn vernield. Hij heeft maar een paar instrumenten over het hoofd gezien.'
'Geen probleem. Ik heb al een lab voor je ingericht.'
'Wat?'
'Ik wist dat je een werkplek nodig had.'
'Maar als ik je nou had afgewezen?'
'Dan was ik op zoek gegaan naar de op één na beste.' Hij glimlachte en voegde er met een melodramatische grom aan toe: 'Of ik had je ontvoerd en je net zolang in dat lab opgesloten tot je zou doen wat ik wilde.'
Hij maakte een grapje. Maar was dat wel zo? vroeg ze zich plotseling af.
'Het spijt me. Was dat te lollig? Ik probeerde alleen maar of je ook gevoel voor humor had. Waar je tussen twee haakjes een hopeloos gebrek aan schijnt te hebben. Is dat onbeschoft genoeg voor je?'
'Ja, want ik heb wel gevoel voor humor.'
'Dat was mij nog niet opgevallen.' Hij reed via de oprit naar de snelweg. 'Maar maak je geen zorgen, dat is bij dit werk geen vereiste.'
'Ik maak me helemaal geen zorgen. Het maakt me niet uit hoe je over me denkt. Ik wil dat karwei gewoon zo snel mogelijk achter de rug hebben. En ik ben het zat om blindemannetje te spelen. Wanneer gaan we...'
'Daar hebben we het wel over als we in Virginia zijn.'
'Ik wil er nu over praten.'
'Later.' Hij wierp een blik op de achteruitkijkspiegel. 'Dit is een huurauto en hij is niet beveiligd.'
Ze begreep eerst niet waar hij het over had. 'Bedoel je dat we afgeluisterd worden?'
'Ik zou het niet weten. Ik wil alleen geen enkel risico nemen.'
Ze was even stil. 'Zijn jouw auto's gewoonlijk... wel beveiligd?'
'Ja, aangezien ik af en toe zaken doe als ik onderweg ben. Lekken kunnen kostbaar zijn.'

'Daar kan ik me wel iets bij voorstellen. Vooral als je met dingen als een begraven skelet aan het stoeien bent.'

'Ik ben niet aan het stoeien.' Hij keek opnieuw in de spiegel. 'Geloof me, Eve.'

Het was de tweede keer binnen een paar seconden dat hij in de spiegel had gekeken en zo druk was het niet. Ze keek achterom. 'Worden we gevolgd?'

'Dat zou kunnen. Voor zover ik weet niet.'

'Zou je me het vertellen als dat wel zo was?'

'Dat hangt ervan af of ik het idee zou hebben dat je daardoor afgeschrikt kunt worden.' Hij keek haar even aan. 'Zou dat het geval zijn?'

'Nee. Ik heb je mijn voorwaarden gegeven en daar hou ik me aan. Ik zou me nu alleen nog maar terugtrekken als ik het gevoel krijg dat je tegen me liegt. Dat accepteer ik niet, Logan.'

'Ik zal er rekening mee houden.'

'Ik meen wat ik zeg. Jij bent de beste maatjes met al die politici die met een dubbele tong praten. Zo ben ik niet.'

'Sjonge, wat klinkt dat schijnheilig.'

'Je mag denken wat je wilt. Ik wind er geen doekjes om. Ik wil gewoon niet dat je je in mij vergist.'

'Gesnapt. Maar ik verzeker je dat niemand jou voor een politicus of een diplomaat zou houden,' zei hij droog.

'Dat beschouw ik als een compliment.'

'En ik begrijp dat je niet van politici houdt.'

'Wie wel? Tegenwoordig schijnen we alleen maar de keus te hebben tussen kwaad en erger.'

'Er zijn ook wel een paar mensen bij die hun werk goed willen doen.'

'Probeer je me te bekeren? Vergeet het maar. Ik hou net zomin van Republikeinen als van Democraten.'

'Op wie heb je bij de laatste verkiezingen gestemd?'

'Op Chadbourne. Maar niet omdat hij een Democraat was. Hij wist me ervan te overtuigen dat hij een fatsoenlijke president zou zijn.'

'En denk je dat hij dat is geworden?'

Ze haalde haar schouders op. 'Hij heeft de wet op hulp voor afhankelijke kinderen er toch doorgekregen, hoewel het Congres hem volkomen had vastgezet.'

'Als je wordt vastgezet, moet je zien los te komen. Desnoods door er iets explosiefs tegenaan te gooien.'

'Die feestjes van jou om geld in te zamelen zijn niet bepaald explosief.'

'Dat hangt er maar vanaf hoe je het bekijkt. Ik doe wat ik kan. Ik ben

altijd van mening geweest dat je een standpunt in moet nemen. Als je dingen wilt veranderen, zul je gebruik moeten maken van het systeem.'
'Daar hoef ik geen gebruik van te maken. Ik heb er helemaal niets mee te maken, behalve als er verkiezingen zijn.'
'Nee, jij begraaft je in je lab met je botten.'
'Waarom niet?' Ze wierp hem een sluwe blik toe. 'Dat is beter gezelschap dan de meeste politici.'
Tot haar verbazing hapte hij niet. 'Mijn god, misschien heb je toch wel gevoel voor humor.' Hij grinnikte. 'Zullen we maar afspreken dat we het niet met elkaar eens zijn? Mijn vader heeft me altijd voorgehouden dat ik met een vrouw niet over godsdienst of politiek in discussie moet gaan.'
'Wat seksistisch van hem.'
'Hij was een geweldige vent, maar hij leefde in een andere wereld. Hij had vast niet geweten wat hij met vrouwen als jij en Margaret aan moest.'
'Leeft hij nog?'
'Nee, hij is overleden toen ik studeerde.'
'Zal ik Margaret ook ontmoeten?'
Hij knikte. 'Ik heb haar vanmiddag opgebeld en gezegd dat ze naar het huis toe moest gaan.'
'Was dat niet een beetje onattent? Ze moet toch vanuit Californië komen vliegen?'
'Ik had haar nodig.'
Die ongezouten uitspraak zei genoeg, dacht ze. Hij kon dan wel net doen alsof hij zich door die Margaret liet ringeloren, maar hij verwachtte wel dat ze meteen klaarstond als hij belde.
'Ik heb het heel vriendelijk gevraagd. Er kwam geen zweep aan te pas.'
'Soms heb je die ook niet nodig om hetzelfde effect te bereiken.'
'Nou, ik beloof je dat ik bij jou geen dwang zal gebruiken, al dan niet met zweep.'
Ze beantwoordde zijn blik koel. 'Nee, inderdaad niet. Ik zou het niet eens proberen, Logan.'

'Ze stappen op dit moment in,' zei Fiske. 'Wat wil je dat ik doe? Moet ik achter zijn vluchtplan zien te komen en hem volgen?'
'Nee, zijn secretaresse heeft tegen haar vader gezegd dat ze naar het huis in Virginia ging. Hij laat die tent strenger bewaken dan Fort Knox. We hebben een surveillanceploeg voor de hekken staan, maar als hij eenmaal binnen zit, kunnen we hem niets meer maken.'

'Dan moet ik hem te pakken nemen voor hij daar is.'
'Ik heb je al gezegd dat hij te veel aan de weg timmert. We willen hem niets aandoen, tenzij het absoluut noodzakelijk is.'
'Dan ga ik wel terug naar het huis. De moeder is nog steeds...'
'Nee, die gaat toch nergens naartoe. Die draad kun je later wel weer oppakken als we vinden dat we een afleidingsmanoeuvre nodig hebben. We hebben iets dringenders voor je te doen. Kom maar terug.'

5

Ze landden op een privévliegveldje in de buurt van Arlington, Virginia. Hun bagage werd meteen overgebracht naar een verlengde limousine die naast de hangar stond. Al het gemak dat voor geld te koop was, dacht Eve zuur. En de chauffeur zou ongetwijfeld overlopen van kruiperige beleefdheid, alsof hij zo uit een boek van Wodehouse was gestapt. De roodharige chauffeur stapte uit. 'Hoi, John. Goeie reis gehad?' Hij had sproeten, zag er goed uit, liep tegen de dertig en was gekleed in een spijkerbroek en een geblokt overhemd met dezelfde blauwe kleur als zijn ogen.

'Goed genoeg, Gil. Gil Price, Eve Duncan.'

Gil schudde haar de hand. 'De bottendame. Ik heb je foto bij *60 Minutes* gezien. Je ziet er in het echt veel leuker uit. Ze hadden zich op jou moeten concentreren in plaats van op die schedel.'

'Dank je wel, maar ik had helemaal geen behoefte om overal in het land op de tv te verschijnen. Ik hoef mijn leven lang geen camera meer te zien.'

'John houdt ook niet van camera's. Vorig jaar in Parijs heb ik er een kapot moeten slaan.' Hij trok een gezicht. 'En toen moest John een schikking treffen met de klootzak die beweerde dat ik zijn hoofd te pakken had gehad in plaats van zijn camera. Ik haat paparazzi.'

'Nou, ik word meestal niet op de voet gevolgd door paparazzi, dus dat probleem zal je bespaard blijven.'

'Niet als je met John omgaat.' Hij opende het achterportier. 'Spring er maar in, dan breng ik jullie naar het hoofdkwartier in Barrett House.'

'Barrett House? Dat klinkt als iets uit Dickens.'

'Nee hoor, het is vroeger tijdens de Burgeroorlog een herberg geweest. John heeft het vorig jaar gekocht en helemaal laten renoveren.'

'Is Margaret al aangekomen?' vroeg Logan terwijl hij na Eve in de auto stapte.

'Twee uur geleden en zo kribbig als de pest. Je krijgt een rekening van me voor gevarengeld omdat ik haar moest afhalen.' Gil liet zich achter het stuur vallen. 'Ik snap er niets van. Waarom is ze niet dol op me? Iedereen houdt van me.'

'Het zal wel een verkeerd karaktertrekje van haar zijn,' zei Logan. 'Het kan niet zo zijn dat er iets aan jou mankeert.'

'Precies wat ik zelf dacht.' Gil startte de auto en zette de CD-speler aan. De limo werd meteen overspoeld door de sombere klanken van 'Feed Jake'.

'De ruit, Gil,' zei Logan.

'O, best.' Hij grinnikte over zijn schouder naar Eve. 'John heeft altijd een Jeep gehad, maar hij kan countrymuziek niet uitstaan, vandaar dat hij deze lijkwagen heeft gekocht want daar zit een tussenruit in.'

'Ik hou wel van country,' zei Logan. 'Ik kan alleen niet tegen die smartlappen waaraan jij zo verknocht bent. Met bloed bevlekte trouwjurken, honden die op een graf liggen...'

'Dat komt omdat je barstensvol sentiment zit, maar dat wil je gewoon niet toegeven. Dacht je soms dat ik die tranen niet in je ogen heb zien staan? Neem nou "Feed Jake". Dat is...'

'Je mag het houden. De ruit.'

'Oké.' De ruit gleed zonder geluid te maken omhoog en de muziek vervaagde.

'Ik hoop dat je dat niet erg vindt,' zei Logan.

'Nee, ik heb moeite met zielige liedjes. Maar ik kan me niet voorstellen dat jij daardoor met dikke tranen boven je biertje zit.'

Hij haalde zijn schouders op. 'Ik ben maar een mens. Die componisten van countryliedjes weten precies hoe ze een gevoelige snaar kunnen raken.'

Haar blik dwaalde terug naar Gils achterhoofd. 'Hij is aardig. Niet precies wat ik van een van jouw medewerkers zou verwachten.'

'Gil is anders dan de meeste mensen verwachten, maar hij is een goed chauffeur.'

'En lijfwacht?'

'Ook dat. Hij zat vroeger bij de luchtmacht, de militaire politie, maar hij kan niet goed omgaan met discipline.'

'Jij wel?'

'Nee, maar ik probeer het meestal te omzeilen in plaats van mensen een dreun te verkopen.' Hij maakte een gebaar naar het zijraampje. 'Over een paar minuten komen we op mijn land. Het is een mooie omgeving met veel bossen en weilanden.'

'Dat zal wel.' Het was te donker om meer te zien dan de silhouetten van bomen. De vergelijking die Logan had gemaakt tussen hemzelf en Price hield haar nog steeds bezig. 'En wat doe je dan als je mensen die de baas over je willen spelen niet kunt omzeilen?'

'Nou, dan verkoop ik ze een dreun.' Hij lachte. 'Daarom kunnen Gil en ik zo goed met elkaar opschieten. We zijn van hetzelfde laken een pak.' Ze volgden een bocht in de weg en voor hen rees een drieëneenhalve meter hoog, rijk versierd smeedijzeren hek op.

Ze keek toe hoe Gil op een knopje op het dashboard drukte en de hekken zwaaiden langzaam open.

'Staat de omheining ook onder stroom?' vroeg ze.

Hij knikte. 'En ik heb een bewaker die het grondgebied vanuit het koetshuis constant met een videocamera in de gaten houdt.'

Ze voelde plotseling een rilling over haar rug lopen. 'Heel geavanceerd. Ik wil mijn eigen afstandsbediening om die hekken te openen.'

Hij keek haar aan.

'Hekken die mensen buiten houden, kunnen ze ook binnen houden. Ik vind het geen prettig idee om in een kooi te zitten.'

'Ik probeer heus niet om je gevangen te houden, Eve.'

'Nee, niet als je op een andere manier je zin kunt krijgen. Maar wat als je dat niet lukt?'

'Ik kan je niet dwingen om te werken.'

'O nee? Je bent een bijzonder gehaaide vent, Logan. Ik wil mijn eigen afstandsbediening voor die hekken.'

'Morgen. Die zal eerst geprogrammeerd moeten worden.' Hij glimlachte spottend. 'Ik denk dat je veilig kunt aannemen dat ik geen poging zal doen om je de komende vierentwintig uur plat te walsen.'

'Morgen.' Ze leunde voorover toen het huis in zicht kwam. De maan was van achter de wolken te voorschijn gekomen en zorgde voor voldoende licht. Barrett House was een breed gebouw van twee verdiepingen dat leek op de herberg uit de negentiende eeuw dat het volgens Gil was geweest. Het zag er niet overdreven luxueus uit en de klimop die de muren bedekte, verzachtte de stenen. Terwijl Gil voor de voordeur stopte, vroeg ze: 'Waarom heb je een herberg gekocht die gerenoveerd moest worden? Waarom heb je niet gewoon een nieuw huis laten bouwen?'

Logan stapte uit de auto en stak zijn hand uit om haar te helpen. 'Het had een paar unieke bijzonderheden die me aanspraken.'

'Zeg maar niets. Het had een eigen begraafplaats.'

Hij grinnikte. 'De familiebegraafplaats van de Barretts is vlak achter de heuvel. Maar dat was niet de reden waarom ik de herberg heb gekocht.' Hij trok de hoge mahoniehouten voordeur open. 'Er zijn geen inwonende bedienden. Ik laat twee keer per week mensen uit de stad komen om de boel schoon te houden. In de keuken zullen we zelf de handen uit de mouwen moeten steken.'

'Dat geeft niet. Ik ben geen bedienden gewend en ik geef niet veel om eten.'

Hij nam haar van top tot teen op. 'Dat kan ik wel zien. Je bent zo slank als een hazewindhond.'

'Ik hou van hazewindhonden,' zei Gil terwijl hij de bagage in de hal zette. 'Zo elegant en dan die fantastische, grote droefgeestige ogen. Ik heb er vroeger een gehad. Ik ging bijna kapot toen hij doodging. Waar wil je haar koffers hebben?'

'De eerste deur boven aan de trap,' zei Logan.

'Best.' Gil liep de trap op. 'Wat saai. Mijn kamers zijn in het oude koetshuis, Eve. Je moet hem eigenlijk vragen om je daar onder te brengen. Meer privacy.'

'Van hieruit kun je gemakkelijker bij het lab komen,' zei Logan.

En hier kan Logan me gemakkelijker in de gaten houden, dacht Eve.

'Margaret is kennelijk al naar bed. Je zult haar morgen wel zien. Ik denk dat je alles in je kamer zult vinden wat je nodig hebt.'

'Ik wil mijn lab zien.'

'Nu?'

'Ja. Misschien heb je niet de juiste apparatuur aangeschaft. Het zou kunnen dat ik nog andere dingen moet hebben.'

'Nou, ga dan maar mee. Het is een van de kamers die aan de achterkant aangebouwd zijn. Ik heb het zelf nog niet gezien. Ik heb het aan Margaret overgelaten om alles aan te schaffen wat je nodig zou kunnen hebben.'

'Alweer die efficiënte Margaret.'

'Niet alleen efficiënt. Uitzonderlijk.'

Ze liep achter Logan aan door een gigantische woonkamer met een open haard die zo groot was dat je erin kon staan, een houten vloer bedekt met handgeweven touwkleden en leren meubels van een buitengewoon formaat. Ze kwam tot de slotsom dat het vertrek op een blokhut leek.

Hij liep voor haar uit door een korte gang en deed een deur open. 'Dit is het dan.'

Kilte. Steriliteit. Glimmend roestvrij staal en glas.

'Oei.' Logan trok een gezicht. 'Dit is kennelijk Margarets idee van een wetenschappelijke hemel. Ik zal proberen het iets gezelliger voor je te maken.'

'Dat doet er niet toe. Ik zit hier toch niet zo lang.' Ze liep met grote passen naar de piëdestal. Die was stevig en verstelbaar. De drie videocamera's die ernaast op statieven stonden waren het neusje van de zalm, net als de computer, de mixer en het videoapparaat. Ze ging naar de werkbank. De meetinstrumenten waren eersteklas, maar ze gaf de voorkeur aan de apparaten die ze zelf had meegebracht. Ze pakte de houten doos van de plank boven de bank en zestien paar ogen staarden haar aan. Alle mogelijke kleurschakeringen van lichtbruin, grijs, groen, blauw en bruin. 'Blauw en bruin zou meer dan genoeg zijn geweest,' zei ze. 'Bruin is de meest voorkomende kleur van ogen.'

'Ik heb tegen haar gezegd dat ze alles moest kopen wat je mogelijk nodig kon hebben.'

'Nou, dat heeft ze gedaan.' Ze draaide zich om en keek hem aan. 'Wanneer kan ik met het werk beginnen?'

'Over een dag of twee. Ik wacht op bericht.'

'En moet ik hier dan maar zitten duimendraaien?'

'Wil je dat ik een van de Barretts opgraaf bij wijze van oefenmateriaal?'

'Nee, ik wil zo gauw mogelijk klaar zijn en weer naar huis gaan.'

'Je hebt me twee weken gegeven.' Hij wendde zich af. 'Kom op, je bent moe. Ik zal je naar je kamer brengen.'

Ze was inderdaad moe. Ze had het gevoel alsof er duizend jaar voorbij was gegaan sinds ze die ochtend naar haar lab was gelopen. Ze voelde plotseling een vleugje heimwee. Wat deed ze hier eigenlijk? Ze hoorde hier niet, in dit vreemde huis met een man die ze niet vertrouwde.

Het Adam Fonds. Het maakte niet uit of ze zich thuisvoelde of niet. Ze had werk te doen en een doel voor ogen. Ze liep naar hem toe. 'Ik meende wat ik zei. Ik weiger om iets misdadigs te doen.'

'Ik weet dat je dat meende.'

Wat nog niet betekende dat hij dat ook accepteerde. Ze knipte de plafondlampen uit en liep langs hem heen naar de gang. 'Krijg ik nog van je te horen waarom je me hier hebt gebracht en waarom ik zou moeten doen wat jij van me wilt?'

Hij glimlachte. 'Goh, dat is je plicht als staatsburger.'

'Gelul.' Ze keek hem met samengeknepen ogen aan. 'Politiek?'

'Waarom denk je dat?'

'Je staat erom bekend dat je in het openbaar en achter de schermen vrij actief bent.'

'Ik veronderstel dat ik blij zou moeten zijn dat je niet langer denkt dat ik een massamoordenaar ben.'

'Dat heb ik niet gezegd. Ik ga alle mogelijkheden na. Politiek?'

'Het zou kunnen.'

Ze kreeg plotseling een idee. 'Mijn god, probeer je iemand te belasteren?'

'Ik geloof niet in lastercampagnes. Laten we het er maar op houden dat de dingen niet altijd zijn wat ze schijnen en dat ik vind dat de waarheid altijd aan het licht moet komen.'

'Als jij daarmee je voordeel kunt doen.'

Hij knikte spottend. 'Uiteraard.'

'Daar wil ik niet bij betrokken worden.'

'Daar ben je ook niet bij betrokken... tenzij ik het bij het rechte eind heb. Als ik me vergis, ga je gewoon weer naar huis en dan vergeten we dat je ooit hier bent geweest.' Hij liep voor haar uit de trap op. 'Het kan toch niet eerlijker?'

Misschien had zijn reden niets met politiek te maken. Het zou ook iets strikt persoonlijks kunnen zijn. 'Dat zullen we nog wel zien.'

'Ja, hoor.' Hij opende haar deur en deed een stap opzij. 'Welterusten, Eve.'

'Welterusten.' Ze ging naar binnen en trok de deur dicht. De kamer straalde een landelijke gezelligheid uit met een hemelbed waar een lappendeken op lag in roestbruine en crème tinten en eenvoudige, grenen meubelen. Het enige waar ze belangstelling voor had was de telefoon op het nachtkastje. Ze ging op het bed zitten en toetste het nummer van Joe Quinn in.

'Hallo,' antwoordde hij slaperig.

'Met Eve, Joe.'

Elk spoor van slaperigheid verdween meteen uit zijn stem. 'Is alles in orde?'

'Prima. Het spijt me dat ik je wakker heb gemaakt, maar ik wilde je alleen even vertellen waar ik ben en je mijn telefoonnummer hier doorgeven.' Ze las snel het nummer voor dat op het toestel stond. 'Heb je dat?'

'Ik heb het. Waar zit je in hemelsnaam?'

'Barrett House. Logans huis in Virginia.'

'En dit kon niet wachten tot morgen?'

'Waarschijnlijk wel. Maar ik wilde het toch aan je doorgeven. Ik voel me... afgezonderd.'

'Je klinkt alsof je je voor geen meter op je gemak voelt. Heb je dat werk aangenomen?'

'Waarom zou ik anders hier zijn?'

'En wat maakt je bang?'

'Ik ben niet bang.'

'Je kunt me nog meer vertellen. Je hebt me niet meer midden in de nacht gebeld sinds Bonnie...'

'Ik ben niet bang. Ik wilde je het alleen laten weten.' Er schoot haar nog iets te binnen. 'Logan heeft een chauffeur, Gil Price. Die is vroeger bij de luchtmacht geweest, de militaire politie.'

'Wil je dat ik hem natrek?'

'Ik... dat geloof ik wel.'

'Geen probleem.'

'En blijf jij op mijn moeder letten zolang ik weg ben?'

'Natuurlijk, dat weet je toch. Ik vraag wel aan Diane of ze morgenmiddag naar haar toegaat om een kopje koffie te drinken.'

'Bedankt, Joe. Ga maar weer slapen.'

'Ja, best.' Hij was even stil. 'Dit bevalt me niets. Wees voorzichtig, Eve.'

'Er is hier niets om voorzichtig voor te zijn. Dag.'

Ze legde de telefoon neer en stond op. Ze ging douchen, haar haar wassen en dan naar bed. Ze had Joe eigenlijk niet wakker moeten maken, maar ze voelde zich beter nu ze een bekende stem had gehoord. Alles in dit huis, met inbegrip van de beminnelijke Gil Price, was ontspannen en er ging totaal geen dreiging van uit, maar ze voelde zich nog steeds onrustig. Ze wist niet of alles echt was, of dat het gedeeltelijk opgelegd pandoer was om haar op haar gemak te stellen, en ze vond het niet prettig om zo geïsoleerd te zijn.

Maar nu had ze een link naar de buitenwereld.

Joe zou als haar veiligheidsnet fungeren terwijl zij zich op het smalle koord begaf.

'Eve?' Diane Quinn rolde om in bed en ondersteunde haar hoofd met haar hand. 'Is alles in orde?'

Joe knikte. 'Ik geloof het wel. Ik weet het niet. Ze heeft werk aangenomen dat misschien niet... Vergeet het maar. Waarschijnlijk hoeven we ons geen zorgen te maken.'

Maar Joe zou zich toch zorgen maken, dacht Diane. Hij maakte zich altijd zorgen om Eve.

Hij ging weer liggen en trok de dekens op. 'Ga morgen even langs om een bezoekje te brengen aan haar moeder, goed?'

'Tuurlijk.' Ze deed het licht uit en kroop tegen hem aan. 'Als jij het wilt. Ga nou maar weer slapen.'

'Oké.'

Maar hij zou geen oog dichtdoen. Hij zou daar in het donker liggen denken en piekeren over Eve. Niets van aantrekken. Ze had een goed huwelijk. Joe had genoeg geld van zijn ouders geërfd om hun ook zonder zijn salaris een prettig leven te bezorgen. Hij was attent, gul en fantastisch in bed. Toen ze met hem trouwde, had ze geweten dat hij aan Eve verknocht was. Ze had al heel snel doorgehad dat de band tussen Joe en Eve te sterk was om te verbreken. Ze stonden elkaar zo na dat ze af en toe zelfs elkaars zinnen afmaakten.

Maar die band was niet seksueel. Nog niet. Misschien zou het daar ook nooit van komen. Dat stuk van hem was nog steeds van haar.

Zet die jaloezie en die rancune dus maar van je af. Wees een vriendin voor Eve en een vrouw voor Joe.

Want ze was zich er maar al te zeer van bewust dat ze het een niet kon zijn zonder het ander.

'Een halfuur geleden heeft ze Joe Quinn opgebeld.' Gil legde een vel papier voor Logan op het bureau. 'Hier heb je een afschrift dat Mark van het gesprek heeft gemaakt.'

Logan glimlachte flauw terwijl hij de tekst doornam. 'Ik geloof niet dat ze ons vertrouwt, Gil.'

'Verstandige dame.' Gil liet zich in de gemakkelijke stoel aan de andere kant van het vertrek vallen en liet een been over de armleuning bungelen. 'Nu verbaast het me niets dat ze jou niet vertrouwt. Jij bent gemakkelijk te doorgronden, maar iemand moet toch wel heel kien zijn om mij te verdenken.'

'Dat ligt niet aan je kwaliteiten als acteur, het komt door die verdomde sproeten.' Hij fronste. 'Ik heb geprobeerd contact te krijgen met Scott Maren in Jordanië. Zijn er nog telefoontjes geweest?'

'Niemand heeft gebeld.' Toen knipte hij met zijn vingers. 'Behalve die advocaat van je, Novak.'

'Hij kan wel wachten.'

'Wil je dat Mark de verbinding verbreekt als ze weer probeert te bellen?' Hij schudde zijn hoofd. 'Dan zou ze haar digitale telefoon gebruiken. Dat doet ze misschien toch wel als ze doorkrijgt dat de telefoon in haar kamer afgeluisterd wordt.'

'Jij hebt het voor het zeggen.' Hij was even stil. 'Wanneer gaan we erop af?'

'Binnenkort.'

Hij trok zijn wenkbrauwen op. 'Je houdt toch niets voor me verborgen, hè?'

'Ik moet er zeker van zijn dat alles in orde is. Timwick zit me te dicht op de hielen.'

'Je kunt me vertrouwen, John.'

'Ik zei dat ik nog even afwacht.'

'Goed dan, zwijgzame klootzak.' Gil stond op en liep met grote passen naar de deur. 'Maar ik vind het niet prettig om ergens blindelings op af te gaan.'

'Dat gebeurt ook niet.'

'Dat beschouw ik dan maar als een belofte. Probeer wat te slapen.'

'Dat zal ik doen.'

Toen de deur achter Gil dichtviel, wierp Logan opnieuw een blik op het afschrift en gooide het toen aan de kant. Joe Quinn. Hij mocht de rechercheur niet onderschatten. Eve was erin geslaagd om een enorme loyaliteit bij Quinn op te roepen. Loyaliteit, vriendschap en wat nog meer? vroeg hij zich af. Quinn was getrouwd, maar dat maakte niets uit.

Verrek, dat ging hem allemaal niets aan als het geen invloed had op wat Eve voor hem moest doen. En hij had trouwens al genoeg zorgen aan zijn hoofd.

Scott Maren zwierf rond door Jordanië en kon elk moment om zeep gebracht worden.

Timwick had Logan kennelijk doorzien en zijn conclusies getrokken. Die conclusies zouden hem genoeg vrees aanjagen om die opdracht te geven en zijn positie zeker te stellen.

Logan kon niet wachten tot hij Maren te pakken had.

Hij haalde zijn privételefoonboek te voorschijn en sloeg de laatste pagina op. Er stonden maar drie namen en telefoonnummers op de binnenkant van de omslag.

Dora Bentz.

James Cadro.

Scott Maren.

De telefoons van Bentz en Cadro werden misschien afgeluisterd, maar hij moest ze toch bellen om zich ervan te verzekeren dat alles in orde was met hen. Daarna zou hij iemand sturen om hen op te halen.

Hij pakte de telefoon op en toetste het eerste nummer in.

Dora Bentz.

De telefoon ging over.

Fiske legde de laatste knoop in het touw waarmee de benen van de vrouw aan de steunen van het bed waren vastgebonden en trok haar nachtpon op tot boven haar middel.

Ze was al in de vijftig, maar ze had verdomd mooie benen. Jammer van die uitgezakte buik. Ze had aan fitness moeten doen, dacht hij. Met situps was die buik wel weer in orde gekomen. Hij deed tweehonderd situps per dag en zijn eigen buik was zo hard als staal.

Hij haalde een bezem uit de keukenkast en liep terug naar het bed. De telefoon rinkelde nog steeds. Volhardend.

Hij schoof de bezem in de vrouw. De moord moest eruitzien als een zedenmisdrijf, maar hij nam niet het risico om in haar te ejaculeren. Sperma kon als bewijs fungeren. Het merendeel van de seriemoordenaars had toch problemen met klaarkomen en die bezem was een aardig trekje. Het was een synoniem voor vrouwenhaat en inbreuk op de huiselijkheid.

Verder nog iets?

Zes diepe, wrede wonden in haar borsten, plakband over haar mond, het open raam...

Nee, hij had het netjes opgeknapt.

Hij had nog wel een poosje langer willen blijven om zijn handwerk te bewonderen, maar die telefoon bleef rinkelen. De persoon aan de andere kant van de lijn, wie dat ook was, zou zich weleens zorgen kunnen gaan maken en de politie opbellen.

Nog een laatste controle. Hij liep naar het hoofdeinde van het bed en keek op haar neer.

Ze staarde terug, met dezelfde wijd opengesperde ogen en dezelfde uitdrukking van doodsangst op haar gezicht als toen hij het mes in haar hart had gestoten.

Hij haalde de envelop met de foto's en de getypte lijst te voorschijn die Timwick hem op het vliegveld had gegeven. Hij hield van lijstjes, ze schepten orde in de wereld.

Drie foto's. Drie namen. Drie adressen.

Hij streepte de naam van Dora Bentz op de lijst door.

De telefoon ging nog steeds over toen hij het appartement uit liep.

Geen gehoor.

Het was halfvier in de ochtend. Iemand had de telefoon moeten opnemen.

Logan legde langzaam de hoorn op de haak.

Het hoefde niets te betekenen. Dora Bentz had getrouwde kinderen die in Buffalo, New York woonden. Ze kon bij hen op bezoek zijn. Ze kon ergens op vakantie zijn.

Ze kon ook dood zijn.

Het was best mogelijk dat Timwick snel in actie was gekomen om alle losse eindjes aan elkaar te knopen.

Shit, Logan had gedacht dat hij tijd genoeg had.

Misschien trok hij wel overhaaste conclusies.

Verrek, wat dan nog? Hij had altijd op zijn instinct vertrouwd en dat liet nu alle alarmklokken luiden.

Maar als hij Gil naar Dora Bentz stuurde om te zien of alles in orde was, zou hij zich blootgeven. Dan zou Timwick zeker weten wat hij nu alleen nog maar vermoedde. Logan kon proberen om Dora Bentz te redden of hij kon zich nog een paar dagen verschuilen.

Shít.

Hij pakte de telefoon op en toetste het nummer van Gil in het koetshuis in.

Lichten. Bewegende lichten.

Eve hield op met het föhnen van haar haar, stond langzaam op en liep naar het raam.

De zwarte limousine die hen bij het vliegveld had opgepikt, gleed over de oprijlaan naar de hekken.

Logan?

Gil Price?

Het was bijna vier uur in de ochtend. Waar zou iemand op dit uur naartoe gaan?

Ze betwijfelde of ze het te horen zou krijgen als ze dat morgenochtend vroeg.

Maar ze mocht barsten als ze het niet toch zou doen.

6

Eve viel pas om vijf uur in slaap en daarna bleef ze draaien en woelen. Ze werd om negen uur wakker, maar dwong zichzelf om in bed te blijven tot bij tienen, toen er met veel misbaar op de deur werd gebonsd. De deur ging al open voor ze iets kon zeggen, en een kleine, gezette vrouw kwam met grote passen de kamer in. 'Hoi, ik ben Margaret Wilson. Dit is de afstandsbediening voor het hek waar je om hebt gevraagd.' Ze legde het apparaatje op het nachtkastje. 'Het spijt me als ik je wakker heb gemaakt, maar John zegt dat ik een miskleun heb begaan met dat lab. Verrek, hoe kon ik nou weten dat jij van leuke spulletjes houdt? Wat moet ik kopen? Kussens? Kleden?'

'Niets.' Eve ging rechtop in bed zitten en keek Margaret Wilson nieuwsgierig aan. De vrouw was waarschijnlijk begin veertig. Het grijze gabardine broekpak dat ze droeg, maakte haar mollige figuur slanker en stond goed bij haar donkere, gladde haar en haar lichtbruine ogen. 'Ik heb hem gezegd dat het niets uitmaakte omdat ik hier toch niet zo lang zal zijn.'

'Het maakt wel wat uit. John wil alles altijd precies goed hebben. En ik ook. Wat is je lievelingskleur?'

'Groen, geloof ik.'

'Dat had ik kunnen weten. Mensen met rood haar zijn altijd vrij voorspelbaar.'

'Ik heb geen rood haar.'

'Het heeft ernaast gelegen.' Ze keek om zich heen in de slaapkamer. 'Vind je dit soort inrichting wel prettig?'

Eve knikte terwijl ze de dekens van zich afgooide en uit bed stapte.

'Goed, dan pak ik de telefoon en ga wat spullen bestellen. Het zal wel niet... O mijn god, je bent een reuzin.'

'Wat?'

Margaret wierp haar een nijdige blik toe. 'Hoe lang ben je verdorie wel?'

'Een drieënzeventig.'

'Een reuzin. Naast jou zal ik me een dwerg voelen. Ik heb de pest aan lange, magere vrouwen. Ze maken dat ik geestelijk in de knoop raak en dan word ik extra agressief.'

'Zo klein ben je niet.'

'Je hoeft niet zo neerbuigend te doen.' Ze trok een gezicht. 'En ik hoef niet zo van me af te bijten. Nou ja, daar moet ik me dan maar tegen verzetten. Ik hou mezelf gewoon constant voor dat ik veel intelligenter ben dan jij. Kleed je maar gauw aan en kom naar de keuken. Dan eten we een bakje cornflakes en daarna neem ik je mee voor een wandeling over het grondgebied.'

'Dat hoeft niet.'

'Wel waar. John wil dat we ervoor zorgen dat jij je prettig voelt en hij zegt dat je nog niet meteen aan de slag kunt. Als je ook maar een beetje op mij lijkt, word je daar knettergek van.' Ze liep naar de deur. 'Maar daar rekenen we wel mee af. Een kwartiertje?'

'Prima.' Ze vroeg zich af wat het antwoord zou zijn geweest als ze iets anders had gezegd. Vergeleken bij Margarets aanpak, was een stoomwals subtiel.

Maar het was moeilijk om haar niet aardig te vinden. Ze had geen enkele keer geglimlacht, maar ze straalde een zinderende energie en opgewektheid uit. Ze was bot, onbeschaamd en heel anders dan de mensen die Eve kende. Ze was een frisse bries na de donkere spanning die ze bij Logan voelde.

'De begraafplaats van de familie Barrett.' Margaret woof met haar hand in de richting van de kleine, met een ijzeren hek omgeven begraafplaats. 'Er is geen graf bij van na 1922. Wil je naar binnen?'

Eve schudde haar hoofd.

'Goddank. Ik raak altijd gedeprimeerd van begraafplaatsen, maar ik dacht dat jij er wel belangstelling voor zou hebben.'

'Hoezo?'

'Dat weet ik niet. Omdat jij met al die botten werkt en zo.'

'Ik ben niet zo'n lugubere figuur die altijd op kerkhoven rondhangt, maar ik ben er ook niet bang voor.' Zeker niet voor familiebegraafplaatsen. Hier waren geen verloren zielen en alles was bijzonder goed onderhouden. Alle graven waren zelfs bedekt met een laag verse anjers. 'Waar komen al die bloemen vandaan? Wonen er nog steeds Barretts in de omgeving?'

'Nee, de directe lijn is een jaar of twintig geleden uitgestorven.' Ze wees naar een grafsteen. 'Randolph Barrett. De familie is in de loop der jaren verstrooid geraakt en Randolph Barrett was de laatste die hier in 1922 is begraven. Het kerkhof was behoorlijk verwaarloosd toen John het huis kocht. Hij gaf opdracht om het op te laten ruimen en iedere week verse bloemen te laten brengen.'

'Daar kijk ik van op. Ik had niet gedacht dat Logan zo sentimenteel zou zijn.'

'Tja, je weet nooit wat John zal doen. Maar ik ben blij dat hij voor deze klus een landschapsarchitect heeft aangetrokken. Zoals ik al zei, ik raak gedeprimeerd van begraafplaatsen.'

Eve draaide zich om en begon de heuvel af te lopen. 'Ik raak er niet gedeprimeerd van. Hooguit een beetje verdrietig. Vooral van babygrafjes. Voordat de moderne medische wetenschap bestond, waren er zoveel kinderen die niet oud werden. Heb jij kinderen?'

Margaret schudde haar hoofd. 'Ik ben wel getrouwd geweest, maar we werkten allebei aan een carrière en we hadden het te druk om aan kinderen te denken.'

'Jouw baan moet behoorlijk veeleisend zijn.'

'Yep.'

'En gevarieerd.' Ze zweeg even. 'Zoals nu. Je kunt toch niet zeggen dat het opsporen van skeletten bij veel mensen in de taakomschrijving staat.'

'Ik spoor niets op, ik doe alleen wat me gezegd wordt.'

'Dat zou gevaarlijk kunnen zijn.'

'John zorgt er wel voor dat ik geen moeilijkheden krijg. Dat heeft hij tot nu toe altijd gedaan.'

'Heeft hij zich hier weleens eerder mee beziggehouden?'

'Met botten? Nee, maar hij staat erom bekend dat hij af en toe bijna over de schreef gaat.'

'Maar je vertrouwt hem wel?'

'Verrek, ja.'

'Ook al weet je niet waar hij naar op zoek is? Of weet je dat wel?'

Margaret grinnikte. 'Hou op met me uit te horen. Ik weet nergens van en als dat wel zo was, zou ik je toch niets vertellen.'

'Wil je me zelfs niet vertellen of het Logan was die midden in de nacht wegging?'

'Tuurlijk wel. John is nog steeds hier. Ik heb hem gesproken voor hij vanmorgen zijn studeerkamer indook. Het was Gil die is weggegaan.'

'Waarom?'

Margaret haalde haar schouders op. 'Vraag dat maar aan John.' Zonder omhaal voegde ze eraan toe: 'Je bent hierheen gekomen omdat je van John hebt gekregen wat je vroeg. Ik heb dat geld naar het Adam Fonds overgemaakt. Hij zal je alles vertellen wanneer volgens hem de tijd rijp is. Vertrouw hem maar.'

73

'Ik heb niet zoveel fiducie in hem als jij.' Ze wierp een blik op het koetshuis. 'Wordt het hek van daaruit in de gaten gehouden?'
Margaret knikte. 'Het is een behoorlijk uitgebreid systeem met overal videocamera's. Mark Slater houdt alles in de gaten.'
'Ik heb hem nog niet ontmoet.'
'Hij komt niet zo vaak naar het huis.'
'Is het huis van Logan aan de westkust ook op deze manier beveiligd?'
'Tuurlijk, daar lopen heel wat geschifte figuren rond. Mannen in Johns positie zijn de belangrijkste doelwitten.' Ze ging wat sneller lopen. 'Ik heb nog het een en ander te doen. Vind je het goed als ik je vanmiddag alleen laat?'
'Ja. Je hoeft geen babysit voor me te spelen, Margaret.'
'Om eerlijk te zijn vond ik het best leuk. Je bent heel anders dan ik van een bottendame verwachtte.'
Bottendame. Zo had Gil haar ook genoemd. 'De juiste term is forensisch sculpteur.'
'Dat zal wel. Zoals ik al zei, ik verwachtte iemand die heel koel en professioneel was. Vandaar dat ik die vergissing met het lab heb gemaakt. Niet dat ik tegenover John zal toegeven dat ik een fout heb gemaakt. Ik heb tegen hem gezegd dat het allemaal zijn schuld was omdat hij me niet had verteld met wie ik te maken kreeg. Het is niet goed voor hem om te weten dat ik niet perfect ben. Dan zou hij zich alleen maar onzeker gaan voelen.'
Eve glimlachte. 'Dat kan ik me niet voorstellen.'
'Iedereen is weleens onzeker, zelfs ik.' Een beetje somber voegde ze eraan toe: 'Maar alleen als ik naast zo'n reuzin sta als jij. Dat komt ervan als je opgroeit als een soort garnaal tussen vier broers van een meter tachtig. Is jouw moeder lang?'
'Nee, middelmatig.'
'Oké, dan ben jij dus een uitzondering en dan vergeef ik je dat grootmoedig. Ik zal het er niet meer over hebben.'
'Bedankt. Ik waardeer het dat...'
'Ik vroeg me al af waar je was.' Logan was het huis uitgekomen en kwam op hen toelopen. 'Heb je goed geslapen?' vroeg hij aan Eve.
'Nee.'
'Ik moet die rapporten nog afmaken,' zei Margaret haastig. 'Ik zie je straks wel weer, Eve.'
Eve knikte met haar blik op Logan gericht. In zijn zwarte spijkerbroek en zijn sweatshirt zag hij er heel anders uit dan de man die ze die eerste dag had ontmoet. Niet alleen vanwege de kleren, maar omdat het

leek alsof hij zijn gladde uiterlijk had afgestroopt en het gewoon had weggegooid.

'Vanwege het vreemde bed?'

'Gedeeltelijk. Waarom is Gil Price meteen weer weggegaan nadat we hier gisteren zijn aangekomen?'

'Hij moest iets voor me doen.'

'Om vier uur 's ochtends?'

Hij knikte. 'Het was nogal dringend. Vanavond zal hij wel weer terug zijn.' Hij zweeg even. 'Ik had eigenlijk gehoopt dat je een dag of twee zou hebben om te acclimatiseren, maar het kan zijn dat we sneller moeten handelen.'

'Goed, ik hoef helemaal niet te acclimatiseren. Zorg maar dat ik de botten krijg en aan het werk kan.'

'Misschien moeten we er wel naartoe.'

Ze verstijfde. 'Wat?'

'Misschien moet je er even snel naar kijken als we ze opgegraven hebben om te beslissen of het de moeite waard is om het skelet hierheen te halen. Mijn bron kan best gelogen hebben en de schedel kan wel te zwaar beschadigd zijn om de reconstructie van een gezicht mogelijk te maken.'

'Wil je dat ik erbij ben als je het opgraaft?'

'Misschien.'

'Vergeet het maar. Ik ben geen grafschender.'

'Het kan noodzakelijk zijn dat jij erbij bent. Dat zou weleens de enige...'

'Vergeet het maar.'

'Daar hebben we het later nog wel over. Misschien hoeft het helemaal niet. Vond je het een leuk kerkhof?'

'Waarom denkt iedereen toch dat ik van kerkhoven...' Plotseling keek ze hem met samengeknepen ogen aan. 'Hoe wist je dat ik op de begraafplaats ben geweest?' Haar blik gleed naar het koetshuis. 'O, natuurlijk, je videocamera's. Ik vind het niet leuk om bespioneerd te worden, Logan.'

'De camera's speuren het terrein continu af. Het was puur toeval dat ze jou en Margaret op de begraafplaats oppikten.'

Dat kon wel waar zijn, maar ze betwijfelde of er in Logans leven ooit iets 'bij toeval' gebeurde. 'Ik vond de verse bloemen leuk.'

'Nou ja, ik woon in het huis van de Barretts. Dat leek me wel het minste dat ik kon doen.'

'Het is nu jouw huis.'

'Is dat zo? De Barretts hebben de herberg gebouwd, ze hebben hier meer dan honderdzestig jaar gewoond en gewerkt en ze hebben veel historische dingen voorbij zien komen. Wist je dat Abraham Lincoln hier vlak voor het einde van de Burgeroorlog heeft gelogeerd?' 'Ook al een Republikein. Geen wonder dat je het huis gekocht hebt.' 'Er zijn ook huizen waar Lincoln heeft gelogeerd die ik nog niet eens cadeau had willen krijgen. Ik hecht veel te veel aan mijn gemak.' Hij deed de voordeur voor haar open. 'Heb je je moeder al gebeld?' 'Nee, dat doe ik vanavond als ze thuis is van haar werk.' Ze glimlachte. 'Als ze tenminste niet aan het stappen is. Ze heeft omgang met een jurist van het kantoor van de officier van justitie.' 'Wat een geluksvogel. Ze leek erg aardig.' 'Ja en ze is nog intelligent op de koop toe. Nadat Bonnie werd geboren, heeft ze haar middelbare school afgemaakt en volgde toen een vakopleiding tot rechtbankstenografe.' 'Heeft ze haar schoolopleiding afgemaakt nadat je dochter...' Hij stopte. 'Sorry, je wilt vast niet over je dochter praten.' 'Ik vind het niet erg om over Bonnie te praten. Waarom zou ik? Ik ben erg trots op haar. Toen zij in ons leven kwam, heeft ze alles veranderd.' Ze voegde er simpel aan toe: 'Liefde is daartoe in staat, weet je.' 'Dat hebben ze me weleens verteld.' 'Het is echt waar. Ik had geprobeerd mijn moeder van de crack af te krijgen, maar dat lukte me niet. Misschien was ik wel te bitter en te rancuneus. Maar toen kwam Bonnie en ik veranderde. Op de een of andere manier was alle bitterheid ineens verdwenen. En mijn moeder veranderde ook. Ik weet niet of het precies het juiste moment in haar leven was, of dat het kwam omdat ze wist dat ze van de crack af moest komen om mij bij de opvoeding van Bonnie te kunnen helpen. Mijn god, wat was ze dol op Bonnie. Maar iedereen moest wel van haar houden.' 'Dat kan ik me wel voorstellen. Ik heb een foto van haar gezien.' 'Was ze niet mooi?' Ze schonk hem een stralende glimlach. 'Zo blij. Ze was altijd zo opgewekt. Ze genoot van ieder uur dat ze heeft...' Ze moest even slikken omdat ze een brok in haar keel had gekregen en zei toen abrupt: 'Het spijt me. Nu moet ik er niet verder over praten. Het lukt me maar tot op zekere hoogte, dan gaat het pijn doen. Maar ik leer er steeds beter mee omgaan.' 'Christus, hou op met je te verontschuldigen,' zei hij ruw. 'Het spijt me dat ik je erover liet beginnen.' 'Jij hebt me niets laten doen. Het is belangrijk dat ik haar bij me hou,

dat ik mezelf onder geen beding toesta om haar te vergeten. Ze heeft bestaan. Ze is een deel van me geweest, misschien wel het beste deel.'
Ze wendde zich van hem af. 'En ik geloof dat ik nu maar eens naar het lab moet gaan om te zien of ik wat aan Mandy kan doen.'
Hij keek haar verrast aan. 'Heb je die stukken meegebracht?'
'Natuurlijk. Waarschijnlijk zal ik er niet veel mee kunnen beginnen, maar ik kan het niet zomaar opgeven zonder iets te proberen.'
Hij glimlachte. 'Nee, dat snap ik wel.'
Ze voelde dat hij haar nakeek toen ze wegliep. Waarschijnlijk had ze hem niet moeten laten merken hoe kwetsbaar ze kon zijn, maar het gesprek leek automatisch van het ene in het andere onderwerp over te gaan. Logan had geboeid en vol medeleven geluisterd en haar het gevoel gegeven dat hij het zich echt aantrok. Misschien was dat ook wel zo. Misschien was hij helemaal niet de intrigant waarvoor ze hem aanzag.
Maar het kon ook best dat hij dat wel was. Verrek, wat maakte het ook uit? Ze schaamde zich niet voor haar gevoelens ten opzichte van Bonnie en de dingen die ze had gezegd kon hij op geen enkele manier verdraaien en tegen haar gebruiken. Het enige voordeel dat hij er misschien aan had overgehouden, was dat ze zich wat meer verbonden met hem voelde; alleen door met hem over Bonnie te praten had zich een uiterst fragiele band tussen hen gevormd. Maar een relatie die zo broos was, kon ook gemakkelijk afgebroken worden en zou niet de minste invloed op haar uitoefenen.
Ze opende de deur van het lab en liep meteen naar het koffertje dat ze op het bureau had laten staan. Ze deed het open en begon de fragmenten eruit te pakken. Het zou moeilijk zijn ze weer aan elkaar te passen; dat zou een soort legpuzzel worden waarvan sommige stukjes niet groter waren dan splintertjes. Wat bezielde haar? vroeg ze zich wanhopig af. Het was gekkenwerk, waarschijnlijk kon het niet eens.
Als ze die houding aannam, zou het onbegonnen werk worden, dacht ze ongeduldig. Het was haar taak om Mandy te reconstrueren en dus moest ze een manier vinden om dat te doen. Haar connectie met Mandy was iets waarop ze zich kon verlaten, een band waaraan ze zich vast kon klampen.
'Hallo Mandy.' Ze ging aan het bureau zitten en pakte een neusbeen op, het grootste dat nog intact was. 'Ik denk dat we hier maar moeten beginnen. Maak je geen zorgen. Het kan wel lang duren, maar we komen er wel.'

'Dora Bentz is dood,' zei Gil zonder omhaal toen Logan de telefoon oppakte.

'Shit.' Hij greep de hoorn steviger vast.

'Doodgestoken en ogenschijnlijk verkracht. Ze is rond tien uur vanmorgen door haar zuster in haar appartement gevonden. Ze waren van plan geweest om samen naar aerobic te gaan. De zuster had een sleutel en ging naar binnen toen ze al een tijdje had staan kloppen zonder dat er werd opengedaan. Het raam stond open en de politie denkt dat het een gewone moord met verkrachting is.'

'Gewoon, verrek nog aan toe.'

'Als het dat niet is, dan is het heel goed gedaan,' zei Gil. 'Verdraaid goed.'

Net zoals het vandalisme in Eves lab in Atlanta. 'Ben je gevolgd?'

'Geen twijfel mogelijk. Je wist dat dat zou gebeuren.'

'Zou een van je oude maatjes je kunnen vertellen van wie Timwick gebruik maakt?'

'Misschien. Ik zal mijn voelhorens eens uitsteken. Wil je dat ik terugkom?'

'Nee. Ik heb de hele morgen geprobeerd James Cadro te bereiken. Volgens zijn kantoor kampeert hij met zijn vrouw in de Adirondacks.' Hij zweeg even. 'Maar je moet opschieten. Ik was niet de eerste die navraag naar hem deed.'

'Weten we ook waar in de Adirondacks?'

'Ergens in de buurt van Jonesburg.'

'Geweldig. Zo heb ik het graag. Nauwkeurige aanwijzingen. Ik ben al weg.'

Logan legde de telefoon neer. Dora Bentz dood. Hij had haar kunnen redden als hij gisteren actie had ondernomen. Maar verdomme, hij had gedacht dat ze allemaal veiliger zouden zijn als hij geen belangstelling voor hen toonde, als hij net deed alsof hij zich niet van hun bestaan bewust was.

Hij had zich vergist. Dora Bentz was dood.

Voor haar was het te laat, voor de anderen misschien niet. Een afleidingsmanoeuvre zou mogelijk levens redden en hem de getuigen leveren die hij zo wanhopig nodig had.

Zonder Eve Duncan kon hij echter niet snel handelen. Zij speelde een sleutelrol. Hij moest geduldig zijn en wachten tot ze hem een beetje ging vertrouwen.

Maar het opbouwen van een vertrouwensrelatie zou een langzaam proces zijn met iemand die zo op haar hoede was als Eve. Ze was intelligent en op een gegeven moment zou ze erachter komen dat haar en haar familieleden ergere dingen konden overkomen dan een geval van vandalisme.

Vergeet dat vertrouwen maar.

Het was beter dat hij een andere manier vond om haar weerstand uit de weg te ruimen en haar aan zijn kant te krijgen.

Hij leunde achterover in zijn stoel en begon de verschillende mogelijkheden te overwegen.

'Hoi.' Margaret stak haar hoofd om de deur van het lab. 'De firma die het lab een beetje gezelliger moet maken is gearriveerd. Kun je even een uurtje ergens anders heen gaan, zodat zij hun gang kunnen gaan?' Eve fronste. 'Ik heb je toch gezegd dat het niet nodig was.'

'Het lab is niet perfect en dus is het wel nodig. Ik lever geen half werk af.'

'Een uurtje maar?'

'Ik heb tegen hen gezegd dat jij niet gestoord wilde worden en dat de transactie van de baan was als ze er langer over deden. En je moet toch eten.' Ze keek op haar horloge. 'Het is bijna zeven uur. Wat dacht je ervan om tijdens het wachten een kopje soep en een broodje met mij te eten?'

'Wacht even.' Ze legde zorgvuldig het bord met de botscherven van Mandy in de onderste bureaula. 'Zeg dat ze van het bureau afblijven anders staat hen nog meer te wachten dan een transactie die niet doorgaat. Dan vermoord ik hen.'

'Prima.' Margaret draaide zich om en verdween.

Eve zette haar bril af en wreef in haar ogen. Het zou wel goed voor haar zijn om even te pauzeren. Ze was in een paar uur nog nauwelijks opgeschoten en ze raakte steeds meer gefrustreerd. Maar een beetje vooruitgang was beter dan helemaal niets. Na het eten kon ze weer met frisse moed aan het werk gaan.

In de gang stuitte ze op zes mannen en twee vrouwen die liepen te zeulen met decoratieve kussens, stoelen en tapijten en ze moest zich plat tegen de muur drukken om niet onder de voet gelopen te worden.

'Deze kant op.' Margaret pakte haar bij de arm, trok haar opzij om twee mannen met een opgerold tapijt voorbij te laten gaan en liep met haar naar de keuken. 'Het is niet zo'n grote opgave als het lijkt. Een uurtje, dat beloof ik je.'

'Ik zal niet op de klok kijken. Een paar minuten eerder of later zal niet veel uitmaken.'

'Lukt het niet erg?' vroeg Margaret meelevend. 'Wat vervelend.' Ze liepen de keuken in. Margaret gebaarde naar de tafel die voor twee personen was gedekt. 'Ik heb tomatensoep en boterhammen met kaas gemaakt. Is dat goed?'

'Prima.' Eve ging zitten, pakte haar servet op en legde dat op haar schoot. 'Ik heb eigenlijk geen trek.'

'Ik verga van de honger, maar ik ben op dieet en doe mijn best om me eraan te houden.' Ze ging tegenover Eve zitten en keek haar beschuldigend aan. 'Jij bent kennelijk van z'n levensdagen nog niet op dieet geweest.'

Eve glimlachte. 'Het spijt me.'

'En terecht.' Ze pakte de afstandsbediening van de tv van het aanrecht. 'Vind je het goed als ik de tv aanzet? De president geeft een persconferentie. John wil dat ik ze allemaal opneem en afluister. Als er iets interessants gebeurt, moet ik dat aan hem doorgeven.'

'Dat maakt me niet uit.' Ze begon te eten. 'Als je het niet erg vindt dat ik het langs me heen laat gaan. Politiek is niets voor mij.'

'Voor mij ook niet. Maar voor John is het bijna een obsessie.'

'Ik heb gehoord over die feestjes die hij geeft om geld in te zamelen. Denk je dat hij zelf in de politiek wil?'

Ze schudde haar hoofd. 'Hij zou gek worden van het gelul.' Ze keek even naar het scherm. 'Chadbourne is verdomd goed. Hij straalt letterlijk warmte uit. Wist je dat ze hem de meest charismatische president sinds Reagan noemen?'

'Nee. Het is een belangrijke functie en met charisma alleen kom je er niet.'

'Maar je kunt er wel de verkiezingen mee winnen.' Ze knikte naar de tv. 'Moet je hem zien. Iedereen zegt dat hij dit keer weleens de meerderheid in het Congres zou kunnen krijgen.'

Eve keek. Ben Chadbourne was een lange man van achter in de veertig met een knap gezicht en grijze ogen die sprankelden van levenslust en humor. Hij beantwoordde de vraag van een van de verslaggevers met een goedgeluimde steek onder water. Er ging een golf van gelach door het vertrek.

'Indrukwekkend,' zei Margaret. 'En Lisa Chadbourne is ook niet mals. Heb jij dat pakje van haar gezien? Ik wed dat het van Valentino is.'

'Ik zou het niet weten.'

'En het kan je ook niets schelen.' Margaret trok een gezicht. 'Nou, mij wel. Ze is altijd bij elke persconferentie aanwezig en de enige lol die ik eraan beleef, is om te kijken wat zij aan heeft. Op een dag zal ik ook

slank genoeg zijn om dat soort pakjes te dragen.'
'Ze is heel aantrekkelijk,' beaamde Eve. 'En ze verricht heel goed werk met het inzamelen van geld voor mishandelde kinderen.'
'Is dat zo?' Margaret klonk afwezig. 'Dat pakje moet van Valentino zijn.'
Eve glimlachte geamuseerd. Ze had nooit verwacht dat zo'n doortastende tante als Margaret zoveel interesse voor kleren zou hebben.
Het pakje in kwestie had precies de juiste snit om de nadruk te leggen op het slanke, atletische lichaam van Lisa Chadbourne. Tegen de zachtbeige tint staken haar olijfkleurige huid en gladde donkerbruine haar glanzend af. De presidentsvrouw glimlachte hem vanaf de zijlijn toe en ze zag er zowel trots als liefhebbend uit. 'Het is heel leuk.'
'Denk je dat ze een facelift heeft gehad? Ze moet vijfenveertig zijn, maar ze lijkt geen dag ouder dan dertig.'
'Dat zou kunnen.' Eve at haar soep op. 'Of misschien heeft leeftijd niet zoveel invloed op haar.'
'Ik wou dat ik die mazzel had. Ik heb van de week twee nieuwe rimpels in mijn voorhoofd ontdekt. Ik zit nooit in de zon. Ik gebruik een moisturizer. Ik hou me strikt aan de regels en toch gaat het bergafwaarts met me.' Margaret zette de tv uit. 'Kijken naar haar bezorgt me een spontane depressie. Chadbourne heeft het toch alleen maar over ouwe koek. Belastingverlaging. Meer banen. Hulp voor kinderen.'
'Daar is niets mis mee.'
'Dat moet je tegen John zeggen. Verrek, Chadbourne zegt en doet precies de goeie dingen en zijn vrouw lacht liefjes, steunt evenveel liefdadige instellingen als Eva Perón en bakt haar eigen koekjes. Het zal de partij van John niet gemakkelijk vallen om een regering te wippen die door iedereen het tweede Camelot wordt genoemd.'
Tenzij hij een manier zou vinden om de andere partij te belasteren. Hoe meer Eve erover nadacht, hoe logischer die verklaring leek en dat beviel haar niet in het minst. 'Waar is Logan?'
'Hij zit al de hele middag in zijn studeerkamer te telefoneren.' Margaret stond op. 'Koffie?'
'Nee, ik heb een uurtje geleden in het lab al een kopje gedronken.'
'Nou, kennelijk heb ik dan toch nog iets goeds gedaan door er een koffiezetapparaat neer te zetten.'
'Je hebt geweldig werk afgeleverd. Ik heb alles wat ik nodig heb.'
'Mazzelkont.' Ze schonk een kopje koffie voor zichzelf in. 'Dat kunnen niet veel mensen je nazeggen. De meesten van ons zijn niet zo gelukkig. Wij moeten het op een akkoordje gooien en...' Ze keek plot-

seling verschrikt op. 'God, dat spijt me. Ik bedoelde niet dat jij...'
'Laat maar zitten.' Ze stond op. 'Ik geloof dat ik nog een minuut of twintig heb voor die mensen van jou klaar zijn met mijn lab. Ik denk dat ik maar even naar mijn kamer ga om ook een paar mensen op te bellen.'
'Jaag ik je weg?'
'Doe niet zo mal. Zo overgevoelig ben ik niet.'
Margarets blik gleed zoekend over haar gezicht. 'Volgens mij ben je dat wel. Maar je kunt er verdomd goed mee omgaan.' Ze zweeg en voegde er onhandig aan toe: 'Ik heb bewondering voor je. In jouw plaats zou ik vast niet kunnen...' Ze haalde haar schouders op. 'Maar goed, het was niet mijn bedoeling om je te kwetsen.'
'Je hebt me niet gekwetst,' zei Eve vriendelijk. 'Heus niet. Ik moet echt een paar mensen opbellen.'
'Ga dat dan maar gauw doen. Ik drink mijn koffie op en dan ga ik die woninginrichters aan hun kop zeuren zodat ze je niet langer lastig vallen.'
'Bedankt.' Eve liep de keuken uit en ging haastig naar haar kamer. Wat ze tegen Margaret had gezegd was maar gedeeltelijk waar. De tijd had de wonden veranderd in littekens en in veel opzichten was ze inderdaad een geluksvogel. Ze had werk dat de moeite waard was, een moeder van wie ze hield en goede vrienden.
En ze kon maar beter contact opnemen met een van die vrienden, om erachter te komen of Joe al iets meer over Logan boven water had gekregen. De manier waarop de toestand zich ontwikkelde, beviel haar niets, dacht ze grimmig.
Nee, ze zou eerst mam opbellen.
De telefoon ging zes keer over voor Sandra oppakte, maar ze lachte toen ze aan de lijn kwam. 'Hallo.'
'Ik geloof dat ik niet hoef te vragen of alles in orde is,' zei Eve. 'Wat is er zo grappig?'
'Ron heeft net verf gemorst op zijn...' Ze brak giechelend af. 'Je zou het zelf moeten zien.'
'Ben je aan het schilderen?'
'Ik heb je toch verteld dat ik je lab wilde schilderen. Ron heeft aangeboden om me te helpen.'
'Welke kleur?' vroeg Eve behoedzaam.
'Blauw met wit. Het gaat eruitzien als een lucht met wolken. We proberen een van die nieuwe verfsoorten die je met vuilniszakken aanbrengt.'

'Vuilniszakken?'
'Dat heb ik op de tv gezien.' Er werd plotseling een hand over de telefoon gelegd. 'Niet doen, Ron. Je verpest de wolken. De hoeken moeten anders worden gedaan.' Ze kwam weer aan de lijn. 'Hoe gaat het met je?'
'Prima. Ik heb zitten werken aan...'
'Dat is mooi.' Ze moest weer lachen. 'Geen cherubijntjes, Ron. Dan krijgt Eve een rolberoerte.'
'Cherubijntjes?'
'Alleen wolken, dat beloof ik je.'
Lieve god, cherubijntjes en wolken. 'Je hebt het druk. Ik bel je over een paar dagen wel weer.'
'Ik ben blij dat je plezier hebt. Het is goed voor je om even weg te zijn.'
En kennelijk had haar moeder daar ook totaal geen problemen mee.
'Geen moeilijkheden meer?'
'Moeilijkheden? O, je bedoelt die inbraak. Helemaal niet. Joe kwam na het werk langs met wat Chinees eten, maar toen Ron kwam, is hij meteen weer weggegaan. Ze bleken elkaar te kennen. Niet zo vreemd volgens mij, als je nagaat dat Ron voor de officier van justitie werkt en Joe... Ron, er moet wat meer wit in die blauwe verf. Eve, ik moet ophangen. Hij is bezig mijn wolken te verpesten.'
Eve moest lachen terwijl ze de verbinding verbrak. Sandra klonk jonger dan ze haar ooit had meegemaakt en het was Ron voor en Ron na. Er was niets mis met jong zijn. Kinderen in achterbuurten groeiden snel op en misschien kon Sandra nu nog iets meepikken van die magie van de jeugd.
Waarom voelde Eve zich bij die gedachte ineens duizend jaar oud? Omdat ze dom was, egoïstisch en misschien een beetje jaloers.
Joe.
Ze wilde de telefoon weer oppakken en hield zich toen in.
Logan had geweten dat ze op de begraafplaats was geweest.
De gedachte aan die elektronische bijenkorf in het koetshuis beviel haar helemaal niet.
Ze begon paranoïde te worden. Videocamera's betekenden niet noodzakelijkerwijs dat de telefoons afgeluisterd werden.
Maar het zou best kunnen. Vanaf het moment dat ze hier aangekomen was, had ze het vage gevoel gehad dat ze in een web gevangenzat.
Nou, dan wàs ze maar paranoïde.
Ze stond op, viste haar digitale telefoon uit haar schoudertas en toetste het nummer van Joe in.

'Ik stond net op het punt om jou te bellen. Hoe staan de zaken?'
'Ze staan helemaal niet. Ik wacht nog steeds af. Hij wil me er meer bij betrekken dan me zint. Ik moet weten waar ik mee te maken heb. Ben je nog iets te weten gekomen?'
'Misschien. Maar het is knap vreemd.'
'Alles aan deze toestand is toch knap vreemd?'
'Het schijnt dat hij de laatste tijd geobsedeerd is geraakt door John F. Kennedy.'
'Kennedy,' herhaalde ze verbijsterd.
'Ja. En Logan is een Republikein, dus dat is op zich al raar. Hij heeft een bezoek gebracht aan de Kennedy Library. Hij heeft kopieën besteld van het rapport van de Warren-commissie over de moord op Kennedy. Hij is naar het boekenmagazijn in Dallas geweest en daarna naar Bethesda.' Joe zweeg even. 'Hij heeft zelfs met Oliver Stone gepraat over de research die hij heeft gedaan voor zijn film JFK. Het is allemaal tussen neus en lippen door gebeurd en zonder ophef. Er was niets dringends aan. Je zou nooit enig verband tussen zijn handelingen hebben gezien als je niet, zoals ik, op zoek was geweest naar een bepaald patroon.'
'Kennedy.' Het was wel heel bizar. 'Maar dat kan niets te maken hebben met de reden waarom ik hier ben. Is er verder nog iets?'
'Tot dusver niet. Je hebt gevraagd naar ongewone dingen.'
'Nou, die heb ik dan ook gekregen.'
'Ik blijf wel verder spitten.' Hij veranderde van onderwerp. 'Ik heb vanavond de nieuwe vlam van je moeder ontmoet. Ron is een aardige vent.'
'Dat vindt zij ook. Bedankt dat je voor mij een oogje in het zeil houdt.'
'Ik geloof niet dat ik daar nog veel tijd aan hoef te besteden. Ron maakt op mij ook een behoorlijk beschermende indruk.'
'Ik heb hem nog niet ontmoet. Mam is bang dat ik hem de stuipen op het lijf jaag.'
'Dat zou kunnen.'
'Hoe bedoel je? Je weet dat ik het beste met mam voor heb.'
'Ja, en tot je haar dat kunt geven jaag je iedereen op stang.'
'Ben ik zo erg?'
Joe's stem werd wat milder. 'Nee, zo goed ben je. Hoor eens, ik moet ervandoor. Diane wil om negen uur naar de film. Ik bel je wel als ik iets meer te weten ben gekomen.'
'Bedankt, Joe.'
'Laat maar zitten. Ik zal je wel niet echt hebben geholpen.'
Waarschijnlijk niet, dacht Eve terwijl ze de verbinding verbrak. Lo-

gans belangstelling voor JFK kon puur toeval zijn. Welk verband zou er nou kunnen bestaan tussen de ex-president en de situatie waarin zij verzeild was geraakt?

Toeval? Ze betwijfelde of Logan ooit iets bij toeval deed. Hij was te slim, te weloverwogen. Zijn speurtocht naar informatie over Kennedy was te recent om niet verdacht te zijn en als hij had geprobeerd geen ruchtbaarheid te geven aan zijn belangstelling voor Kennedy, dan was daar een reden voor.

Welke reden? Het kon niet zijn dat...

Ze verstijfde van schrik.

'O, mijn god.'

7

Er zat niemand in de bibliotheek toen ze een paar minuten later binnenkwam.

Ze gooide de deur dicht, knipte het licht aan en stapte naar het bureau toe. Ze trok de rechterla open. Alleen maar papieren en telefoonboeken. Ze smeet hem weer dicht en deed de linkerla open. Boeken. Ze haalde ze te voorschijn en legde ze op het bureau. Het rapport van de Warren-commissie lag bovenop. Eronder lag het boek van Crenshaw over de autopsie op Kennedy en daarna een beduimeld boek met als titel: *De Kennedy-samenzwering: Vragen en Antwoorden.*

'Kan ik je misschien helpen?' Logan stond op de drempel.

'Ben je gek geworden, Logan?' Ze keek hem woedend aan. 'Kennedy? Je hebt je verstand verloren.'

Hij liep de kamer door en ging achter het bureau zitten. 'Je lijkt een beetje overstuur.'

'Waarom zou ik overstuur zijn? Alleen maar omdat jij me hier naartoe hebt gehaald voor de belachelijkste vergeefse zoektocht die iemand ooit heeft ondernomen? Kennedy?' herhaalde ze. 'Verrek, wat ben jij voor een mafkees?'

'Ga nou maar zitten en zucht eens diep.' Hij glimlachte. 'Je maakt me doodsbang als je zo boven me uittorent.'

'Gelul. Dit is niet grappig, Logan.'

Zijn glimlach verdween. 'Nee, grappig is het niet. Ik had gehoopt dat het hier niet op uit zou draaien. Ik heb zo mijn best gedaan om voorzichtig te zijn. Ik neem aan dat je niet zomaar uit nieuwsgierigheid mijn kantoor ondersteboven bent gaan halen. Joe Quinn?'

'Ja.'

'Ik had al gehoord dat hij heel slim is.' Hij schudde zijn hoofd. 'Maar jij bent degene die hem op mijn spoor hebt gezet. Waarom kon je het niet gewoon met rust laten?'

'Had je verwacht dat ik hier met gesloten ogen aan zou beginnen?' Hij was even stil. 'Nee, ik geloof niet dat ik dat verwacht had. Maar ik hoopte het gewoon. Ik wilde dat je hier onbevooroordeeld aan zou beginnen.'

'Ik ben toch onbevooroordeeld, ook al zou ik iets vermoeden. Dat moet je bij mijn werk wel zijn. Maar ik kan gewoon niet geloven dat je op mijn hulp rekent om Kennedy op te graven.'

'Er komt geen lichamelijk werk aan te pas. Ik heb jou alleen maar nodig om te bevestigen...'

'En het risico te lopen dat ik ondertussen doodgeschoten word. In 's hemelsnaam, Kennedy ligt begraven op Arlington!'

'Is dat zo?' Ze was ineens stil. 'Wat wil je verdomme nu weer zeggen?'

'Ga zitten.'

'Ik wil niet gaan zitten. Ik wil dat jij me alles vertelt.'

'Oké.' Hij zweeg even. 'Stel je voor dat Kennedy niet op Arlington begraven ligt?'

'Lieve hemel nog aan toe, niet alweer een samenzweringstheorie?'

'Een samenzwering? Ja, ik veronderstel dat die term de lading wel dekt. Maar dan moet je er wel een draai aan geven. Wat als het een van Kennedy's dubbelgangers was die in Dallas werd neergeschoten? Wat als Kennedy al voor die trip naar Dallas dood was?'

Ze staarde hem ongelovig aan. 'Kennedy's dubbelgangers?'

'De meeste figuren die zo in de publiciteit staan hebben dubbelgangers om niet alleen hun privéleven maar ook hun leven te beschermen. Naar schatting heeft Saddam Hoessein er zeker een stuk of zes.'

'Dat is een dictator van een derdewereldland. Hier zou je dat niet klaarspelen.'

'Niet in je eentje.'

'Wie had hem dan moeten helpen?' vroeg ze sarcastisch. 'De kleine John-John? Broer Bobby misschien?' Ze balde haar vuisten. 'Je bent knettergek. Ik heb nog nooit zoiets schandaligs gehoord. Wie beschuldig je in vredesnaam?'

'Ik beschuldig niemand. Ik onderzoek alleen een aantal mogelijkheden. Ik heb geen idee hoe de man gestorven is. Hij had allerlei gezondheidsproblemen waarvan de grote massa niets wist. Zijn dood kan ook een natuurlijke oorzaak hebben gehad.'

'Kan? Mijn god, wou je beweren dat het geen natuurlijke doodsoorzaak is geweest?'

'Je luistert niet naar me. Verdomme, dat wéét ik niet. Het enige dat ik weet is dat er bij een bedrog van die omvang meer dan één persoon betrokken moet zijn geweest.'

'Een samenzwering in het Witte Huis. Die in de doofpot is gestopt.' Ze lachte spottend. 'En het komt natuurlijk mooi uit dat Kennedy een Democraat was, hè? Zo kun je de oppositie afschilderen als een stel bedriegers zonder scrupules die het niet waard is om dit jaar de verkiezingen te winnen. Wat toevallig dat zo'n gigantische belastering weleens uit zou kunnen draaien op een overwinning voor jouw partij.'

'Dat zou kunnen.'

'Wat ben je toch een smeerlap. Ik hou niet van lastercampagnes. En ik hou er ook niet van om gebruikt te worden, Logan.'

'Dat begrijp ik best. Maar zou je dan, nu je stoom hebt afgeblazen, alsjeblieft even naar mij willen luisteren?' Hij leunde voorover in zijn stoel. 'Acht maanden geleden kreeg ik een telefoontje van een zekere Bernard Donnelli, een begrafenisondernemer met een kleine rouwkamer in de buurt van Baltimore. Hij vroeg of we een afspraak konden maken. Hij vertelde me net genoeg bijzonderheden om mijn belangstelling te wekken, dus vloog ik de volgende dag naar Baltimore. Hij was bang en ontmoette me 's morgens om vijf uur in een parkeergarage.' Hij haalde zijn schouders op. 'Vrij fantasieloos. Hij dacht zeker dat hij Deep Throat was of zo. Maar goed, hij was nog inhaliger dan bang en bood me inlichtingen te koop aan.' Hij was even stil. 'En een voorwerp waar hij naar zijn idee wel iets aan zou hebben. Een schedel.'

'Alleen maar een schedel?'

'De rest van het lichaam was door Donnelli's vader gecremeerd. Het schijnt dat de rouwkamers van Donnelli al tientallen jaren door de mafia en Cosa Nostra zijn gebruikt om zich van lichamen te ontdoen. De Donnelli's kregen bij de georganiseerde misdaad de naam zeer betrouwbaar te zijn. Maar een van dat soort crematies stond Donnelli senior helemaal niet aan. Op een avond doken bij het huis van Donnelli twee mannen op met een lijk, en hoewel ze hem een extreem hoog bedrag betaalden, voelde hij zich toch niet op zijn gemak. Ze behoorden niet tot zijn vaste klanten en hij kon er niet op rekenen dat ze zich aan de regels zouden houden. Ze probeerden te voorkomen dat hij het gezicht van het lijk te zien kreeg, maar hij ving er toch een glimp van op en dat was genoeg om hem de stuipen op het lijf te jagen. Hij was bang dat ze terug zouden komen om hem de keel af te snijden, zodat hij als getuige uit de weg zou zijn geruimd. Vandaar dat hij de schedel bewaarde en verborg om hem als wapen en verzekeringspolis te gebruiken.'

'Bewaarde?'

'Er zijn niet veel mensen die weten dat er een temperatuur van vijfentwintighonderd graden en een verbrandingstijd van zeker achttien uur voor nodig is om een skelet volledig in de as te leggen. Donnelli slaagde erin om hct lichaam zo neer te leggen dat de schedel maar gedeeltelijk met de vlammen in aanraking kwam. Toen de beide mannen na drie kwartier vertrokken, pakte Donnelli de schedel terug en verbrandde de rest. Donnelli gebruikte de schedel om chantage te plegen en voor hij stierf, vertelde hij zijn zoon Bernard waar hij de schedel begraven had. Een vrij macabere erfenis, maar winstgevend, heel winstgevend.'

'Is Donnelli overleden?'

'O, hij is niet vermoord. Hij was een oude man en hij had een zwak hart.'

'En wie chanteerde hij?'

Logan haalde zijn schouders op. 'Dat weet ik niet. Dat wilde Donnelli junior me niet vertellen. Hij bood me alleen de schedel aan.'

'En wou je me vertellen dat je hem ook niet onder druk hebt gezet?'

'Waarom zou ik zoiets zeggen? Natuurlijk heb ik geprobeerd dat uit hem te krijgen. Maar het enige dat hij aan me kwijt wilde, was wat ik je heb verteld. Hij had niet half zoveel lef als zijn vader en hij vond het niet leuk om altijd in spanning te moeten zitten. Hij bood me de schedel en het hele verhaal aan in ruil voor genoeg geld om in Italië weer van voren af aan te beginnen met een nieuw gezicht en een nieuwe identiteit.'

'En daar ben jij mee akkoord gegaan?'

'Inderdaad. Ik heb meer geld uitgegeven aan vooruitzichten met minder potentieel.'

'En nu wil je dat ik dat potentieel verwezenlijk.'

'Als wat Donnelli me heeft verteld ook waar blijkt te zijn.'

'Dat is niet zo. Het hele verhaal is pure waanzin.'

'Waarom geef je me dan niet mijn zin? Wat maakt het uit? Als het niet waar is, hou jij er een zakvol van mijn geld aan over en sta ik voor jan met de korte achternaam.' Hij glimlachte. 'Beide vooruitzichten zouden je een groot genoegen moeten doen.'

'Het zou voor mij tijdverspilling zijn.'

'Je wordt goed betaald om die tijd te verspillen.'

'En als er wel enige waarheid in dat verhaal schuilt, dan zou het niet verstandig van me zijn om mee te werken aan het opgraven van...'

'Maar je zei net dat het niet waar was.'

'Het is te vergezocht om te geloven dat het om Kennedy gaat, maar het zou Jimmy Hoffa kunnen zijn of een of andere zware jongen van de mafia.'

'Vooropgesteld dat ik geen fortuin heb betaald voor een sprookje.'
'Wat waarschijnlijk wel het geval is.'
'Ga dan met me mee, dan zoeken we het uit.' Hij zweeg even. 'Tenzij je denkt dat je nu te bevooroordeeld bent om het werk te doen. Ik wil absoluut niet dat je je geroepen voelt om het gezicht van Jimmy Hoffa op deze schedel te boetseren.'
'Je weet verdomme best dat ik veel te goed ben om zoiets te doen. Probeer me niet naar je pijpen te laten dansen, Logan.'
'Waarom niet? Daar ben ik heel goed in. We doen allemaal dingen waar we goed in zijn. Ben je zelfs niet een heel klein beetje nieuwsgierig of Donnelli de waarheid heeft verteld?'
'Nee, het is gewoon een vergeefse onderneming.'
'Niet zo vergeefs als ze hun uiterste best hebben gedaan om jou angst aan te jagen zodat je het niet zou doen. Of zou je alles wat er met je lab is gebeurd maar liever vergeten en vergeven?'
Weer dat gestook. Geschop tegen het zere been. Ze wendde zich af. 'Ik vergeet helemaal niets, maar ik weet niet zeker of ik wel geloof...'
'Ik verdubbel de bijdrage aan het Adam Fonds.'
Ze draaide zich langzaam weer naar hem om. 'Verdomme, je betaalt al veel te veel voor veel te weinig. Zelfs al is het waar, dan is het allemaal al zo lang geleden gebeurd. Wat als het niemand kan schelen dat de Democraten op grote schaal bedrog hebben gepleegd?'
'En als dat nu wel belangrijk wordt gevonden? Het klimaat is er rijp voor. Het publiek is het zat om door politici bij de neus te worden genomen.'
'Wat wil je nu eigenlijk, Logan?'
'Ik dacht dat je me allang doorhad. Ik ben gewoon zo'n doorsnee achterbakse tycoon die probeert een vuil spelletje te spelen.'
Ze had nog steeds geen flauw idee waar hij op uit was en ze was onder geen beding bereid om ook maar één woord dat hij uitbracht voor waar aan te nemen.
'Wil je erover nadenken?'
'Nee.'
'Ja, dat wil je wel. Dat doe je onwillekeurig toch. Laat me morgen maar weten wat je hebt besloten.'
'En wat als ik nee zeg?'
'Waarom denk je dat ik een huis met bijbehorende begraafplaats heb gekocht?'
Ze verstijfde.
'Grapje.' Hij lachte. 'Dan stuur ik je uiteraard naar huis.'

Ze liep naar de deur.

'En ik zal het Adam Fonds niet vragen om het geld terug te storten. Zelfs als jij je niet aan de afspraak houdt. Wat erop neerkomt dat ik me een stuk eerbaarder gedraag dan jij, hè?'

'Ik heb tegen je gezegd dat ik niets illegaals wilde doen.'

'Ik probeer ook niet om je bij iets te betrekken wat echt illegaal is. Geen overval op Arlington of opgravingen op een kerkhof. Alleen maar een kort bezoekje aan een korenveld in Maryland.'

'Wat waarschijnlijk evengoed tegen de wet is.'

'Maar als ik gelijk heb, zullen ze ons niet bestraffen maar bejubelen voor die kleine misstap.' Hij haalde zijn schouders op. 'Denk er maar een nachtje over na. Je bent een verstandige vrouw en volgens mij zul je moeten toegeven dat ik je niet vraag om iets te doen dat tegen jouw erecode indruist.'

'Als je me de waarheid vertelt.'

Hij knikte. 'Als ik je de waarheid vertel. Ik ga niet proberen je daarvan te overtuigen. Ik weet dat ik daar toch niets mee opschiet. Je zult zelf een beslissing moeten nemen.' Hij trok de bovenste bureaula open en haalde een leren adresboek te voorschijn. 'Welterusten. Laat het me meteen weten als je een besluit hebt genomen.'

Ze besefte dat ze kon gaan. Geen overredingskracht. Geen protesten. Nu was zij aan zet.

Maar was dat wel zo?

'Welterusten.' Ze liep de bibliotheek uit en ging haastig de trap op naar haar slaapkamer.

Kennedy.

Onmogelijk. Kennedy lag op Arlington en niet in een of andere kuil in een korenveld in Maryland. Logan had zich heel sukkelachtig een fors bedrag door de neus laten boren.

Maar Logan was allesbehalve een sukkel. Als hij het idee had dat er enige waarheid stak in dat verhaal van Donnelli zou dat voor haar eigenlijk reden genoeg moeten zijn om er dieper op in te gaan.

En zo geloofwaardigheid te schenken aan de mogelijke plannen van Logan voor een lastercampagne. Het was best mogelijk dat hij loog, dat hij elke mogelijkheid aangreep om zijn zin te krijgen.

Ze had een afspraak met hem gemaakt en hij had zich eraan gehouden.

Ach, barst. Ze was te moe om nu een beslissing te nemen. Ze zou naar bed gaan in de hoop dat ze er morgenochtend een betere kijk op zou hebben. Dat was het verstandigste dat ze…

Het raam.
Ze verstijfde en hield haar adem in. Verbeelding. Ze wilde zich niet door haar eigen hersens laten beduvelen. Ze was moe, ontmoedigd en ten prooi aan haar eigen fantasie. Ze liet zichzelf niet...
Het raam.
Ze liep langzaam door de kamer naar het raam en stond in het donker naar buiten te kijken.

Duisternis. Muggen. Insecten. Slangen.
Fiske besefte geërgerd dat zijn dure Italiaanse loafers geruïneerd werden door de vochtige laag rottende bladeren op het pad.
Hij had nooit van bossen gehouden. Hij kon zich nog herinneren dat hij als kind een keer naar een of ander klotekamp in Maine was gestuurd en daar twee weken had moeten blijven. Zijn ouders stuurden hem altijd ergens naartoe om van hem af te zijn.
Klootzakken.
Maar hij had ze mooi te pakken genomen. Hij had ervoor gezorgd dat hij na die zomer nooit meer in dat kamp zou worden toegelaten. Ze hadden niets kunnen bewijzen, maar de leider had het geweten. O ja hoor, hij had het geweten. Dat was te zien geweest aan het bange smoel van die lul en de manier waarop hij had geweigerd om hem aan te kijken.
Die zomer had hem een paar dingen geleerd die hem later van pas waren gekomen bij het werk waar hij voor had gekozen. Kampeergekken moesten bijna altijd van tevoren een plek bespreken op een kampeerplaats in een van de nationale parken en elke reservering werd door de boswachters keurig in de boeken vastgelegd.
Voor hem uit was het schijnsel van een vuur te zien.
Het doelwit.
Koos hij voor de directe benadering of zou hij wachten tot ze sliepen? De adrenaline begon door zijn aderen te kolken.
De directe benadering. Laat ze hem maar zien, laat ze maar voelen wat er aankomt.
Hij maakte zijn haar in de war en smeerde een veeg modder op zijn wang.
De grijsharige oude man zat in het vuur te staren. Zijn vrouw kwam hun tent uit en lachte terwijl ze iets tegen hem zei. Er hing een sfeer van intimiteit en genegenheid tussen hen die Fiske licht irritant vond. Maar hij ergerde zich dan ook aan alles bij deze aanslag. Hij vond het niet prettig dat hij gedwongen werd om midden in de wildernis blijk te

geven van zijn vakmanschap en dat zou hij die oude man en vrouw laten merken ook.

Hij wachtte even, haalde diep adem en stoof toen de open plek op. 'Goddank. Kunt u mij helpen? Mijn vrouw is gewond. We waren bezig om een eindje verderop ons kamp op te slaan toen ze viel en daarbij brak ze...'

'Ik weet waar ze kamperen,' zei Gil. 'Ik ben onderweg. Maar ik lig twee uur achter. De boswachter zei dat er eerder op de avond ook al naar hen geïnformeerd is.'

Logans hand verkrampte om de hoorn. 'Wees voorzichtig.'

'Ik ben toch niet stom? Natuurlijk ben ik voorzichtig. Vooral als het om Fiske gaat.'

'Fiske?'

'Ik heb mijn contact bij het ministerie van financiën opgebeld en daar wordt gezegd dat van Timwick bekend is dat hij wel vaker gebruik heeft gemaakt van Albert Fiske. Fiske was vroeger een van de beroepsmoordenaars van de CIA en een verdomd goeie ook. Hij hengelde altijd naar de moeilijkste klussen, de meest prestigieuze moorden. Hij is buitengewoon trots op zijn doelmatigheid en zijn vermogen om karweitjes op te knappen die niemand anders voor elkaar krijgt. In de laatste vijf jaar heeft hij zijn banden met de Company verbroken en is voor zichzelf begonnen, wat hem geen windeieren heeft gelegd. Hij is snel en hij kent het systeem goed genoeg om er gebruik van te maken.' Hij zweeg even. 'En hij vindt het leuk, Logan. Hij vindt het echt leuk.'

'Shit.'

'Ik bel je wel als ik ze gevonden heb.'

Logan legde langzaam de telefoon neer.

Hij is snel.

Hoe snel?

En in welke richting?

De huislijn op zijn bureau ging over.

'Mevrouw Duncan is drie minuten geleden naar buiten gegaan,' zei Mark.

'Loopt ze in de richting van het hek?'

'Nee, ze gaat de heuvel op.'

'Ik kom eraan.'

Een paar minuten later kwam Logan het koetshuis binnen.

'Ze is op het kerkhof,' zei Mark.

Logan liep naar de rij monitors. 'Wat doet ze daar?'

'Het is donker en ze staat in de schaduw van die boom. Voor zover ik kan zien doet ze helemaal niets. Ze staat daar alleen maar.'

Midden in de nacht stond ze daar alleen maar vlak bij het hek van een begraafplaats.

'Zoem eens wat meer in.'

Mark deed iets met een controlepaneel en plotseling verscheen Eves gezicht op het scherm voor hem.

Het zei hem niets. Ze stond met een volkomen uitdrukkingsloos gezicht naar de onder bloemen bedolven graven te kijken. Wat had hij verwacht? Druk? Gekweldheid?

'Behoorlijk raar, hè?' zei Mark. 'Wat een mafkees.'

'Verdomme nog aan toe, ze is helemaal geen maf...' Hij stopte, even verbaasd over zijn plotselinge woedeaanval als Mark. 'Sorry, maar ze is niet gek. Ze heeft alleen heel wat meegemaakt.'

'Oké, oké,' zei Mark. 'Ik vond het gewoon een beetje raar. Ik zou alleen nooit midden in de nacht naar een kerkhof gaan. Ik denk dat ze...'

Hij begon plotseling te lachen. 'Shit. Je hebt gelijk, ze is verrekte normaal.'

Eve keek omhoog naar de bomen en stak de middelvinger van haar rechterhand omhoog in een obsceen gebaar.

'Wat haar betreft, kunnen we verrekken.' Mark grinnikte nog steeds. 'Ik geloof dat ik haar wel mag, John.'

Logan kwam tot de ontdekking dat hij stond te glimlachen. Verdraaid, hij mocht haar ook. Haar kracht, intelligentie en veerkracht bevielen hem. Zelfs haar koppigheid en onvoorspelbaarheid intrigeerden hem. Als de omstandigheden anders waren geweest, zou hij haar maar al te graag als vriendin hebben geaccepteerd... of als geliefde.

Geliefde. Tot op dat moment was hij zich er niet eens bewust van geweest dat hij haar in een seksueel daglicht zag. Ze was aantrekkelijk, maar hij was meer bezig geweest met haar hersens en haar persoonlijkheid dan met haar lange, gracieuze lichaam.

Ja hoor. Wie probeerde hij nou voor het lapje te houden? Verdorie, sex was altijd belangrijk en om eerlijk te zijn maakte het feit dat Eve zo breekbaar was hem juist geil.

Eigenlijk was hij dus gewoon een vuilak.

Niet meer aan denken, dus. Hij moest zich maar op de belangrijke zaken concentreren, de reden waarom hij haar hierheen had gehaald.

En waarom ze voor de donder nog steeds op die verdomde begraafplaats stond.

De warme wind streek door de anjers op de graven en verspreidde een flauwe geur tot aan de plek waar Eve stond, vlak buiten de hekken. Ze had tegen Margaret gezegd dat ze niet zo'n lugubere figuur was die altijd op kerkhoven rondhing, dus waarom was ze hier dan? Waarom was ze niet gewoon, zoals ze van plan was geweest, naar bed gegaan in plaats van toe te geven aan die rare opwelling die haar hierheen had gevoerd?

En het wás een opwelling geweest.

Om te geloven dat iemand haar hier naartoe had geroepen, was krankzinnig en ze was niet krankzinnig. Dat gevecht had ze moeten leveren nadat Fraser was geëxecuteerd en ze moest goed opletten dat ze niet op de weg terechtkwam die naar waanzin leidde. Dat zou al te gemakkelijk zijn. Om 's nachts van Bonnie te dromen kon geen kwaad, maar als ze klaarwakker was, moest ze zich niet gaan inbeelden dat Bonnie bij haar was.

En trouwens, Bonnie kon hier helemaal niet zijn. Ze was nooit op deze plek geweest.

Logan had het over de dood en over graven gehad en haar verbeelding had de rest gedaan. Niemand had haar geroepen.

Het was gewoon een opwelling geweest.

Ze keek er niet van op dat Logan op haar stond te wachten toen ze een uur later weer naar binnen ging.

'Ik ben moe. Ik heb geen zin om te praten, Logan.' Ze liep langs hem heen en ging de trap op.

Hij glimlachte. 'Dat had ik al opgemaakt uit dat bijzonder onbeschofte gebaar van je.'

'Dan had je me maar niet in de gaten moeten houden. Ik hou er niet van om bespioneerd te worden.'

'Een kerkhof is niet de gezelligste plaats voor een wandeling. Waarom ben je daar naartoe gegaan?'

'Maakt dat wat uit?'

'Ik ben gewoon nieuwsgierig.'

Haar hand klemde zich om de leuning. 'Je moet ophouden om achter alles wat ik doe of zeg iets belangrijks te zoeken. Ik ben daar naartoe gegaan omdat het avond was en ik de weg kende. Ik wilde niet verdwalen.'

'Is dat alles?'

'Wat had jij dan verwacht? Dat ik daar een seance belegde?'

'Hap niet zo. Ik was gewoon nieuwsgierig. Ik hoopte eigenlijk dat je door die wandeling je gedachten op een rijtje had kunnen zetten en een beslissing had genomen over...'

'Dat is niet zo.' Ze liep verder de trap op. 'Ik spreek je morgen wel.'

'Voor het geval je toch iets besluit, ik moet bijna de hele nacht doorwerken en...'

'Hou er nou over op, Logan.'

'Zoals je wilt. Maar aangezien je kennelijk weet dat ik een oogje op je hou, leek het me gewoon eerlijk om je te vertellen waar ik zelf uithang,' voegde hij eraan toe.

'Dat zal best wel.' Ze gooide de deur van haar slaapkamer met een klap achter zich dicht en liep naar de badkamer. Een hete douche zou wel afrekenen met die spanning. Daarna kon ze misschien nog even naar het lab gaan om aan Mandy te werken. Ze wist dat ze vannacht toch niet zou kunnen slapen en dan kon ze net zo goed wat werk verzetten.

Het was helemaal niet zo dat ze bang was om te gaan slapen en over Bonnie te dromen. Bonnie vormde nooit een bedreiging. Hoe kon een liefhebbende droom een gevaar vormen?

En het was zomaar een opwelling geweest die haar die avond naar de begraafplaats had gevoerd, Bonnie had haar helemaal niet geroepen.

De twee lichamen lagen samen in een slaapzak, de armen om elkaar heen geslagen in een laatste omhelzing. Ze waren naakt en hun ogen stonden wijd open en staarden elkaar met doodsangst aan.

Een lange tentpaal was door de beide lichamen gedreven.

'De vuile klootzak.' Het was al erg genoeg dat hij hen vermoord had, maar Gil had het gevoel dat er iets obsceens was aan de manier waarop het oude echtpaar was neergelegd. Daardoor werd hun dood van alle waardigheid beroofd.

Hij keek om zich heen op de kampeerplaats. Geen voetafdrukken. Geen zichtbaar bewijsmateriaal. Fiske had zich de tijd gegund om op te ruimen.

Gil klapte zijn telefoon open en belde Logan. 'Te laat.'

'Allebei?'

'Ja, heel akelig.' Meer dan akelig. Verknipt. 'Wat wil je dat ik doe?'

'Kom maar terug. Ik ben er niet in geslaagd om contact te krijgen met Maren. Hij zit ergens in de woestijn. Maar dat is misschien wel goed. Als wij hem niet kunnen bereiken, dan betwijfel ik of het Fiske wel lukt. Misschien hebben we nog even tijd.'

'Reken daar maar niet op.' Hij wierp een blik op de twee lichamen.

'Fiske gaat heus niet zitten duimendraaien.'

'Ik reken nergens op, maar ik wil in geen geval dat jij richting Jordanië afreist. Ik heb je waarschijnlijk hier nodig.'

Gil verstrakte. 'De schedel?'

'Ik kan niet langer wachten. Alles gebeurt veel te snel. Kom maar terug.'

'Ik ben al op weg.'

Heel bevredigend.

Alles netjes opgeknapt en hij had er zelfs een eigen trekje aan kunnen toevoegen.

Fiske neuriede zacht in zichzelf terwijl hij zijn auto openmaakte en instapte. Hij toetste snel het nummer van Timwick in. 'Cadro zit erop. Nu pak ik het eerste vliegtuig naar Jordanië. Verder nog iets?'

'Vergeet Maren maar even. Sluit je maar aan bij de surveillanceploeg bij Barrett House.'

Fiske fronste. 'Ik hou niet van surveillancewerk.'

'Dit zal je wel bevallen. Als Logan en dat mens van Duncan ook maar niezen, wil ik het weten en ik wil dat jij ter plekke bent.'

'Ik hou er niet van om van hot naar her te rennen voor ik een klus geklaard heb. Ik moet nog steeds Maren...'

'We hebben Gil Price gevolgd toen hij gisterochtend bij Barrett House wegreed. Hij ging rechtstreeks naar het appartement van Dora Bentz.'

'Nou en? Ik heb geen sporen achtergelaten.'

'Je snapt het niet. Hij wist van Dora Bentz af en dat betekent dat Logan het weet. We kunnen niet...' Timwick slaakte een diepe zucht. 'We moeten Logan, Price en dat mens van Duncan om het leven brengen.'

'Je zei dat je dat te riskant vond.'

'Dat was voordat we er zeker van waren dat Logan op het juiste spoor zat. We kunnen hen onmogelijk in leven laten.'

Eindelijk toonde Timwick wat ballen. 'Wanneer?'

'Dat laat ik je nog wel weten.'

Fiske drukte op een knop op de telefoon om de verbinding te verbreken. De zaken begonnen er echt beter uit te zien. Zowel de uitdaging als de financiële mogelijkheden groeiden. Hij begon weer te neuriën terwijl hij het dashboardkastje opentrok en Timwicks lijst te voorschijn haalde. Hij zette een nette streep door de tweede naam en voegde onder de naam van Maren zorgvuldig in blokletters John Logan, Gil Price en Eve Duncan toe.

Het kon geen kwaad om ordelijk te werk te gaan.

Hij startte de auto en moest plotseling grinniken toen hij zich realiseerde welk liedje hij neuriede.

Making a list, checking it twice.

Gonna find out who's naughty or nice...

8

'Wakker worden,' zei Margaret. 'In godsnaam, Eve, moet je nou zelfs met die botten slapen?'

Eve tilde slaperig haar hoofd op. 'Wat?' Ze schudde haar hoofd om de slaap van zich af te zetten. 'Hoe laat is het?'

Margaret stond voor het bureau. 'Het is bijna negen uur in de ochtend. John zei tegen me dat je gisteravond niet meer aan het werk zou gaan.'

'Ik ben van gedachten veranderd.' Ze keek neer op Mandy die voor haar op het bureau lag. 'Ik heb nog een paar stukjes van de puzzel aan elkaar gepast.'

'En je bent onder het werken in slaap gevallen.'

'Ik wilde eigenlijk alleen maar even mijn ogen dichtdoen.' Ze had een vieze smaak in haar mond. 'Ik denk dat ik moe was.' Ze schoof haar stoel achteruit. 'Ik ga even mijn tanden poetsen en onder de douche.'

'Als je me maar eerst vertelt dat je tevreden bent over wat ik met dit lab heb gedaan.'

Ze glimlachte. 'Sorry, het ziet er geweldig uit.'

'Je enthousiasme is werkelijk adembenemend,' zuchtte Margaret. 'Ik wist dat ik ze had moeten vertellen om het met zwarte crèpe en rouwlinten in te richten.'

'Ik heb toch tegen je gezegd dat het niet uitmaakte.' Ze stond op en liep naar de deur. 'Maar ik waardeer je moeite wel.'

'John wil je spreken. Ik moest je gaan halen.'

'Zodra ik heb gedoucht en me heb verkleed, ga ik naar hem toe.'

'Kun je een beetje haast maken? Hij gedraagt zich behoorlijk nerveus sinds Gil terug is.'

Eve draaide zich bij de deur om. 'Is hij weer teruggekomen?'

Margaret knikte. 'Ongeveer anderhalf uur geleden. Ze zitten in het kantoor op je te wachten.'

Te wachten op haar besluit. Te wachten om te horen of ze mee zou werken aan die vergeefse speurtocht van Logan.

Kennedy.

Mijn god, op klaarlichte dag was het idee nog idioter dan het gisteravond had geleken.

'En John heeft me opgedragen om dat extra bedrag dat jullie overeen zijn gekomen naar het Adam Fonds over te maken,' zei Margaret. 'Ik heb de bank gebeld en over een uur kun je controleren of het is bijge-schreven.'

Ze had zich niet akkoord verklaard met dat extra bedrag. Logan zet-te haar onder druk, probeerde haar om te kopen zonder meteen om een wederdienst te vragen. Nou, hij mocht dat geld best geven. Het zou geen invloed hebben op haar besluit en de kinderen zouden er wel bij varen. 'Ik vertrouw je.'

'Verifieer het maar,' zei Margaret. 'John staat erop.'

Logan kon aandringen tot hij een ons woog. Ze deed toch precies wat ze zelf wilde. Het had haar goed gedaan om gisteravond aan Mandy te werken. Ze had vanmorgen veel meer het gevoel dat ze de situatie in de hand had. 'Ik zie je straks, Margaret.'

'Je hebt er wel de tijd voor genomen.' Logan wierp haar een nijdige blik toe toen ze de studeerkamer binnen kwam lopen.

'Ik moest mijn haar wassen en föhnen.'

'Maar het zit dan ook hartstikke leuk,' zei Gil vanuit de hoek van de kamer. 'Het was het uitstel ten volle waard.'

Ze glimlachte naar hem. 'Ik geloof niet dat Logan er ook zo over denkt.'

'Inderdaad niet,' zei Logan. 'Het is onbeleefd om mensen te laten wach-ten.'

'Het hangt ervan af of je een afspraak hebt of op het matje geroepen wordt.'

Gil grinnikte. 'Je had Margaret niet moeten sturen, Logan.'

'Verdomme, ik wilde helemaal niet opdringerig lijken.'

Ze trok haar wenkbrauwen op. 'O, nee?'

'Nou ja, niet zo dat het opvalt.' Logan woof naar de stoel. 'Ga zitten, Eve.'

Ze schudde haar hoofd. 'Dit zal niet zoveel tijd in beslag nemen.'

Logan verstrakte. 'Hoor eens, ik wil je niet...'

'Hou je mond, Logan. Ik doe het. Ik ga mee naar dat verdomde ko-renveld van je om die schedel op te halen. Dan nemen we die mee hier-naar toe en dan doe ik wat jij me gevraagd hebt.' Ze keek hem recht in de ogen. 'Maar dan doen we het ook meteen. Ik wil dit zo snel mo-gelijk achter de rug hebben.'

'Vanavond.'

'Prima.' Ze wilde weggaan.

'Waarom?' vroeg Logan plotseling. 'Waarom doe je het?'

'Omdat je je vergist en de enige manier waarop ik dat kan bewijzen is door het karwei op te knappen. Ik wil het achter de rug hebben en te-

rug naar wat echt belangrijk voor me is.' Ze voegde er koel aan toe: 'En ja, ik wil jou op je bek zien gaan. Dat wil ik zo graag dat ik misschien wel vrijwilligerswerk ga doen voor de herverkiezingscampagne van Chadbourne.'
'En dat is alles?'
Ze lette goed op dat haar gezicht uitdrukkingsloos bleef. Hij mocht niets merken. Hij mocht niets weten van de paniek die haar gisteravond bekropen had. Ze moest hem geen wapen geven dat hij tegen haar kon gebruiken. 'Dat is alles. Wanneer gaan we weg?'
'Na middernacht.' Hij schonk haar een scheef glimlachje. 'Zoals het hoort voor zo'n zondige onderneming. We gaan met de limo. Het is maar een uurtje rijden hier vandaan.'
Ze keek even naar Gil. 'Ga jij ook mee?'
'Ik zou het voor geen goud willen missen. Ik kan me niet herinneren wanneer ik voor het laatst een schedel heb opgegraven. Met name een die zo interessant belooft te zijn.' Hij knipoogde. 'Helaas, die arme Yorick, ik kende hem, Horatio.'
Ze liep naar de deur. 'Om eerlijk te zijn is dat citaat toepasselijker dan alles wat ik van Logan heb gehoord. Het lijkt me een stuk waarschijnlijker dat die schedel van Shakespeares Yorick is dan van Kennedy.'

'Ze gaan iets ondernemen, Timwick,' zei Fiske in de telefoon. 'Price, Logan en dat mens van Duncan. Ze zijn net het hek uitgereden.'
'Wees voorzichtig. Je zult alles verpesten als ze doorkrijgen dat ze gevolgd worden.'
'Geen probleem. We hoeven niet in de buurt te komen tenzij het absoluut nodig is. Kenner heeft een zendertje in de limo gezet toen Price in het appartement van Bentz was. We wachten wel tot ze op een verlaten weg zijn, dan halen we hen in en...'
'Nee, je moet ze naar hun bestemming laten gaan voor je in actie komt.'
'Dat zou weleens geen ideale situatie kunnen zijn. Ik moet...'
'De pot op met die ideale situatie. Je laat hen naar hun bestemming gaan. Heb je me begrepen, Fiske? Laat alles maar aan Kenner over. Ik heb hem precies verteld wat de bedoeling is en jij doet wat hij zegt.'
Fiske verbrak de verbinding. De klootzak. Het was al erg genoeg dat hij naar Timwick moest luisteren zonder zich ook nog eens op de kop te laten zitten door Kenner. Hij had de afgelopen vierentwintig uur zijn buik vol gekregen van die lul.
'Ik heb toch tegen je gezegd dat ik de leiding heb,' zei Kenner vanaf de chauffeursplaats. 'Jij mag gewoon meelopen tot ik je de vrije hand

geef.' Hij maakte een hoofdgebaar naar de twee mannen op de achterbank. 'Net als dat stel.'

Fiske staarde strak voor zich uit naar de achterlichten van de limo in de verte. Hij haalde diep adem en probeerde zich te ontspannen. Het zou allemaal wel goed komen. Hij zou er wel in slagen om zijn werk te doen, ondanks de bemoeienis van Kenner. Hij zou het drietal in de limo voor hen vermoorden en hun namen van de lijst strepen. En daarna zou hij zelf een lijst maken waarop Kenners naam helemaal bovenaan kwam te staan.

Het korenveld had Eve eigenlijk moeten herinneren aan iets dat even typisch Amerikaans was als een jaarmarkt, maar het enige waar ze aan kon denken was een griezelfilm die ze had gezien over een stel lugubere kinderen dat in een korenveld woonde.

Hier waren geen kinderen.

Alleen de dood.

En een schedel die onder de vruchtbare bruine aarde begraven lag.

Te wachten.

Ze stapte langzaam uit de auto. 'Is het hier?'

Logan knikte.

'Dat veld ziet er goed onderhouden uit. Waar ligt de boerderij?'

'Een kilometer of zeven naar het noorden.'

'Het is een groot veld. Ik hoop dat Donnelli je goede aanwijzingen heeft gegeven.'

'Inderdaad. Ik ken ze uit mijn hoofd.' Hij stapte ook uit. 'Ik weet precies waar hij ligt.'

'Die aanwijzingen moeten wel goed zijn.' Gil had de kofferbak opengedaan en haalde er twee spades en een grote zaklantaarn uit. 'Graven is niet bepaald mijn favoriete tijdverdrijf. Ik heb als werkstudent een zomer lang bij een ploeg wegwerkers gezeten en ik had gezworen dat ik dat nooit meer zou doen.'

'Je verdiende loon.' Logan pakte de lantaarn en een van de spades. 'Zeg nooit nooit.' Hij liep met grote passen het korenveld in.

'Ga je mee?' vroeg Gil aan Eve terwijl hij achter Logan aan liep.

Ze bewoog zich niet.

Ze kon de aarde ruiken waar de dood wachtte.

Ze kon de wind horen terwijl hij door de rijen hoog opgeschoten korenhalmen ruiste.

Ze kreeg een benauwd gevoel bij de gedachte dat ze weg zou zinken, zou verdrinken in die wiegende zee van koren.

'Eve?' Gil stond aan de rand van het veld te wachten. 'John wil dat je met ons meegaat.'

Ze bevochtigde haar lippen. 'Waarom?'

Hij haalde zijn schouders op. 'Dat moet je hem vragen.'

'Het is stom dat ik zelfs maar mee ben gegaan. Ik kan toch niets zeggen tot ik terug ben in het lab.'

Hou op met tegenstribbelen. Toe maar. Schiet nou op. Zorg dat je hier weg kunt.

Ze liep achter Gil aan het korenveld in.

Duisternis.

Voor zich kon ze het ritselende geluid horen dat Gil maakte, maar ze kon hem niet zien. Ze zag niets anders dan die hoge halmen om haar heen. Het was alsof ze begraven was. Hoe kon Logan hier iets vinden, ook al had hij een kaart en aanwijzingen?

'Ik zie licht voor ons.' Gils stem bereikte haar vanuit het niets.

Zij zag er niets van, maar ze begon sneller te lopen.

Schiet op. Dan kun je weer weg.

Nu zag ze het licht ook. Logan had de lantaarn op de grond gelegd en was al aan het graven met een schop die diep in de aarde kliefde en de wortels van de korenhalmen kapotscheurde.

'Hier?' vroeg Gil.

Logan keek even naar hen op en knikte. 'Vlug. Hij ligt nogal diep zodat de boer hem niet zou opgraven bij het planten. Je hoeft niet voorzichtig te zijn. Hij moet in een met lood gevoerde kist zitten.'

Gil begon te graven.

Ze wou dat ze haar ook een schop hadden gegeven, dacht ze na een minuut of vijf. Het zou beter zijn geweest als ze ook iets om handen had gehad, in plaats van alleen maar te moeten toekijken. Haar spanning groeide met de minuut.

Dit was te stom voor woorden. Er lag hier waarschijnlijk helemaal niets begraven en zij gedroegen zich als een stel mensen uit een boek van Stephen King.

'Ik heb iets geraakt,' zei Gil.

Logan keek hem even aan. 'Halleluja.' Hij begon sneller te graven.

Eve kwam wat dichter naar het gat toe en zag verroest metaal onder de omwoelde aarde. 'Jezus...'

Waarom voelde ze zich nu zo geschokt? Dat Donnelli niet had gelogen over de plek wilde nog niet zeggen dat de rest van het verhaal ook waar was. Er zat misschien niet eens een schedel in die doos en het was helemaal onwaarschijnlijk dat die dan van Kennedy zou zijn.

Logan wrikte het slot van de doos open.

Alleen was het helemaal geen doos, besefte ze plotseling. Het was een doodskist.

De doodskist van een baby.

'Hou op.'

Logan keek op. 'Verrek, wat nou weer?'

'Het is een doodskist. Van een baby.'

'Dat weet ik. Donnelli was begrafenisondernemer. Hoe had hij volgens jou anders aan een met lood gevoerde kist moeten komen?'

'Wat als het geen schedel is?'

Er verscheen een harde trek op Logans gezicht. 'Het is de schedel wel. Dit is tijdverspilling.' Hij brak het slot van de doodskist open.

Ze hoopte dat hij gelijk had. Het idee van een kleine baby die hier helemaal alleen en verloren begraven lag, was te hartverscheurend om te verdragen.

Logan gooide de kist open.

Geen baby.

Ze kon de schedel zelfs door de dikke laag plastic onderscheiden die eromheen was gewikkeld.

'Bingo,' mompelde Logan. Hij hield de lantaarn dichterbij. 'Ik wist dat het...'

'Ik hoor iets.' Gil tilde zijn hoofd op.

Eve hoorde het ook.

De wind?

Het was niet de wind.

Het was doelgerichter. Hetzelfde geluid dat zij hadden gemaakt toen ze door het korenveld liepen.

En het geritsel kwam op hen af.

'Shit,' vloekte Logan zacht. Hij smeet de doodskist dicht, pakte hem beet en kwam overeind. 'Laten we maken dat we wegkomen.'

Eve keek om. Niets. Alleen dat dreigende geritsel. 'Zou het de boer niet kunnen zijn?'

'Het is de boer niet. Het is er meer dan een.' Logan begon al te rennen. 'Raak haar niet kwijt, Gil. We lopen met een boog terug door het veld, dan komen we weer uit op de weg waar we de auto hebben neergezet.'

Gil pakte haar arm. 'Vlug.'

Ze moesten eigenlijk niet praten. Dan zou iemand hen horen. Maar dat was krankzinnig. Wat maakte het uit? Ze maakten net zoveel herrie terwijl ze zich een weg door het koren baanden als de personen die hen achtervolgden, wie dat ook mochten zijn.

Logan zigzagde door het veld en zij volgden.

Hardlopend.

Verstikkende duisternis.

Geritsel.

Haar longen brandden.

Kwamen ze dichterbij?

Ze wist het niet. Ze maakten zelf te veel lawaai om daar zeker van te zijn.

'Naar links,' riep iemand achter hen.

Logan draafde door het koren in een haakse bocht naar rechts.

'Ik geloof dat ik iets zie.' Een andere stem.

O god, het klonk net alsof de man in de strook vlak naast hen zat.

Logan draaide om en rende weer terug naar de plek waar ze vandaan kwamen.

Gil en Eve zaten hem op de hielen.

Sneller.

Eve was elk gevoel van richting kwijt. Misschien konden ze hun achtervolgers elk moment in de armen lopen. Misschien moesten ze…

Logan maakte opnieuw een bocht. Naar links.

En toen waren ze het veld uit en renden naar de weg.

De limo.

Hooguit vijftig meter verderop.

En er stond een Mercedes naast geparkeerd. Ze kon niet zien of er iemand in zat.

Ze keek even om naar het veld.

Niemand.

Ze waren bijna bij de limo.

En het portier van de Mercedes zwaaide open.

Gil liet haar arm los. 'Zorg dat die kist in de limo komt, John.' Hij draaide zich om, trok zijn pistool en stoof op de man af die uit de Mercedes stapte.

Te laat.

Een schot.

Ze keek vol afschuw toe hoe Gil voorover viel. Hij krabbelde op zijn knieën en probeerde zijn pistool op te heffen.

O god, de man richtte zijn pistool weer op Gil.

Ze besefte niet eens dat ze zich bewogen had tot haar hand het pistool greep en het met een ruk opzij trok. De man draaide zich naar haar om en haar hand kwam met een klap terecht op zijn halsslagader. Hij kreunde. Zijn ogen werden glazig. Hij viel.

'Ik rij wel. Ga jij maar met Gil achterin zitten.' Logan sleepte Gil de paar meter naar de limo. 'Probeer het bloeden te stoppen. We moeten maken dat we wegkomen. Ze hebben dat schot vast gehoord.'

Eve hield de deur voor Logan vast en dook toen achterin naast Gil. Jezus, wat was hij bleek. Ze rukte zijn shirt open. Een beetje bloed, hoog op zijn schouder. Wat als hij...

'Ze komen eraan!' schreeuwde Logan terwijl de limo vooruitschoot.

Ze keek even uit het raam en zag drie mannen uit het korenveld opduiken.

Grint spatte op toen de limo over de weg spoot.

Logan wierp een blik in de achteruitkijkspiegel. 'Hoe gaat het met hem?'

'Het is een schouderwond. Hij bloedt niet erg. Hij is alweer bij bewustzijn.' Ze keek weer uit het raam. 'Ze zijn al bij de weg. Kun je niet harder rijden?'

'Ik doe mijn best,' zei hij met zijn tanden op elkaar. 'Het lijkt wel alsof ik in een verdomd jacht rijd.'

Hij was al op de geplaveide weg die naar de snelweg voerde, maar de Mercedes was te snel. De koplampen zaten nog maar een paar meter achter hen.

Toen raakte de Mercedes de zijkant van de limo.

Ze probeerden hen van de weg af de sloot in te rijden.

Ze botsten opnieuw tegen hen aan.

Dit keer slaagde Logan er maar net in om de limo op de weg te houden.

'Je moet voor ze blijven,' zei ze. 'We zijn er geweest als we in die sloot terechtkomen.'

'Wat dacht je dat ik probeerde te doen?'

Goddank, de snelweg lag vlak voor hen.

De Mercedes raakte de limo opnieuw en die schoot in de richting van de sloot.

Logan zat fanatiek aan het stuur te draaien en slaagde erin te voorkomen dat de auto de helling afschoot.

'Door die laatste botsing zijn ze naar de andere kant van de weg geschoten,' zei Eve. 'Plankgas!'

Hij drukte het gaspedaal in.

'Ze zijn te dichtbij.' Logan zat in de achteruitkijkspiegel te kijken. 'Voor we bij de snelweg zijn, hebben ze ons alweer ingehaald.'

'De... doodskist,' mompelde Gil. 'Geef hun...'

'Nee!' zei Logan.

Eve keek neer op de doodskist aan haar voeten.

'Geef hun de...'

Eve stak haar hand uit naar de klink van het portier.

'Wat doe je nou?' vroeg Logan.

'Hou je mond,' zei Eve vinnig. 'Gil heeft gelijk. Ze willen die verdomde doodskist hebben. Die kunnen ze krijgen. Hij is ons leven niet waard.'

'Maar als ze nou niet stoppen? Dan heb je 'm voor niets opgegeven.'

'Dat kan me geen barst schelen. Gil is voor die schedel al neergeschoten. Er hoeven niet meer gewonden te vallen. Rij maar iets langzamer en hou die auto koste wat kost op deze rijbaan.'

De auto minderde vaart, maar ze moest toch nog worstelen om het portier tegen de wind open te duwen.

'Ze halen ons weer in.'

'Hou de auto op deze baan.' Ze sleepte en duwde de doodskist naar de deur. 'En probeer ze zo ver mogelijk voor te blijven.'

'Ik geloof niet dat ik...'

'Doe je best maar.' Door de wind was het portier opengevlogen en ze duwde de doodskist naar buiten. Hij stuiterde twee keer en schoof toen naar de andere rijbaan.

'Nu is het even afwachten.' Eve hield haar ogen strak op de Mercedes gevestigd die achter hen aankwam. 'We moeten maar hopen dat ze... Já.'

De Mercedes was langs de kist gereden. Even leek het alsof ze zich er niets van aantrokken en in de achtervolging zouden blijven. Maar toen remden ze af, maakten plotseling een U-bocht en reden terug.

'We zijn bijna bij de snelweg,' zei Logan. De limo vloog vooruit, over de oprit de snelweg op.

Auto's. Vrachtwagens. Mensen.

Eve voelde een golf van opluchting toen Logan zich tussen het verkeer voegde. 'Zijn we nu veilig?'

'Nee.' Logan stuurde de auto naar de vluchtstrook. 'Doe dat portier dicht.' Hij keek om naar Gil. 'Hoe gaat het met je?'

'Het is maar een schrammetje. Het bloedt niet eens meer.'

'Ik weet niet zeker of het veilig is om te stoppen. Ik bel Margaret wel om te zorgen dat je medische hulp krijgt. Weet je zeker dat je niet bloedt? Kun je het uithouden tot we terug zijn in Barrett House?'

'Tuurlijk.' Gils stem klonk zwak. 'Als ik jouw rijkunsten kan overleven, overleef ik alles.'

Goddank, hij voelde zich goed genoeg om grapjes te maken, dacht Eve opgelucht.

'Jij zou het er heus niet beter van afgebracht hebben,' zei Logan. 'En voor die rotopmerking zou ik je eigenlijk de auto uit moeten zetten en je naar huis moeten laten lopen.'

'Ik hou mijn mond wel.' Hij deed zijn ogen dicht. 'En aangezien dat een hele opgave voor me is, ga ik maar even een tukje doen.'

'Dat lijkt me geen goed idee,' zei Logan terwijl hij weer invoegde in het verkeer. 'Blijf wakker. Ik moet het weten als je bewusteloos raakt.'

'Tuurlijk. Als ik je daar een plezier mee doe. Dan doe ik alleen mijn ogen dicht.'

Logan keek Eve even aan in de achteruitkijkspiegel. Ze knikte en zijn voet drukte het gaspedaal dieper in.

'Verrek, wat doe je nou?' krijste Fiske. 'Je raakt ze kwijt.'

'Hou je bek,' zei Kenner. 'Ik weet wat ik doe. Die kist is belangrijker.'

'Idioot. Niets is belangrijker. Nou hebben we al die moeite gedaan en jij laat hen gewoon...'

'Timwick heeft gezegd dat als we moesten kiezen tussen te pakken krijgen wat ze gingen halen of hen om zeep brengen, we eerst het spul in handen moesten zien te krijgen.'

'Dat kunnen we later ook nog wel ophalen. Het is gewoon een aflei-dingsmanoeuvre van hen.'

'Dacht je dat ik zelf ook niet op dat idee was gekomen? Dat risico kan ik niet nemen. Het ligt midden op de weg. Het kan beschadigd raken of gevonden worden.'

'Midden in de nacht?'

'Timwick wil de inhoud van die kist hebben.'

Een vlaag van woede schoot door Fiske heen. Nu hadden ze geen schijn van kans meer om Logan in te halen. Alleen maar omdat Timwick ge-obsedeerd was door die verdomde kist.

En Kenner was al net als Timwick, die maakte zich zo druk om klei-nigheden dat hij de echt belangrijke zaken uit het oog verloor. Je moest je altijd op één doel richten en je moest je door niets laten af-leiden.

Zeker niet door een verdomde kist.

Zodra Logan de limo stopte, doken twee mannen in witte uniformen op uit Barrett House. Gil werd op een brancard gelegd en met een noodvaartje naar binnen gebracht.

Eve stapte uit de auto. Haar knieën waren zo slap dat ze tegen het spatbord moest leunen.

'Voel je je wel goed?' vroeg Logan.

Ze knikte.

'Ik zal Margaret zeggen dat ze een kop koffie voor je moet zetten,' zei hij over zijn schouder terwijl hij naar het huis liep. 'Ik moet ervoor zorgen dat alles in orde komt met Gil.'

Versuft keek ze toe hoe hij verdween. Er had zich in korte tijd zoveel afgespeeld dat ze nog niet goed kon begrijpen dat het allemaal echt voorbij was. Of dat het allemaal echt was gebeurd.

Maar de gedeukte zijkant van de limo was het zwijgende bewijs van die angstaanjagende achtervolging.

En de wond van Gil Price was ook geen product van haar verbeelding. Hij had wel dood kunnen zijn. Ze hadden allemaal dood kunnen zijn als zij die doodskist niet uit de limo had gegooid.

'Koffie.' Margaret drukte haar een mok in de hand. 'Kom binnen en ga zitten.'

'Zo meteen. Mijn benen weigeren momenteel nog dienst.' Ze nam een slokje koffie. 'Hoe gaat het met Gil?'

'Hij is bij bewustzijn en heeft het hoogste woord. De dokter staat op het punt om hem letterlijk de mond te snoeren.'

De koffie was sterk en de cafeïne begon te werken. 'Hoe heb je op dit uur van de nacht een dokter hier weten te krijgen?'

'Met geld kun je bergen verzetten.' Margaret leunde tegen de limo. 'Ben je bang?'

'Verrek, ja. Zou ik dat niet moeten zijn? Misschien vind jij het gewoon dat mensen op elkaar schieten, maar ik niet.'

'Ik ben ook bang. Ik had nooit gedacht...' Ze slaakte een bevende zucht. 'Ik had dit nooit verwacht. Ik dacht... ik weet niet wat ik dacht.'

'Maar je vertrouwt Logan nog steeds genoeg om voor hem te blijven werken?'

'Tuurlijk.' Ze richtte zich op. 'Maar ik mag barsten als ik hem niet om salarisverhoging en gevarengeld ga vragen. Ben je al zover dat je naar binnen kunt?'

Eve knikte.

Gevarengeld. Nu begreep ze waarom Logan zo gul was. Dit ging niet om dode katten en venijnig vandalisme. Dit ging om moord. Ze hadden geprobeerd Gil te vermoorden. Ze hadden hen misschien wel allemaal vermoord als de limo in die sloot was beland.

'Gaat het al beter?' Logan was de trap afgekomen. 'Je hebt al wat meer kleur in je gezicht.'

'Is dat zo?' Ze nam nog een slok koffie. 'Hoe gaat het met Gil?'
'Een vleeswond. Braden zegt dat alles in orde komt.' Hij richtte zich
tot Margaret. 'We willen nog niet dat het politierapport wordt inge-
diend. Probeer Braden zover te krijgen dat hij daar nog even mee
wacht.'
'Welja, zodat ze mij kunnen beschuldigen van het achterhouden...' Ze
zuchtte en liep naar de trap. 'Ik maak het wel in orde.'
Margaret was al boven voor Logan Eve weer aankeek. 'We moeten
met elkaar praten.'
'Dat lijkt me zwak uitgedrukt.' Ze ging op weg naar de keuken. 'Maar
op dit moment is mijn kop leeg en ik heb meer koffie nodig.'
Hij liep achter haar aan en liet zich in een stoel bij de tafel vallen. 'Het
spijt me dat je zo geschrokken bent.'
'Moet ik me nu helemaal vertederd en op mijn gemak voelen?' Haar
hand trilde terwijl ze de koffie inschonk. 'Dat is niet het geval. Op het
ogenblik ben ik nog steeds bang, maar als ik daar overheen ben, word
ik des duivels.'
'Dat weet ik. Ik had niet anders verwacht.' Hij zweeg even. 'Je hebt me
vanavond versteld doen staan. Waarschijnlijk heb je Gils leven gered.
Waar heb je karate geleerd?'
'Joe. Nadat Bonnie was... Ik heb je al verteld dat ik nooit meer ergens
het slachtoffer van wil zijn. Joe heeft me geleerd hoe ik voor mezelf
moest zorgen.'
Hij glimlachte. 'En kennelijk voor andere mensen ook.'
'Iemand moest hem helpen. Jij vond die verdomde doodskist duidelijk
belangrijker dan je vriend. Mijn god, je bent erdoor geobsedeerd. Ik
sta ervan te kijken dat je bereid was om langzamer te rijden zodat ik
dat kreng naar buiten kon gooien.'
Zijn glimlach verdween. 'Gil heeft ook geleerd hoe hij voor zichzelf
moet zorgen. Hij moest zijn eigen werk opknappen. Net als ik.'
'En net als ik.' Ze keek hem recht aan. 'Maar ik had er geen rekening
mee gehouden dat iemand op me zou gaan schieten.'
'Ik had je gezegd dat ze zouden proberen ons tegen te houden.'
'Je hebt me niet verteld dat ze zouden proberen ons te vermoorden.'
'Nee, dat zal wel niet.'
'Je weet verdomd goed dat je dat niet hebt gedaan.' Haar stem schoot
uit van boosheid. 'Dat hele gedoe was een ramp. Jij hebt je leven ge-
riskeerd voor een vergeefse onderneming en daar heb je mij in meege-
sleurd. Door jouw schuld ben ik bijna vermoord, smeerlap.'
'Ja.'

'En er was geen enkele reden voor. Ik had er helemaal niet bij hoeven te zijn.'

'Jawel.'

'Wat moest ik daar dan doen? Had ik in dat verdomde korenveld aan die schedel moeten werken?'

'Nee.'

'Waarom heb je me dan...'

'Dokter Braden gaat weg.' Margaret stond in de deuropening. 'Ik geloof dat alles wat gemakkelijker zal gaan, als jij hem een schouderklopje geeft en hem uitlaat, John.'

'Prima.' Logan stond op. 'Ga je mee, Eve? We zijn nog niet uitgepraat.'

'Om de dooie donder niet.' Ze liep achter hem aan naar de hal en stond toe te kijken hoe hij met de dokter omsprong. Honingzoet. Met de overredingskracht van de duivel in eigen persoon. Het kostte hem maar een paar minuten om de man tevreden naar huis te sturen.

Ze bleef op de drempel staan terwijl hij de dokter naar zijn auto bracht.

'Hij is goed, hè?' mompelde Margaret.

'Veel te goed.' Plotseling smolt haar woede als sneeuw voor de zon en maakte plaats voor vermoeidheid. Barst, wat maakte het ook uit? Hij mocht net zoveel konkelen en draaien als hij wilde. Ze had er niets meer mee te maken.

Logan zwaaide de dokter uit, draaide zich om en keek haar aan. Hij kneep zijn ogen argwanend samen. 'Je bent niet boos meer. Dat kan zowel een goed als een slecht teken zijn.'

'Of geen van beide. Waarom zou ik me druk maken? Allemaal vergeefse moeite. Ik ga naar boven om te pakken. Het is voorbij en ik ga ervandoor.'

'Het is niet voorbij.'

Ze verstijfde. 'Dat is het verdomme wel.'

Margaret zei haastig: 'Ik denk dat ik even ga kijken hoe Gil het maakt,' en liet hen alleen.

Logans blik bleef vast op Eves gezicht gevestigd. Hij herhaalde: 'Het is niet voorbij, Eve.'

'Ik heb gezegd dat ik maar één ding voor je wilde doen en niet meer. Ook al zou ik niet bereid zijn om je de keel af te snijden omdat je me vannacht zo in de problemen hebt gebracht, dan nog is er een eind gekomen aan mijn taak toen ik die schedel uit de limo gooide. Als je denkt dat ik hier blijf rondhangen terwijl jij probeert hem weer te pakken te krijgen, heb je een gaatje in je hoofd.'

'Ik hoef niet te proberen hem weer te pakken te krijgen.'

Haar ogen werden groot. 'Waar heb je het in godsnaam over?'
'Ga maar mee.'
'Wat?'
'Je hebt me wel verstaan.'
Hij draaide zich om en liep weg.

9

De begraafplaats.

Hij was al voorbij het smeedijzeren hek toen ze hem inhaalde. Hij liep met vastberaden pas langs de rij graven.

Ze ging niet mee. 'Wat ga je doen?'

'De schedel ophalen.' Hij stopte voor het graf van Randolph Barrett, tilde het bloemstuk met de anjers op en legde het aan de kant. Hij pakte de schop op die eronder verstopt had gelegen en begon te graven. De aarde was zacht, onlangs nog omgespit en het werk ging snel. 'Aangezien jij mij voor het blok hebt gezet, zal ik je een schedel moeten bezorgen.'

Ze staarde hem ongelovig aan. 'Ben je nou helemaal gek geworden? Je gaat toch geen oud lijk opgraven om…' Ze hield plotseling haar adem in toen een idee door haar hoofd schoot. 'Lieve god.'

Hij keek haar even aan en beantwoordde haar onuitgesproken vraag. 'Ja, ik heb de schedel al twee maanden geleden weggehaald uit dat korenveld.'

'En toen heb je hem hier opnieuw begraven. Daarom heb je al die graven met bloemen laten bedekken. Je wilde verbergen dat dit graf verstoord was.'

Hij knikte onder het graven door. 'Er is een oud gezegde dat inhoudt dat je iets het best kunt verbergen door het open en bloot neer te zetten, maar ik moet toegeven dat ik te schijterig ben om het daarbij te laten. Ik heb Mark een alarm laten installeren dat afgaat als de kist wordt aangeraakt en toen ik net binnen was, heb ik hem opdracht gegeven om het uit te schakelen.'

'En je moet een andere schedel in die doodskist in het korenveld hebben gestopt.' Ze keek naar de naam op de grafsteen. 'Was die van Randolph Barrett?'

'Nee, Barrett moet alleen tijdelijk zijn onderkomen delen. Hij stierf op zijn vierenzestigste. Ik wilde een jongere schedel, dus die heb ik bij een medische faculteit in Duitsland gekocht.'

Haar hoofd liep om. 'Wacht even. Waarom? Waarom heb je al die moeite gedaan?'

'Ik wist dat ze op een gegeven moment door zouden krijgen waar ik mee bezig was en dat ik misschien een afleidingsmanoeuvre nodig zou hebben. Ik hoopte dat ik er geen gebruik van zou hoeven maken. Ik heb mijn uiterste best gedaan om mezelf niet bloot te geven, maar er moet iets mis zijn gegaan. Jij was nog niet eens aan het werk. Alles begon uit de hand te lopen en ik moest ze op een dwaalspoor brengen.'

'Hoe bedoel je, alles begon uit de hand te lopen? Ik mag barsten als ik weet waar je het over hebt.'

'Dat hoef je ook niet te weten. Het is voor jezelf veiliger als je van niets weet.' Hij gooide zijn schop op de grond en pakte de vierkante loden kist op die hij had blootgelegd. 'Jij hoeft alleen maar het werk te doen waarvoor ik je betaal.'

'Ik hoef het niet te weten?' Er ging een schok door haar heen toen alle consequenties van zijn bedrog tot haar doordrongen. 'Verdorie, wat ben je toch een smeerlap.'

'Dat zou best kunnen.' Hij zette de kist aan de kant en begon de aarde terug te gooien in het graf. 'Maar dat verandert niets aan de zaak.'

'Het verandert alles.' Haar stem trilde van boosheid. 'Je hebt me meegenomen naar dat verdomde korenveld, hoewel je wist dat het voor niets was.'

'Het was niet voor niets. Ze wisten dat jij hier was om het karwei op te knappen en ik had je daar nodig om de schijn op te houden en de tocht nog geloofwaardiger te maken.'

'En je hebt me bijna laten vermoorden.'

'Sorry. Ik heb het iets te licht opgevat.'

'Sorry? Is dat alles wat je te zeggen hebt? En hoe zit het dan met Gil Price? Hij is neergeschoten. Hij heeft geprobeerd die schedel voor je te redden en het ging niet eens om de goeie.'

'Ik vind het heel erg dat ik je moet teleurstellen. Ik weet dat je mij het liefst alle schuld op de schouders laadt, maar Gil wist precies hoe de vork in de steel stak. Hij heeft zelfs de koop van die schedel voor me geregeld.'

'Wist hij ervan? Was ik de enige die in het duister tastte?'

'Ja.' Hij legde de schop neer en trok het bloemstuk met de anjers er weer overheen zodat het graf opnieuw bedekt was. 'Ik zou er niet over piekeren om hem zonder waarschuwing vooraf aan zoiets te laten beginnen.'

'Maar je hebt mij er wel met mijn ogen dicht in laten lopen.'

'Jij zou alleen als toeschouwer fungeren. Met Gil werkte ik samen. Ik wist niet dat jij gedwongen zou worden om...'

'Als toeschouwer.' Ze werd met de seconde kwader. 'Je hebt me erin laten lopen. Ik vroeg me al af waarom ik er met alle geweld bij moest zijn, maar ik had niet verwacht dat ik als lokaas fungeerde.'

'De schedel was het lokaas. Zoals ik al zei, jij was er alleen bij om het nog geloofwaardiger te maken. Ik moest ervoor zorgen dat ze ervan overtuigd zouden zijn dat onze tocht belangrijk genoeg was om ons te volgen.'

'Je wilde dat ze achter ons aan kwamen. Je wilde dat ze ons zo dicht op de hielen zouden zitten, dat er een geldig excuus zou zijn om die doodskist uit de limo te gooien.'

Hij knikte. 'Ze moesten denken dat ik me alleen uit pure wanhoop genoodzaakt zag om me van die schedel te ontdoen. Ik was van plan geweest om zelf die kist uit de limo te gooien, maar toen raakte Gil gewond en moest ik rijden.'

'En Gil drong erop aan dat ik het zou doen. Christus, je stribbelde zelfs tegen.'

'Het leek me de snelste manier om je zover te krijgen. Je was al zo boos op me dat je alles zou doen wat ik niet wilde.'

'En om hen voor de gek te houden accepteerde je het risico dat Gil en ik om het leven zouden komen.'

'Ik zat ook in die auto.'

'Als jij zelfmoord wilt plegen, is dat jouw zaak. Je had niet het recht om ook anderen in gevaar te brengen.'

'Het leek me de enige oplossing.'

'Oplossing? Mijn god, je bent zo geobsedeerd door die verdomde politiek dat je bereid was om een schijnvertoning op touw te zetten die ons allemaal het leven had kunnen kosten.'

'Ik had uitstel nodig.'

'Nou, je hebt het allemaal voor niks gedaan.' Haar ogen schoten vuur. 'Als je denkt dat ik nu nog een hand naar dat werk uitsteek, heb je het mis. Ik zou je het liefst de keel dichtknijpen en hier naast Randolph Barrett onder de grond stoppen.' Ze keerde zich met een ruk van hem af. 'Nee, ik zou je ergens willen begraven waar niemand je ooit zou vinden. Dat zou je verdiende loon zijn, smeerlap.'

'Eve.'

Ze deed net alsof ze hem niet hoorde terwijl ze de heuvel af begon te lopen.

'Je hebt het volste recht om boos op me te zijn, maar er zijn bepaalde dingen die je niet uit het oog moet verliezen. Mag ik alsjeblieft de situatie uitleggen, zodat je...'

Ze bleef hem negeren en begon sneller te lopen. De vuile intrigant. De krankzinnige, leugenachtige smeerlap.

Ze kwam Margaret tegen op de trap toen ze naar haar kamer liep. 'Gil slaapt. Ik denk...'

'Regel een auto en een vlucht voor me,' zei ze kortaf. 'Ik ga weg.'

'Oei. Ik begrijp dat John niet bepaald overtuigend was.' Ze trok een gezicht. 'Ik kan het je niet kwalijk nemen, maar je kunt er echt op vertrouwen dat John...'

'Vergeet het maar. Zorg dat het de eerste vlucht is die hiervandaan vertrekt.'

'Dat zal ik eerst met John moeten opnemen.'

'Zorg dat ik hier wegkom, anders loop ik wel naar Atlanta.' Ze sloeg de deur van haar kamer met een klap dicht, knipte het licht aan en liep naar de kast. Ze sleurde haar koffer te voorschijn, gooide die op het bed en liep naar het bureau.

'Je moet echt naar me luisteren,' zei Logan rustig vanaf de drempel. 'Ik weet dat het moeilijk is om de zaken helder op een rijtje te zetten als je zo overstuur bent, maar ik kan je niet laten gaan voor je er goed van doordrongen bent wat je te wachten staat.'

'Ik ben niet geïnteresseerd in wat jij me te vertellen hebt.' Ze gooide een armvol ondergoed in de koffer. 'Waarom zou ik? Het zullen toch wel leugens zijn. Jouw geloofwaardigheid is wat mij betreft tot het nulpunt gedaald. Je hebt me belazerd en er bijna voor gezorgd dat ik vermoord werd.'

'Maar je bent niet vermoord. Het laatste dat ik wil, is dat jij vermoord wordt.'

Ze liep weer naar het bureau en trok de volgende la open.

'Oké, laten we de toestand onder ogen zien. Jij had niet het idee dat wat ik je wilde laten doen zo gevaarlijk was dat iemand er echt door in moeilijkheden zou komen. Kennelijk heb je de plank misgeslagen. Ze wilden die schedel zo graag hebben dat ze bereid waren om er een paar moorden voor te plegen. Dus vinden ze hem even belangrijk als ik.'

Ze smeet de inhoud van de tweede la in de koffer. 'Het is Kennedy niet.'

'Lever hun dan het bewijs. Lever ons allebei het bewijs.'

'Val dood. Ik hoef niemand iets te bewijzen.'

'Ik vrees van wel.'

Ze draaide zich met een ruk naar hem toe. 'Om de donder niet.'

'Wel als je in leven wilt blijven.' Hij zweeg even. 'En je moeder in leven wilt houden.'

Ze verstijfde. 'Bedreig je me?'

'Ik? Geen denken aan. Ik vertel je alleen maar hoe het ervoor staat. De toestand is geëscaleerd tot het punt waarop je nog maar twee keuzemogelijkheden hebt. Toon dat ik gelijk heb en lever me het bewijs waarmee ik die klootzakken aan kan pakken. Toon dat ik ongelijk heb, dan kun je de media inschakelen en iedereen van je afschudden.' Hij keek haar recht in de ogen. 'Want het alternatief is dat zij achter jou aangaan en je om zeep helpen. Het maakt hen niet uit of dat verhaal van Donnelli al dan niet waar is. Zij willen geen enkel risico nemen.'

'Ik kan om politiebescherming vragen.'

'Dat helpt misschien even. Maar het is geen permanente oplossing.'

'Ik kan ervoor zorgen dat Joe jou in je kraag grijpt en aan een verhoor onderwerpt. Ik kan ze alles vertellen.'

'En ik vind heus wel een manier om mezelf van alle blaam te zuiveren. Daar heb je advocaten voor.' Hij voegde er simpel aan toe: 'Ik wil je niet dwarszitten, Eve. Ik wil je alleen in leven houden.'

'Gelul. Je wilt nog precies hetzelfde waar je vanaf het begin op uit bent geweest.'

'Ja, maar het een sluit het ander niet uit. Wat er met je lab is gebeurd, was een waarschuwing, maar uit wat er vanavond is gebeurd, blijkt dat ze hun masker afgelegd hebben.'

'Dat zou best kunnen.'

'Luister, denk er nog eens goed over na.' Hij bestudeerde haar gezicht en schudde zijn hoofd. 'Ik kan het je niet aan je verstand brengen, hè? Oké, ik had je dit liever niet willen vertellen, maar ze zijn al bezig om andere getuigen uit de weg te ruimen. In de afgelopen dagen zijn er drie mensen vermoord.'

'Getuigen?'

'Mijn god, bij deze zaak barst het al vanaf de moordaanslag van onverklaarbare sterfgevallen. Daar heb je ongetwijfeld wel iets over gelezen.' Hij zweeg even. 'En nu is het opnieuw begonnen. Daarom wilde ik hen vanavond op een dwaalspoor brengen. Ik hoopte dat er een eind zou komen aan die moordpartijen als ze iets anders hadden waarop ze zich moesten concentreren.'

'Waarom zou ik je geloven?'

'Ik kan je de namen en de adressen geven van de slachtoffers. Je kunt het bij de plaatselijke politie natrekken. Ik zweer bij God dat ik je de waarheid vertel.'

Ze geloofde hem. Ze wou dat het niet waar was, want zijn woorden bezorgden haar een schok. 'Niemand heeft ook maar de geringste reden om mijn moeder iets aan te doen.'

'Niet als ze jou te pakken kunnen krijgen. Als dat niet lukt, besluiten ze misschien om haar als een dreigement of een voorbeeld te gebruiken, net als die kat in jouw lab.'

Bloed. Haar doodsangst en afschuw bij de eerste aanblik van de vernielingen stonden haar weer helder voor de geest. Hij had haar er waarschijnlijk alleen maar aan willen herinneren, maar dat was niet nodig. De herinnering was levendig en messcherp en ze kon hem niet van zich afzetten. 'Je blijft het maar over "ze" hebben. Ik heb er genoeg van om in het duister te tasten. Wie waren die mannen die ons vannacht hebben gevolgd? Wie is hier verantwoordelijk voor?'

Hij wachtte even voor hij antwoordde. 'De man die momenteel het heft in handen heeft, is James Timwick. Zegt die naam je iets?'

Ze schudde haar hoofd.

'Hij heeft een hoge functie bij het ministerie van financiën.'

'En was hij er vanavond bij?'

'Nee, ik weet niet zeker wie die mannen waren. Ze hebben waarschijnlijk geen officiële status. Timwick zou niemand willen die direct met hem in verband kon worden gebracht. Bij dit soort samenzweringen geldt dat hoe minder mensen ervan afweten, hoe veiliger dat voor hem is. Het zou veel gemakkelijker voor hem zijn als hij alle macht van de regering zou kunnen aanwenden. Maar ik durf te wedden dat het huurlingen zijn.'

Huurlingen. Het klonk als iets uit een tweederangs wildwestfilm. 'En wie heeft dat met mijn lab gedaan?'

'Volgens Gil kan het Albert Fiske zijn geweest. Die heeft al eerder voor Timwick gewerkt.'

Fiske. Al dat bloed en die verschrikking hadden nu een naam. 'Ik wil dat Joe daarvan op de hoogte wordt gebracht. Hij kan die smeerlap laten opsporen.'

'Wil je Quinn er echt in betrekken voor we iets kunnen bewijzen? Timwick is een zwaargewicht. Met één telefoontje zou hij je vriend het leven heel lastig kunnen maken.' Zijn stem zakte verleidelijk. 'Zorg dat we het bewijs krijgen, Eve. Doe je werk. Daarmee wordt alles een stuk gemakkelijker voor Quinn en veiliger voor jou.'

'En jij krijgt je zin.'

'Alles heeft een schaduwzijde. Maar wees niet eigenwijs om je gezicht te redden... of om wraak op mij te nemen. Jij denkt dat ik het mis heb. Zou het dan niet de moeite waard zijn om dat te bewijzen en me te straffen voor alle moeilijkheden die ik je heb bezorgd?'

'Een moordaanslag is wel iets meer dan moeilijkheden.'

'Ik heb je alles verteld. En ik heb je gewaarschuwd. De beslissing is nu aan jou.'

'Dat was altijd al het geval.'

'Zorg dan dat je de juiste neemt.' Hij draaide zich om. 'Het zal even tijd kosten om de beveiliging te regelen voor je terugreis. Ik zal Margaret zeggen dat ze een plaats reserveert op de middagvlucht vanaf Washington National.'

'En als ik meteen wil vertrekken?'

Hij schudde zijn hoofd. 'Dankzij mij ben je een doelwit geworden en ik zal je zo goed mogelijk beschermen. Ik zal ook de beveiliging voor je moeder en het huis in Atlanta verdubbelen.' Hij keek naar haar om. 'Bedenk je, Eve. Vergeet hoe kwaad je op mij bent en doe wat voor jou en je moeder het beste is.'

De deur viel achter hem dicht voor ze antwoord kon geven. Sla toe en ga ervandoor. De vuile intrigant.

Zorg dat je moeder in leven blijft.

Ze deed haar best om de paniek te verdringen die in haar opgolfde. Hij had heel slim juist die woorden gekozen die haar het diepst zouden raken. Ze moest gewoon negeren wat hij allemaal had gezegd en maken dat ze wegkwam. Ze zou nooit mee zijn gegaan als ze had geweten dat het hierop kon uitdraaien. Hij had haar weloverwogen bedrogen en haar in een toestand verwikkeld die...

Rustig aan. Ze moest vergeten dat ze Logan het liefst de nek wilde omdraaien. Deze toestand was een feit. Wat kon zij eraan doen?

Bewijs dat ik het mis heb.

Een verleidelijk lokaas. Als ze hard doorwerkte, kon ze over een paar dagen het bewijs in handen hebben.

En Logan zijn zin geven na die hel die hij haar had laten ondergaan? Geen denken aan. Niet als er een andere weg voor haar open lag.

Doe wat voor jou en je moeder het beste is.

Ze liep langzaam naar het raam. Het begon al licht te worden. Vanmiddag kon ze al onderweg zijn naar huis. God, wat wilde ze graag terug naar die plek waar alles veilig en vertrouwd was.

Maar misschien was het daar helemaal niet veilig meer. Alleen het besluit om Logans klus aan te nemen had er wellicht al voor gezorgd dat er een einde was gekomen aan de vrede en de veiligheid waarmee ze zich in de jaren na Frasers executie zo zorgvuldig had omringd. Ze werd weer teruggesleept in dat nachtmerrieachtige moeras waarin ze na Bonnies dood bijna was verdronken.

Ze zou níét verdrinken. Als ze Bonnies dood kon overleven, kon ze alles aan.

Logan stond in de hal toen ze een paar minuten over één de trap af kwam.

Hij begon langzaam te glimlachen. 'Je hebt geen koffer bij je.'

'Die staat nog steeds ingepakt. Zo gauw ik klaar ben, ga ik ervandoor. Maar ik heb besloten dat de beste manier om van al deze ellende af te komen, is om het karwei op te knappen.' Ze liep door de gang naar het lab. 'Waar is de schedel?'

'Je loopt er recht op af. De kist staat op je werktafel.' Hij liep achter haar aan. 'Maar lijkt het je niet beter om eerst wat te gaan slapen?'

'Ik heb al geslapen. Nadat ik besloot om ermee door te gaan, heb ik een douche genomen en ben even een tukje gaan doen.'

'Je had me het ook even kunnen laten weten om mij gerust te stellen.'

'Ik heb niet de minste behoefte om jou gerust te stellen.'

'Ik begrijp wat je bedoelt. Maar je hebt in ieder geval het verstandigste besluit genomen.'

'Als ik daar niet van overtuigd was, zou ik nu op weg zijn naar de voordeur in plaats van naar het lab.' Ze wierp hem een koele blik toe. 'En laten we één ding duidelijk stellen. Zodra ik het bewijs heb geleverd dat de schedel niet van Kennedy is, neem ik contact op met de pers om hun te vertellen wat een mafkees jij bent.'

'Dat lijkt me eerlijk.'

'En ik wil niet van de buitenwereld afgeschermd worden. Zolang ik hier ben, bel ik mam en Joe iedere dag op.'

'Heb ik dan geprobeerd dat te voorkomen? Je bent geen gevangene. Ik hoop dat we samen kunnen werken.'

'Dat zit er niet in.' Ze gooide de deur van het lab open. De loden kist stond midden op het bureau en ze liep er bruusk naartoe. 'Ik werk alleen.'

'Mag ik vragen hoe lang je erover denkt te doen?'

'Dat hangt af van de conditie van de schedel. Als het geen legpuzzel is een dag of twee, drie.'

'Ik kreeg de indruk dat hij vrijwel intact was.' Hij zweeg even. 'Probeer er twee dagen van te maken, Eve.'

'Zit me niet achter de broek, Logan.'

'Ik moet je wel achter de broek zitten. Ik weet niet hoeveel uitstel ik heb weten te krijgen. Timwick zal er niet blind van uitgaan dat de schedel die hij in handen heeft gekregen de juiste is. Hij zal hem door een van jouw forensische tegenpolen laten onderzoeken. Hij komt er vast achter dat hij de verkeerde heeft.'

'Volgens jou zou hij niet durven riskeren om de schedel te laten identificeren.'

'Hij zal wel moeten. Hij zou het niet aandurven om te proberen of hij DNA of tandartsgegevens in handen kan krijgen, maar dit doet hij wel. Er zijn genoeg manieren om mensen die te veel weten uit de weg te ruimen. Dus als het om een goede sculpteur gaat... twee dagen?'

'Dat hangt ervan af of hij met een afgietsel werkt of met de echte schedel. En of hij bereid is om zichzelf onder druk te zetten.'

'Dat hoeft hij niet te doen, dat doet Timwick wel. Wie zou goed genoeg zijn?'

'Er zijn maar vier of vijf eersteklas forensische sculpteurs in het hele land.'

'Dat heb ik ontdekt toen ik ernaar op zoek ging. Mijn advocaat hoefde nauwelijks moeite te doen om een lijstje samen te stellen.'

Ze deed de loden kist open. 'Verduiveld, ik wou dat je iemand anders had uitgekozen.'

'Maar jij bent de beste. Ik moest de beste hebben. Wie is op één na de beste?'

'Simon Doprel. Hij voelt het aan.'

'Hoezo?'

Ze haalde haar schouders op. 'Je doet eerst de afmetingen en de beoordelingen, maar als je in het laatste stadium van boetseren bent aangekomen ga je voornamelijk instinctief te werk. Het is net alsof je vóélt wat goed en wat fout is. Sommigen van ons kunnen dat, anderen niet.'

'Interessant.' Hij trok een gezicht. 'En misschien ook een beetje eng.'

'Doe niet zo stom,' zei ze kil. 'Het is een gave, niet een of andere paranormale gekkigheid.'

'En Doprel heeft die gave ook?'

'Ja.' Ze tilde voorzichtig de verschroeide schedel uit de doos. Blank. Mannelijk. De gezichtsbeenderen waren vrijwel intact. Een groot gedeelte van het achterhoofd ontbrak.

'Hij is niet bepaald mooi, hè?' zei Logan.

'Jij zou er ook niet mooi uitzien als je had meegemaakt wat er met hem is gebeurd. Donnelli heeft geluk gehad. Het brein had ook naar voren geblazen kunnen worden in plaats van naar achteren en dan zou er geen sprake zijn geweest van chantage... of van een reconstructie.'

'Heeft het vuur ervoor gezorgd dat het brein ontplofte?'

Ze knikte. 'Dat komt met de regelmaat van de klok voor bij slachtoffers van een brand.'

Hij pakte de draad van hun vorige gesprek weer op. 'Dus Doprel zou een redelijke eerste keus zijn?'

'Als Timwick hem kan krijgen. Hij werkt voornamelijk voor het NYPD.'

'Timwick kan hem krijgen.' Hij keek naar de schedel. 'Twee dagen, Eve. Alsjeblieft.'

'Het loopt zoals het loopt. Maak je geen zorgen, ik zal heus geen tijd verspillen. Ik wil dit achter de rug hebben.' Ze liep naar de piëdestal en zette de schedel er midden op. 'Maak nu dat je wegkomt. Ik moet gaan meten en daar heb ik mijn concentratie voor nodig.'

'Jawel, mevrouw.' Een moment later ging de deur dicht.

Ze had haar ogen geen moment van de schedel afgewend. Ze moest Logan uit haar gedachten zetten. Ze mocht zich door niets laten afleiden. Elke afmeting moest precies zijn.

Maar niet meteen. Eerst moest ze er contact mee krijgen, zoals ze altijd deed. Dat zou waarschijnlijk wel een beetje moeilijker gaan omdat het niet om een kind maar om een volwassene ging. Maar ze moest zich goed inprenten dat hij ook een van de verloren zielen was. Ze mat verschillende onderdelen van het cranium op en schreef de cijfers op haar blok. 'Je bent niet wie hij zegt dat je bent, maar dat geeft niet. Jij bent zelf al belangrijk genoeg, Jimmy.'

Jimmy? Hoe kwam ze daar nu bij?

Het zou Jimmy Hoffa kunnen zijn of een of andere zware jongen van de mafia.

Grinnikend herinnerde ze zich de redenen die ze Logan had gegeven waarom ze het werk niet kon aannemen.

Maar nu was ze er toch aan begonnen.

En ze kon hem net zo goed Jimmy noemen.

'Ik ga allerlei ongepaste dingen met je doen, Jimmy, maar het is voor een goed doel,' mompelde ze. 'Laat me maar gewoon begaan, oké?'

CHEVY CHASE, MARYLAND

DINSDAGAVOND

'Ik heb hier geen tijd voor, Timwick,' zei Simon Doprel. 'Je hebt me weggehaald van een belangrijke zaak die volgende maand voorkomt. Zoek maar iemand anders.'

'Het gaat maar om een paar dagen. Je hebt afgesproken dat je het zou doen.'

'Ik heb niet afgesproken dat ik uit New York weg zou gaan om hier op het platteland te gaan zitten. Die kerels van jou hebben me prak-

tisch ontvoerd. Waarom kon je die schedel niet bij mij brengen?'
'Het gaat om een vertrouwelijke zaak. Laat me nu niet in de steek. Een moordzaak is niet half zo belangrijk als uitzoeken of dit inderdaad de terrorist is naar wie we op zoek zijn.'
'Wat heeft het ministerie van financiën te maken met de jacht op terroristen?' vroeg Simon zuur.
'Wij worden er altijd bij betrokken als het om een dreigement tegen het Witte Huis gaat. Als je iets nodig hebt, kun je het aan Fiske vragen. Tot je de klus hebt geklaard, zal hij je dichter op de huid zitten dan je eigen schaduw.' Timwick glimlachte. 'We willen dat je van alle gemakken bent voorzien zolang je hier bent.' Hij liep de kamer uit en trok de deur dicht.
Het kon geen kwaad dat Doprel helemaal geen zin had om het werk op te knappen, dacht hij grimmig. Hij zou zo snel werken als hij kon en snelheid was precies wat ze nodig hadden.
Toen Timwick had gehoord hoe de schedel uit de limo was gesmeten, had hij onmiddellijk argwaan gekoesterd. Het was iets te gemakkelijk geweest om hem te pakken te krijgen. Logan kon de schedel best opgeofferd hebben uit vrees voor hun levens, maar het kon net zo goed een afleidingsmanoeuvre zijn. Waarom hadden ze de schedel er niet eerst uitgehaald voor ze de kist naar buiten smeten? Paniek?
Logan was geen man om in paniek te raken, maar hij had achter het stuur gezeten. Volgens Kenner was het de vrouw geweest die de kist uit de auto had gegooid. Hoe dan ook, ze zouden het gauw genoeg weten. En tot dan zou Barrett House constant in de gaten gehouden worden.

'Je bent wakker.' Logan liep de kamer in en liet zich in de stoel naast Gils bed vallen. 'Hoe voel je je?'
'Ik zou me een verrekt stuk beter voelen als die dokter me niet verdoofd had,' gromde Gil. 'Mijn schouder is prima in orde, maar ik heb een barstende koppijn.'
'Je moest rusten.'
'Maar niet twaalf uur lang.' Hij worstelde zich overeind. 'Hoe staan de zaken?'
Logan boog zich voorover en schikte de kussens tegen het hoofdeinde van het bed. 'Eve is nu met de schedel bezig.'
'Daar sta ik van te kijken. Ik dacht dat je een vergissing had gemaakt door haar mee te nemen. Je had haar ook af kunnen schrikken.'
'Of haar zo boos kunnen maken dat ze de kop in de wind zou gooien. Het kon twee kanten opgaan. Maar ik had geen keus. Ik moest de in-

druk wekken dat wij iets belangrijks gingen doen. Ik had niet verwacht dat ze ons zo op de hielen zouden zitten.'

'Je bedoelt dat je hoopte dat ze dat niet zouden doen.' Hij glimlachte spottend. 'Kom me niet aan met dat soort gelul. Je zou er toch mee door zijn gegaan.'

'Waarschijnlijk wel. Maar dat wil nog niet zeggen dat het me niet spijt dat ik jou de hete ijzers uit het vuur moest laten halen,' voegde hij er ernstig aan toe.

'Daarom ben ik meegegaan. We hadden afgesproken dat ik hen tegen zou houden, terwijl jij ze op een dwaalspoor bracht.' Gil trok een gezicht. 'Maar ik heb het verknald. Ik had het kunnen schudden als onze bottendame er niet was geweest. Ze was verdomd goed.'

'Ja, heel goed. Het schijnt dat Quinn van mening was dat ze moest weten hoe ze zich kon verweren tegen de Frasers in de wereld.'

'Weer Quinn?'

Logan knikte. 'Het is net alsof hij alles continu vanuit de verte in de gaten houdt, hè?' Hij stond op. 'Ik ga naar beneden om Eve een boterham te brengen. Ze is nog niet uit dat lab geweest.'

'Ik weet zeker dat ze dankbaar zal zijn dat je haar de gelegenheid geeft om te eten.'

'Laat dat sarcasme maar varen.'

'Ik was niet sarcastisch. Ik meende het. Nu je haar eindelijk aan het werk hebt, heb ik zo'n idee dat je de zweep erover zult leggen tot je krijgt waar je op uit bent.'

'Die kans geeft ze me echt niet. Kan ik iets voor jou halen?'

'Mijn cd-speler en mijn plaatjes.' Hij grinnikte. 'Hoe dik zijn de muren hier? Ik zit erover te denken om jou te teisteren met "Coal Miner's Daughter" van Loretta Lynn.'

'Als je dat doet, vraag ik of Margaret voor Florence Nightingale komt spelen.'

'Daar heb je het lef niet voor, ik ben ziek.' Zijn glimlach verdween. 'Hoeveel tijd hebben we volgens jou?'

'Hooguit drie dagen. Zodra ze erachter zijn dat ze de verkeerde schedel hebben, verklaren ze ons openlijk de oorlog. Voor die tijd moeten we hier weg zijn.' Hij liep naar de deur. 'Zorg dus maar dat je beter wordt en weer op kunt staan.'

'Morgen. Dan ben ik weer op en tot alles in staat en terug in het koetshuis. De verleiding is groot om nog een tijdje onder de wol te blijven met Loretta en Garth Brooks, maar dat is het risico niet waard dat Margaret me gaat verplegen.'

Logan trok de deur dicht en liep naar beneden naar de keuken. Een kwartier later klopte hij op de deur van het lab, een dienblad met een broodje ham en een kop groentesoep in zijn hand.

Geen antwoord.

'Mag ik binnenkomen?'

'Ga weg. Ik ben bezig.'

'Ik heb iets te eten voor je. Je moet af en toe even pauzeren en eten.'

'Zet maar neer, dan pak ik het straks wel.'

Logan aarzelde en zette toen het blad op de tafel naast de deur. 'Wacht er niet te lang mee. Dan wordt de soep koud.'

Christus, hij klonk als een zanikerige echtgenote. Hij was wel van z'n voetstuk gevallen. Het was maar goed dat Margaret niet in de buurt was geweest om die snauw te horen. Ze zou zich een ongeluk hebben gelachen.

10

'Je hebt je eten niet opgegeten. Je kunt niet werken als je niet eet, mama.'

Eve tilde langzaam haar hoofd op van het bureau.

Bonnie zat op de vloer naast de deur met haar armen om haar knieën. 'En het is stom om achter je bureau in slaap te vallen als je net zo goed naar bed kunt gaan.'

'Ik wilde alleen maar heel even mijn ogen dichtdoen,' verweerde ze zich. 'Ik moet werken.'

'Dat weet ik.' Bonnie keek naar de schedel op de piëdestal. 'Goed werk.'

'Goed?'

'Volgens mij wel.' Bonnies voorhoofd rimpelde zich in een verbaasde frons. 'Ik weet het niet zeker, maar ik denk dat het belangrijk is. Daarom heb ik je naar de begraafplaats geroepen.'

'Je hebt me niet geroepen. Het was een opwelling.'

Bonnie glimlachte. 'Is dat zo?'

'Of misschien brachten al die bloemen een of andere onderbewuste boodschap over. Ik wist dat Logan er slinkse manieren op nahield en misschien vermoedde ik wel dat hij... Hou op met lachen.'

'Neem me niet kwalijk. Eigenlijk ben ik reuze trots op je. Het is fijn om een moeder te hebben die zo slim is. Ze vergist zich, maar ze is wel slim.' Ze keek opnieuw naar de schedel. 'Je schiet lekker op met Jimmy, hè?'

'Redelijk. Er zijn wel wat problemen.'

'Die los je wel op. Ik zal je helpen.'

'Wat?'

'Ik probeer je altijd te helpen bij alles wat je doet.'

'O, ben je nu ineens mijn beschermengel? En ik veronderstel dat je op me zat te wachten toen ik gisteravond in die limo zat.'

'Nee, daar kon ik niets aan doen. Het maakte me bang. Ik wil wel weer bij je zijn, maar nu nog niet. Het is je tijd nog niet en dan zou alles uit evenwicht raken.'

'Gelul. Als er in het universum sprake was van logica of evenwicht, zou jij nooit van me afgepakt zijn.'

'Ik weet niet hoe het werkt. Af en toe gaat er iets verschrikkelijk mis. Maar ik wil niet dat het met jou ook misgaat, mama. Daarom moet je nu heel voorzichtig zijn.'

'Ik ben voorzichtig en ik doe mijn uiterste best om uit deze puinhoop te komen. Daarom werk ik ook aan Jimmy.'
'Ja, Jimmy is belangrijk.' Bonnie zuchtte. 'Ik wou dat het niet zo was. Dan zou alles veel gemakkelijker zijn.' Ze leunde achterover tegen de muur. 'Ik heb wel door dat jij jezelf de komende paar dagen kapot gaat werken. Als je niet naar bed wilt, leg dan je hoofd maar weer op het bureau en ga slapen.'
'Ik slaap al.'
'O ja, natuurlijk. Af en toe vergeet ik dat ik alleen maar een droom ben. Nou ja, wil je me dan een genoegen doen en je hoofd weer op het bureau leggen? Het is een beetje raar om rechtop in een stoel te zitten slapen.'
'Jij bent degene die raar doet.' Ze legde haar hoofd op haar armen die op het bureau lagen. Een ogenblik later vroeg ze met zachte stem: 'Ga je nu weg?'
'Nog niet. Ik blijf nog een tijdje. Ik vind het fijn om naar je te kijken als je slaapt. Dan lijken alle zenuwtrekjes en zorgen van je af te vallen. Het is prettig om je zo te zien.'
Eve kon de tranen in haar ogen voelen branden toen ze haar oogleden dichtdeed. 'Raar kind...'

BARRETT HOUSE
WOENSDAGOCHTEND
'Je hebt gisteravond niets gegeten.' Logan deed de deur open en kwam het lab binnenlopen met een ontbijtblad in zijn handen. 'Ik vind het vervelend om iets voor niets te doen. Nu blijf ik om erop toe te zien dat je deze maaltijd wel wegwerkt.'
Eve keek op van de schedel. 'Je bezorgdheid is roerend.' Ze liep naar het fonteintje om haar handen te wassen. 'Alleen weet ik natuurlijk heel goed dat je gewoon niet wilt dat ik omval en zo tijd verspil.'
'Precies.' Hij nestelde zichzelf in de stoel voor het bezoek. 'Geef me dus m'n zin maar.'
'Geen denken aan.' Ze ging achter het bureau zitten en pakte het servet van het blad. 'Ik eet omdat ik honger heb en omdat het verstandig is. Punt uit.'
'Zo ben ik meteen weer op m'n plaats gezet. Maar dat maakt me niets uit, als je maar eet.' Hij bestudeerde haar gezicht. 'Je ziet er verrassend uitgerust uit, maar je bed was onbeslapen.'
'Ik heb hier een dutje gedaan.' Ze dronk het glas sinaasappelsap leeg. 'En blijf uit mijn slaapkamer, Logan. Je hebt al meer dan genoeg in-

breuk op mijn privéleven gemaakt.'

'Ik voel me in zekere zin verantwoordelijk. Ik wil helpen.'

'Om het werk sneller te laten verlopen?'

'Gedeeltelijk. Ik ben geen complete smeerlap.'

Ze nam een hapje van de omelet.

Hij grinnikte. 'Dat was een beladen stilte. Nou ja, je valt me tenminste niet openlijk aan. Dat dutje heeft je goed gedaan. Ik heb het gevoel dat je iets milder bent geworden.'

'Dan heb je een verkeerd gevoel. Ik heb gewoon geen tijd om je goede en je slechte eigenschappen tegen elkaar af te wegen. Ik heb het druk.'

'Zelfs dat is al een concessie.' Zijn blik dwaalde naar de piëdestal. 'Ik zie dat je de fase van de voodoopop al hebt bereikt. Heb je hem ook een naam gegeven?'

'Jimmy.'

'Waarom heb...' Hij moest weer grinniken toen hij het doorhad. 'Het is Hoffa niet, Eve.'

'Dat zullen we wel zien.' Tot haar verrassing merkte ze dat ze glimlachte. Na al die uren van ingespannen werken, was het fijn om even te ontspannen... ook al was dat in het gezelschap van Logan. 'Hoewel ik niet geloof dat je je zo druk zou maken om een vakbondsleider.'

'Nou, laten we het er maar op houden dat ik het geen zaak van buitengewoon belang vind om hem boven water te brengen.' Zijn blik gleed weer naar de piëdestal. 'Heel interessant. Het lijkt haast onmogelijk dat je een gezicht kunt reconstrueren met zo weinig aanknopingspunten. Hoe doe je dat?'

'Wat kan jou dat nou schelen? Als het maar gebeurt.'

'Ik ben gezegend met een onderzoekende geest. Is dat zo vreemd?'

Ze haalde haar schouders op. 'Waarschijnlijk niet.'

'Hoe noem je die stokjes eigenlijk?'

'Merkstiften voor weefseldikte. Ze zijn meestal gemaakt van doodgewone potloodgummetjes, het soort dat je in vulpotloden gebruikt. Ik snijd elke stift op de juiste lengte en plak hem op de juiste plaats op het gezicht. Er zijn meer dan twintig plekken op een schedel waarvan de dikte van het weefsel bekend is. We hebben ontdekt dat de dikte van het gezichtsweefsel vrij consistent is bij mensen van gelijke leeftijd, ras, sekse en gewicht. Er bestaan antropologische tabellen die voor elk punt een specifieke dikte geven. Bijvoorbeeld bij een blanke man met een normaal gewicht is de weefseldikte in het midden van het filtrum...'

'Wat?'

'Sorry. Ik had het over de huidplooi tussen de bovenlip en de punt van

de neus. Die is tien millimeter dik. De vorm van het bot onder het weefsel bepaalt of iemand een puntkin heeft, of uitpuilende ogen en zo.'
'En wat ga je nu doen?'
'Ik neem reepjes plasticine die ik tussen de merkstiften aanbreng tot ik bij alle vaste punten de weefseldikte heb bereikt.'
'Het klinkt een beetje als dat spelletje waarbij je alle puntjes met elkaar moet verbinden.'
'Zoiets, maar dan driedimensionaal en het is een verrekt stuk moeilijker. Ik moet vooral veel aandacht schenken aan de wetenschappelijke elementen van het reconstrueren van het gezicht, door me bijvoorbeeld te houden aan de maten voor weefseldikte terwijl ik de ruimte tussen de plasticinereepjes opvul en ik moet rekening houden met de plaats waar de gezichtsspieren zich bevinden en met de mate waarin zij de contouren van het gezicht beïnvloeden.'
'Maar hoe zit het dan met de grootte van de neus? Onze Jimmy heeft die niet meer.'
'Da's een hele klus. De breedte en de lengte worden opnieuw bepaald door opmetingen. Bij een blanke zoals Jimmy, meet ik de neusopening op het breedste punt en voeg aan weerszijden vijf millimeter toe voor de neusvleugels. Zo krijg ik de breedte. De lengte, of de projectie, is gebaseerd op de maten van het kleine botje dat onder in de neusopening zit en het ploegschaarbeen wordt genoemd. Het is heel eenvoudig. Ik vermenigvuldig de maat van het ploegschaarbeen met drie en tel daar de dikte van het weefsel van het filtrum bij op.'
'Aha, weer dat verdraaide filtrum.'
'Wil je het nu weten of niet?'
'Ja, ik maak altijd grapjes als ik iets voorgeschoteld krijg wat ik niet helemaal kan volgen.' Hij trok een gezicht. 'Ik bedoelde het niet zo, eerlijk niet. Ga door.'
'Het ploegschaarbeen bepaalt ook de hoek van de neus. Daaraan kan ik zien of ik te maken heb met een wipneus, een kromme neus of een rechte neus. Als je de neus eenmaal hebt, zijn de oren een stuk gemakkelijker. Die zijn gewoonlijk even lang als de neus.'
'Het klinkt allemaal heel secuur.'
Ze haalde haar schouders op. 'Ik wou dat het waar was. Zelfs met behulp van alle formules, maten en wetenschappelijke gegevens over hoe een neus in elkaar zit, kan ik er nooit zeker van zijn dat ik de oorspronkelijke neus heb gereconstrueerd. Ik moet gewoon mijn best doen en hopen dat ik in de buurt kom.'
'En de mond?'

'Weer een kwestie van opmeten. De breedte van de lippen wordt bepaald door de maat van de afstand tussen de randen van het bovenste en het onderste tandvlees. De breedte is doorgaans gelijk aan de afstand tussen de snijtanden, die meestal weer overeenkomt met de ruimte tussen het midden van de beide ogen. De dikte van de lippen haal ik uit de antropologische tabellen voor weefseldikte. Net als bij de neus heb ik geen flauw idee van de specifieke vorm, dus moet ik afgaan op instinct en ervaring om...' Ze duwde het blad van zich af en stond op. 'Ik heb geen tijd om nog langer te praten. Ik moet weer aan het werk.'

'Dan neem ik aan dat ik weer kan opstappen.' Hij kwam overeind en pakte het blad op. 'Vind je het goed als ik af en toe binnenkom om naar je te kijken, of krijg je dan het gevoel dat je geen armslag meer hebt?'

'Waarom? Denk je soms dat ik echt zal proberen hem op Jimmy Hoffa te laten lijken?'

'Nee. Maar zou dat wel kunnen?'

Ze schudde haar hoofd. 'Heb je dan niet geluisterd? Alles wordt bepaald door de beenderstructuur.'

'Maar hoe zit het dan met het proces van opvullen en afwerking en je eigen ideeën over de neus en de mond en...'

'Oké, als je vanuit een vooropgezette identiteit werkt, kun je daar weleens door beïnvloed worden. Daarom kijk ik ook nooit naar foto's tot ik klaar ben. In die fase veroorloof ik mezelf geen enkele vorm van creativiteit. De basisvorm van het gezicht moet op pure wetenschap berusten. Als het technische proces achter de rug is, kan ik het gezicht als geheel bekijken en mijn artistieke oordeel de vrije teugel geven tot het klaar is. Als ik niet op die manier zou werken, zou het eindproduct gewoon een beeldhouwwerk zijn in plaats van een gelaatsreconstructie.' Ze kneep haar lippen op elkaar. 'Je kunt er donder op zeggen dat ik dat niet laat gebeuren. Jimmy zal echt niet op Hoffa lijken, tenzij hij Hoffa is. Dus je hoeft geen oogje op me te houden, Logan.'

'Dat was mijn bedoeling ook niet.' Hij trok een gezicht. 'Als ik nu toegeef dat ik gespannen ben en misschien zelfs een beetje bezorgd, mag ik dan alsjeblieft af en toe binnenkomen?'

'Twijfels? Ik dacht dat je zo zeker wist dat het Kennedy was.'

'Ik wil die schedel tot leven zien komen, Eve,' zei hij eenvoudig. 'Ik weet dat ik geen enkele consideratie verdien, maar wil je me daar alsjeblieft toestemming voor geven?'

Ze aarzelde. Ze voelde nog steeds ergernis en rancune. Na alles wat hij had gedaan, zou ze eigenlijk tegen hem moeten zeggen dat hij naar de pomp kon lopen. Aan de andere kant was een wapenstilstand misschien wel nodig om zonder kleerscheuren uit deze benarde situatie te komen. Ze haalde licht haar schouders op. 'Dat kan me niet schelen, als je niet tegen me praat. Waarschijnlijk dringt het niet eens tot me door dat je in de kamer zit. Als je je mond opendoet, vlieg je eruit.' 'Ik zal geen woord zeggen.' Hij liep naar de deur. 'Je zult niet eens merken dat ik er ben. Ik zal je eten en koffie brengen en dan als een gehoorzaam poesje in het hoekje gaan zitten.' 'Ik ken geen enkele kat die gehoorzaam is.' Ze liep naar de piëdestal en begon zich al voor hem af te sluiten. 'Hou maar gewoon je mond...'

CHEVY CHASE

WOENSDAGMIDDAG

'Je schijnt niet echt op te schieten, Doprel,' zei Fiske. 'En je werkt niet eens aan de schedel.'

'Ik werk nooit aan de schedel,' zei Doprel. 'Ik maak altijd een afgietsel en daar werk ik vervolgens aan.'

'Doet iedereen het zo? Het lijkt mij tijdverspilling.'

'Nee, maar ik doe het liever zo,' zei Doprel geïrriteerd. 'Het is veiliger. Ik hoef niet zo voorzichtig te zijn met de schedel.'

'Timwick wil dat het karwei snel geklaard wordt. Dat afgietsel is...'

'Ik werk op mijn manier,' zei Doprel kil. 'Ik heb gemerkt dat het zelfs nog sneller gaat als ik niet voorzichtig hoef te zijn.'

'Timwick vindt het niet erg als de schedel beschadigd wordt. We hebben geen tijd om een afgietsel te maken.' Hij zweeg even. 'Ik zou toch zeggen dat je dit zo snel mogelijk achter de rug wilt hebben, zodat je weer naar huis kunt.'

'Dat is niet de manier waarop ik...' Hij aarzelde. 'Ach barst. Wat kan het mij ook verdommen als dat kreng kapotgaat? Ik werk wel aan de schedel. Laat me nu met rust, Fiske. Jij wordt geacht mij m'n maaltijden te brengen en alles wat ik eventueel nodig zou kunnen hebben, niet om kritiek te uiten op mijn werkwijze.'

Arrogante lul. Hij behandelde Fiske als een verrekte bediende. Fiske had dat soort wetenschappelijke figuren wel vaker ontmoet. Ze dachten dat ze beter en intelligenter waren dan de rest van de wereld. Doprel zou ondanks zijn opleiding en al zijn hersens in geen miljoen jaar kunnen doen wat Fiske deed. Daar had hij de geslepenheid niet voor en ook niet het lef.

Maar misschien kreeg Doprel voordat alles voorbij was wel door dat hij zich vergist had. Volgens Timwick hing dat af van de uitslag. Fiske glimlachte. 'Het was niet mijn bedoeling om je te beledigen.' Hij liep weg. 'Ik ga wel even een pot koffie voor je zetten.'

Klaar.

Eve stapte achteruit, zette haar bril af en wreef met de rug van haar hand over haar stekende ogen. Het secure karweitje van het aanbrengen van de plasticinereepjes zat erop en haar ogen waren ontzettend vermoeid. Ze durfde niet meteen aan iets anders te beginnen; ze kon niet riskeren dat ze een fout zou maken. Ze zou even gaan zitten, een uurtje of zo uitrusten en dan weer verder gaan.

Ze liep naar het bureau, viel in de stoel neer, leunde achterover en sloot haar ogen.

'Is alles in orde met je?' vroeg Logan.

Ze schrok op en haar ogen vlogen naar de verste hoek van het lab. Jezus, ze was helemaal vergeten dat hij in de kamer was. In de afgelopen vierentwintig uur was hij als een geestverschijning de kamer in- en uitgeslopen en ze kon zich niet herinneren dat hij ook maar één woord tegen haar had gezegd.

Maar misschien had hij dat wel gedaan. Ze was zo verdiept geweest in Jimmy dat ze zich van die uren niet veel herinnerde. Het stond haar nog vaag voor de geest dat ze haar moeder had opgebeld, maar ze had geen flauw idee wat ze had gezegd.

'Alles oké?' vroeg Logan nog eens.

'Natuurlijk is alles oké. Ik rustte gewoon uit. Ik heb niet bepaald een perfect gezichtsvermogen en mijn ogen zijn vermoeid.'

'En met reden. Ik heb nog nooit iemand zo intensief zien werken. Michelangelo was waarschijnlijk minder gespannen toen hij aan zijn beeld van David werkte.'

'Hij had meer tijd.'

'Hoe ziet het eruit?'

'Ik weet het niet. Dat weet ik nooit tot het klaar is. Ik heb het slavenwerk er nu opzitten. Nu komt het moeilijkste gedeelte.'

'Misschien zou een beetje rust helpen.' Hij leek volkomen op zijn gemak te zitten, maar ze voelde plotseling hoe gespannen hij was.

'Ik probéérde ook te rusten,' zei ze droog.

'Sorry. Ik probeerde alleen maar te helpen.' Hij schonk haar een scheef

glimlachje. 'Ik verwachtte ieder moment dat je in elkaar zou zakken.'
'Maar je hebt me niet tegengehouden.'
'Dat kan ik niet. De klok tikt door.' Hij was even stil. 'Hoe lang nog?'
'Twaalf uur. Misschien iets langer.' Ze leunde vermoeid weer achterover in de stoel. 'Ik weet het niet. Zo lang als nodig is. Zit me niet aan m'n kop te zeuren, verdomme.'
'Prima.' Hij stond met een ruk op. 'Ik laat je alleen zodat je uit kunt rusten. Waarom ga je niet even op de bank liggen? Hoe laat wil je dat ik je wakker maak?'
'Ik wil niet slapen. Ik moet alleen even mijn ogen rust geven.'
'Dan kom ik straks weer terug.' Terwijl hij naar de deur liep, voegde hij eraan toe: 'Als je het niet erg vindt.'
'Het maakt me niet uit.' Ze sloot opnieuw haar ogen. 'Vertel eens, Logan, zit al die onderdanigheid en beleefdheid je niet tot hier?'
'Min of meer. Maar ik kan er wel mee leven. Ik heb al lang geleden geleerd dat als jij niet de meest belangrijke chip in een computer bent, je moet zorgen dat de radertjes blijven draaien en niet in de weg moet lopen.'
'Volgens mij is dat de lelijkste beeldspraak die ik ooit heb gehoord.'
'Hoe weet jij dat nou? Je hersens zijn waarschijnlijk te duf om nog helder te kunnen denken.'
'Ik hoef niet te denken. Vanaf dit punt gaat het puur om instinct. Ik moet alleen goed kunnen zien.'
'Ik kan je wel iets te eten brengen, maar daar kan ik je niet bij helpen.'
'Op dit punt kan niemand me helpen.'
De deur viel achter hem dicht.
'Niemand,' mompelde ze. 'Dit is strikt onder ons, hè Jimmy?'

CHEVY CHASE
WOENSDAGAVOND
23.45 UUR
'Hij is bijna klaar, Timwick,' zei Fiske. 'Hij zei dat de klus gemakkelijker was dan hij had verwacht. Waarschijnlijk nog een uur of twaalf.'
'Heb je de schedel gezien?'
'Ik kan er niets uit opmaken. Hij heeft nog niet eens een neus of ogen. Volgens mij verspil je je tijd.'
'Dat maak ik wel uit. Bel me maar wanneer hij klaar is, dan kom ik meteen.'
Fiske legde de telefoon neer. Nog twaalf uur en dan zou hij weten of

hij moest afrekenen met Doprel of met Logan en Duncan. Hij hoopte bijna dat het Doprel zou zijn. Logan en Duncan zouden een grotere uitdaging zijn, maar Doprel begon hem op een ongelooflijke manier te irriteren.

BARRETT HOUSE
DONDERDAG
06.45 UUR
De klei moest gladgestreken worden.
Uiterste voorzichtigheid.
Gevoel.
Laat je vingertoppen een eigen leven leiden.
Niet nadenken.
Help me, Jimmy.
De klei was koel, maar haar vingertoppen voelden warm aan, heet bijna, terwijl ze kneedden en streken.
Doorsnee oren. Ze had geen idee of het flaporen waren geweest of dat ze wat langere lelletjes hadden gehad.
Een langere, dunnere neus.
De mond?
Weer doorsnee. Ze wist hoe breed hij was, maar niet welke vorm hij had gehad. Ze maakte de lippen gesloten, zonder uitdrukking.
Ogen.
Zo belangrijk. Zo moeilijk. Geen afmetingen en maar heel weinig wetenschappelijke aanknopingspunten. Oké, haast je niet. Bekijk de vorm en de hoek van de oogkassen. De grootte van de oogballen was vrijwel altijd hetzelfde, die groeiden maar heel weinig in de periode van baby tot volwassene. Moest ze Jimmy's ogen bol maken, diepliggend of iets daartussenin? De hoek van de oogkassen en de botrichel erboven zouden haar helpen bij haar beslissing.
Maar nu nog niet. De ogen waren altijd een beslissende factor. De meeste forensische sculpteurs werkten van boven naar beneden en de ogen kwamen al vrijwel in het begin aan de beurt. Zo had zij nooit kunnen werken. Ze had ontdekt dat ze de neiging kreeg om zich te gaan haasten als de ogen haar aankeken.
Breng me naar huis.
Iets meer gladstrijken langs het jukbeen. Niet te veel.
Kijk niet naar het gezicht als een geheel. Pak ieder gedeelte en iedere gelaatstrek apart aan.

Gladstrijken.

Opvullen.

Rustig aan. Je mag je nog niet laten gaan. Laat je vingers niet helemaal door je gedachten sturen. Maak je nog geen voorstelling. De maten zijn nog steeds cruciaal. Nog eens controleren.

Neusbreedte: 32 mm. Oké.

Neusprojectie: 19 mm. Oké.

Liphoogte: 14 mm. Nee, dat moest 12 zijn. De bovenlip moest wat lager beginnen, die was meestal smaller dan de onderlip.

Maak het gebied rond de mond iets hoger, daar zit een belangrijke spier onder.

De neusvleugels konden iets meer vorm krijgen.

Een lichte groef aan weerszijden van de neus. Hoe diep?

Wat maakte het uit? Er was nog nooit iemand geïdentificeerd aan de hand van een huidplooi.

Hol het gebied rond de onderlip uit.

Waarom? Dat maakte niet uit. Gewoon doen.

Gladstrijken.

Kneden.

Opvullen.

Kraaienpootjes rond de oogholtes. Lijntjes rond de mond.

Inmiddels zat ze koortsachtig te werken. Haar handen vlogen over Jimmy's gezicht.

Bijna klaar.

Wie ben je, Jimmy? Help me. We zijn er bijna. We zullen een foto van je maken, die laten circuleren en dan zal iemand je thuisbrengen.

Gladstrijken.

Kneden.

Stop. Maak het niet mooier dan het is.

Ze stapte achteruit en slaakte een diepe zucht. Ze had gedaan wat ze kon doen.

Met uitzondering van de ogen.

Welke kleur? Logan zou waarschijnlijk graag willen dat ze blauwe pakte. Kennedy's blauwe ogen waren even beroemd als zijn glimlach. Logan kon doodvallen. Dit kon Kennedy niet zijn en waarom zou ze Logan zijn zin geven. Ze deed nog een pas achteruit en stond zichzelf voor het eerst toe om naar het hele gezicht te kijken. Ze zou de bruine gebruiken die ze meestal...

'O, mijn god.'

Ze stond als aan de grond genageld naar het gezicht te staren dat ze had gecreëerd. Ze had het gevoel alsof ze een trap in de maag had gekregen.

Nee.

Het was een leugen.

Ze liep langzaam, met lood in haar benen, naar de tafel waarop het doosje met de ogen open lag. De oogballen glinsterden haar tegemoet – blauw, bruin, grijs, lichtbruin, groen. Ze pakte het doosje op en nam het mee naar de piëdestal. De ogen zouden alles anders maken. Bruin. Zet er bruine ogen in.

Haar hand beefde toen ze de eerste bruine oogbal oppakte en die in de linkeroogkas plaatste. Daarna pakte ze de tweede oogbal en zette die in de rechter.

'Je hebt de verkeerde ogen gebruikt,' zei Logan vanuit de hoek. 'Dat weet je best, Eve.'

Ze keek strak in de bruine ogen voor haar, stijf rechtop alsof ze een bezemsteel had ingeslikt. 'Dat weet ik niet.'

'Zet de juiste ogen erin.'

'Het is een vergissing. Ik heb ergens onderweg een fout gemaakt.'

'Jij staat jezelf niet toe om fouten te maken. Zet er de ogen in waarvan je weet dat ze bij dat gezicht horen.'

Ze haalde de bruine ogen weg en legde ze terug in de doos. Verblind keek ze omlaag naar de ogen in de doos.

'Je weet best welke je moet gebruiken, Eve.'

'Nou, góéd dan.' Ze stak haar hand uit, pakte de oogballen op en drukte ze in de oogkassen.

'Ga nu iets achteruit en kijk naar hem.'

Ze liep weg van de piëdestal. Ongelooflijk. Lieve god, dat kon toch niet waar zijn.

Maar er bestond geen enkele twijfel.

'Vuile smeerlap.' Haar stem trilde terwijl ze in de grijze ogen keek. Ze trilde helemáál. Ze had het gevoel alsof de hele aardbol om haar as trilde. 'Het is Ben Chadbourne. Het is de president.'

CHEVY CHASE

'Nou?' vroeg Doprel zuur. 'Is het jullie terrorist?'

Timwick keek strak naar de schedel. 'Weet je zeker dat dit de juiste weergave is?'

'Heel zeker. Mag ik nu naar huis?'

'Ja, hartelijk bedankt dat je zo hard hebt gewerkt. Ik zal je meteen te-

rug laten rijden naar New York. Natuurlijk moet je hier je mond over houden. We willen niet dat er iets uitlekt.'
'Ik heb niet de minste behoefte om over deze klus te praten. Het is niet bepaald een hoogtepunt in mijn carrière. Ik ga meteen pakken.' Doprel liep met grote passen de kamer uit.
'Moet ik hem terugbrengen?' vroeg Fiske die zich achter Timwick had opgesteld.
'Nee.' Timwick keerde zich af van de buste. 'De schedel is de verkeerde. Doprel is niet belangrijk meer. Ik laat hem wel door iemand anders thuisbrengen. Ik heb voor jou iets anders te doen en we zullen heel snel moeten handelen.' Hij liep naar de telefoon. 'Laat me alleen. Ik moet een paar mensen opbellen.'
Hij wachtte tot Fiske de deur uit was voordat hij het nummer van de beveiligde lijn naar het Witte Huis intoetste. 'Hij is het niet. Dezelfde leeftijd. Dezelfde algemene gelaatstrekken. Maar hij is het niet.'

BARRETT HOUSE
'Je hebt tegen me gelogen,' fluisterde Eve. Ze draaide zich met een ruk om naar Logan. 'Je hebt gelógen.'
'Ja. Dat was de laatste leugen die je van mij te horen zult krijgen, Eve.'
'En je verwacht dat ik dat geloof? Ik hoef me maar om te draaien en je komt weer met een nieuwe leugen op de proppen. Je hebt nooit gedacht dat het Kennedy was. Mijn god, je hebt zelfs al die boeken en rapporten in je bureau opgeborgen om ervoor te zorgen dat ik zou denken wat jij me wilde laten geloven. Het was allemaal gewoon belachelijke nep.'
'Er was niets belachelijks aan. Ik heb ontzettend mijn best gedaan om die leugen plausibel te maken. Ik had een dekmantel nodig om het feit te verbergen dat ik bezig was met een onderzoek naar de bewering van Donnelli. Daarom heb ik dat valse spoor naar Kennedy gelegd. Opdat ze niet zeker zouden weten of ik nu iets vermoedde of alleen maar een mafkees was. Ondertussen was ik ook in het geheim op zoek gegaan naar een forensisch sculpteur die kon ontdekken of er enige waarheid school in het verhaal van Donnelli.'
'Ik.'
'Ja, jij vervulde een sleutelrol voor me.'
Haar blik dwaalde weer naar de schedel van Jimmy. Nee, het was niet langer Jimmy. Ben Chadbourne, president van de Verenigde Staten. Ze schudde haar hoofd. 'Het is pure waanzin. Toen jij me vertelde wat

er gebeurd was in de rouwkamers van Donnelli, ging ik ervan uit dat zich dat allemaal tientallen jaren geleden had afgespeeld. Dat wilde jij me laten denken.'

'Ja. Het was maar twee jaar geleden.'

'Leugens.'

'Je moest volkomen onbevooroordeeld zijn, je mocht vooraf geen enkel idee hebben. Dat was de enige manier om er zeker van te zijn dat je het gezicht reconstrueerde dat bij die schedel hoorde.' Zijn blik volgde de hare naar het gezicht van Chadbourne. 'Het was zoiets als een wonder om jou bezig te zien hem weer tot leven te wekken. Ik was er bijna zeker van dat hij het was, maar met iedere aanraking leek je...'

'Hoe is hij gestorven? Vermoord?'

'Waarschijnlijk. Dat lijkt een logische gevolgtrekking.'

'En die man in het Witte Huis is een van zijn dubbelgangers?'

Hij knikte.

Ze schudde haar hoofd. 'Het is te bizar voor woorden. Dat zouden ze net zomin klaar kunnen spelen met Chadbourne als met Kennedy. De functie is te openbaar.'

'Maar ze hebben het gered.'

'Timwick?'

'Hij is alleen maar camouflage.'

'Voor wie dan?'

'Voor Chadbournes vrouw. Zij moet degene zijn die aan de touwtjes trekt. Zij is de enige die het in haar macht heeft om een dubbelganger te beschermen en te souffleren.'

Lisa Chadbourne. Eve dacht terug aan de persconferentie waar ze aan de zijlijn was gebleven, met haar blik vol genegenheid op haar man gevestigd. 'En dan zou zij dus een moordenares moeten zijn?'

'Dat zou kunnen. Dat weten we pas zeker als we erachter zijn wat er met Ben Chadbourne is gebeurd.'

'Wat zou haar motief in vredesnaam moeten zijn?'

'Dat weet ik niet. Ze zou weleens erg ambitieus kunnen zijn. Ze is intelligent, goed op de hoogte en ze weet hoe ze een situatie naar haar hand kan zetten. Ze heeft als werkstudent een rechtenstudie afgerond en werd compagnon bij een van de toonaangevende advocatenfirma's. Nadat ze met Chadbourne trouwde, heeft ze hem gedwongen om net zo lang door te gaan tot hij in het Witte Huis zat. Nadat het eenmaal zo ver was, heeft ze zich onberispelijk gedragen.' Hij glimlachte spottend. 'Ze is de ideale presidentsvrouw.'

'Ik geloof niet dat zij het kan zijn geweest.'

'Dat dacht ik wel. Het heeft mij ook nogal wat moeite gekost om het te geloven. Ik heb haar een paar keer ontmoet en ik vond haar aardig. Die combinatie van charme en intelligentie kan heel ontwapenend zijn.' Eve schudde haar hoofd. 'Je moet te veel ineens verwerken. Ik wou dat ik je wat meer tijd kon gunnen om aan het idee te wennen, maar dat gaat niet. We hebben bijna geen tijd meer.' Hij stond op. 'Het is mij best als je niet wilt geloven dat het Lisa Chadbourne is. Denk dan maar dat er iemand anders achter zit. Maar je moet toch toegeven dat zij bij de samenzwering betrokken is, want hoe kan het anders werken?'
'Dat klinkt... logisch.' Ze keek opnieuw naar de schedel. 'Maar stel je voor dat het Chadbourne helemaal niet is? Wat als het die dubbelganger is?'
'Het is Chadbourne.'
'Omdat jij dat graag wilt?'
'Omdat het zo is. Het is de enige logische verklaring.' Hij zweeg even. 'Omdat het James Timwick was die dat lichaam bij Donnelli afleverde.'
'Hoe kun je daar zeker van zijn? Donnelli's vader kan best hebben gelogen.'
'Daar ben ik van overtuigd. Hij was kennelijk een eersteklas schoft. Maar hij was geen domme schoft. Hij heeft te maken gehad met een aantal vrij dodelijke figuren en hij moest zichzelf beschermen. Hij had zijn crematorium uitgerust met een systeem om gesprekken op te nemen. Hij heeft een bandopname van Timwick gemaakt.' Hij schonk haar een scheef glimlachje. 'Die maakte deel uit van zijn nalatenschap aan zijn zoon en dat was het lokaas dat mij deed toehappen. Vanwege die band heb ik Gil het hele verhaal laten onderzoeken.'
'Als je een bandopname met zulk belastend materiaal hebt, hoefde je toch niet meer bewijs te hebben. Daarmee had je naar de autoriteiten of naar de media kunnen gaan en dan hadden die...'
Hij schudde zijn hoofd. 'Die band was niet belastend genoeg. Er stonden geen bijzonderheden op. Geen: "Hallo, ik ben James Timwick en ik kom de president van de Verenigde Staten verbranden." Alleen maar wat normale gesprekken terwijl ze in het crematorium waren. Timwick gaf een van zijn mensen opdracht om hem met het lichaam te helpen. Op een gegeven moment vroeg hij Donnelli om een stoel zodat hij kon gaan zitten. De arme man had kennelijk een zware avond achter de rug en hij was moe. Dat soort opmerkingen.'
'Maar hoe weet je dan dat het Timwick was?'

'Ik had hem wel vaker ontmoet. Hij is directeur van de geheime dienst, hij was vaak aanwezig als Chadbourne zich van zijn plichten kweet en hij...'

'De geheime dienst. Maar jij zei dat hij een hoge functie had bij het ministerie van financiën.' Ze kneep haar lippen op elkaar. 'O ja, de geheime dienst ressorteert onder het ministerie van financiën. Gewoon een licht ontwijkend antwoord.'

'Het spijt me. Timwick heeft een briljante carrière achter de rug en hij was een van de sleutelfiguren in de verkiezingscampagne van Chadbourne,' vervolgde hij. 'Zijn stem is heel kenmerkend. Hij komt uit Massachusetts en in dat accent kun je je nauwelijks vergissen. Ik had een gevoel dat hij het was en toen Donnelli junior me de cassette toestuurde, heb ik een paar videobanden gedraaid die ik tijdens de verkiezingscampagne van Chadbourne had gemaakt om een vergelijking te maken. Dat was niet moeilijk. Timwick is geen man die graag op de achtergrond bivakkeert. Ik denk dat hij teleurgesteld was dat Chadbourne hem geen kabinetspost heeft gegeven.'

'Ik kan niet geloven dat ze zich door Donnelli hebben laten chanteren. Waarom hebben ze hem niet gewoon gedwongen om de band en de schedel af te staan?'

'Hij heeft hun gezegd dat hij een kopie van de band en een verklaring bij een advocaat had gedeponeerd die ze onmiddellijk aan de media zou overhandigen als hij verdween of een onnatuurlijke dood zou sterven.'

'Vervolgens stierf hij aan een hartaanval en zijn zoon verdween.'

'Maar daar waren zij niet verantwoordelijk voor, dus ze gingen ervan uit dat Donnelli junior een betere deal had afgesloten. Ik kan me zo voorstellen dat ze intensief naar hem op jacht zijn geweest. Ik ben heel voorzichtig geweest, maar er kan iets zijn geweest wat hen op het idee heeft gebracht dat ik misschien degene was met wie Donnelli contact had gezocht.' Hij haalde zijn schouders op. 'Misschien ook niet. Het kan best zijn dat ze alles en iedereen die hun argwaan wekte in de gaten hielden en dat ik een alarmbelletje heb laten rinkelen.'

'Het is niet te geloven. Waarom wilden ze zich van Chadbourne ontdoen?'

'Ik heb geen flauw idee. Ik kan er alleen maar naar raden.' Hij haalde zijn schouders op. 'Lisa Chadbourne is een unieke vrouw. Er zijn mensen die beweren dat zij een betere president zou zijn geweest dan haar man. Maar de algemene opvatting is dat het land nog niet zo rijp is voor een vrouwelijke president, dus kan ze alleen maar achter de schermen werken. Het moet haar knap dwars hebben gezeten dat ze zich voortdurend op de achtergrond diende te houden. En Ben Chadbourne was zelf een sterke persoonlijkheid. Misschien wilde ze meer zeggenschap over hem hebben. Meer zeggenschap over het land.'

'Dat zijn een heleboel veronderstellingen.'

'Meer kan ik je niet bieden. Het enige dat ik je kan vertellen, is dat ik geloof dat het is gebeurd. Zou je me een genoegen willen doen? Ga naar de bibliotheek en bekijk de videobanden die in de bovenste la liggen. Er zijn er drie met recente toespraken en persconferenties van Chadbourne. Ik heb ze bewerkt om ze te kunnen vergelijken. Ik zou het op prijs stellen als je zou willen proberen ze onbevooroordeeld te bekijken.'

'En wat verwacht je dat ik zal zien?'

'Bekijk ze maar.'

'Het is pure waanzin. Het lijkt wel een of andere...'

'Wat zou het kunnen schaden?'

Ze was even stil en knikte toen met een rukje. 'Oké.' Ze liep naar de deur. 'Ik zal ze bekijken.'

Zodra ze weg was, ging Logan naar het bureau en toetste het nummer van Gil in het koetshuis in. 'Ze is klaar. De schedel is Chadbourne.'

Gil vloekte zacht. 'Ik weet niet waarom het als een schok overkomt. We wisten dat het erin zat dat hij het zou zijn.'

'Verrek, ik heb zitten toekijken terwijl ze bezig was en ik kreeg hetzelfde gevoel toen ik het zag.'

'Hoe heeft ze het opgenomen?'

'Vermenigvuldig jouw eigen reactie met een miljoen en dan kom je nog niet in de buurt. Ze weet niet of ze me wel kan geloven. Dat kan ik haar niet kwalijk nemen. Dat zou ik ook niet doen als iemand me zo vaak misleid had. Maar in ieder geval was ze wel bereid om de banden te gaan bekijken. Als ze daarmee klaar is, neem ik haar wel opnieuw onder handen.'

'Is daar nog tijd voor?'

'Dat weet ik niet. Maar de identificatie van de schedel zet de deur in ieder geval op een kiertje. We hebben haar nog steeds nodig en het is voor ons essentieel dat zij gelooft dat het Chadbourne is. Daarna valt alles vanzelf op zijn plaats. Ben jij klaar om te vertrekken?'

'Yep.'

'Zeg tegen Mark en Margaret dat ze hun spullen moeten pakken. Zorg dat ze hier zo snel mogelijk vandaan komen.'

'Meteen.'

Logan legde de telefoon neer en ging voor de schedel van Chadbourne staan. Arme vent. Dit lot had hij niet verdiend. Logan was het nooit eens geweest met zijn politieke opvattingen, maar hij had de man graag gemogen. Iedereen moest Ben Chadbourne wel aardig vinden. Hij had dromen gehad en zijn best gedaan om die te verwezenlijken. Hij was niet praktisch geweest en zou de nationale schuld waarschijnlijk tot astronomische proporties hebben opgevoerd, maar tegenwoordig was er een schrijnend gebrek aan mannen die een droom koesterden.

En degenen voor wie dat wel het geval was, eindigden gewoonlijk op dezelfde manier als de man die met heldere glazen ogen naar hem terugstaarde.

11

Het kon niet waar zijn.

Chadbourne...

Eve zat vastgekleefd aan het tv-scherm. De laatste band was bijna afgelopen. Het gezicht was hetzelfde, de maniertjes waren hetzelfde, zelfs de stem en de stembuigingen leken identiek.

Lisa Chadbourne was sinds november twee jaar geleden bij vrijwel iedere openbare ambtsuitoefening aanwezig geweest en Eve had zich bij de laatste band voornamelijk op haar geconcentreerd. Altijd charmant, altijd met die toegenegen glimlach, altijd de ogen strak op Chadbourne gevestigd. Chadbourne die haar regelmatig een blik vol genegenheid en respect toewierp, zelfs midden in...

Eve schoot plotseling overeind in haar stoel.

Ze bleef nog een paar minuten langer naar de band kijken, sprong toen op en haastte zich naar de andere kant van de kamer om de band nog eens vanaf het begin af te spelen.

'Ze geeft hem seintjes,' zei Eve vlak toen ze tien minuten later weer terugkwam in het lab. 'Ze heeft een hele serie tekens. Als ze haar rok gladstrijkt, maakt hij een grapje. Als ze haar handen in haar schoot vouwt, geeft hij een negatief antwoord. Als ze de kraag van haar jasje rechttrekt, is het ja. Ik weet niet wat de rest inhoudt, maar die zijn behoorlijk opvallend. Iedere keer als hij onzeker is, geeft zij hem het antwoord.'

'Ja.'

'Je wist het. Waarom heb je me niet verteld waar ik op moest letten?'

'Ik hoopte dat je er zelf achter zou komen.'

'Ze bespeelt hem alsof hij een marionet is,' zei ze langzaam.

Logan hield zijn ogen strak op haar gezicht gevestigd. 'En geloof jij echt dat de Ben Chadbourne die tot president is verkozen iemand anders aan de touwtjes zou laten trekken?'

Ze was even stil. 'Nee.'

'Dus mogen we redelijkerwijs aannemen dat die man niet Ben Chadbourne is?'

'Het is niet redelijk, het is waanzin.' Ze zweeg. 'Maar het zou best de waarheid kunnen zijn.'

'Goddank.' Zijn zucht van opluchting kwam diep uit zijn borst. Hij liep naar de deur. 'Pak de schedel in. Er staat een leren draagtas in de kast. We moeten hier weg.'

'Niet voordat we met elkaar gepraat hebben. Je hebt me nog niet alles verteld, hè?'

'Nee, maar we praten later wel. Ik weet niet hoeveel tijd we nog over hebben. Ik heb jouw medewerking nodig, dat is de enige reden waarom ik het risico heb genomen om hier zo lang te blijven.'

'We hebben tijd genoeg. Goeie genade, verwacht je soms dat iemand dwars door die elektronische hekken naar binnen komt?'

'Misschien.' Hij klemde zijn lippen grimmig op elkaar. 'Dat zou heel goed kunnen. Er kan van alles gebeuren. Denk eens aan de macht die het presidentschap met zich meebrengt. Er is niet veel dat niet in de doofpot kan worden gestopt als je maar genoeg te vertellen hebt. Zolang zij denken dat ze Chadbournes schedel hebben, zullen ze niet overhaast te werk gaan en ons op hun gemak een voor een elimineren. Maar zodra ze erachter zijn dat zij de verkeerde schedel hebben, zullen ze ervan uitgaan dat wij over de echte beschikken. Dan worden de maskers afgezet. En ze zullen niets onbeproefd laten om de schedel terug te krijgen en alle getuigen uit de weg te ruimen.'

Een vlaag van paniek bekroop Eve. Als ze geloofde dat de schedel op de piëdestal Ben Chadbourne was, dan moest ze ook geloven dat de dreiging zo dodelijk was als Logan zei.

Na alle leugens die hij haar had opgedist, kon ze hem met geen mogelijkheid vertrouwen, maar ze had Chadbournes gezicht met haar eigen handen en hoofd tot leven gebracht. Als ze vertrouwen had in haar eigen vakmanschap en integriteit, dan moest ze er wel van overtuigd zijn dat de schedel Ben Chadbourne was.

Ze liep met snelle passen door het vertrek naar de piëdestal. 'Schiet op. Ik pak de schedel in.'

CHEVY CHASE

'Kenner en zes van zijn mannen zijn hier over tien minuten met een helikopter,' zei Timwick tegen Fiske terwijl hij het lab uitbeende. 'Jullie gaan naar Barrett House.'

Fiske verstijfde. 'Ik laat me niet weer op mijn kop zitten door die zakkerige Kenner.'

'Je hoeft je door niemand op je kop te laten zitten. Nu ben jij aan zet. De enige opdracht die Kenner heeft, is dat hij jou moet helpen en achteraf de troep moet opruimen.'

Dat zou tijd worden. 'Logan en Duncan?'

'En wie er verder nog in het huis is. Margaret Wilson en de elektronicaman zijn eerder op de dag naar het vliegveld gegaan. Die zullen we later wel opsporen. Ze zijn relatief onbelangrijk, anders had Logan ze nooit toestemming gegeven om te vertrekken. Maar Price, Duncan en Logan zijn nog steeds in Barrett House. Die vormen jouw doelwit. Knap het maar op zoals het je uitkomt. We kunnen niet toestaan dat iemand in leven blijft die weet wat ze daar hebben uitgespookt.'

Dat leek er meer op. Helder en duidelijk. Degene die Timwick had opgebeld was kennelijk een stuk intelligenter dan hij, wie het ook geweest was. 'Geen getuigen?'

'Geen getuigen.'

'Wat ben je nou voor de donder aan het uitspoken?' vroeg Logan terwijl hij het lab weer binnenkwam met een weekendtas in zijn handen. 'Die schedel had allang ingepakt moeten zijn.'

Eve zette de camera's in een andere positie. 'Ik maak nog een paar opnamen van het hoofd. Die heb ik misschien nodig.'

'Dat kun je later wel doen.'

'Kun je me dan garanderen dat er genoeg technische apparatuur is op de plaats waar we naartoe gaan?'

Hij aarzelde. 'Nee.'

'Hou dan je mond.' Ze maakte nog twee opnamen. 'Ik werk zo snel als ik kan.'

'We moeten hier weg, Eve.'

Ze nam drie foto's van het linkerprofiel. 'Zo moet het voldoende zijn. Waar zijn die foto's die je volgens jou van Ben Chadbourne had?'

Hij stak zijn hand in zijn weekendtas en haalde een bruine envelop te voorschijn.

'Zijn dat recente foto's?'

'Er is er niet één ouder dan vier jaar. Kunnen we nu weg?'

Ze stopte de envelop in haar tas, zette de schedel in de leren doos die naast de piëdestal stond en maakte hem dicht. Ze wees op het kleine metalen doosje naast de camera's. 'Stop dat in je weekendtas. Dat heb ik misschien nodig.'

'Wat is dat?'

'De mixer. Ik kan waarschijnlijk wel een stel camera's, videoapparaten en monitors provisorisch met elkaar verbinden, maar soms is een mixer erg gespecialiseerd en een stuk moeilijker. Ik krijg misschien niet...'

'Laat maar zitten. Ik heb niets gevraagd.' Hij pakte de mixer op en stopte hem in zijn tas. 'Verder nog iets?'

Ze schudde haar hoofd. 'Pak jij de tas van Ben maar. Ik neem Mandy.'

'Mandy?'

'Jij hebt jouw prioriteiten, ik heb de mijne. Voor mij is Mandy even belangrijk als Ben Chadbourne.'

'Neem maar mee wat je wilt. Als we nu maar kunnen gaan.'

Gil stond bij de voordeur op hen te wachten. 'Sorry, ik heb maar één tas voor je, Eve. Met deze schouder kan ik niet meer dragen.'

'Dat maakt niet uit.' Ze liep naar de voordeur. 'Laten we maar gaan.'

'Wacht. Er is een andere... Shit.'

Zij hoorde het ook. Een zacht geronk dat met de seconde luider werd. De wieken van een helikopter.

Logan liep naar het raam. 'Die landen over een paar minuten.' Hij holde naar de keuken.

Eve liep achter hem aan. 'Waar is Margaret? We moeten...'

'Zij is samen met Mark al een uur geleden vertrokken,' zei Gil. 'Ze moeten inmiddels al op het vliegveld zijn. Over drie uur zitten ze op een onderduikadres in Sanibel, Florida.'

'Waar gaan wij naartoe? Moeten we niet proberen bij de limo te komen?'

'Geen tijd. En het zit er dik in dat iemand ons buiten het hek staat op te wachten.' Logan trok de deur van de ruime voorraadkast open. 'Kom mee.' Hij tastte onder een van de onderste planken, trok een valluik open en gooide zijn weekendtas in de donkere ruimte eronder. 'Geen vragen. Loop die ladder maar af.'

Ze kroop langs de ladder omlaag en zag dat ze in een of andere kelder stond met een bodem van zand. Logan volgde. 'Trek die kastdeur dicht, Gil.'

'Al gebeurd. Ze zijn al binnen, John. Ik hoorde ze bij de voordeur.'

'Zorg dan dat je als de bliksem naar beneden komt en doe het luik dicht,' gebood John.

'Opzij. Ik gooi de koffer naar beneden.' Een moment later verdween het licht toen Gil het valluik dichttrok en er een grendel voorschoof. Hollende voetstappen op de houten vloer boven hen.

Geschreeuw.

'Waar zijn we?' fluisterde ze. 'In een kelder?'

'Ja, met een tunnel.' Logans stem was nauwelijks te verstaan toen hij de gang inliep. 'Je vroeg waarom ik juist dit huis had gekocht. Het werd door de Underground Railway gebruikt om voor de Burgeroorlog slaven uit het zuiden te smokkelen. Ik heb de steunbalken laten versterken. De tunnel loopt ongeveer zevenhonderdvijftig meter naar het noorden en onder het hek door naar de bossen. Blijf vlak bij me. Ik durf pas een zaklantaarn aan te steken als we om de volgende bocht zijn.'

Hij liep zo snel dat zij en Gil bijna moesten draven om hem bij te kunnen houden.

Ze moesten onder het huis weg zijn. Ze realiseerde zich opgelucht dat ze geen voetstappen meer boven zich hoorde.

Logans zaklantaarn priemde plotseling door de duisternis voor hen. 'Rennen. Ze zullen het huis doorzoeken en het zal niet lang duren tot ze het valluik hebben gevonden.'

Ze rénde al, verdomme.

Haar adem ging hortend en stotend.

Achter zich hoorde ze Gil zacht vloeken.

Hij was gewond. Hoe lang kon hij dit tempo nog volhouden?

Voor haar trok Logan een deur open. Goddank.

Omhoog langs de ladder.

Daglicht.

De deur ging schuil achter een dikke laag struiken, maar daartussendoor filterde licht.

Frisse lucht.

Buiten.

'Vlug,' zei Logan. 'Nog een klein stukje verder...'

Ze liepen achter Logan aan om de struiken heen en dieper het bos in. Achter weer zo'n rand struiken stond een auto, een ouder model Ford waarvan de blauwe lak op diverse plaatsen beschadigd was.

'Ga maar achterin zitten.' Logan zette de doos met Chadbourne op de vloer voor de passagiersstoel en ging achter het stuur zitten.

Eve liet zich naast Gil op de achterbank vallen en zette de doos met Mandy op de vloer aan haar voeten. Ze had nog maar nauwelijks het portier dichtgetrokken, toen Logan de auto startte en over het hobbelige terrein wegreed. Jezus, stel je voor dat ze een lekke band zouden krijgen? 'Waar gaan we naartoe?'

'Een kilometer of vijf verderop is een landweg. Zodra we die bereikt hebben, rijden we om het bos heen en gaan op weg naar de snelweg.' De auto reed weer over een hobbel. 'Op die manier winnen we wat tijd. Ze zullen waarschijnlijk de helikopter gebruiken om te proberen of ze ons kunnen vinden, maar zelfs al zien ze ons, dan zal het kentekennummer van deze auto toch niet met mij in verband kunnen worden gebracht.'

Als ze maar bij die landweg kwamen, dacht Eve toen ze weer dwars door een struik ploegden.

'Alles is in orde.' Gils ogen waren strak op haar gezicht gevestigd. 'Ik heb deze oude dame laten voorzien van terreinbanden en een nieuwe motor. Ze is niet zo krakkemikkig als ze eruitziet.'

'Hoe gaat het met je schouder?' vroeg ze.

'Oké.' Hij glimlachte vals. 'Maar ik zou me een verdomd stuk beter voelen als John niet opnieuw achter het stuur zat.'

'Er is niemand in de tunnel.' Kenner klom via de ladder weer terug naar de voorraadkast. 'Hij leidt naar de bossen. Ik heb twee man op pad gestuurd om de omgeving te verkennen.'

'Als Logan voor een vluchtweg heeft gezorgd, dan heeft hij ook een auto klaarstaan.' Fiske liep de voorraadkast uit. 'Ik zal vanuit de helikopter het hele gebied van bovenaf bekijken. Blijf hier en laat de hele tent tot op de grond toe afbranden. Niets is schoner dan vuur.'

Kenner haalde zijn schouders op. 'Oké. Ik blaas de boel wel op.'

De idioot. Het was maar goed dat Fiske nu het bevel voerde. 'Geen ontploffing. Dat ruimt niet op. Je moet brandstichten. Geen benzine. Zorg dat het op kortsluiting lijkt.'

'Dat kost tijd.'

'Het loont de moeite om er de tijd voor te nemen een zaak netjes af te wikkelen.' Hij liep naar de helikopter. 'Zorg dat het voor elkaar komt.'

Hij was tien minuten in de lucht toen hij zijn telefoon openklapte en het nummer van Timwick belde. 'Er was niemand in het huis. We zoeken het hele gebied af, maar tot dusver zonder succes.'

'De vuile klootzak.'

'De kans bestaat dat we hem nog vinden. Als dat niet het geval is, heb ik een lijst nodig van de plaatsen waar Logan naartoe zou kunnen gaan.'

'Die komt eraan.'

'En ik heb opdracht gegeven om de tent tot de grond toe af te branden om mogelijk bewijsmateriaal te vernietigen.'

'Mooi. Om eerlijk te zijn, was ik al van plan om je daar opdracht toe te geven. Dat stond ook in het rampenplan dat ik heb gekregen.' Timwick zweeg even. 'Er is nog een ding. Ik wil dat er een lichaam in de puinhopen achterblijft.'

'Wat?'

'Het lichaam van een man dat onherkenbaar is verbrand.'

'Wie?'

'Dat maakt niet uit. Als hij maar ongeveer even lang is als Logan. Neem maar weer contact met me op als je klaar bent.'

Fiske drukte op een knop om de verbinding te verbreken en stopte zijn digitale telefoon weg. Het was de eerste keer dat Timwick er blijk van had gegeven dat hij in feite in opdracht handelde en niet alleen maar in conclaaf ging met zijn vazallen. Wat interessant dat ze de indruk wilden wekken dat Logan dood was. Hij vroeg zich af wat daar eigenlijk...

Hij grinnikte plotseling en wendde zich tot de piloot. 'Ga meteen terug naar het huis.'

De adrenaline en het genoegen kolkten door zijn aderen toen hij dacht aan wat Timwick had gezegd.

Maakt niet uit. Als hij maar ongeveer even lang is als Logan.

Kenner.

'We rijden naar het zuiden,' zei Eve. 'Is het valse hoop om te veronderstellen dat jullie me terugbrengen naar Atlanta?'

'Ja. We gaan naar North Carolina, naar een huis daar ergens aan de kust.' Logan keek even om vanaf zijn plek achter het stuur. 'Als je even doordenkt, zul je beseffen dat je je moeder niet in moeilijkheden wilt brengen door nu naar huis te komen.'

Nee, dat wilde ze inderdaad niet, dacht ze vermoeid. Zij zat gevangen in een maalstroom van leugens en dood en daar moest mam niet bij betrokken raken. 'En wat gaan we dan in North Carolina precies doen?'

'We moeten een uitvalsbasis hebben,' zei Gil. 'Het huis in North Carolina ligt vlak aan het strand, in een bekend toeristengebied. Onze naaste buren zullen vakantiegangers zijn, die zich niet om een stel nieuwkomers zullen bekommeren.'

'Jullie hebben overal op gerekend.' Eve schonk hem een scheef glimlachje. 'Was je er zo zeker van dat het Chadbourne zou zijn?'

'Behoorlijk zeker. Je begrijpt best dat ik bij het maken van de plannen met die mogelijkheid rekening moest houden.'

'Op het ogenblik begrijp ik nog niet veel meer dan dat je mij zonder enige vorm van gewetensbezwaar hebt gebruikt. Je hebt me opzettelijk in de val laten lopen, zodat ik geen andere keus heb dan te proberen de dood van Chadbourne aan het licht te brengen.'

'Ja.' Logans ogen kruisten de hare in de achteruitkijkspiegel. 'Opzettelijk.'

Ze keek uit het raam naar het voortrazende verkeer. 'Smeerlap.'
'Dat klopt.'
'Wil je niet een van mijn favoriete countrystations op de radio opzoeken, John?' vroeg Gil klagend. 'Ik heb troost nodig. Ik ben zwaar ziek en al deze spanningen zijn niet goed voor me.'
'Dat had je gedroomd,' zei Logan.
Eve keek Gil aan. 'En jij bent vast ook niet zo'n brave plattelandsjongen die toevallig chauffeur is geworden, hè?'
'Jawel hoor.' Hij haalde zijn schouders op. 'Maar ik heb ook een tijdje voor de geheime dienst gewerkt onder de laatste regering en daarna nog een halfjaar onder de regering Chadbourne. Maar ik werd doodziek van het omgaan met het regime van Timwick en ik wilde Washington zo ver mogelijk achter me laten. Ik dacht dat een lekker rustig baantje aan Seventeen Miles Road precies was wat ik nodig had.'
Hij trok een gezicht. 'Het is niet helemaal geworden wat ik ervan had verwacht, maar je zou kunnen zeggen dat de paar contacten die ik nog heb met mensen op de juiste plaatsen mijn waarde voor John aanzienlijk hebben opgeschroefd.'
'En Margaret?'
'Zij is niet meer dan ze lijkt te zijn. Een eersteklas sergeant van de zakenwereld.'
'Weet zij niets van Chadbourne af?'
Logan schudde zijn hoofd. 'Ik heb haar er zoveel mogelijk buiten proberen te houden. Ze weet zelfs niets van het strandhuis af. Dat heb ik allemaal zelf geregeld.'
'Wat aardig van je.'
'Ik ben geen complete schoft,' zei hij ruw. 'Ik wil niemand in gevaar brengen als het niet absoluut noodzakelijk is.'
'Maar ik was een noodzakelijk risico. Wie heeft jou tot god benoemd, Logan?'
'Ik heb gedaan wat ik moest doen.'
'Voor die verdomde politieke overtuigingen van je.'
'Nee, er was meer. Die man in het Witte Huis mag dan net doen alsof hij Ben Chadbourne is, maar hij heeft niet dezelfde ethische principes, noch zijn opleiding. Ik wil niet dat die man de macht heeft om op een knop te drukken en zo de Derde Wereldoorlog te veroorzaken.'
'Dus nu ben je ineens geen politieke opportunist meer, maar een patriot?'
'Barst met je patriot. Ik wil gewoon voor mijn eigen hachje zorgen.'
'Kijk, dat wil ik best geloven.'

'Het is niet nodig dat je me gelooft. Zolang je maar weet dat we aan dezelfde kant staan.'

'O ja, we staan aan dezelfde kant. Daar heb je wel voor gezorgd. Je hebt me gewoon midden in deze puinhoop gesmeten.' Ze leunde achterover tegen de bank en sloot haar ogen. 'En weet je ook wie die man in het Witte Huis is?'

'Wij denken dat het Kevin Detwil is. Hij is een van de drie dubbelgangers die gedurende het eerste jaar van de ambtsperiode van Chadbourne werden gebruikt,' zei Gil. 'Detwil werd maar twee keer gebruikt om kort in het openbaar te verschijnen en daarna heeft hij ontslag genomen. Hij zei dat hij voor privézaken terug moest naar Indiana, maar in werkelijkheid ging hij naar Zuid-Amerika om nog meer plastische chirurgie te ondergaan.'

'Nog méér plastische chirurgie?'

'Hij heeft in Washington wat ingrepen ondergaan, voor hij het baantje kreeg. Toen hij bij de plot betrokken werd, moest hij er precies zo uitzien als Chadbourne, met inbegrip van de littekens op zijn onderrug. Hij moest ook een grondige opleiding hebben met betrekking tot gebaren, stembuigingen en dat soort dingen. En hij moest op de hoogte worden gebracht van de richtlijnen, de politiek en het leven van alledag in het Witte Huis. Lisa Chadbourne kon hem wel helpen, maar hij kon die rol niet zonder enige voorbereiding op zich nemen.'

'Ik neem aan dat dit allemaal veronderstellingen zijn.'

Gil haalde zijn schouders opnieuw op. 'De andere twee dubbelgangers zijn nog gezond en wel en verschijnen af en toe in het openbaar. Detwil is nooit in Indiana aangekomen. Maar ik ben er wel in geslaagd om zijn spoor te volgen naar een privékliniek in de buurt van Brasilia en een zekere dokter Hernandez, die erom bekendstond dat hij oplichters, moordenaars en terroristen wel van nieuwe gezichten wilde voorzien. Detwil liet zich in die kliniek inschrijven onder de naam Herbert Schwartz. Kort nadat meneer Schwartz werd ontslagen, viel de onfortuinlijke dokter Hernandez van het terras van zijn penthouse.'

'Kevin Detwil,' herhaalde Eve langzaam. 'Hij moet niet goed wijs zijn om zich met zoiets in te laten. Maar de regering moet toch een profielschets van hem hebben gehad. Is hij niet doorgelicht?'

'Natuurlijk wel, maar er zijn niet zoveel mannen op de wereld die voor de president door kunnen gaan, dus de keuze is beperkt. In dit soort gevallen wordt alleen gecontroleerd of de persoon in kwestie discreet genoeg is om zijn mond te houden en geen mensen gaat neerschieten waardoor de regering met de mond vol tanden komt te staan. Uit Detwils achtergrond bleek dat hij een evenwichtig, normaal kind met een gemiddelde intelligentie was, dat is opgegroeid tot een vrij saaie, gewone man,' voegde Gil eraan toe. 'Hij is niet getrouwd, werd door zijn moeder opgevoed en is tot haar dood vijf jaar geleden bij haar blijven wonen.'

'En hoe zit het met zijn vader?'

'Die ging ervandoor toen Detwil nog een kind was. Hij schijnt behoorlijk bij zijn moeder onder de duim te hebben gezeten.'

'Wat hem natuurlijk prima geschikt maakte voor Lisa Chadbourne,' zei Logan. 'Een man met een dergelijke achtergrond zou zich ook door een andere dominante vrouw wel laten kneden.'

'Maar zou hij een dergelijk risico wel durven nemen? Je zei dat hij saai en gewoon was.'

'Maar je hebt zelf de banden gezien. Hij vindt het prachtig. Hij geniet,' zei Logan. 'Stel je nou eens voor dat je je leven lang een muurbloempje bent geweest. En dan word je plotseling de machtigste man ter wereld. Iedereen danst naar je pijpen, iedereen luistert naar je. Hij is een mannelijke Assepoester en Lisa Chadbourne heeft hem zijn glazen schoentje overhandigd.'

'Maar hij ligt wel aan de band,' merkte Eve op.

'Waarschijnlijk zou hij niet anders willen. Hij is eraan gewend dat iemand anders aan de touwtjes trekt en dat geeft sommige mannen een zeker gevoel.'

'Als ik het goed begrijp, vormt hij voor haar dus niet de zwakke schakel.'

'Hij is misschien af en toe wel een beetje zenuwachtig, maar niet als zij bij hem in de buurt is en ze is niet van plan om hem ook maar een moment uit het oog te verliezen. Ze zal er wel voor gezorgd hebben dat zij voor hem het allerbelangrijkste in zijn leven is.'

'Belangrijk genoeg om Chadbourne voor haar te vermoorden?'

Logan haalde zijn schouders op. 'Ze zal het risico wel niet hebben genomen om hem bij de werkelijke daad te betrekken. Daar heeft hij niet genoeg ruggengraat voor.'

'Als ze hem inderdaad heeft gedood. Je hebt geen bewijs dat hij is vermoord.'

'Ik hoopte dat jij ons daarbij zou kunnen helpen.'

Ze wist allang dat dat zijn bedoeling was, maar ze had geen zin om zich nu al tot meer te verplichten. Ze had tijd nodig om alles wat ze te horen had gekregen te verwerken en te overwegen of het allemaal waar zou kunnen zijn. 'Daar twijfel ik geen moment aan.'

'Je hebt weinig keus.'

'Gelul.'

'Nou, in ieder geval geen fatsoenlijke keuze.'

'Zeg jij nou maar niets over fatsoen.'

'Ik geloof dat het tijd wordt om de radio aan te zetten,' mompelde Logan. 'Waarom probeer je niet even een dutje te doen? Ik maak je wel wakker als we in North Carolina zijn.'

Hij zette de radio aan en flarden van Griegs *Peer Gynt Suite* dreven door de auto.

'O, mijn god.' Gil kroop weg in zijn hoekje. 'Eve, zeg dat hij dat afzet en red me. Ik geloof dat ik weer instort.'

'Red jezelf maar.' De muziek werkte kalmerend op haar gespannen zenuwen. 'Het was mij nog niet opgevallen dat jij je bovenmatig hebt bekommerd om mijn behoeften. In ieder geval niet als ze in strijd waren met Logans wensen.'

'Au.' Gil trok een gezicht. 'Laat maar zitten. Ik kan vast wel wennen aan klassiek. In feite zit het er dik in dat ik tegen de tijd dat we bij het strandhuis zijn die ouwe Grieg leuker vind dan Reba McIntyre.'

12

'Weet je zeker dat het voor elkaar is, James?' vroeg Lisa Chadbourne aan Timwick. 'Goeie genade, je hebt er lang genoeg over gedaan. Meer fouten kan ik niet tolereren.'

'Barrett House staat op dit moment in lichterlaaie. Het uitstel werd alleen veroorzaakt door het feit dat het even tijd kostte om ervoor te zorgen dat de oorzaak op kortsluiting zou wijzen.'

'En heb je al een ploeg op weg gestuurd om het lichaam te bergen? Ik wil niet dat de medische staf van de brandweer als eerste aanwezig is.'

'Zo dom ben ik niet, Lisa. Ze halen het meteen weg en brengen het naar Bethesda.'

Hij klonk pissig. Ze had zich kennelijk te autoritair opgesteld. Met andere mensen had ze geen probleem, maar bij Timwick was het altijd veel moeilijker om de juiste middenweg te vinden. In het openbaar gedroeg hij zich met het juiste respect en de vereiste onderdanigheid, maar onder vier ogen liet hij haar nooit vergeten dat ze partners waren. Ze zorgde ervoor dat haar stem iets zachter klonk. 'Het spijt me, ik weet best dat je doet wat je kunt. Ik ben alleen bang. Ik voel me een beetje hulpeloos.'

'Als een koningscobra.'

Ze voelde een lichte schok van verbazing. Het was de eerste keer dat Timwick haar ooit met sarcasme bejegend had. Dat was geen goed teken. Het was haar al opgevallen dat hij de laatste tijd behoorlijk zenuwachtig en gespannen was en nu wreekte hij dat op haar. 'Heb ik dat verdiend, James? We waren het erover eens dat het moest gebeuren en ik ben altijd eerlijk tegen je geweest.'

Het bleef even stil. 'Ik had niet verwacht dat dit zou gebeuren. Je had tegen me gezegd dat alles zonder slag of stoot zou gaan.'

Niet boos worden. Hou de grote lijnen in het oog. Ze had Timwick nodig. Hij deed zijn werk, net als zij. Ze lette goed op dat haar ergernis niet in haar stem doorklonk. 'Ik doe mijn best. Jij was degene die in die rouwkamer niet lang genoeg hebt gewacht,' bracht ze hem vriendelijk in herinnering. 'We zouden geen enkel probleem hebben gehad als jij je ervan had verzekerd dat Donnelli zijn werk had gedaan.'

'Ik heb daar zitten toekijken hoe hij verbrandde. Ik dacht dat ik zonder problemen weg kon gaan. Hoe kon ik weten dat het zo verdomd lang duurt om een lichaam te verbranden?'

Dat zou zíj wel hebben geweten. Zij zou het hebben nagekeken en alles hebben opgezocht dat ze moest weten. Het was stom van haar geweest om ervan uit te gaan dat Timwick hetzelfde zou doen. 'Ik weet het. Het was jouw schuld niet. Maar nu moeten we de situatie het hoofd bieden... en met Logan afrekenen. Heb je geen spoor gevonden van de schedel?'

'Er waren wel aanwijzingen dat dat mens van Duncan aan het werk was geweest, maar geen schedel. Als ze zo goed is als we te horen hebben gekregen, moeten we ervan uitgaan dat ze de klus geklaard heeft.'

Lisa voelde haar maag samenkrimpen. 'Het komt best in orde. Wat zij heeft gedaan bewijst op zich nog niets. We moeten er gewoon voor zorgen dat ze in de media al in diskrediet worden gebracht voor ze meer bewijzen in handen krijgen. Daarvoor hebben we vandaag de eerste stap genomen. Het is jouw taak om hen te vinden en ervoor te zorgen dat er niet nog meer onheil geschiedt.'

'Ik weet best wat mij te doen staat. Hou jij nou maar een oogje op Detwil. Hij was een beetje al te luidruchtig tijdens die laatste persconferentie.'

Ze had Kevin perfect in de hand. Timwick had die kat opzettelijk gegeven om haar op haar nummer te zetten voor haar kritiek op de manier waarop hij Donnelli had aangepakt. 'Vind je? Ik zal erop letten, James. Je weet hoeveel waarde ik hecht aan jouw oordeel.' Ze zweeg even. 'Hoe zit het met dat mens van Duncan? Tot dusver hebben we ons voornamelijk geconcentreerd op Logan. Zij zou ons weleens evenveel moeilijkheden kunnen bezorgen.'

'Ik hou haar in de gaten, maar Logan is de centrale figuur. Wat hij zegt, gebeurt.'

'Als jij het zegt, zal het wel zo zijn. Maar zou je me een wat vollediger rapport over Duncan kunnen bezorgen?'

'Het is volledig. Wat zou je verder nog willen weten?'

'Meer over haar professionele achtergrond. Ze zullen proberen een DNA-test uit te laten voeren en daar heeft zij vast de contacten voor.'

'Na morgen zullen ze weten hoe gevaarlijk het is om boven water te komen. Met een beetje geluk hebben we ze te pakken voor ze iets voor elkaar kunnen krijgen.'

'Maar het zou heel dom van ons zijn als we ons op geluk zouden verlaten, hè?'

'Goeie genade, hoeveel DNA kan er nog over zijn nadat het in het vuur heeft gelegen?'

'Ik heb geen flauw idee, maar we kunnen geen risico nemen.'

'En ik heb al gezegd dat Logan toch bepaalt wat er gebeurt. Ze kunnen niet zomaar met die schedel een DNA-lab binnenwandelen. We weten wie ze om hulp zullen vragen. Ik laat Ralph Crawford op Duke al in de gaten houden. Als we hen niet meteen kunnen oppakken, zullen ze ons recht in de armen...'

'Alsjeblieft, James,' zei ze vriendelijk.

'Oké.' Ze kon aan zijn stem horen hoe ongeduldig hij was. 'Ik zal ervoor zorgen.'

'Mooi. En laat me het weten zodra het lichaam in Bethesda is gearriveerd.' Ze legde de telefoon neer, stond op en liep met vastberaden pas naar de slaapkamer.

Logan bepaalt wat er gebeurt.

Daar was ze helemaal niet zo zeker van. Uit haar dossier bleek dat Eve Duncan een sterke, intelligente vrouw was die zich niet achter een man zou verschuilen. Wie kon beter weten dan Lisa hoe een sterke vrouw een situatie naar haar hand kon zetten? Zoals gewoonlijk onderschatte Timwick zijn tegenstander weer. Zij zou degene moeten zijn die een oogje op Eve Duncan hield.

'Lisa?'

Kevin stond op de drempel van de badkamer, met de rode kamerjas in paisleypatroon van Ben aan. Het was een van de weinige kledingstukken van Ben die Kevin leuk vond. Hij had een voorkeur voor felle kleuren die ze terug moest dringen. Ben droeg zelden iets anders dan donkerblauw of zwart.

Hij fronste. 'Is er iets mis?'

Ze dwong zichzelf om te glimlachen. 'Een probleempje met Timwick.'

'Kan ik helpen?'

'Hierbij niet. Laat mij het maar afhandelen.' Ze liep naar hem toe en legde haar armen om zijn nek. Hij rook naar het speciaal voor Ben samengestelde citroenluchtje. Geuren waren belangrijk. Zonder dat je je dat realiseerde, vormden ze een subtiele aanwijzing voor iemands identiteit. Soms werd ze midden in de nacht ineens wakker met het idee dat Ben nog steeds naast haar lag. Ze fluisterde in Kevins oor: 'Je was echt geweldig vandaag bij die AARP-bijeenkomst. Ze aten uit je hand.'

'Echt waar?' vroeg hij gretig. 'Ik dacht ook dat ik het behoorlijk goed had aangepakt.'

'Briljant. Veel beter dan Ben ooit zou hebben gedaan.' Ze kuste hem zacht. 'Je doet je werk fantastisch. Als jij het heft niet in handen had genomen, hadden we nu misschien wel midden in een oorlog gezeten.'

'Was hij zo onevenwichtig?'

Ze had Kevin al wel honderd keer doorgezaagd over die veronderstelde onevenwichtigheid van Ben, maar hij kon er niet genoeg van krijgen. Schuldgevoelens? Nee, hij genoot gewoon van het idee dat hij de wereld had gered. Voor een intelligente man kon Kevin ongelooflijk ijdel en naïef zijn. 'Denk je dat ik zou doen wat wij nu doen als ik niet bang was geweest voor wat hij zou doen?'

Hij schudde zijn hoofd.

'En jij bent fantastisch geweest. Ik denk dat het ons dit jaar wel zal lukken om die ziektewet erdoor te krijgen. Heb ik je al verteld hoe trots ik op je ben?'

'Zonder jou zou ik het niet klaarspelen.'

'Misschien heb ik je in het begin een beetje geholpen, maar je overtreft alle...' Ze gooide haar hoofd in haar nek en schonk hem een ondeugende glimlach. 'Mijn god, je wordt zo stijf als de pest. Ik moet goed onthouden wat er gebeurt als ik je een complimentje geef. Dat maakt mij een tevreden vrouw.' Ze week achteruit en glipte uit haar kamerjas. 'Kom maar gauw in bed, dan zal ik je vertellen hoe geweldig je de Japanse ambassadeur hebt aangepakt.'

Hij grinnikte en kwam naar haar toe, terwijl hij zich als een jonge knul verheugde op het komende stoeipartijtje. Ze bleef plagend en brutaal glimlachen terwijl ze in bed stapte.

Zij had samen met Ben een bed gedeeld en het feit dat ze geen minuut had gewacht om Kevin in het hare te lokken, was een essentieel onderdeel van het plan geweest. Hij had aanvankelijk geaarzeld en was zelfs een beetje verlegen geweest en ze had al haar kennis moeten aanwenden om hem zover te krijgen zonder al te opdringerig te lijken. Ze had misschien andere manieren kunnen vinden om hem onder de duim te houden, maar dit was de beste. Het was haar taak om ervoor te zorgen dat Kevin aan de leiband bleef lopen.

En sex was de beste leiband die er bestond.

Arrogante trut.

Timwick leunde achterover in zijn stoel en wreef in zijn ogen. Het was mooi gemakkelijk voor Lisa om hem te commanderen, vervolgens lekker naar bed te gaan en hem al het werk te laten doen. Zij zat daar in het Witte Huis waar ze zich gedroeg als een koningin en hij zat in dit sjofele kantoor waar hij zich kapot moest werken. Ze wilde wel resultaten maar ze wilde haar handen niet vuil maken en ze sloot haar ogen voor alles wat haar niet beviel. Hij was degene die ervoor zorgde dat alles liep zoals het lopen moest en dat er geen rampen gebeurden. Waar zou ze zijn als hij zich er niet mee had bemoeid?

Eve Duncan. Ze was gewoon een hulpmiddel voor Logan, anders niet. Het was dom om zoveel aandacht aan haar te schenken. Als Lisa niet zo feministisch ingesteld was, had ze wel erkend dat Logan de voornaamste bedreiging vormde.

Jezus, het leek wel alsof hij plotseling van alle kanten werd bedreigd. Zijn handen omklemden de armleuningen van zijn stoel. Kalm blijven. Hij deed er alles aan om de toestand veilig te stellen. En dat zou hem lukken ook. De belangen die hij op het spel had staan waren te groot om zijn biezen te pakken en ervandoor te gaan. Hij hoefde alleen maar vol te houden, dan zou hij alles hebben wat zijn hartje begeerde.

Hij pakte de telefoon op. Hij zou naar haar luisteren – voorlopig. Hij had haar hulp nodig om te voorkomen dat hun bedrog aan de kaak gesteld zou worden en hij had haar hulp nodig om Detwil voor een tweede ambtsperiode het Witte Huis in te loodsen. Daarna zou hij wel een manier vinden om het heft in handen te nemen. Laat Lisa maar denken dat zij de touwtjes in handen had.

Hij zou haar zoveel informatie over Eve Duncan bezorgen dat het haar de strot uit zou komen.

'Wakker worden, we zijn er.'

Eve opende haar ogen en zag nog net dat Logan uitstapte.

Ze gaapte. 'Hoe laat is het?'

'Over twaalven.' Gil stak zijn hand uit om het portier open te doen. 'Je hebt bijna de hele weg geslapen.'

Het leek haast onmogelijk dat ze in slaap was gevallen. Haar spieren waren zo gespannen als staalkabels geweest.

'Je hebt een paar rotdagen achter de rug,' zei Gil in antwoord op haar onuitgesproken vraag. 'Ik heb zelf ook een tukje gedaan. Maar ik moet toegeven dat ik blij zal zijn als ik onderuit kan gaan.'

Ze was zo stijf dat ze zich bij het uitstappen aan het portier moest vasthouden. Ze keek toe hoe Logan de verandatrap opklom en de voordeur openmaakte. Hij droeg de leren koffer met Chadbournes schedel. Reken maar dat Logan zijn prioriteiten op een rijtje had, dacht ze droog.

'Ben je zover?' vroeg Gil terwijl hij haar koffer oppakte.

'Die draag ik wel.'

'Ik red het wel. Neem jij Mandy's doos maar.' Hij liep al achter Logan aan de trap op.

Ze had geen zin om naar binnen te gaan. De lucht die ze opsnoof was koel en vochtig en het geluid van de zee die op het strand klotste, was bijna een genot. Ze was al heel lang niet meer aan de kust geweest. Joe had haar meegenomen naar Cumberland Island toen ze eindelijk uit die put was gekropen, maar ze kon zich niet herinneren hoe het eiland eruitzag. Het enige dat ze zich nog kon herinneren was Joe die haar in zijn armen hield, Joe die tegen haar praatte, Joe die de nacht op afstand hield.

Joe. Ze moest Joe bellen. Ze had hem al niet meer gesproken sinds de avond voordat ze naar het korenveld waren gegaan. Ze had met opzet vermeden hem te bellen en hem dieper mee te sleuren in dit moeras. Maar als ze hem nu niet heel gauw belde, zou hij een Mobiele Eenheid inschakelen om Barrett House te bestormen.

De wind nam toe en veroorzaakte witte koppen op de branding voor die op de kust sloeg.

Bonnie had van de oceaan gehouden. Eve en Sandra waren een paar keer met haar naar Pensacola geweest en ze had heen en weer gehold over het strand, lachend, babbelend en op zoek naar schelpen.

Ze sloot het portier van de auto en liep naar de pier.

'Eve.'

Ze keek niet om toen Logan haar riep. Ze wilde niet naar binnen. Op dat moment had ze geen zin om hem of iets anders onder ogen te komen. Ze had een beetje tijd nodig voor zichzelf.

Ze trok haar sandalen uit, ging op de lage pier zitten en liet haar voeten in het water bungelen. Het was koel en voelde zijdezacht aan zoals het langs haar huid stroomde.

Ze leunde met haar hoofd tegen de paal en luisterde naar het ruisen van de zee.

En dacht aan Bonnie...

'Ga je haar niet ophalen?' vroeg Gil. 'Ze zit daar nu al bijna een uur, John.'

'Zo meteen.' God, wat zag ze er eenzaam uit. 'Ik geloof niet dat ze behoefte heeft aan gezelschap.'

'Maar je moet niet toestaan dat ze te veel gaat nadenken. Denken kan heel gevaarlijk zijn. Ze voelt al zoveel wrok.'

'Verdomme, ik heb er genoeg van om haar constant op te jagen. Gun haar toch wat rust.'

'Ik betwijfel of ze zich een richting op laat jagen die ze niet in wil slaan.'

'Maar we kunnen ook iedere andere uitweg blokkeren zodat ze alleen maar de kant op kan die nog open is.' Dat had Logan gedaan vanaf het moment dat hij haar had ontmoet. Hij deed het nu ook.

En zou hij daar dan mee ophouden omdat zijn geweten hem begon te plagen?

Geen denken aan.

Dus moest hij ervoor zorgen dat haar vertrouwen hersteld werd zodat hij haar opnieuw kon gebruiken. 'Ik ga haar wel halen.' Hij liep de verandatrap af en beende over het zand naar de pier.

Ze keek hem niet aan toen hij dichterbij kwam. 'Ga weg, Logan.'

'Het wordt tijd dat je naar binnen gaat. Het begint kil te worden.'

'Ik kom wanneer ik zo ver ben.'

Hij aarzelde en ging toen naast haar zitten. 'Dan wacht ik wel op je.' Hij trok zijn schoenen en sokken uit en liet zijn voeten in het water bungelen.

'Ik wil niet dat je bij me blijft.'

'Weet je, zoiets heb ik al sinds ik in Japan was niet meer gedaan.' Hij staarde naar de oceaan. 'Het is net alsof de dag niet lang genoeg is om te kunnen ontspannen.'

'Is dit een poging tot vriendschap, Logan?'

'Dat zou best kunnen.'

'Nou, dat zal je niet lukken.'

'Nee? Jammer. Dan kan ik dus net zo goed hier stil blijven zitten en me proberen te ontspannen.'

Stilte.

'Waar denk je aan?' vroeg hij.

'Niet aan Chadbourne.'

'Aan je dochter?'

Ze verstijfde. 'Je hoeft Bonnie niet te gebruiken om meer contact met me te krijgen, Logan. Dat werkt toch niet.'

'Ik ben gewoon nieuwsgierig. Ik veronderstel dat het komt omdat ik niet weet waarom je zo geboeid wordt door het identificeren van schedels. O, ik weet dat je dochter nooit is gevonden, maar je kunt toch niet verwachten...'

'Ik wil er niet over praten.'

'Ik heb gezien hoe je bezig was, eerst met Mandy en daarna met Ben Chadbourne. Er is bijna sprake van... tederheid.'

'Nou, dan ben ik dus een beetje geschift. Iedereen heeft wel een onderwerp dat hem of haar na aan het hart ligt,' zei ze hortend. 'Ik verzeker je dat ik niet het idee heb dat hun ziel nog aan die botten vastzit.'

'Geloof jij dat er zoiets als een onsterfelijke ziel bestaat?'

'Af en toe.'

'Alleen maar af en toe?'

'Nou goed, het grootste gedeelte van de tijd.'

Hij bleef stil en wachtte af.

'Toen Bonnie werd geboren, leek ze niet op mij of op mam of op wie dan ook. Ze was gewoon... zichzelf. Helemaal compleet... en fantastisch. Hoe zou dat kunnen als je bij je geboorte geen ziel meekrijgt?'

'En die ziel is onsterfelijk?'

'Hoe weet ik dat nou? Ik... denk het wel. Ik hoop het.'

'Waarom probeer je dan zo fanatiek om die beenderen weer bij hun familie terug te brengen? Dat zou dan toch geen enkel verschil maken.'

'Voor mij maakt het wel verschil.'

'Waarom?'

'Leven is belangrijk. Leven moet met respect behandeld worden en niet weggegooid worden alsof het om een nutteloos stuk afval gaat. Iedereen zou eigenlijk... een thuis moeten hebben. Toen ik nog een kind was, had ik niet echt een eigen huis. We verhuisden van de ene plek naar de andere. Van motel naar motel. Mam was... ze kon er niets aan doen. Maar iedereen zou een eigen plek moeten hebben, een vaste plaats in het systeem. Ik heb geprobeerd Bonnie een thuis te geven, een zo fijn mogelijk thuis waar ik haar liefde kon geven en voor haar kon zorgen. Toen Fraser haar had vermoord, had ik nachtmerries waarin ik haar in het bos zag liggen waar ze door dieren...' Ze was even stil en haar stem klonk onvast toen ze weer opnieuw begon te praten. 'Ik wilde haar thuis hebben, waar ik voor haar kon zorgen zoals ik altijd had gedaan. Hij had haar leven genomen, ik wilde niet dat hij ons ook nog dat laatste beetje zorg zou ontnemen.'

'Ik begrijp het.' Christus, hij begreep veel meer dan hem lief was. 'Heb je nog steeds nachtmerries?'

Ze was weer stil en zei toen: 'Nee, geen nachtmerries.' Ze trok haar benen met een zwaai uit het water op de pier. 'Ik ga naar binnen.' Ze pakte haar sandalen en stond op. 'Als je nieuwsgierigheid tenminste bevredigd is, Logan.'

'Nog niet helemaal. Maar je bent kennelijk niet van plan om me nog meer te vertellen.'

'Dat heb je goed gezien.' Ze keek op hem neer. 'En denk maar niet dat je met dit gezellige babbeltje ook maar een stukje bent opgeschoten. Ik heb je niet meer verteld dan ik aan wie ook kwijt zou willen. Joe en ik waren het erover eens dat het voor mij het beste zou zijn om over Bonnie te praten.'

'We moeten over Chadbourne praten.'
'Helemaal niet. Vanavond niet.'
Ze liep van hem weg.
Een taaie tante. Een heel bijzondere tante.
Hij keek haar na terwijl ze de trap van het strandhuis opliep. Het licht dat door de ramen viel, deed haar roodbruine haar glanzen en benadrukte de contouren van haar slanke, sterke lichaam.
Sterk maar kwetsbaar. Dat lichaam kon gepijnigd worden, kapotgemaakt en vernietigd.
En hij zou er weleens verantwoordelijk voor kunnen zijn als dat gebeurde.
Misschien was het niet zo'n goed idee geweest om te proberen iets meer contact met haar te krijgen. Zij was nog even sterk en onafhankelijk geweest als altijd toen ze wegliep en hij bleef met een onzeker gevoel zitten.
En ja, misschien voelde hij zich zelfs een tikje kwetsbaar.

'Ik heb eens nagedacht, Lisa,' mompelde Kevin in haar oor. 'Misschien zouden we... Wat zou je denken van... een baby.'
O, goeie genade. 'Een kind?'
Hij richtte zich op zijn elleboog op en keek op haar neer. 'Een kind zou met heel veel instemming worden ontvangen. Iedereen is dol op kinderen. Als we er nu aan beginnen, zou het vlak na het begin van mijn volgende ambtstermijn geboren worden.' Hij aarzelde. 'En ik... zou het fijn vinden.'
Ze stak haar hand uit en streelde over zijn wang. 'Dacht je dat ik dat niet zou willen?' vroeg ze zacht. 'Ik zou niets fijner vinden. Ik heb altijd een kind willen hebben. Maar het kan niet.'
'Waarom niet? Je zei dat Chadbourne geen kinderen kon krijgen, maar dat kunnen we nu oplossen.'
'Ik ben vijfenveertig, Kevin.'
'Maar je hebt tegenwoordig toch al die middelen om de vruchtbaarheid te bevorderen.'
Heel even kwam ze werkelijk in de verleiding. Ze had de waarheid gesproken; ze had altijd graag een kind willen hebben. Samen met Ben had ze er echt haar best voor gedaan om zwanger te worden. Ze kon zich nog herinneren dat hij er grapjes over maakte en zei dat kinderen een enorm pluspunt waren voor een politicus, maar dat was de enige keer dat een politiek voordeel haar absoluut koud liet. Ze had iemand van haarzelf willen hebben, iemand die bij haar hoorde.

Vergeet het maar. Het was onmogelijk. De tranen die in haar ogen sprongen, waren niet alleen voor Kevin bedoeld. 'Ik wil er niet meer over praten. Het doet me pijn dat we er niet aan kunnen beginnen.'
'Waarom niet?'
'Het zou te veel moeilijkheden met zich meebrengen. Er kunnen allerlei problemen ontstaan voor een vrouw van mijn leeftijd. Stel je voor dat de dokter beslist dat ik tijdens de laatste maanden van de zwangerschap in bed moet blijven liggen? Dat gebeurt af en toe en dan zou ik tijdens de campagne niet met je mee kunnen reizen. Dat zou gevaar voor ons kunnen opleveren.'
'Maar je bent toch zo sterk en gezond, Lisa.'
Hij moest er al een hele tijd op hebben zitten broeden als hij zo vasthoudend was. 'Het is een risico dat we niet mogen nemen.' Ze gebruikte het enige argument waarvan ze wist dat het hem onmiddellijk tot inkeer zou brengen. 'Natuurlijk kunnen we ook onze plannen voor een tweede ambtstermijn opgeven. Maar je bent zo'n fantastische president, iedereen heeft bewondering en respect voor je. Zou je dat ervoor overhebben?'
Hij was even stil. 'Weet je zeker dat het zo riskant zou zijn?'
Hij had het idee al bijna laten varen, zoals ze wist dat hij zou doen. Hij was zo aan die macht en dat respect gewend geraakt, dat hij er niet over zou piekeren om weer terug te gaan naar de anonimiteit. 'Je had er geen slechter moment voor uit kunnen zoeken. Ik zeg niet dat we er later niet over na kunnen denken.' Ze streelde met haar wijsvinger over zijn onderlip. 'Maar weet je wel hoe ontroerd ik ben dat je zo'n hoge dunk van me hebt? Ik zou niets liever willen dan...'
De telefoon op het nachtkastje ging over en ze pakte de hoorn op.
'Het lichaam is in Bethesda aangekomen,' zei Timwick.
Het lichaam. Kil. Onpersoonlijk. Zo moest zij er ook tegenaan kijken.
'Uitstekend.'
'Ben je er nog in geslaagd om Maren te bereiken?'
'Hij zit ergens in de woestijn. Ik zal het later nog eens moeten proberen.'
'We hebben niet veel tijd meer.'
'Ik heb gezegd dat ik daar wel voor zou zorgen.'
'De media belegeren het ziekenhuis. Moeten we al in actie komen?'
'Nee, laat ze maar gissen, dan kun je hen morgenochtend het hele verhaal geven. Ze moeten echt staan te trappelen om ook maar de geringste inlichting los te krijgen.' Ze hing op.
'Timwick?' vroeg Kevin.

Ze knikte afwezig, haar gedachten nog steeds bij Bethesda.

'Ik mag die klootzak niet. Hebben we hem nog steeds nodig?'

'Je mag best wat dankbaarheid tonen,' zei ze plagend. 'Hij is degene die je heeft ontdekt.'

'Hij behandelt me altijd alsof ik een stom rund ben.'

'Toch niet in het openbaar?'

Hij schudde z'n hoofd.

'Nou, misschien hoef je hem niet meer zo vaak te zien. Ik heb me afgevraagd of je hem niet tot ambassadeur zou kunnen benoemen. In Zaïre. Per slot van rekening ben jij de president.'

Hij lachte verrukt. 'Zaïre?'

Ze stond op en glipte in haar kamerjas. 'Of in Moskou. Het schijnt bijzonder onbehaaglijk te zijn in Moskou.'

'Maar jij hebt hem voor de volgende ambtsperiode het vice-presidentschap beloofd. Daar zullen we hem kandidaat voor moeten stellen na de conventie.' Hij trok een gezicht. 'Dat geeft hij echt niet op.'

Nee, het vice-presidentschap was het enige lokaas waarmee ze Timwick voor het plan hadden kunnen winnen. Hij was diep teleurgesteld geweest dat Ben hem geen kabinetspost had gegeven en Lisa kende niemand die ambitieuzer was dan hij. Zo'n intens verlangen kon haar in de toekomst nog wel voor problemen stellen, maar ze wilde zich nu niet druk maken over Timwick. 'Misschien vinden we wel een manier om daar onderuit te komen.'

'Het zou echt veel beter zijn als we Chet Mobry als vice-president kunnen handhaven. Hij heeft ons totaal geen problemen bezorgd.'

'Hij had ons heel wat problemen kunnen bezorgen als we hem niet constant op pad hadden gestuurd voor goodwill-bezoeken. Hij is het nooit met onze politieke opvattingen eens geweest. Dat zouden we ook met Timwick kunnen doen.'

'Dat zal wel, maar hij is zo... Waar ga je naartoe?'

'Ik moet nog een paar dingen doen. Ga maar slapen.'

'Belde Timwick je daarover op?' Hij fronste. 'Je vertelt me nooit wat jij precies doet.'

'Omdat het alleen om kleine, onbelangrijke details gaat. Jij zorgt voor de grote lijn. Ik doe de kleine dingen.'

Zijn frons verdween. 'Kom je terug als je klaar bent?'

Ze knikte. 'Ik ga alleen even naar hiernaast om een dossier in te kijken. Ik wil voorbereid zijn op jouw volgende ontmoeting met Tony Blair.'

Hij liet zich weer in de kussens zakken. 'Dat wordt een eitje na die Japanners.'

Hij begon verwaand te worden. Maar dat was beter dan de schuchterheid die hij had getoond toen hij voor het eerst Bens plaats had ingenomen. 'Dat zullen we wel zien.' Ze wierp hem een kushandje toe. 'Ga maar slapen. Ik maak je wel wakker als ik terugkom.'

Ze trok de deur dicht en liep de kamer door naar het bureau. Het kostte haar vijf minuten om Scott Maren te bereiken en nog vijf minuten meer om uit te leggen hoe dringend en belangrijk de kwestie was.

'Christus, Lisa, zo gemakkelijk gaat dat niet. Welk excuus moet ik aanvoeren voor het feit dat ik er hier al zo snel mee kap?'

'Je bent slim genoeg. Je vindt er wel iets op. Ik heb je nodig, Scott,' voegde ze er rustig aan toe.

Stilte. 'Het komt wel in orde. Hou je haaks, Lisa. Ik zal het ziekenhuis opbellen en zeggen dat ze moeten wachten met de autopsie. Ik ga er zo snel mogelijk naartoe.'

Ze verbrak de verbinding. God, wat een geluk dat ze Scott had. Zonder hem zou ze de schade niet beperkt kunnen houden.

Ze zette de computer aan, voerde haar wachtwoord in en opende de file over Eve Duncan. Alles liep op rolletjes, de problemen zouden binnen de kortste keren uit de weg zijn geruimd en toch voelde ze zich niet op haar gemak.

Op het scherm staarde de afbeelding van Eve Duncan haar aan. Dichte, slordige krulletjes, een minimum aan make-up en grote bruine ogen achter een rond brilletje met een stalen montuur. Er sprak een wereld van karakter uit dat gezicht, meer dan genoeg om ervoor te zorgen dat ze fascinerend overkwam in plaats van alleen maar aantrekkelijk. Maar de vrouw negeerde alle grondregels van macht; ze gebruikte haar voordelige punten niet. Ze deed Lisa denken aan hoe ze zelf was geweest toen ze nog maar net studeerde en had gedacht dat ze alles kon bereiken met hersens en vastberadenheid. Ze had waarschijnlijk diezelfde intensiteit gehad die haar in Eves uitdrukking tegemoet straalde. Maar het had niet lang geduurd voor ze besefte dat intensiteit mensen angst aanjoeg. Het was beter om je gevoelens achter een lieve glimlach te verbergen.

Toch bleek uit Eves achtergrond dat ze moeilijkheden te boven kon komen en Lisa had respect voor doorzetters. Dat was ze zelf ook, anders zou ze het die afgelopen paar jaar nooit hebben gered. Met een trieste glimlach raakte ze even het portret van Eve aan.

Zusters. Twee zijden van dezelfde munt. Volhouders.

Wat jammer.

Ze begon Eves dossier te lezen, op zoek naar een zwak punt, een manier om haar onderuit te halen.

Ze was nog pas op twee derde van het rapport toen ze vond wat ze zocht.

Gil en Logan zaten voor de tv toen Eve de volgende ochtend de woonkamer binnenkwam.
'Shit,' mompelde Gil. 'Ze hebben het echt met de grond gelijkgemaakt. Ik hield van dat oude huis.'
'Wat is er gebeurd?' vroeg ze. 'Iets met Barrett House?'
Gil knikte. 'Het schijnt dat John de elektra door een beunhaas heeft laten aanleggen.'
Het beeld op het scherm toonde een rokende ruïne waarvan alleen nog twee schoorstenen overeind stonden.
'Maar je zult wel blij zijn om te horen dat hij zijn gierigheid heeft moeten bekopen,' voegde Gil eraan toe. 'John is in de brand omgekomen.'
'Wat?'
'Onherkenbaar verbrand. Maar ze zijn nu bezig de tandartsgegevens en het DNA te controleren. Detwil heeft net een verklaring uitgegeven over hoe geliefd John was en hoe hij gerespecteerd werd door beide partijen. Hij zei zelfs dat John hem had uitgenodigd om dit weekend naar Barrett House te komen om over hun politieke opvattingen te praten.'
'Waarom zou hij zoiets zeggen?'
'Weet ik dat? Ik vond het zelf knap overdreven.' Hij zette de tv uit. 'Ik kan er niet meer tegen. John en ik waren zulke goeie vrienden. Bijna broers.' Hij liep naar de keuken. 'Iemand zin in ontbijt?'
Eve keek Logan aan. 'Dit is te gek voor woorden. Jij bent niet bepaald een onbekende. Denken ze echt dat ze hier onderuit kunnen komen?'
'Voorlopig wel. Ze zullen er wel voor zorgen dat het DNA en de tandartsgegevens kloppen. Ze hebben het lichaam naar Bethesda gebracht.'
'Wat houdt dat nu weer in?'
'Dat ze alles in Bethesda onder controle kunnen houden. Ze hebben daar een handlanger zitten. Hij zal er wel voor zorgen dat alles naar hun zin geregeld wordt. Op die manier winnen ze tijd.'
'Wat ga jij nu doen?'
'Nou, ik ben echt niet van plan om me te laten zien en te bewijzen dat ze het bij het verkeerde eind hebben. Dan zou ik binnen de kortste keren als bedrieger in een zwaar bewaakte gevangeniscel worden gestopt en een betreurenswaardig ongeval krijgen.' Hij stond op. 'En ik heb trouwens andere dingen te doen.'

'Wie denk je... Wie zou die man zijn die is omgekomen?'
Logan haalde zijn schouders op.
Ze huiverde. Het was begonnen. Een man was gestorven, een leven was achteloos weggegooid.
'Koffie?' vroeg Gil. 'Ik heb ook koffiebroodjes.'
Ze schudde haar hoofd.
'Kunnen we nu even over Chadbourne praten?' vroeg Logan beleefd. 'Ik geloof dat de toestand escaleert.'
'Je kunt er donder op zeggen dat we gaan praten,' antwoordde ze. 'Ik wil dat mijn moeder in veiligheid wordt gebracht. Ik wil niet dat mijn huis in vlammen opgaat terwijl zij erin zit.'
'Ik zal Margaret bellen om haar te vertellen dat ik nog steeds vrolijk rondloop en dat ze een onderduikadres voor je moeder moet regelen.' 'Nu.'
'Ze wordt goed bewaakt. Mag ik eerst mijn koffie opdrinken?' Over de rand van het kopje keek hij haar aan. 'Ben je bereid om me te helpen, Eve?'
'Misschien. Als ik niet het idee heb dat je me in het duister laat tasten.' Ze keek Gil aan. 'Ik wil iets meer weten over die Timwick die volgens jullie aan de touwtjes trekt. Heb jij voor hem gewerkt?'
Gil knikte. 'Maar niet direct voor hem. Als bescheiden geheim agent werd ik niet door de grote man in vertrouwen genomen.'
'Wat is het voor man? Je hebt vast wel een oordeel over hem.'
'Hij is intelligent, ambitieus en weet precies hoe hij aan de touwtjes moet trekken om zijn zin te krijgen. Persoonlijk zou ik me niet graag op hem verlaten als ik me in een benarde positie bevond. Ik heb hem iets te vaak zien ontploffen. Ik geloof niet dat hij onder druk echt goed reageert.' Hij zweeg even. 'Is hij gevaarlijk? Nou en of. Ontvlambaarheid leidt maar al te vaak tot overdreven geweld.'
'En hoe zit het met Fiske?'
'Hij is maar een ingehuurde kracht. Berekenend, efficiënt en hij houdt van zijn werk. Verder nog iemand?'
'Zeg jij het maar. Er kunnen zich achter de schermen nog wel een stuk of tien mensen verborgen houden over wie jullie me niets hebben verteld.'
'Ik heb al eerder gezegd dat het voor hen eigenlijk noodzakelijk is om het aantal betrokkenen zo klein mogelijk te houden,' zei Logan. 'En het zou stom van ons zijn om je nu in het ongewisse te laten. Jij weet alles wat wij ook weten. Alles ligt op tafel. Wil je ons helpen?'
'Zodra mijn moeder veilig is.' Ze keek hem recht aan. 'En ik wil me-

zelf helpen, niet jullie. Ik zou een idioot zijn als ik niet zou begrijpen dat jij me tot een voornaam doelwit hebt gemaakt. En de enige manier waarop ik mezelf kan helpen, is door te bewijzen dat Ben Chadbourne werkelijk dood is. DNA en tandartsgegevens vormen het enige wettig geaccepteerde bewijs. Dus daar moeten we achteraan.'

'En wat stel je voor?'

'Ik ben geen deskundige op het gebied van DNA en ook geen forensisch antropoloog met de juiste specialisatie om het te isoleren. Dus moeten we met de schedel naar een van de meest gerespecteerde antropologen op dat vakgebied om te zien of hij er nog genoeg DNA uit kan halen om een vergelijking te maken.'

'De schedel heeft in het vuur gelegen.'

'Desondanks blijft het nog steeds mogelijk.' Ze voegde er weloverwogen aan toe: 'Zoals je volgens mij ook heel goed weet. Ik was gewoon de eerste pijl die je op je boog had. Ik durf te wedden dat je zelfs al hebt bepaald welke forensisch antropoloog het zou moeten doen.'

'Dr. Ralph Crawford van de Duke universiteit. Hij heeft de vakkennis die wij zoeken.'

Ze schudde haar hoofd. 'Gary Kessler. Van Emory.'

'Is hij beter?'

'Op z'n minst even goed en ik ken hem.'

'Is het een soort Quincy?' vroeg Gil.

'Gary wordt stapelgek van dat tv-programma. Afgezien van het feit dat er niets van klopt, verwarren mensen pathologen altijd met forensisch antropologen.'

'Wat is dan het verschil?'

'Pathologen zijn artsen en hebben in een ziekenhuis een opleiding tot patholoog gekregen. Antropologen zijn geen artsen, ze hebben een doctoraat in de antropologie en een aantal van hen heeft zich gespecialiseerd in de bijzonderheden van het menselijk skelet en de veranderingen die dat in de loop van het leven ondergaat. Gary Kessler bijvoorbeeld. Hij heeft samengewerkt met verschillende pathologen uit Atlanta en er bestaat veel respect voor hem. Trouwens, als jij onderzoek hebt gedaan naar Crawford, zit het er dik in dat ze niet verwachten dat we naar iemand anders gaan.'

'Ze zullen jouw achtergrond ook wel onder de loep hebben gelegd.'

'En dan zijn ze erachter gekomen dat ik met tien of twaalf antropologen uit L.A., New York en New Orleans heb gewerkt en dat ik sinds dat programma van *60 Minutes* overstelpt ben met aanbiedingen. Het zal tijd kosten om van iedereen uit te zoeken waar ze in gespecialiseerd zijn en ze zouden Gary niet direct voor de hand liggend vinden omdat ik al zeker twee jaar niet meer met hem heb gewerkt.'

Logan knikte langzaam. 'Dat klinkt logisch. En gezien de omstandigheden zou het weleens gemakkelijker kunnen zijn om iemand die je kent zover te krijgen dat hij wil helpen.'

Aangezien die omstandigheden onder andere mogelijke problemen met de wet betroffen, begreep ze wat hij bedoelde. 'Hoe zit het met de gebitsgegevens?'

'Dat zou weleens een stuk moeilijker kunnen worden. De tandarts van Chadbourne was een vrouw, een zekere dr. Dora Bentz.' Hij zweeg even. 'Zij was een van de mensen die Fiske na jouw komst naar Barrett House heeft vermoord. Je kunt er vergif op innemen dat alle gebitsgegevens van Chadbourne verwisseld zijn.'

'Volgens jou hadden ze een getuige vermoord.' Ze hief haar hand op toen hij iets wilde zeggen. 'Laat maar zitten. Waarom zou ik verwachten dat je de waarheid had gesproken?'

'Ik ga niet proberen mezelf te verdedigen. Dat was een andere situatie.' Het viel haar op dat hij zijn excuses niet aanbood en ook niet beweerde dat hij iets anders had gezegd. 'Dan blijft er dus alleen het DNA over. Wat als we niet genoeg hebben voor een proef? Kunnen we een manier verzinnen om Detwil te dwingen zíjn identiteit te bewijzen?'

'Geen denken aan,' zei Logan vlak. 'Hij is nu president. De bewijslast ligt bij ons. En trouwens, zijn medische gegevens kunnen net zo goed verwisseld zijn als de mijne.'

'Kunnen we geen poging wagen? Hij moet toch familie hebben.'

'Behalve zijn moeder die zeven jaar geleden is overleden, had hij alleen een oudere halfbroer.'

'Had?'

'John Cadro. Hij is een dag na Dora Bentz samen met zijn vrouw vermoord.'

Jezus. 'Ze hoeven niet echt nauw verwant te zijn. Het bewijs dat die zogenaamde Anastasia een bedriegster was, is geleverd door haar DNA te vergelijken met dat van prins Philip van Engeland. Is er niemand anders?'

'Niet iemand die gemakkelijk op te sporen is. Ze hebben Detwil heel zorgvuldig uitgekozen.'

'Hoe zit het met de moeder? Die zou opgegraven kunnen worden...'

'Ik wil geen morbide woordgrapjes maken, maar we hebben niet genoeg tijd om dat uit te spitten. Als we alles aan de openbaarheid prijsgeven, moeten we honderd procent zeker van onze zaak zijn.'

'Waarom hebben we niet genoeg tijd?'
'Omdat we binnen twaalf uur nadat we onszelf laten zien dood zullen zijn,' zei Gil zonder omhaal. 'Volgens het nieuws is John al dood. Dat betekent dat alleen jij en ik overblijven en zij hebben de macht van het presidentschap achter zich. Ik weet zeker dat het scenario al klaarligt. Snel, logisch en grondig. Timwick ging altijd grondig te werk.'
Eve huiverde. 'Er moet toch nog een ander aanknopingspunt zijn... iemand anders.'
'Die is er ook. Scott Maren.'
'Nog een familielid?' Ze trok een gezicht. 'En is hij ook dood?'
'Nee. Hij is de persoonlijke arts van Chadbourne en hij is het land uit geweest, wat hem waarschijnlijk het leven heeft gered.' Hij zweeg even. 'Maar ik weet niet zeker of wij hem zullen kunnen gebruiken. Volgens mij was hij persoonlijk bij de moord betrokken.'
'Hoezo?'
'Gelegenheid. Twee jaar geleden, op de ochtend van de tweede november, ging Ben Chadbourne naar Bethesda voor zijn jaarlijkse controle. Het lichaam dook na middernacht, op de derde november, op in de rouwkamers van Donnelli.'
'Denk je dat de verwisseling toen heeft plaatsgevonden?'
Logan knikte. 'Het moest tot in de puntjes kloppen, met één Ben Chadbourne die naar het ziekenhuis ging en de ander die er weer uit kwam. Maren heeft de echte Chadbourne waarschijnlijk een dodelijke injectie gegeven onder het mom dat het om vitamine B of zoiets ging.'
'Dus hij is hun handlanger in Bethesda,' zei Eve langzaam. Het was heel goed mogelijk en duivels knap in elkaar gezet, dacht ze. Een arts bevond zich niet alleen in een vertrouwenspositie maar had ook dag in, dag uit de beschikking over middelen om een leven te beëindigen. 'Dit zijn allemaal veronderstellingen. Maren moet toch door de veiligheidsdienst binnenstebuiten zijn gekeerd voor hij de arts van Chadbourne kon worden.'
'Dat zal ook vast wel gebeurd zijn,' zei Gil. 'Maar hij heeft een bijzonder goede reputatie en is ook een heel goede vriend van de president. Maren, Chadbourne en Lisa Chadbourne hebben samen gestudeerd. Hij zal zijn functie in Bethesda ongetwijfeld te danken hebben aan hetzij Chadbourne, hetzij zijn vrouw.'
'Waarom zou hij zoiets doen? Waarom zou hij dat risico nemen?'
Logan haalde zijn schouders op. 'Dat weet ik niet, maar ik durf te wedden dat hij het heeft gedaan. Daarom heb ik geprobeerd contact met hem op te nemen. Misschien kunnen we hem overhalen om een belas-

tende verklaring af te leggen over Timwick en Lisa Chadbourne.'
'Ik zou niet weten waarom Maren voor ons een aanknopingspunt is.
Als het echt waar is, zal hij nooit van z'n leven bekennen dat hij erbij betrokken was. Dan zou hij stapelgek zijn.'
'Misschien.' Logan hield even zijn mond. 'Tenzij we hem ervan kunnen overtuigen dat hij ten dode opgeschreven is als ze niet worden aangepakt. Toen ik een lijstje opstelde van de mensen die zij mogelijk zouden willen elimineren, stond Maren bijna bovenaan.'
Daar moest Eve even over nadenken. 'Hij is de enige getuige die Lisa Chadbourne en Timwick in verband kan brengen met de dood van haar man.'
'Precies. Als er zo'n getuige zou zijn en de dood wordt ontdekt, dan zouden ze iemand anders tot zondebok kunnen verklaren onder het mom dat het een terroristisch complot was of een ander soort samenzwering. Maar Maren is een bestaand persoon en als hij de moord in de schoenen geschoven krijgt, kunnen ze er nooit zeker van zijn dat hij zijn mond niet voorbij praat en hen in zijn val meesleept. Ik twijfel er geen seconde aan dat ze vanaf het eerste moment dat het plan op tafel kwam de bedoeling hebben gehad om hem te vermoorden.'
'Maar zal hij dat wel geloven?'
'We kunnen proberen hem dat aan het verstand te brengen. Veel keus hebben we niet. Momenteel is hij onze enige hoop.'
'Je zei dat hij het land uit was. Waar is hij?'
'Detwil heeft hem naar Jordanië gestuurd voor een goodwill-reis langs de ziekenhuizen daar. Er is veel ruchtbaarheid aan gegeven en hij kwam zogenaamd op verzoek van de koning van Jordanië. Oppervlakkig bezien is het een eer die het prestige van Maren behoorlijk zou verhogen.'
'En als je verder kijkt dan je neus lang is?'
'Dan zou het ook een val kunnen zijn. Fiske had hem daar heel gemakkelijk kunnen vermoorden en de schuld op een buitenlandse dissidente groepering kunnen afschuiven. Volgens mij zijn Bentz en Cadro vermoord omdat ze het vermoeden kregen dat ik te dicht in de buurt begon te komen, maar Maren is altijd een doelwit geweest.'
'Hij zal heus niet meewerken. Goeie genade, als hij de president heeft vermoord kost hem dat in ieder geval de kop.'
'Niet als we het met hem op een akkoordje gooien.'
'Je bent niet gerechtigd om hem…' Ze bestudeerde zijn gezicht. 'Waar denk je aan?'
'Dat ik koste wat kost Detwil en Lisa Chadbourne het Witte Huis uit

wil hebben en hoe kan me geen bal schelen.' Hij zweeg even. 'Ook als dat betekent dat ik Maren de kans geef om ergens opnieuw te beginnen met behulp van een vette bankrekening.'

'Zou je het op een akkoordje willen gooien met een moordenaar?'

'Stel je voor dat we dat DNA-bewijs op onze buik kunnen schrijven? Heb jij een andere oplossing?'

Ze was op dit moment zo in de war dat helder nadenken er helemaal niet bij was. 'Wat zal Fiske ervan weerhouden om alsnog naar Jordanië te gaan om Maren uit te schakelen?'

'De situatie is gewijzigd. Ze hebben Maren nodig en ze zullen hem niet vermoorden zolang hij hun nog van nut is.' Hij glimlachte. 'Vergeet niet dat ze mijn lichaam naar Bethesda hebben gebracht. Ze zullen Maren daar nodig hebben om ervoor te zorgen dat hun bedrog niet aan het licht komt. Hij had eigenlijk pas overmorgen terug moeten komen, maar nu zal hij als de gesmeerde bliksem naar huis vliegen. Als wij naar Emory gaan om met Kessler te praten, gaat Gil naar Bethesda om te proberen Maren te strikken.'

'Hoe wil Gil voorkomen dat hij zelf gestrikt wordt? Ze zullen ongetwijfeld naar ons op de uitkijk zijn.'

'Met behulp van een sublieme vermomming,' zei Gil. 'Ik ga me verkleden als een verpleegster.' Hij hield zijn hoofd scheef. 'Een blondje, denk ik. Met fantastische tieten.'

'Wat?'

'Grapje. Maak je geen zorgen, ik red me wel.'

Ze was al bezorgd. Ze wilde niet dat hem iets zou overkomen. Gil mocht dan betrokken zijn bij het complot om haar te bedriegen, maar hij was een sympathieke donder.

En lieve god, er waren al te veel doden gevallen. Mensen die zij nog nooit had ontmoet verloren het leven. Het was net alsof ze midden in een zich voortdurend uitbreidende cirkel van geweld zat. Goddank was er nog niemand van haar vrienden en bekenden met die cirkel in aanraking gekomen.

En dat mocht ook niet gebeuren.

'Je klinkt net alsof je zonder problemen overal naartoe kunt gaan,' merkte ze op. 'Hoe zit het met geld? En identiteitsbewijzen? Creditcards kunnen worden nagetrokken en...'

'Daar heeft Logan al voor gezorgd. Hij heeft me een paar geschikte valse rijbewijzen laten kopen op de zwarte markt. Jij bent Bridget Reilly. Volgens mij zag jij er met je rode haar uit alsof je van Ierse komaf bent. De foto is gelukkig vaag genoeg en...'

'Míjn foto?' Ze keek Logan aan. 'Heb je ook een vervalst rijbewijs voor mij?'

Hij haalde zijn schouders op. 'Ik moest overal op voorbereid zijn. Ik heb Gil identiteitsbewijzen laten kopen voor iedereen in Barrett House. Ik dacht wel dat het hierop zou uitlopen.'

Die verdraaide vent. Hij had niet alleen precies geweten in welk wespennest hij haar meesleepte, hij had er zelfs zijn plannen op afgestemd.

'En ik veronderstel dat je Gil ook voor vervalste creditcards voor ons allemaal hebt laten zorgen?'

Hij knikte. 'Maar ik heb genoeg contant geld bij me om de meeste situaties het hoofd te kunnen bieden.'

'Je bent echt niet te geloven.'

'Ik moest overal op voorbereid zijn,' herhaalde hij.

Ze moest de kamer uit voor ze haar zelfbeheersing verloor.

'Bel Margaret maar op.' Ze liep naar de slaapkamer. 'Ik ga mijn moeder opbellen om haar te zeggen dat ze klaar moet zijn om ieder moment te kunnen vertrekken.'

'Denk erom dat haar telefoon vast afgeluisterd wordt.'

'Zo stom ben ik niet. Ik weet best dat ze mijn moeder in de gaten zullen houden. Ik zal voorzichtig zijn, maar ik moet haar waarschuwen. Ik gebruik mijn digitale telefoon wel en ik bel haar op de hare.'

'Heeft zij ook een digitale telefoon?'

'Natuurlijk. Joe heeft die voor ons geregeld. Hij zegt dat mobiele telefoons door allerlei enge figuren worden afgeluisterd. Bij een digitale telefoon is dat vrijwel onmogelijk.'

'Ik had kunnen weten dat het de alom aanwezige meneer Quinn was geweest,' mompelde Logan. 'Is er nog iets waar hij niet aan heeft gedacht?'

'Nee, hij is een goede vriend en hij zorgt ervoor dat ons niets kan overkomen.' Ze wierp hem over haar schouder een koele blik toe. 'Ik kan me heel goed voorstellen dat zoiets jou boven je pet gaat.'

13

Sandra had het ochtendnieuws gezien en Eve moest eerst tien minuten lang allerlei kreten van opluchting aanhoren en een stortvloed van vragen ontwijken voor ze de kans kreeg om haar te vertellen dat Margaret haar zou komen halen.

'Hoe bedoel je, ik moet hier weg?' zei Sandra. 'Wat is er aan de hand, Eve?'

'Niets goeds. Ik mag er niet over praten.'

'Is John Logan werkelijk dood?'

'Nee. Luister, mam, het wordt allemaal behoorlijk vervelend en tot ik alles rechtgezet heb, wil ik dat jij op een veilige plek zit waar niemand je onder ogen krijgt.'

'Veilig? Ik ben hier veilig. Joe komt om de dag langs en die patrouilleauto van de politie staat hier iedere nacht voor de deur.'

'Mam...' Ze moest haar op de een of andere manier overtuigen. 'Doe wat ik vraag. Alsjeblieft. Het is heel erg. Geloof me nu maar. Ik ben heel bang dat er nare dingen gebeuren.'

'Bang?' Sandra was even stil. 'Ik geloof dat je echt bang bent. Ik heb je niet meer zo meegemaakt sinds Fraser...' Ze onderbrak zichzelf en zei toen: 'Ik wil je zien.'

'Ik kan niet naar je toe komen. Dat zou je alleen maar in gevaar brengen.'

'Waar ben je bij betrokken, Eve?'

'Dat kan ik je ook niet vertellen. Wil je dit alsjeblieft voor mij doen?'

'Ik heb een baan. Ik kan er niet zomaar vandoor...'

'Ze zullen je vermoorden,' zei ze zonder omhalen. 'Of ze gebruiken jou om mij te vermoorden. In godsnaam, zeg nou maar op kantoor dat je wegens familieomstandigheden weg moet. En dat is waar ook, geloof me maar.'

'Jou vermoorden,' herhaalde Sandra en voor het eerst hoorde Eve iets van vrees in haar stem. 'Ik ga Joe opbellen.'

'Ik bel hem zo zelf wel op. Maar het is best mogelijk dat hij je niet kan helpen. Blijf thuis en doe voor niemand de deur open behalve voor de persoon die ik stuur om je op te halen.'

'En wie mag dat zijn?'

Christus, stel je nou voor dat ze een manier hadden gevonden om dit gesprek af te luisteren. Ze mocht Margaret niet in gevaar brengen. 'Ze zullen zich kunnen identificeren. Ik fax wel een foto…' Nee, haar fax was net als vrijwel alle andere dingen in haar lab vernield en daar kwam nog bij dat een fax misschien ook niet veilig was. 'Ik zal er wel voor zorgen dat je op de een of andere manier een foto en inlichtingen krijgt.' Ze zweeg even. 'En mam, je mag echt met niemand anders meegaan, wat ze je ook voor identificatiebewijs onder de neus duwen. Niet met de politie, niet met de FBI en ook niet met de geheime dienst. Met niemand.'

'Wanneer komt die persoon hier?'

'Dat weet ik niet. Gauw. Ik weet zelfs niet op welke manier ze contact met je zullen opnemen. Misschien willen ze niet naar het huis toe komen. Je moet gewoon doen wat ze zeggen. Oké?'

'Ik ben een volwassen persoon, Eve. Ik ga niet maar zo blindelings met iemand mee. God weet dat ik dat in mijn jeugd al vaak genoeg heb gedaan.' Ze zuchtte. 'Oké, oké, ik zal doen wat je zegt. Maar ik wou dat je verdorie nooit van John Logan had gehoord.'

'Ik ook, mam. Ik ook.'

'En pas goed op jezelf.'

'Dat zal ik doen.' Ze was even stil en zei toen spontaan: 'Ik hou van je.'

'Mijn god, nu ben ik pas echt bang. Je doet niet vaak zo sentimenteel.' Een beetje onhandig zei ze: 'Ik hou ook van jou, Eve.' Ze verbrak haastig de verbinding.

Eve drukte op de toets die haar telefoon uitschakelde. Ze vonden het nog steeds allebei heel moeilijk om iets liefs tegen elkaar te zeggen. Er waren gedurende Eves jeugd te veel jaren geweest dat er helemaal geen contact tussen hen had bestaan.

Maar Sandra wist dat ze van haar hield. Dat hoefde ze helemaal niet te zeggen.

Ze vermande zich. Nu Joe.

Ze toetste snel het nummer van Joe's eigen digitale telefoon in.

Hij nam onmiddellijk op.

'Joe?'

Het bleef even stil, toen klonk zijn stem, laag en hard. 'Waar ben je voor de dónder mee bezig?'

'Kun je praten? Is er iemand in de buurt?'

'Ik loop nu naar buiten de parkeerplaats op. Waarom heb je me niet gebeld? Waarom heb je me verdraaid nog aan toe niet terug…'

'Ik heb het druk gehad. Schreeuw niet zo tegen me.'

'Ik schreeuw niet.' Dat was waar, maar uit elk woord sprak woede. 'Ik kan je wel wurgen.'

'Dan zul je in de rij moeten staan.'

'Probeer je grappig te doen?'

'Nee. Ik zit in moeilijkheden, Joe.'

'Dat lijkt me zo klaar als een klontje. Heb jij Logan vermoord?'

Haar vingers klemden zich om de telefoon. 'Wat?'

'Heb je hem vermoord?'

'Ben je gek geworden?'

'Geef antwoord. Luister nou, als je het hebt gedaan dan was het zelfverdediging, dat weet ik zeker, maar ik moet het wel weten voor ik het in orde kan maken.'

'Waarom denk je in vredesnaam... Natuurlijk heb ik hem niet vermoord. Hij is helemaal niet dood. Het zijn allemaal leugens.'

Stilte. 'Dan zit je volgens mij tot je nek in de stront. Heb je naar CNN gekeken?'

'Over de brand in Barrett House? Ja, dat heb ik gezien.'

'Nee, de laatste nieuwsuitzending. Waarin jij als verdachte werd genoemd.'

'Ik?'

'Er was een interview met Novak, die chique advocaat van Logan, en hij zei dat jij bij Logan in Barrett House logeerde.' Hij pauzeerde. 'Hij zei dat jij de minnares van Logan was en dat hij zich zorgen had gemaakt over die relatie omdat jij zo onevenwichtig was.'

'De vuile smeerlap.'

'Ze weten alles over Lakewood, Eve.'

Ze verstijfde. 'Hoe kunnen ze dat weten? Hoe kan iemand dat weten? Jij hebt het dossier verdonkeremaand. Je hebt me beloofd dat ik...'

'Ik weet niet hoe ze erachter zijn gekomen. Ik dacht dat ik alles had weggewerkt.'

'Je had meer...' Christus, ze gaf Joe de schuld van iets waar hij eigenlijk niets mee te maken had. 'Hadden ze het over Lakewood?'

'Ja.' Hij zweeg even. 'Ik heb tegen je gezegd dat er geen enkele reden was om dat te verbergen. Je hoeft je helemaal niet te schamen omdat...'

'Kennelijk was er toch wel een reden.'

Joe vloekte zacht. 'Vertel me maar waar je bent. Dan kom ik naar je toe.'

Ze deed haar best om alles weer op een rijtje te zetten. 'Ik zou eigenlijk geen afspraak met je mogen maken. Zolang jij nergens bij betrokken bent, zul je...'

'Vertel het me nu maar. Ik ben er al bij betrokken. Als je me het niet vertelt, spoor ik je wel op. Daar ben ik verdomd goed in.'

Ze wist als geen ander hoe vastberaden Joe kon zijn. 'Ik kom naar Atlanta. Ik moet Kessler spreken. Ik zie je wel op de parkeerplaats van Hardee aan Dekalb om tien uur morgenochtend. Dat is ongeveer zes straten van Emory.'

'Goed.' Hij hield een paar seconden lang zijn mond. 'Hoe erg is het, Eve?'

'Heel erg. Het kon niet erger.'

'Jawel. Je had mij niet kunnen hebben om je te helpen het recht te zetten.'

Ze lachte bibberend. 'Dat is waar. Dat zou het nog erger maken.' Plotseling schoot haar iets te binnen. 'Kun jij een foto van Logans assistente Margaret opduiken en die naar mijn moeder brengen? Vertel haar maar dat Margaret de persoon is die haar zal helpen.'

'Waar gaat ze haar mee helpen?'

'Ze zal ervoor zorgen dat mam naar een veilige plaats wordt gebracht.'

'Ík zorg al voor haar.' Zijn stem klonk een tikje geïrriteerd. 'Je hebt geen hulp van anderen nodig.'

'Doe me dat niet aan, Joe. Ik heb alle hulp nodig die ik kan krijgen. Wil je zorgen dat ze die foto krijgt?'

'Natuurlijk doe ik dat. Maar ik hoop dat je een verdomd goeie reden hebt om mij niet te vertrouwen.'

'Ik vertrouw je w…' Misschien zou hij het beter begrijpen als ze hem alles had uitgelegd. Er schoot haar nog iets te binnen. 'En wil je ook foto's opzoeken van James Timwick en een zekere Albert Fiske die voor hem werkt? Dan moet je die morgen meebrengen.'

'Timwick zal geen probleem zijn. Hij is de laatste tijd met de regelmaat van de klok in het nieuws, maar wie is Albert Fiske?'

'Een naam waar ik een gezicht bij moet hebben. Tot ziens, Joe.' Ze drukte op het knopje om de verbinding te verbreken.

Lakewood. Mijn god, Lakewood.

Ze stopte haar telefoon weer in haar tas en stond op. Ze kon de televisie in de kamer ernaast horen. Logan en Gil zouden alles te weten komen over Lakewood.

Maar dat zou Logan allang weten. Die advocaat was zijn spion en het was Logans geld dat al die gegevens uit haar verleden op had gerakeld. Alweer Logan. Die verdomde vent.

Gil en Logan keken allebei op toen ze de kamer binnenkwam.

'De valse inlichtingen stapelen zich op,' zei Logan terwijl hij de tv uitzette.

'Ja, ik ben gek en jij bent dood,' zei ze onvast. 'Ze willen het ons moeilijk maken om actie te ondernemen.'

'Niet moeilijk, onmogelijk,' verbeterde Gil. 'Ben jij echt in Lakewood geweest?'

'Vraag dat maar aan Logan.'

Logan schudde zijn hoofd. 'Die informatie heeft mij niet bereikt. Ik denk dat Novak dat bewaard heeft om aan Timwick door te verkopen.'

'Wist je dat hij contact met hen onderhield?'

'Ik had wel zo'n vermoeden. Novak is ambitieus.' Hij zweeg even. 'Maar de vraag is hoe waardevol dat bepaalde feit voor hen is. Hoe lang ben je in Lakewood geweest?'

'Drie weken.'

'Wie heeft je daar naartoe gebracht?'

'Joe.'

'Christus. De autoriteiten. Dat maakt geen goeie indruk.'

'De autoriteiten kwamen er niet aan te pas,' zei ze fel. 'Het was Joe.'

'Maar Quinn was destijds bij de FBI.'

'Die was er niet van op de hoogte. Niemand wist er iets vanaf. Zelfs mijn moeder niet.'

'Zij is je naaste familielid. Zij moest wel op de hoogte gesteld worden.'

Eve schudde haar hoofd. 'Lakewood is geen openbare instelling. Het is een kleine privékliniek in Zuid-Georgia. Joe heeft me daar onder een andere naam in laten schrijven. Anna Quinn. Hij heeft tegen die mensen gezegd dat ik zijn vrouw was.'

'En ben je daar vrijwillig naartoe gegaan?'

Ze schonk hem een scheef glimlachje. 'Nee, Joe kan zich als een soort stoomwals gedragen als hij dat wil. Hij heeft me ertoe gedwongen.'

'Waarom?'

Ze gaf geen antwoord.

'Waarom Eve?'

Ach verrek, wat maakte het ook uit. Hij kwam er toch wel achter. 'De nacht dat Fraser geëxecuteerd werd, heb ik een overdosis slaapmiddelen genomen. Ik logeerde in een motel in de buurt van de gevangenis en toen Joe kwam kijken hoe het met me ging, heeft hij me gevonden.' Ze haalde haar schouders op. 'Hij heeft me een paar keer laten overgeven en bleef met me door die verdomde kamer rondwandelen tot ik buiten gevaar was. Daarna heeft hij me meegenomen naar Lakewood. Hij is daar drie weken lang bij me gebleven. Aanvankelijk wilden ze me kalmerende middelen geven, maar hij zei dat hij me daarvoor niet naar hen toe had gebracht. Hij zorgde ervoor dat ik met elke psychiater die ze daar hadden praatte. Hij zorgde ervoor dat ik over Bonnie praatte. Hij zorgde ervoor dat ik over Fraser praatte. Hij zorgde ervoor dat ik over mijn moeder praatte. Verdorie, hij zorgde er zelfs voor dat ik over mijn vader praatte en die had ik niet meer gezien sinds ik een baby was.' Ze trok een gezicht. 'Maar volgens hem vertelde ik die brave dokters niet genoeg, dus na drie weken haalde hij me daar weer weg, nam me mee naar Cumberland Island en daar heeft hij me nog een week gehouden.'

'Cumberland Island?'

'Dat is een eiland met veel natuurgebied vlak voor de kust. Er is één hotel, maar daar heeft Joe geen kamers voor ons geboekt. We hebben gekampeerd en toen heeft Joe me aan zijn eigen vorm van therapie onderworpen.'

'En heb je hem wel alles verteld?'

'Joe liet me geen keus.' Er kwam een verdrietige trek om haar mond. 'Ik heb jullie al verteld dat hij zich als een stoomwals kan gedragen. Hij was niet van plan om me gek te laten worden of zelfmoord te laten plegen. Geen denken aan. Dus moest ik er wel aan geloven.'

'Quinn schijnt een indrukwekkende figuur te zijn,' zei Gil.

'O ja. Geen twijfel mogelijk. Hij is enig in zijn soort.' Ze liep naar het raam en keek naar de branding. 'Ik heb me als een tijger verweerd. Maar hij wilde me niet loslaten.'

'Ik wou dat hij die dossiers van Lakewood beter had verstopt.'

'Ik ook. In de buurt waar ik ben opgegroeid, liepen een boel gekken rond, maar je was pas echt geschift als je naar een inrichting moest. Maar Joe denkt er anders over. Hij is heel erg op de man af. Als er iets kapot is, haal je er een expert bij om het weer in orde te laten maken. Voor hem kleefde er geen stigma aan een verblijf in een inrichting voor geestelijk gestoorden. Het beangstigde hem totaal niet.'

'Jou wel?' vroeg Logan.

Ze was even stil. 'Ja.'

'Waarom?'

'Ik was bang dat ik er echt hoorde,' zei ze moeizaam.

'Belachelijk. Je had zoveel stress te verwerken gehad dat iedereen daar een zenuwinzinking van zou hebben gekregen.'

'Maar als je mentaal in elkaar stort, hoe ver ben je er dan vanaf om echt gek te worden? Je beseft eigenlijk nooit hoezeer we allemaal op het randje balanceren voor je bijna in dat gat valt.'

'Maar jij hebt je teruggevochten.'

'Joe heeft me teruggesleept.' Ze sloeg haar armen over elkaar. 'En daarna werd ik echt woest en kwaad op mezelf. Ik piekerde er niet over om toe te staan dat Fraser nog meer van me afpakte. En zeker mijn leven en mijn gezonde verstand niet. Ik gunde hem die overwinning niet.' Ze draaide zich om en keek Logan aan. 'En ik zal er ook voor zorgen dat Timwick en zij niet winnen. Blijft de vraag hoe we kunnen voorkomen dat zij iedereen het idee geven dat ik gek ben.'

'Dat kunnen we niet. Niet op dit moment. We zijn in de verdediging gedrongen,' zei Logan. 'We kunnen niets doen tot we een wapen in handen hebben waarmee we de aanval kunnen openen.'

Dat wist ze eigenlijk ook wel, maar ze had liever goed nieuws willen horen dan de werkelijkheid. 'Heb je Margaret gebeld?'

Hij knikte. 'Ze is al onderweg.'

'Waar neemt ze mijn moeder mee naartoe?'

'Dat overlegt ze met de veiligheidsdienst die je moeder momenteel bewaakt. Waar ze haar ook besluiten onder te brengen, ik heb tegen Margaret gezegd dat ik wilde dat ze op z'n minst één bewaker mee zouden nemen. Heb je Sandra verteld dat ze eraan komt?'

'Ja, en ik heb afgesproken dat we Joe morgen in Atlanta ontmoeten.'

Ze zag de uitdrukking die over Logans gezicht flitste en vroeg: 'Wat is er?'

'Niets. Maar misschien was het niet zo verstandig om hem erbij te betrekken. Hoe minder mensen er...'

'Onzin.' Ze negeerde het feit dat ze dat zelf aanvankelijk ook had gedacht. 'Ik heb meer vertrouwen in hem dan in jou en Gil.'

'Ik begrijp wel waarom.' Gil stond op. 'Ik kan niet wachten tot ik die interessante meneer Quinn mag leren kennen. Ik denk dat ik maar eens een eindje ga wandelen. Zin om mee te gaan, John?'

Logan knikte. 'Ik kan wel een beetje frisse lucht gebruiken.' Hij liep naar de deur. 'We zijn zo terug. Wil jij een oogje op het nieuws houden, Eve?'

Ze wilden de situatie met z'n tweeën bespreken. Ze zouden de laatste ontwikkelingen tegen elkaar afwegen en een aanvalsplan in elkaar proberen te zetten. Nou, ze gingen hun gang maar. Ze zouden er gauw genoeg achter komen dat zij zich geen besluiten meer liet opdringen zonder zelf haar zegje te doen.

Aan de andere kant zou zij hen misschien wel buiten bepaalde beslissingen willen houden. Morgen zou ze Joe weer zien. Logan had haar gebruikt en ze kon er niet op vertrouwen dat hij dat niet opnieuw zou doen, maar Joe kon ze wel vertrouwen. Ze vormden al heel lang een team en samen konden ze alles aan, met inbegrip van Timwick en Lisa Chadbourne.

Lisa Chadbourne. Betekende het feit dat haar naam zich zo gemakkelijk aan Eve opdrong dat ze er inmiddels van uitging dat Lisa Chadbourne aan het hoofd van de samenzwering stond? De seintjes die ze Detwil had gegeven, betekenden dat ze er wel bij betrokken was, maar daarom hoefde ze nog niet de baas van het stel te zijn.

Maar de vrouw die ze op die videobanden had bestudeerd, was er niet het type naar om zich met de tweede plaats tevreden te stellen. Ze liep over van zelfvertrouwen en charisma.

En de manier waarop Gil Timwick had beschreven, duidde niet op een man die in staat was om een bedrog van dergelijke gigantische afmetingen met succes door te voeren. Daar moest je stalen zenuwen voor hebben en meteen handelend op kunnen treden. Volgens Gil was Timwick een man die onder druk weleens zou kunnen bezwijken.

Als Lisa Chadbourne de scepter zwaaide, kon Eve haar maar beter eens grondig bestuderen.

Ze liep naar haar handtas en haalde de videobanden te voorschijn die ze daar voor hun vertrek uit Barrett House in had gestopt. Ze deed er een in het videoapparaat en nestelde zich op de bank voor de tv.

Het glimlachende gezicht van Lisa Chadbourne verscheen op het scherm. Mooi, intelligent en, jawel, fascinerend. Eve voelde een rilling van spanning door haar lichaam gaan en hield haar blik vast op Lisa Chadbourne gevestigd.

'Wat ben je aan het doen?' vroeg Logan toen hij twee uur later weer binnen kwam lopen. 'Lisa Chadbourne?'

Eve zette de video uit. 'Niets. Ik zat haar gewoon te bestuderen.'

'De tekens die ze aan Detwil geeft?'

'Die ook. Voornamelijk haar lichaamshouding. Haar uitdrukking. Daar kun je verdomd veel uit opmaken.'

'Is dat zo?' Logan keek haar strak aan. 'Ik zou niet hebben gedacht dat je daar iets wijzer van werd. Ik ben ervan overtuigd dat ze haar gevoelens uitstekend kan verbergen.'

Ze haalde haar schouders op. 'Ik ben een kunstenaar en ik heb ervoor gezorgd dat ik heel veel te weten kwam over gelaatsuitdrukkingen. Toen ik voor het eerst ging werken als forensisch sculpteur, heb ik een cursus gevolgd over gelaatsuitdrukkingen en lichaamshoudingen en het verband daarvan met psychologie. Uitdrukkingen zijn van het grootste belang bij identificatie. Een uitdrukkingsloos gezicht is als een onbeschreven blad.'

'En wat ben je te weten gekomen over Lisa Chadbourne?'
'Ze is een tikje arrogant, vrij maar tegelijk ook op haar hoede. En misschien een beetje ijdel.' Ze fronste. 'Nee, niet ijdel. Ze heeft te veel zelfvertrouwen om ijdel te zijn. Ze weet gewoon wie ze is en ze heeft eigendunk.'
'Zelfingenomen?'
Eve schudde haar hoofd. 'Nee.' Ze aarzelde. 'Ze... ze weet precies wat ze wil... en ik denk dat ze een beetje eenzaam is.'
'Die kristallen bol van jou werkt verdomd goed,' zei Gil.
'Sommige dingen blijven een kwestie van gokken. Misschien wel het merendeel. De meeste mensen kunnen hun gezichtsspieren goed in bedwang houden. Behalve die rond de ogen. Die zijn moeilijk te controleren. Maar zelfs een gebrek aan uitdrukking kan al heel veelzeggend zijn.' Ze keek weer naar Lisa Chadbourne. 'Ik durf te wedden dat ze maar een paar intieme vrienden heeft en dat ze iedereen die niet tot dat kringetje behoort op een afstand houdt.'
Logan trok zijn wenkbrauwen op. 'Die indruk kreeg ik niet toen ik kennis met haar maakte. Ik kan je verzekeren dat niemand vriendelijker of gezelliger had kunnen zijn en ik ken niemand die beter met mensen kan omgaan.'
'Dus is ze goed genoeg om jou in de maling te nemen. Ze heeft je de volle lading van haar charme gegeven. Mannen regeren nog steeds de wereld en zij heeft ervoor gezorgd dat ze precies weet hoe ze hen moet aanpakken. Waarschijnlijk is het inmiddels macht der gewoonte voor haar geworden.'
'Maar ze is niet slim genoeg om jou te bedotten?'
'Misschien was haar dat wel gelukt als jij me niet die banden had gegeven waarop elke beweging die ze maakt en al haar gelaatsuitdrukkingen duidelijk te zien zijn. Ze is echt fantastisch en ze valt bijna nooit uit haar rol. Als dat gebeurt, duurt het hooguit een seconde en dan heeft ze zich weer in de hand.' Ze haalde haar schouders op. 'Godzijdank kun je het beeld stilzetten. Dat kan heel verhelderend zijn.'
'Dus jij bent tot de slotsom gekomen dat ze gewoon een eenzame, onbegrepen vrouw is die hier onschuldig bij betrokken is geraakt?' vroeg hij spottend.
'Nee, volgens mij is zij in staat om een man te doden. Ze straalt zoveel vastberadenheid en intensiteit uit dat het wel een nucleaire schokgolf lijkt. Volgens mij is ze tot alles in staat wat zij nodig acht en ze zal zich in geen geval in een ondergeschikte rol laten drukken. Ze zal in alle opzichten haar wil doordrukken.' Ze zette de tv weer aan. 'Ik ben bang

dat ik te druk bezig ben geweest om een oogje op het nieuws te hou-den. Je moet zelf maar even kijken.'
'Je trekt heel wat conclusies, puur uit het bekijken van die videoban-den.'
'Je kunt me geloven of niet. Dat interesseert me geen bal.'
'O, ik geloof best dat iemand zich kan verraden door lichaamstaal en gelaatsuitdrukkingen. Het bestuderen daarvan is een van de belang-rijkste onderdelen van de onderhandelingscursussen waar ik al mijn leidinggevend personeel naartoe stuur. Ik bedoel alleen maar dat we heel voorzichtig moeten zijn in onze conclusies omtrent Lisa Chad-bourne.'
'We moeten heel voorzichtig zijn met alles wat met haar in verband staat.' Ze liep naar de voordeur. 'Ik ga even naar de pier.'
'Mag ik mee?' vroeg Logan.
'Nee, ik kan me niet herinneren dat ik werd uitgenodigd om mee te gaan toen jij en Gil met elkaar wilden praten.'
'Au,' zei Gil.
Ze holde de verandatrap af. Het strand was verlaten, op een paar kin-deren na die op een paar honderd meter van de pier aan het volley-ballen waren. Ze veronderstelde dat ze zich eigenlijk zorgen zou moe-ten maken over het feit dat ze misschien herkend zou worden. CNN zou wel een foto hebben laten zien van de krankzinnige pyromaan die Lo-gan had vermoord.
Krankzinnig. Het woord stuitte haar tegen de borst. Die verdomde Li-sa Chadbourne. Dat ze nou net dat deel van Eves leven moest gebrui-ken dat nog steeds pijn kon doen. Ze kon bijna zien hoe ze alle moge-lijkheden afwoog en vervolgens toesloeg als een Zwarte Weduwe midden in het web...
Waarom was ze er zo zeker van dat Lisa Chadbourne verantwoorde-lijk was voor die aanval op haar? Ze zou zich best kunnen vergissen. Het kon ook Timwick zijn geweest.
Ze vergiste zich niet. Lisa Chadbourne zou nooit een andere vrouw on-derschatten. Daarvoor had ze te veel eigendunk.
Ze ging op de pier zitten en keek omlaag in het water.
Je trekt heel wat conclusies, puur uit het bekijken van die videobanden.
Ze had daar inderdáád heel wat conclusies uit getrokken. Misschien verbeeldde ze zich die subtiele nuances wel die ze dacht waar te nemen terwijl ze naar Lisa Chadbourne zat te kijken.
Om de dooie donder niet. Ze had zichzelf geleerd om uitdrukkingen te herkennen en in beeld te brengen.

En haar waarnemingen waren niet alleen maar klinisch. Ze waren gebaseerd op hetzelfde instinctieve gevoel waarop ze zich verliet in het laatste stadium van het boetseren.

Ze kénde Lisa Chadbourne.

Fraser.

Ze huiverde terwijl ze naar het water bleef kijken. Lisa Chadbourne en Fraser leken totaal niet op elkaar. Waarom beschouwde zij hen dan als één persoon?

Omdat ze opnieuw door die angst was bekropen. Die was teruggekomen op de dag dat haar lab zo welddadig vernield was en ze aan Fraser had moeten denken. Lisa Chadbourne had daar de hand in gehad, net als in de huidige gebeurtenissen.

Fraser was belast met een waanzin die Eve niet bij Lisa Chadbourne had waargenomen, maar ze hadden beiden de zelfverzekerdheid die gepaard ging met macht.

Het genoegen dat iemand aan macht beleefde, was een sterke drijfveer. Fraser had zijn macht ontleend aan moorden. Lisa Chadbournes motivatie was duidelijk gecompliceerder... en misschien nog wel dodelijker. De honger naar macht op een wereldwijd niveau kon veel vernietigender zijn dan op een lager, persoonlijk niveau.

De pot op met dat wereldwijde niveau. Niets kon vernietigender zijn dan wat er met Bonnie was gebeurd. De wereld was een optelsom van persoonlijke wederwaardigheden, persoonlijke tragedies en de wrede daden van Fraser waren zeker zo slecht als de moorden die Lisa Chadbourne had begaan.

Moord was moord. Ze hadden een leven genomen en het leven was heilig. Ze was er niet zeker van dat Detwil echt zo gevaarlijk was als Logan dacht. Ze wist niets van politiek, van intriges, of van diplomatieke gevolgen, maar van moord wist ze alles af. Ze had ermee geleefd, ze was ermee opgestaan en ze was ermee naar bed gegaan.

En god, wat had ze er een hekel aan.

'Blijf die moeder in de gaten houden, James.' Lisa fronste haar voorhoofd terwijl ze naar het scherm met het dossier van Duncan bleef staren. 'Dat is kennelijk een zwakke plek van Duncan. Ik denk dat we wel een manier kunnen bedenken om daar gebruik van te maken.'

'Ik laat haar in de gaten houden,' zei Timwick. 'Dat ben ik continu blijven doen. We geloven dat Duncan vanmorgen met haar moeder heeft gebeld. Ze gebruikte een digitale telefoon, maar we hadden een man met een versterker voor het huis staan. We hebben alleen flarden van het gesprek opgevangen, maar ik durf te wedden dat ze probeert haar moeder van het strijdtoneel weg te halen.'

Slim. Precies wat Lisa zou hebben gedaan. Zorg dat er geen zwakke plekken overblijven. 'Dat mag niet gebeuren. Daar moet je een oplossing voor vinden.'

'Een permanente oplossing?'

Christus, Timwick wilde alles met geweld opknappen. 'Nee, misschien hebben we haar nog nodig.'

'Ze wordt niet alleen bewaakt door Madden Security, de mensen van Logan, maar ook door de politie van Atlanta. Het zou weleens moeilijk kunnen zijn om dat zonder problemen voor elkaar te krijgen.'

'Doe je best maar. Stuur Fiske erop af. Hij heeft de zaak rond Barrett House keurig afgehandeld. Hoe zit het met de forensisch antropoloog?'

'We houden Crawford op de Duke universiteit in het oog.'

'Hoe zit het met de mensen met wie Eve Duncan heeft samengewerkt?'

'We zijn bezig de lijst door te nemen. Dat kost tijd.'

'We hebben geen tijd. Zo moeilijk kan het niet zijn. Hij moet de juiste kwalificaties hebben en ervaring met het werken met DNA.'

'Er zijn meer mensen die gerechtigd zijn om met DNA te werken dan je zou denken. Het is de trend van de toekomst.'

'We moeten die lijst inkorten. Stuur hem maar naar mij, dan zorg ik daar wel voor.' Ze wierp een blik op haar polshorloge. 'Ik moet weg. Ik heb zo meteen een vergadering. Ik bel je nog wel.'

Ze verbrak de verbinding en begon het bestand van Eve Duncan af te sluiten. Toen aarzelde ze en bleef naar het portret van Eve kijken.

Eve had heel snel actie ondernomen om te voorkomen dat er nog meer schade zou worden aangericht. Lisa had zo'n idee dat Eve zou proberen die moeder te redden, ook al zag het ernaar uit dat Sandra bijzonder weinig voor haar had gedaan. Ze had haar dochter op straat laten opgroeien en had niets gedaan om te voorkomen dat ze zwanger werd en dat buitenechtelijke kind kreeg.

En toch had Eve haar moeder dat kennelijk vergeven en bleef ze haar trouw. Trouw was een vreemd en waardevol goed. Hoe langer Lisa het dossier van die vrouw bestudeerde, des te meer ze haar begon te bewonderen... en te kennen. Ze bleef overeenkomsten tussen hen beiden zien. Lisa's eigen ouders hadden haar liefde en steun geschonken, maar ook zij had zich uit een volksbuurt omhooggewerkt en was tegen beter weten in de strijd tegen het systeem aangegaan.

Wat haalde ze zich in haar hoofd, dacht ze ongeduldig. Ze moest zich niet van haar stuk laten brengen omdat ze toevallig wat sympathie voor Eve begon te koesteren. Ze was een bepaalde weg ingeslagen en daar moest ze op doorgaan.

Wie haar daarbij ook voor de voeten liep.

14

'Nou, jullie hebben het gehaald,' zei Joe zuur terwijl hij naar de auto liep. 'Daar sta ik van te kijken. Die kar ziet eruit alsof hij al heel wat kilometers achter de rug heeft.'

'Hij trekt niet veel aandacht.' Logan kwam achter het stuur vandaan en keek hem aan. 'Had je er de voorkeur aan gegeven als ik met Eve in een rode Lamborghini rondreed?'

'Ik zou er de voorkeur aan geven als je helemaal niet met haar rondreed.' Hij staarde Logan aan. 'Ik had er de voorkeur aan gegeven als je haar nooit onder ogen had gekregen, vuile smeerlap.'

Christus, wat was hij gespannen, dacht Eve. Joe zag er dreigender uit dan ze hem ooit had gezien en Logan had als een waakhond zijn haren opgezet. 'Kom achterin naast me zitten, Joe. Logan, breng ons naar Emory.'

Geen van beide mannen verroerde zich.

'Verdomme, jullie trekken veel te veel aandacht. Stap in, Joe.'

Hij ging eindelijk in de auto zitten.

Ze slaakte een zucht van opluchting, zei: 'Rijden, Logan' en stapte zelf ook in.

Logan schoof weer achter het stuur en startte de auto.

'Heb je de foto van Margaret naar mijn moeder gebracht?' vroeg ze aan Joe.

'Gisteravond.' Zijn blik was op het achterhoofd van Logan gevestigd. 'Ik heb zelf de omgeving afgezocht en liep zijn bewakingsploeg tegen het lijf. Ik moest ze bijna in de cel stoppen voor ze bereid waren zich te identificeren.'

'Was er verder nog iemand?' vroeg Logan.

'Niet voor zover ik kon zien. Niemand die het huis op een opvallende manier in het oog hield.'

'Ze zouden ook niet opvallen en ze zouden goed zijn. Heel goed. En voorzien van de meest geavanceerde surveillance-apparatuur die er te krijgen is.'

'Waarom?' Joe keek Eve aan. 'Wat is er verdomme aan de hand? Vertel het me maar.'

'Heb je de foto's van Timwick en Fiske voor me meegebracht?'

Hij stak zijn hand in zijn jaszak en haalde een envelop te voorschijn.

'En er is nog iets. Ik heb inlichtingen ingewonnen over meneer Fiske en dat is echt een rotvent. Je zou niet eens bij die smeerlap in de buurt mogen komen.'

'Ik zal mijn best doen om dat te vermijden.' Hij zag er helemaal niet uit als een rotvent, dacht ze afwezig, hij leek meer op een stereotiepe butler. Lichtbruine ogen keken haar mild van de foto aan. Zijn neus was lang en aristocratisch en zijn grijzende, keurig geknipte snor was een toonbeeld van netheid. Hoewel hij hooguit achter in de dertig leek, was zijn kortgeknipte bruine haar grijs aan de slapen en week scherp terug van een breed voorhoofd.

James Timwick had absoluut niets aristocratisch. Hij had een breed, Slavisch gezicht en lichtblauwe ogen. Hij was jonger dan ze had verwacht, misschien begin veertig, en zijn haar was pikzwart.

'Vertel me nou maar eens waarom ik die voor je mee moest brengen,' zei Joe.

Omdat ik het gezicht van de vijand wilde zien, de mannen die mij misschien wel willen vermoorden. Die verklaring kon ze maar beter niet aan Joe geven, want die was al bijna op zijn kookpunt. 'Ik dacht dat ik er iets aan zou hebben.' Ze deed de foto's in haar handtas. 'Bedankt, Joe.'

'Je hoeft me niet te bedanken. Vertel me nu maar wat ik moet weten.' Ze moest het nog één keer proberen. 'Je hoeft helemaal niets te weten. Ik zou liever willen dat jij je er niet mee bemoeit.'

'Vertel het nu maar.'

Ze zou hem er niet van af kunnen brengen, dacht ze berustend. 'Oké, maar laat het me dan wel op mijn eigen manier vertellen. Probeer me geen verhoor af te nemen, Joe.'

Ze waren al bij Emory aangekomen en stonden zeker tien minuten op de parkeerplaats voordat Eve uitgesproken was.

Hij bleef even stil en staarde naar de leren koffer aan haar voeten. 'Is dat hem?'

'Ja.'

'Het is verdomme bijna niet te geloven.'

'Dat ben ik met je eens,' zei Eve. 'Maar het is Ben Chadbourne, Joe.'

'Weet je dat zeker?'

Ze knikte. 'En daarom wil ik niet dat jij erbij betrokken raakt. Ik weet niet wat er zal gebeuren.'

'Ik wel.' Joe kneep zijn lippen grimmig op elkaar. 'En dat geldt ook voor Logan. Hij wist vanaf het begin waarin hij je betrok.'

'Ja, inderdaad,' zei Logan kalm. 'Maar dat verandert niets aan het huidige scenario. Dat zullen we zelf moeten uitvoeren.'

Joe wierp hem een ijzige blik toe en keek toen Eve weer aan. 'Hij is niet te vertrouwen. Het zou verstandiger zijn als ik hem voor je uit de weg ruim.'

'Uit de weg ruim?'

'Dat zou gemakkelijk genoeg zijn. Iedereen denkt toch dat het al gebeurd is.'

Haar ogen werden groot. 'Joe.'

Hij haalde zijn schouders op. 'Ik dacht wel dat je daar niets voor zou voelen.' Hij opende het portier. 'Blijf hier. Ik zal de omgeving verkennen en eens kijken hoe Kessler reageert. Waarom denk je dat hij bij zoiets betrokken zou willen raken?'

'Hij is niet alleen integer maar ook nieuwsgierig en hij heeft een bepaalde bezetenheid. Daarom heeft hij dat vak ook gekozen.'

'Nou, als iemand iets van bezetenheid afweet, ben jij het wel.' Hij smeet het portier dicht en liep snel over de parkeerplaats.

'Voor een wetshandhaver is hij wel erg gewelddadig,' mompelde Logan.

'Hij is niet gewelddadig. Hij is gewoon boos. Hij zou je nooit echt...'

'O, volgens mij zou hij dat wel degelijk hebben gedaan. Een paar minuten lang was ik mijn leven echt niet zeker. Ik geloof dat ik maar beter heel voorzichtig met meneer Quinn kan omspringen.'

'Joe gelooft in de wet,' zei ze fel. 'Hij is een goeie smeris, verdomme.'

'Daar ben ik van overtuigd, maar ik weet zeker dat zijn commandotraining af en toe roet in het eten gooit. Vooral als het erop lijkt dat de wet hem in de steek laat en het om vrienden van hem gaat.'

'Joe doodt geen mensen.'

'Nu niet meer. Heb je hem weleens gevraagd hoeveel mannen hij heeft vermoord toen hij nog bij de mariniers zat?'

'Natuurlijk niet. Het was vrede toen hij in dienst was.'

'Maar mariniers worden zelfs in vredestijd ingezet voor bepaalde missies.'

'Waarom doe je dit? Waarom probeer je mij het vertrouwen in Joe te ontnemen?'

'Misschien uit zelfbehoud.' Hij lachte grimmig. 'En omdat ik wil dat je inziet dat je alleen maar had hoeven knikken en ik was een paar minuten geleden dood geweest.'

'Ik zie helemaal niet...'

'Wees eerlijk.'

Ze wilde niet eerlijk zijn, niet als dat betekende dat ze moest toegeven dat ze Joe niet zo goed kende als ze dacht. Joe was een van de pijlers in haar leven. Hij belichaamde alles wat evenwichtig en betrouwbaar was. Toen de wereld om haar heen instortte, was Joe er altijd voor haar geweest. Ze wilde in hem geen moordenaar zien, want dat betekende dat ze hem moest vergelijken met Fraser. Nee. Dat nooit.

'Heeft hij weleens met je gepraat over zijn tijd bij de mariniers?'

'Nee.'

'Wist je dat hij, sinds hij in Atlanta is, tijdens de uitoefening van zijn plicht drie mannen heeft gedood?'

Haar ogen vlogen naar zijn gezicht.

'Dat dacht ik al. Quinn is intelligent en hij kent je goed. Die kant van zijn leven zou hij zorgvuldig voor je verborgen houden.'

'Hij is geen moordenaar.'

'Dat heb ik ook niet gezegd. Het lijdt geen twijfel dat het in alle gevallen zelfverdediging betrof en dat het schorem dat hij doodde zijn verdiende loon kreeg. Ik zeg alleen maar dat Quinn verschillende kanten heeft en heel gevaarlijk is.'

'Je probeert mijn vertrouwen in hem te ondermijnen.'

'En hij probeert alle vertrouwen dat je mogelijk in mij zou kunnen hebben weg te nemen. Ik verdedig mezelf alleen maar.'

'Ik heb geen vertrouwen in jou.'

'Wel een beetje. Je weet in ieder geval dat wij aan dezelfde kant staan. Dat laat ik me niet door Quinn afpakken.' Zijn blik dwaalde naar Joe die inmiddels de trap van het faculteitsgebouw van de geowetenschappen opliep. 'En ik heb geen zin om het naast alle andere problemen ook nog eens tegen Quinn op te nemen.'

Eve volgde zijn blik. Het was net alsof ze Joe plotseling in een ander licht zag. Hij was altijd vol zelfvertrouwen en bewoog zich altijd met een veerkrachtige gratie, maar nu zag ze ineens de meedogenloze doelmatigheid in zijn hele houding. Ze had hem een stoomwals genoemd en ze wist dat hij dat ook was, maar niet dat hij dodelijk kon zijn.

Nu voelde ze ineens die dodelijke kant wel.

'Val dood.'

'We zijn allemaal barbaren,' zei Logan kalm. 'We zijn allemaal tot doden in staat, als het maar genoeg voor ons betekent. Voedsel, wraak, zelfbehoud... Maar Quinn wist dat jij dat niet zou kunnen verwerken, dus heeft hij ervoor gezorgd dat je die kant van hem niet te zien kreeg.'

'En zou jij ook kunnen doden, Logan?' vroeg ze bitter.

'Als de omstandigheden daar aanleiding toe gaven. En dat geldt ook voor jou, Eve.'

Ze schudde haar hoofd. 'Het leven is te kostbaar. Er bestaat geen enkel excuus voor moord.'

Hij haalde zijn schouders op. 'Geen excuus, maar een redelijke...'
'Ik wil er niet over praten.' Ze leunde achterover, staarde uit het raam en probeerde hem buiten te sluiten. 'Ik wil helemaal niet met je praten, Logan. Laat me maar gewoon met rust, oké?'

'Natuurlijk.'

Uiteraard gaf hij toe. Hij had een slang losgelaten en wilde nu wel toekijken of het gif zijn werk deed.

Die kans zou ze hem niet geven. Ze zou niet toestaan dat hij een eind maakte aan het vertrouwen dat zij in Joe had. Logan was de outsider, niet Joe. Ze wilde niet piekeren en tobben en zijn woorden aan haar laten vreten.

'Maar het is wel waar en dat weet je,' zei Logan zacht.

'Het is in orde.' Joe hield het portier voor Eve open en hielp haar uitstappen. 'De kust is veilig. Kessler is alleen. Bob Spencer, zijn assistent, was er ook maar ik heb ervoor gezorgd dat Kessler hem wegstuurde.'

Ze pakte de koffer met de schedel op. 'Wat heb je aan Gary verteld?'
'Niet wat er in het verrassingspakket zit, maar de rest heb ik hem wel verteld. Je hebt gelijk, hij is nieuwsgierig.' Hij nam de koffer van haar over en pakte haar bij de elleboog. 'Laten we er maar voor zorgen dat hij er meteen aan begint.'

'Ik begin me een beetje het vijfde rad aan de wagen te voelen.' Logan stapte uit de auto. 'Ik neem aan dat je het niet erg vindt dat ik ook meega?'

'Jawel,' zei Joe. 'Ik zal je niets in de weg leggen als je ons maar niet voor de voeten loopt.' Hij begon sneller te lopen terwijl hij Eve meetrok over de parkeerplaats. 'Hoe lang gaat dit duren?'

'Kesslers aandeel zal niet lang duren als hij een goede plek vindt om DNA te isoleren. Het is het lab-werk waar ik me zorgen over maak. Het testen van DNA kan maanden in beslag nemen.'

'Zorg jij nou maar dat er een goed monster kan worden genomen, dan zal ik er wel voor zorgen dat de DNA-test er snel doorgedrukt wordt.' Joe hield de deur van het gebouw voor haar open. 'Dat is geen enkel probleem. Ik ben goed in het doordrukken van dingen. Dat is een van mijn...' Zijn blik richtte zich plotseling op haar gezicht. 'Waarom kijk je me zo aan?'

Ze wendde snel haar ogen af. 'Ik weet niet waar je het over hebt.'
'Maak dat de kat wijs.'

Ze schudde zijn hand af en bleef doorlopen. 'Hou op met dat gewroet, Joe. Er is niets aan de hand.'

'Misschien niet.' Zijn ogen dwaalden naar Logan. 'En misschien ook wel.'

Ze deed de deur van het lab open en zag Kessler die achter zijn bureau een broodje zat te eten.

Hij keek op en wierp haar een nijdige blik toe. 'Ik heb gehoord dat je probeert me de nor in te werken. Hartelijk bedankt, Duncan.'

'Er zit mosterd op je snor.' Ze nam de koffer van Joe over en ging voor Kessler staan. Ze pakte het papieren servet dat op het bureau lag en veegde over zijn mond en zijn borstelige grijze snor. 'Christus, volgens mij ben je de slordigste eter ter wereld, Gary.'

'Eten behoort een plezierige bezigheid te zijn als een man alleen is. Eigenlijk zou ik me helemaal niet druk hoeven te maken over een vrouw die zomaar binnen komt vallen en kritiek op me heeft. Vooral niet als ze me iets komt vragen.' Hij nam opnieuw een hap van zijn broodje. 'Wat heb je je op de hals gehaald, Duncan?'

'Iemand moet me helpen.'

'Als de verslagen in het nieuws correct zijn, heb je een advocaat nodig, niet mij.' Hij keek achter haar. 'Ben jij Logan?'

Logan knikte.

Kessler glimlachte sluw. 'Als ik het goed begrijp, bulk jij van het geld?'

'Ik heb genoeg.'

'Zou je daar iets van af willen staan? Het is niet meer zoals toen ik nog jong was. De trieste waarheid is dat wij briljante wetenschappers tegenwoordig een weldoener nodig hebben.'

'Daar worden we het vast wel over eens,' zei Logan.

'Hou je gedeisd, Gary.' Eve maakte de koffer van Ben open. 'Je weet best dat als je het maar interessant genoeg vindt, je het ook wel voor niets zult doen.'

'Je hoeft niet zo'n grote mond op te zetten, Duncan,' zei Kessler. 'Een mens mag best een beetje inhalig zijn. En trouwens, misschien ben ik wel een stuk losbandiger geworden sinds de laatste keer dat wij samen hebben gewerkt.' Zijn stem klonk afwezig, zijn blik was vast op de koffer gevestigd. In weerwil van zijn woorden was zijn opwinding bijna tastbaar voor haar. Hij deed Eve denken aan een kind dat trappelde van verlangen om zijn kerstcadeautjes uit te pakken. 'En om Quinn vooruit te sturen om mijn nieuwsgierigheid op te wekken is een beetje al te voor de hand liggend. Ik had verwacht dat jij wel iets subtieler te werk zou gaan.'

Ze grinnikte. 'Als het werkt, zul je mij niet horen klagen.'

'Het moet wel iets heel interessants zijn als jij je in zo'n wespennest hebt gestoken.' Zijn ogen bleven vast op de koffer gevestigd. 'Normaal ge-sproken ben je niet zo stom.'

'Hartelijk bedankt.'

Ze wachtte.

Ten slotte zei hij ongeduldig: 'Goed, wie is het dan?'

Ze deed de koffer open en tilde de schedel er voorzichtig uit. 'Dat mag jij me vertellen.'

'O shit,' fluisterde hij.

Eve knikte. 'Ja.'

Hij pakte de schedel van haar aan en zette hem op zijn bureau. 'En het is geen geintje?'

'Zou ik op de vlucht zijn als het om een geintje ging?'

Hij staarde naar het gezicht. 'Mijn god, Chadbourne.' Hij keek haar aan. 'Als het echt Chadbourne is. Wist je aan wie je werkte?'

Ze schudde haar hoofd. 'Ik wist nergens vanaf. Ik had niet het flauw-ste idee tot ik klaar was.'

'En wat wil je nu van mij?'

'Het bewijs.'

'DNA.' Hij fronste. 'En waar moet ik mee werken? Ik neem aan dat je weer met de echte schedel aan de slag bent gegaan? Waarom kun je toch geen afgietsel maken? Wie weet wat je allemaal verpest hebt.'

'Hij was al schoon. Het lichaam heeft in het vuur gelegen.'

Hij keek haar met samengeknepen ogen aan. 'Wat kan ik volgens jou dan nog doen?'

'Ik dacht... de tanden. Het DNA zou door het glazuur beschermd wor-den. Je zou een van de tanden kunnen splijten en zo het DNA isoleren. Is dat mogelijk?'

'Het zou kunnen. Dat is al eerder gedaan. Maar zeker is dat niet,' voeg-de Kessler eraan toe.

'Wil je het proberen?'

'Waarom zou ik? Het gaat me niets aan en ik zou de grootste moei-lijkheden kunnen krijgen.'

Joe deed zijn mond open. 'Ik blijf hier om u te bewaken terwijl u aan het werk bent.' Hij wierp een blik op Logan. 'En ik weet zeker dat meneer Logan u met het grootste genoegen schadeloos wil stellen.'

'Binnen redelijke grenzen,' zei Logan.

Ze pakten het helemaal verkeerd aan, dacht Eve ongeduldig. Gary was al op het moment dat hij het gezicht had gezien voor de bijl gegaan.

Hij hoefde alleen nog maar een zetje in de rug te hebben. 'Wil je dan niet weten of het werkelijk Chadbourne is, Gary? Wil jij niet degene zijn die het bewijs levert?'

Kessler was even stil. 'Misschien wel.'

Dat wilde hij wel degelijk. Ze kon zien dat hij opgewonden was, ook al probeerde hij dat te verbergen.

'Het zou gigantisch moeilijk zijn,' zei ze. 'Verrek, misschien levert het je wel genoeg stof op voor een boek.'

'Zo moeilijk is het nu ook weer niet.' Hij keek nijdig. 'Tenzij je de tanden ook verpest hebt.'

'Ik ben er zoveel mogelijk van afgebleven.' Ze glimlachte. 'En je weet best dat mijn werk niets met het jouwe te maken heeft. Het ligt daar gewoon op je te wachten.'

Hij keek op van de schedel. 'Ik weet precies wat je probeert te doen, hoor.'

'Natuurlijk weet je dat. Nou, doe je het of moeten we de schedel naar Crawford op Duke brengen?'

'Het heeft ook totaal geen zin om aan mijn concurrentiezin te appelleren. Ik weet dat niemand beter is dan ik.' Hij ging weer in zijn stoel zitten. 'Maar misschien ben ik bereid om je die dienst te bewijzen. Ik heb je altijd graag gemogen, Duncan.'

'Je zou het zelfs doen als je de pest aan me had.' Haar glimlach ebde weg. 'Maar ik wil niet tegen je liegen. De situatie houdt meer gevaar in dan alleen problemen met de wet.'

'Dat had ik allang begrepen.' Hij haalde zijn schouders op. 'Ik ben een oude man. Ik kan wel iets gebruiken om de adrenaline op peil te houden. Mag ik mijn eigen lab gebruiken?'

'We hebben liever dat je dat niet doet. We denken wel dat alles veilig is, maar we willen geen enkel risico lopen. Kun je ergens anders werken?'

'Jullie maken me het wel heel moeilijk.' Hij dacht even na. 'Mijn lab thuis?'

Ze schudde haar hoofd.

'Een van mijn vrienden is professor aan Kennesaw State, dat ligt een minuut of veertig hiervandaan. Ik mag vast zijn lab wel gebruiken.'

'Prima.'

'Hoe zit het met mijn assistent?'

Ze schudde haar hoofd. 'Laat hij je colleges maar waarnemen. Ik zal je wel helpen.'

'Waarschijnlijk is dat niet eens nodig.' Hij voegde er geprikkeld aan toe: 'Maar je kunt er wel al die verdomde klei afhalen. Ik wil een mooi, schoon oppervlak.'

'Oké.' Ze zette zich schrap. 'Maar ik moet eerst een dubbelprojectie maken.'

'En moet ik dan ondertussen maar met mijn duimen gaan zitten draaien?'

'Ik zal het zo snel mogelijk doen. Die hebben we nodig, Gary. Je weet dat de tanden belangrijk zijn als ik de schedel op een foto projecteer en we weten niet hoeveel tanden we misschien nodig hebben. We kunnen niet aan de gebitsgegevens komen, dus hebben we al het bewijsmateriaal nodig waar we de hand op kunnen leggen.'

'Misschien wel,' gaf hij met tegenzin toe. 'Maar mijn DNA zal toch het belangrijkste zijn.'

'Dat weet ik wel. Maar wil jij alsjeblieft je invloed aanwenden om de videoapparatuur van de audiovisuele afdeling los te krijgen? De mixer heb ik al.'

'Je vraagt nogal wat,' zei Gary zuur. 'Waardevolle apparatuur mee naar huis nemen? Ze zullen moord en brand schreeuwen.'

'Vertel ze dan niet dat we het meenemen.'

'Dan zullen ze toch tegenstribbelen.'

'Gebruik je charme maar.'

'Ja hoor. Dan denken ze helemaal dat er een steekje aan me loszit. Het lijkt me beter dat ik met dreigementen en chantage kom.'

'Je hebt gelijk, we willen niet dat je iets doet dat niet in je aard ligt.'

'Maar jij moet die magere handjes van je laten wapperen en je werk als de gesmeerde bliksem afmaken.'

'Mij best.'

'Hoe bestaat het,' mompelde Kessler. 'Hoe lang heb je nodig om die schedel schoon te maken?'

'Een uur, hooguit twee. Ik wil heel voorzichtig te werk gaan.'

'Dan zal ik zorgen dat je je apparatuur krijgt en mijn assistent opzoeken om hem te vertellen dat ik een paar dagen weg ben.' Kessler liep naar de deur. 'Pak onze presidentiële vriend maar weer in. Ik ben zo gauw mogelijk terug.'

'Bedankt, Gary,' zei ze rustig. 'Ik sta bij je in het krijt.'

'Zo is het en ik zal ervoor zorgen dat je me met rente terugbetaalt.'

'Je hebt hem heel handig aangepakt,' zei Logan toen de deur achter Kessler dichtviel.

'We begrijpen elkaar.' Ze keek even naar Joe. 'Wil jij achter hem aan gaan en ervoor zorgen dat hij veilig is? Ik wilde er geen punt van maken, maar ik vind niet dat hij alleen over het universiteitsterrein moet rondlopen.'

'Je hebt zelf gezegd dat ze volgens jou geen verband tussen jullie zouden leggen.'

'Ik wil geen risico's nemen. Ik heb hem overgehaald om ons te helpen. Ik voel me verantwoordelijk voor hem.'

'En ik voel me verantwoordelijk voor jou.'

'Alsjeblieft, Joe.'

'Ik wil niet…' Hij onderbrak zichzelf toen hij haar gezicht zag en draaide zich met een ruk om. 'Blijf bij haar, Logan. Als haar iets overkomt, breek ik je nek.' De deur viel achter hem met een vastberaden klikje in het slot.

Alweer zo gewelddadig. Ze staarde verblind naar de schedel. 'Ben je zover?' vroeg Logan.

'Nog niet. Ik moet Ben inpakken en dan tussen Gary's instrumenten iets zien te vinden waarmee ik deze klei eraf kan halen.' Ze liep langs de tafel en trok een kast open. 'Ga jij maar contact opnemen met Margaret en probeer erachter te komen wanneer mijn moeder in veiligheid wordt gebracht.'

'Ik kan ook van hieruit bellen.'

'Ik wil niet dat je me voor de voeten loopt. Doe dat buiten maar.'

'Ik zou je graag je zin willen geven, maar ik zit met die opdracht van Quinn. Ik wil echt liever mijn nek niet riskeren.'

'*Ik* heb je een opdracht gegeven. Je kunt hier toch niets doen. Maak dat je wegkomt en zorg ervoor dat mam in veiligheid wordt gebracht. Anders ga ik naar huis en dan doe ik het zelf. Dat zou ik trouwens toch het liefst willen.'

Hij stak zijn hand met een gebaar van overgave omhoog. 'Ik ga al.' Hij was verdwenen.

Ze slaakte een zucht van opluchting. Ze wilde even niemand in haar buurt hebben. Ze was veel te overstuur en ze moest alles weer op een rijtje zetten. Werk was de enige manier waarop ze dat voor elkaar zou krijgen. Hoe eerder ze in dat lab op Kennesaw State zouden zijn, hoe beter het voor haar was.

Ze vond drie houtbewerkingsinstrumenten die scherp genoeg leken om de klus te klaren, maar niet zo scherp dat ze onherstelbare schade zouden veroorzaken als haar hand uitgleed. Ze liet ze in haar handtas vallen en pakte toen zorgvuldig Bens schedel weer in de koffer. 'Oké Ben. Het spijt me dat ik je al die last bezorg, maar ik moet die klei weer allemaal van je afschrapen. Eerst aanbrengen, dan weer weghalen. Al dat heen-en-weer-geren en dat gezeur aan je hoofd is gewoon niet eerlijk, hè?' Ze deed de koffer op slot. 'Daar gaan we weer.'

'Mevrouw Duncan? Doe open. Margaret Wilson.'
Sandra bestudeerde het mollige vrouwtje door het kijkgaatje in de deur en vergeleek haar met de foto die ze in haar hand had.
'Mevrouw Duncan?'
'Ik heb je wel gehoord.' Sandra deed de deur van het slot. 'Kom binnen.'
Margaret schudde haar hoofd. 'Nee, er staat een busje langs het trottoir te wachten. We moeten meteen weg. Bent u klaar?'
'Ik moet alleen even mijn koffer ophalen.' Ze liep naar de zitkamer en kwam terug met de koffer. 'Waar gaan we naartoe?'
'We kunnen hier niet praten.' Margaret liep voor haar uit de verandatrap af. 'Maakt u zich geen zorgen, we brengen u echt in veiligheid.'
'Waarom kunnen we hier niet praten? Ik ben niet...' Ineens drong het tot Sandra door. 'Afluisterapparatuur? Denk je dat mijn huis afgeluisterd wordt?'
'Dat heb ik tenminste te horen gekregen. Schiet op.'
'Afgeluisterd.' Sandra deed de voordeur op slot. 'Wat is er verdomme aan de hand?'
'Ik had gehoopt dat ze u dat hadden verteld.' Margaret liep snel het tuinpad af. 'Ik dacht dat we onze bevindingen naast elkaar zouden kunnen leggen om op die manier onze conclusies te trekken. Meestal vind ik het niet erg om blindelings dingen voor John te doen, maar hier word ik een beetje zenuwachtig van.' Ze opende het rechterportier. 'Stap maar in.' Ze wees op de gedrongen, stevig gebouwde man die achter het stuur zat. 'Dit is Brad Pilton. Hij werkt voor Madden Security en hij is een van de mannen die u de laatste paar dagen bewaakt hebben. Hij moet voor onze lijfwacht doorgaan.'
'Ik bén jullie lijfwacht,' zei Pilton gekwetst. Hij gaf Sandra een beleefd knikje. 'Mevrouw.'
'Nou ja, je bent niet bepaald groot.' Margaret stapte achterin. 'Niet dat dat in de meeste gevallen een nadeel is. Ik heb veel waardering voor kleine mensen. Maar toch zou ik iemand anders voor dat karwei hebben aangewezen als ik je van tevoren had gezien. Af en toe heeft het zijn nut om groot en gespierd te zijn. Niet dat je geen uitstekende reputatie hebt.'
'Hartelijk dank.' Hij startte het busje en reed langzaam weg.
'Waar gaan we naartoe?' herhaalde Sandra. 'Of kunnen we nog steeds niet praten?'

'De bus is veilig. Die is eigendom van het beveiligingsbedrijf, maar ik heb erop gestaan dat Pilton toch controleerde of er geen afluisterapparatuur inzat. We gaan naar het winkelcentrum.'
'Het winkelcentrum?'
'North Lake Mall.' Ze glimlachte tegen Sandra. 'We moeten van auto's verwisselen voor het geval we gevolgd worden. We gaan door de ene uitgang naar binnen en door een andere weer naar buiten.'
'En dan?'
'Naar Lake Lanier. Ik heb een landhuisje gehuurd. Daar zul je veilig en gezellig zitten.'
Lake Lanier. Zij en Ron hadden het erover gehad om daar in september het lange weekend van Labor Day door te brengen, herinnerde Sandra zich treurig. Maar hij had gezegd dat ze in het hotel op Pine Island zouden gaan logeren. Hij had niet veel op met het platteland. Nou ja, dat gold ook voor haar. Ondanks alle verschillen hadden ze toch wel veel gemeen.
'Is er iets mis?' Margarets ogen waren op haar gezicht gevestigd.
'Dat zal wel niet. Het komt allemaal als een boze droom op me over.'
'Op mij ook.' Margaret boog zich voorover en kneep even in Sandra's schouder. 'Maak je geen zorgen. We komen er samen wel doorheen.'
'Volgens mij worden we gevolgd,' zei Pilton.
Sandra verstrakte en keek over haar schouder. 'Door wie?'
'Die donkerblauwe Mercury.'
'Weet je dat zeker?'
Pilton knikte. 'U hoeft niet ongerust te zijn. Dat hadden we verwacht. We schudden hem bij het winkelcentrum wel af.'
Ze werden door iemand gevolgd. Iemand die haar misschien wel iets aan wilde doen, dacht Sandra huiverend.
Voor het eerst voelde ze zich echt bedreigd.

Fiske keek toe hoe het busje op een parkeerplaats bij de North Lake Mall werd gezet en de drie passagiers haastig door de deuren van de zuidelijke ingang verdwenen. Hij nam niet de moeite om te parkeren. Hij zou rond het winkelcentrum blijven rijden om te zien of hij het drietal weer op kon pikken als ze uit een van de andere deuren te voorschijn kwamen.
Dat zat er trouwens niet in. Er waren te veel parkeerterreinen en te veel uitgangen.
Maar veel maakte het niet uit. Zijn favoriete afluisterapparaat had opnieuw zijn waarde bewezen. Hij wist waar ze naartoe gingen, hoewel

hij wenste dat Margaret Wilson iets duidelijker was geweest. Lanier was een uitgestrekt vakantiegebied met duizenden huurhuizen.

Wat betekende dat hij meteen het balletje aan het rollen moest brengen om erachter te komen om welk huis het ging.

Hij deed het elektronische oortelefoontje uit en toetste het nummer van Timwick in op zijn telefoon. 'Duncans moeder wordt naar een landhuisje aan Lake Lanier gebracht. Het huis is waarschijnlijk gisteren of vandaag door Margaret Wilson gehuurd. Ik moet weten waar het is.'

'Ik zoek het meteen uit.' Timwick verbrak de verbinding.

Fiske besloot om ondertussen een hotel te zoeken en af te wachten. Alles liep gesmeerd. Hij was van zijn stuk gebracht toen hij uit Atlanta moest vertrekken voor alles netjes was afgewikkeld.

Maar nu was hij weer terug.

'Alles is in orde,' zei Margaret toen Logan haar opbelde. 'We hebben de auto's verwisseld en we zijn nu op weg naar Lake Lanier.'

'Bel me maar wanneer je daar aankomt.'

'Ik heb je toch gezegd dat alles in orde is. Pilton weet zeker dat we niet meer gevolgd worden.'

'Pilton?'

'De lijfwacht. Hoewel zijn lijf niet veel groter is dan het mijne.'

'Dat maakt niets uit. Ook al kon ik Goliath krijgen, ik zou toch altijd mijn geld op jou zetten.'

'Ik ook. Daarom prent ik mezelf ook in dat er niets mis is met Pilton. Oké, ik bel je zodra we in het landhuisje aangekomen zijn. Verder nog iets?'

'Zorg dat jullie niet gezien worden.' Hij verbrak de verbinding.

Alles is in orde.

Dat kon wel zijn, maar hij was er nog steeds niet gerust op. Hij had verwacht dat het veel moeilijker zou zijn om Sandra Duncan uit het huis weg te krijgen.

Tenzij ze haar net zo graag uit het gezicht wilden hebben als hij. Het zou veel gemakkelijker zijn om zich te ontdoen van iemand die was ondergedoken.

Maar alleen als ze haar zouden vinden.

'Ik heb tegen je gezegd dat je bij Eve moest blijven.' Joe Quinn kwam de trap oplopen.

'En zij heeft tegen jou gezegd dat je bij Kessler moest blijven.'

'Hij loopt vlak achter me.'

'En ik ben op nog geen honderd meter van het lab.'

'Dat is honderd meter te ver.'

'Ik moest een paar mensen opbellen en ik geloof dat ze me liever kwijt was.'

'Er mankeert niets aan haar smaak.'

Het werd tijd dat ze elkaar de hand reikten. 'Je hebt groot gelijk. Ze heeft het volste recht om zich rancuneus tegenover mij te gedragen. Dat geldt ook voor jou.' Hij keek Quinn strak aan. 'Maar je hoeft me niet zo te commanderen. We staan aan dezelfde kant en ik zal doen wat ik kan. Ik wil wel mét je werken, maar niet vóór je, Quinn.'

Joe's mond vertrok. 'En ook niet tégen me? Wat heb je haar eigenlijk over mij verteld?'

'Wat ik haar moest vertellen om mijn positie te beschermen. Ik verzeker je dat het de waarheid was.'

'Volgens John Logan.'

Logan knikte. 'Ik denk dat je wel weet wat ik haar heb verteld. Ik neem aan dat je het jarenlang zorgvuldig voor haar verborgen hebt gehouden.'

'Verdomde klier.'

'Ik vind dat ik het recht heb om mezelf te beschermen. Je werd een beetje al te gevaarlijk. Wat zou je ervan zeggen als we het eens op een akkoordje gooiden? Jij spreekt af dat je vrijwillig met me samenwerkt, ook al zal dat niet van harte gaan, en dan zal ik ophouden Eve met je alter ego te confronteren.'

Quinn bleef hem even aankijken. 'Val dood.' Hij liep langs hem heen en ging het gebouw binnen.

Logan slaakte een zucht. Hij had niet eens beseft dat hij zijn adem had ingehouden. Hij had in het verleden al heel wat gevaarlijke mannen ontmoet, maar Quinn was absoluut een klasse apart. Hij stond ervan te kijken dat Eve dat nooit in de gaten had gekregen.

Maar misschien was het ook niet zo vreemd. Voor haar was Quinn de man die haar had gered, haar steun en toeverlaat.

Het was moeilijk om een redder op één lijn te zetten met een *terminator*.

KENNESAW STATE UNIVERSITEIT
01.05 UUR
'Hoe gaat het?' Logan ging op zijn hurken naast Eves stoel zitten. 'Heb je een minuutje?'
'Nee, ik heb geen minuutje. Het heeft me eeuwen gekost om deze apparatuur provisorisch aan elkaar te koppelen en op te stellen.' Ze stelde de tv-monitor bij. 'En ik ben nog maar net begonnen.'
'Margaret heeft vanuit Lanier opgebeld. Ik heb het telefoonnummer. Ik dacht dat je wel even met je moeder wilde praten.'
'Waarom zei je dat niet meteen? Natuurlijk wil ik met haar praten.'
Logan toetste het nummer in en overhandigde Eve zijn telefoon.
'Hoe gaat het met je, mam?'
'Moe. Ik maak me zorgen over jou,' zei Sandra. 'Verrek, ik maak me zelfs zorgen over mezelf. Afgezien daarvan gaat het prima met me. Hoe lang gaat dit nog duren, Eve?'
'Ik wou dat ik het wist.' Ze veranderde van onderwerp. 'Hoe is het huis?'
'Leuk. Het ligt aan het water. Het uitzicht is prachtig.'
Maar Sandra klonk niet alsof ze veel waardering kon opbrengen voor het huisje of het uitzicht. Wie kon haar dat kwalijk nemen? Eve had haar leven ondersteboven gehaald en haar weggerukt uit het prettige, behaaglijke nest dat ze voor zichzelf had gebouwd. 'Probeer er maar van te genieten en je te ontspannen. Heb je iets te lezen?'
'Margaret heeft een paar spannende boeken meegebracht, maar je weet dat ik niet echt van lezen hou. Er staat een grote tv.' Het bleef even stil. 'Denk je dat ik Ron kan opbellen? Ik zal hem niet vertellen waar ik ben.'
'Nee, dat moet je niet doen. Heus, ik probeer je daar binnen een paar dagen weer vandaan te halen.'
'Oké.' Sandra's stem klonk terneergeslagen. 'Ik denk dat ik me een beetje eenzaam voel. Het komt best in orde. Pas jij maar goed op jezelf.'
'Dat zal ik doen. Welterusten, mam. Ik zal je iedere dag bellen.' Ze gaf Logan de telefoon terug. 'Bedankt. Nu voel ik me weer wat beter.'
'Dat was de bedoeling. Hoe voelt ze zich?'

'Gedeprimeerd. Ze wil weer naar haar eigen leven terug.' Ze staarde zonder iets te zien naar de monitor. 'Ze verdient een goed leven. Ze heeft het heel moeilijk gehad en nu ziet alles er een stuk beter voor haar uit. Ze heeft iemand ontmoet om wie ze geeft. Mam heeft altijd mensen nodig gehad.'

'En jij niet?'

Ze haalde haar schouders op. 'Ik geloof dat ik daar nooit over nagedacht heb. Ik heb het altijd veel te druk gehad.'

'Altijd?'

'Niet altijd. Niet toen Bonnie...' Ze draaide zich om en keek hem aan. 'Je zit weer te vissen, Logan.'

'Sorry, ik vroeg me alleen af wat jou eigenlijk beweegt.' Hij staarde naar de schedel op de piëdestal. 'Behalve die obsessie voor onze vrienden die het heden met het hiernamaals hebben verwisseld. Ik vind het wel interessant dat je kennelijk niet veel goede vrienden meer hebt gemaakt nadat je dochter werd vermoord.'

'Ik heb het druk gehad.'

'En misschien wil je je helemaal niet meer aan iemand binden en het risico lopen dat je gekwetst wordt.'

'Moet ik nu onder de indruk zijn van je begrip? Ik weet heel goed dat ik nieuwe relaties mijd en wat de reden daarvoor is.'

'Natuurlijk weet je dat. Je bent een briljante vrouw. Maar waarom doe je er dan niets aan?'

'Misschien wil ik dat helemaal niet.'

'Zelfs niet als je daardoor een voller en rijker leven krijgt?'

'Je weet niet half hoe vol en rijk mijn leven is vergeleken bij wat het hiervoor was. Ik was verloren en nu heb ik mezelf weer teruggevonden.' Hakkelend voegde ze eraan toe: 'Ik was bezig te verdrinken in een zee van pijn en ik ben erin geslaagd om weer op het droge te kruipen. Dat is meer dan genoeg, Logan.'

'Dat is niet genoeg. Het is nu tijd om verder te gaan.'

Ze schudde haar hoofd. 'Je begrijpt het niet.'

'Ik doe mijn best.'

'Waarom?'

'Ik vind je aardig,' zei hij eenvoudig.

Ze staarde hem aan. 'Wat heb je in de zin, Logan?'

'Ik heb geen vooropgezet plan. Ik maak wel nieuwe vrienden... zelfs als dat inhoudt dat ik ze weer kwijt kan raken. Ik vind je aardig en ik bewonder je. Ik vond gewoon dat ik je dat moest vertellen.'

'Voordat je me weer gebruikt.'

'Ja.'

'Je bent echt niet te geloven.' Ze keek weer naar de monitor. 'Verwacht je nu dat ik zeg: alles is vergeven en vergeten en laten we maar in de zandbak gaan spelen?'

'Nee, ik zei al dat ik geen vooropgezet plan had. Dat hebben we allemaal al achter de rug. Ik wilde gewoon voor de verandering een keer eerlijk tegen je zijn. Neem me niet kwalijk dat ik je van je stuk heb gebracht.' Hij kwam overeind. 'Ik kan je maar beter weer laten doorwerken.'

'Ja, inderdaad.'

'Ik dacht eigenlijk dat je inmiddels al meer zou hebben gedaan.'

Ze was opgelucht dat dat vreemde moment van onthullingen en intimiteit voorbij was en dat Logan weer even veeleisend was als gewoonlijk. Hij had gelijk. Hij had haar uit haar evenwicht gebracht. 'Het heeft me meer tijd gekost dan ik had verwacht om Ben schoon te maken.' Ze wierp een blik op Kessler die helemaal aan de andere kant van het lab zat. 'Gary was niet blij met me. Hij trappelt van verlangen om aan het werk te gaan en ik heb de schedel nog steeds nodig voor de verificatie.'

'Waarom heb je die foto's in Barrett House genomen?'

'Voor alle zekerheid.'

'Hoe lang duurt het voor die dubbelprojectie klaar is? Deze plaats is een beetje te gemakkelijk te bereiken. Ik wil hier weg.'

'Ik haast me zoveel ik kan.' Ze stelde de camera bij die op de schedel op de piëdestal was gericht en veranderde toen iets aan de tweede camera die was gericht op een van de foto's van Ben Chadbourne die Logan haar in Barrett House had gegeven.

'Hoe lang gaat dit nog duren?'

'Dat hangt ervan af. Het opstellen duurt vaak het langst en ik heb deze apparatuur nog nooit gebruikt. Ik denk dat alles nu goed staat.'

'Hoe gaat het in zijn werk?'

'Heb je niets anders te doen?'

'Pure belangstelling. Hinder ik je?'

'Nee, dat geloof ik niet.' Ze stelde nog iets bij. 'Zoals je ziet staat een camera scherpgesteld op de schedel en de andere op de foto. De hoek waaronder ze op de schedel en de foto zijn gericht, moet precies gelijk zijn. Vervolgens zijn beide camera's verbonden met een mixer, een apparaat waarmee ik het beeld kan bewerken en dat ik aan een videoapparaat heb gekoppeld. De video speelt de beelden af op de monitor. De mixer kan een *split screen* oproepen waarop zowel horizontaal als verticaal een lijn loopt tussen de beide tegelijk geprojecteerde beelden in of op de helft van beide beelden. Die lijn kan bewogen worden zodat je meer van het ene en minder van het andere beeld te zien krijgt. Dat wordt een *wipe* genoemd. Maar wat ik eigenlijk moet doen is een *fade*.'

'Wat is dat nu weer?'

'Het lijkt een beetje op zo'n droomgedeelte in een film. Je weet wel, wanneer het beeld langzaam vervaagt en dan plotseling iets anders wordt? Het ene beeld wordt over het andere geprojecteerd en daarna moet ik beide camera's precies gelijk uitfaden, zodat je de foto en de schedel tegelijkertijd te zien krijgt, alsof de huid van de persoon transparant is.'

'Kun je me dat nu laten zien?'

'Hier komt hij aan.' Ze riep de beide beelden op de monitor op en ging aan het werk.

'Waarom heb je gekozen voor die...'

'Hou je mond. Ik ben bezig.'

'Sorry.'

Ze was zich slechts vaag bewust van het feit dat hij naast haar bleef zitten terwijl zij de apparatuur met grote zorg instelde.

Verder.

Te veel.

Terug.

Bijstellen.

Opnieuw.

Opnieuw.

En weer opnieuw.

'Christus.' Logan boog zich voorover, de blik op het spookachtig samengevloeide beeld. 'Het is bijna eng.'

'Het is helemaal niet eng. Het is gewoon een hulpmiddel.'

'Mag ik nu praten?'

'Daar lijk je al druk mee bezig te zijn.' Ze stelde weer iets bij.

'Waarom heb je voor die foto gekozen waarop Chadbourne lacht?'

'Vanwege de tanden. Tanden zijn vrijwel nooit perfect en elk gebit heeft zijn eigen kleine afwijkingen. Als de tanden overeenkomen, hebben we in de roos geschoten. Daarom moest ik de schedel hebben voor Gary er de tanden uit ging trekken.'

'En komen deze tanden overeen?'

'O ja,' zei ze tevreden. 'Geen twijfel aan. Ze zijn volkomen gelijk. Zie je dat dan niet?'

'Voor mij ziet het er goed uit, maar ik ben geen expert. En ik word een beetje afgeleid door dat spookachtige effect.'

'*Alles* past perfect.' Ze wees. 'Kijk maar hoe de beet van de schedel precies gelijkloopt met de lip op de foto.' Ze tikte op de neusopening. 'En deze heeft dezelfde grootte en vorm als de neus. De oogballen zitten precies in de oogkassen van de schedel. Er zijn nog andere controlepunten en alles klopt precies.'

'Wat gaat er nu gebeuren?'

'Ik print een aantal kopieën van de foto die nu op het scherm staat en dan ga ik verder met de volgende foto.'

'Maar je hebt me verteld dat alles tot in de perfectie klopt.'

'Voor een normale persoon. Niet voor de president van de Verenigde Staten. Elke gelaatstrek moet geverifieerd worden. Ik moet een betere profielopname hebben van het oorkanaal en de spierbevestiging aan de kant van het...'

'Ik snap het.' Logan stak zijn hand op om haar woordenstroom in te dammen. 'Kan ik je helpen?'

'Ga maar met Gary praten en probeer hem kalm te houden tot ik klaar ben. Hij kan me elk moment bespringen.'

'Ik heb het gehoord. Ik zal gehoorzaam zijn.' Hij stond op. 'Dat schijnt het enige te zijn waar ik momenteel goed genoeg voor ben. Mensen kalm houden. Het is heel vervelend dat ik zelf niets kan doen.'

'Ik hou jou liever op non-actief,' zei ze droog. 'Iedere keer als jij in actie komt, zak ik dieper in de prut.'

'Geen commentaar.' Hij liep het lab door naar Kessler toe.

Ze keek weer naar het scherm. Ze had geweten dat de dubbelprojectie de bevestiging zou zijn van het werk dat ze aan de schedel had verricht, maar het bezorgde haar nog steeds een rilling van opwinding. Weer een steentje in de muur van bewijs die ze op moest bouwen. 'We komen er wel, Ben,' fluisterde ze.

Ze drukte op de printknop van de Sony videoprinter.

03.35 UUR

Het regende.

Daar was ze zich niet bewust van geweest terwijl ze in het lab aan het werk was. Nu leunde ze in de deuropening van de hoofdingang en keek uit over de goed onderhouden gazons van het universiteitsterrein. De koele, vochtige lucht voelde lekker aan in haar longen toen ze even diep inademde.

Ze zou eigenlijk moe moeten zijn, maar ze was nog steeds opgewonden van het werken aan de vergelijkingen.
'Je mag helemaal niet naar buiten.' Op een paar meter afstand van de deur leunde Joe tegen de bakstenen muur. 'Ga weer naar binnen.'
'Ik moet even wat frisse lucht happen.'
'Zijn jullie klaar?'
'Ik ben klaar met de dubbelprojecties. Gary is nog maar net begonnen aan het isoleren van het DNA.' Ze keek naar zijn kleren. 'Je bent nat.'
'Niet erg. Die luifel geeft me genoeg beschutting. Ik vind het eigenlijk wel lekker.' Hij trok een gezicht. 'Ik geloof dat ik een wat verhitte kop heb.'
'Dat was me al opgevallen. Maar je moet de schuld niet op Logan schuiven. Ik heb zelf beslist dat ik dat werk zou aannemen. Ik wist dat er risico aan was verbonden. Maar het honorarium was gewoon te goed.'
'Ik durf te wedden dat hij je niet verteld heeft hoe riskant het was voor hij je aantrok.'
'Het blijft nog steeds mijn eigen beslissing.' Waarom verdedigde ze Logan? Joe had gelijk dat hij Logans methodes veroordeelde en zij was net zo boos geweest als Joe toen ze erachter kwam hoe ze gebruikt was. Ze veranderde van onderwerp. 'Het is al laat. Je zou hier helemaal niet moeten zijn. Diane zal ongerust worden.'
'Ik heb haar gebeld.'
'Als je tegen haar hebt gezegd dat je bij mij was, zal dat haar zorgen niet bepaald verlichten. Ze heeft vast naar CNN gekeken.'
'Dat heb ik haar niet verteld.'
'Heb je tegen haar gelógen?'
'Nee. Ik heb gewoon gezegd dat ik moest overwerken.'
'Dat is bijna hetzelfde als een leugen. Ik zou woest zijn als je niet eerlijk tegen mij zou zijn.'
'Jij bent Diane niet. Zij wil het liever niet horen als er iets vervelends de kop opsteekt. Ze is er nooit aan gewend geraakt dat ze met een smeris is getrouwd. Ze zou veel liever zien dat ik bij de politie wegga en iets zou gaan doen wat meer prestige heeft.'
'Nou, ik kan niet ontkennen dat deze toestand heel vervelend is, maar ik zou je nog steeds op je kop willen geven. In een huwelijk hoor je alles te delen.'
'Er zijn allerlei soorten huwelijken.'
'Ik zou eigenlijk helemaal niet verbaasd horen te zijn. Je vertelt mij ook niet alles.' Ze wendde haar blik van hem af en tuurde in de verte. 'Je

hebt me bijvoorbeeld nooit verteld dat jij bij de uitoefening van je plicht mensen hebt gedood.'

'Jij hebt genoeg geweld in je leven meegemaakt. Meer kon je niet aan.'

'Lag die beslissing bij jou? Net zoals je besluit om Diane in bescherming te nemen? Zorg dat die tere vrouwtjes al die nare dingen niet te weten komen.'

'Wilde ik jou beschermen?' vroeg hij ruw. 'Verrek, ja. Maar ik wilde ook mezelf in bescherming nemen. Ik wist dat je zo zou reageren. Ik wilde niet dat je me zou aankijken alsof ik Fraser ben.'

'Dat zou ik nooit doen. Ik ken je toch. Ik weet zeker dat je geen andere keus had.'

'Draai je dan eens om en laat me je aankijken.'

Ze vermande zich, draaide zich om en keek hem aan.

'Shit,' zei hij met opeengeklemde kaken.

'Ik moet gewoon nog wennen aan het idee. Ik heb het gevoel alsof ik je niet echt ken.'

'Jij kent me beter dan wie ook, precies zoals ik jou beter ken dan alle andere mensen.'

'Waarom heb je me dan niets verteld over...'

'Oké, dan vertel ik je het nu.' Hij balde zijn handen. 'Wou je de hele dodenlijst? Drie. Twee ervan waren drugshandelaren. De derde hield gewoon van moorden en deed me aan Fraser denken. Ik heb me altijd afgevraagd of dat werkelijk een kwestie van zelfverdediging was. Misschien wilde ik het risico niet lopen dat hij vrijuit zou gaan.' Zijn stem werd zachter. 'En geen van de drie heeft me ook maar een seconde slaap gekost. Krijg je nu het gevoel dat je me beter kent?'

'Joe, ik geloof niet...'

'Wil je dat ik met je praat over mijn diensttijd bij de mariniers? Nee, ik zie het al, dat wil je niet. Drie is meer dan genoeg voor jou. Je duldt de schaduw van Magere Hein niet in je nabijheid. Dat wist ik en dat heb ik geaccepteerd.'

'Waarom heb ik niets gehoord over die doden?'

'Omdat ik wist dat je er niets over wilde horen. Dat was niet zo moeilijk om te raden. Na Bonnie heb je nooit meer aandacht geschonken aan het plaatselijke nieuws, niet op tv en niet in de krant. Ik hoefde er alleen maar voor te zorgen dat niemand bij de politie zou praten.' Hij keek haar strak aan. 'En ik zou het weer doen. Je was nog niet zo ver dat je kon accepteren dat ik geen onschuldig doetje was. Misschien zul je dat nooit kunnen accepteren.' Zijn blik gleed langs haar heen naar de gang die naar het lab leidde. 'En het bevalt me helemaal niet dat

onze meneer Logan de knuppel in het hoenderhok heeft gegooid.'
'Dan had je hem maar niet moeten bedreigen.'
'Denk je dat ik dat zelf niet weet? Dat was stom van me. Ik was kwaad en dat heb ik niet onder stoelen of banken gestoken.' Hij lachte roekeloos. 'Of misschien hou ik mezelf wel voor de gek. Misschien wilde ik wel dat het zou gebeuren. Het kan best zijn dat ik het zat was om... Maar verrek, hoe lang denk je dat ik alles op kan kroppen...' Hij haalde even diep adem. 'Verziek niet alles wat er tussen ons is, Eve. We zijn al zo lang samen. Zoals je zelf al zei, jij kent me.'
'Is dat zo?' fluisterde ze.
'Oké, dan beginnen we weer van voren af aan. Ik zal eerlijk tegen je zijn, ook al ga je eraan kapot. Tevreden?' Hij draaide zich om. 'Ik namelijk niet. Maar goed, daar ben ik aan gewend. Ik weet al bijna niet beter.'
'Wat wil...'
'Hier schieten we niets mee op. Ik moet even rondlopen om te zien of alles in orde is.' Hij liep de trap af. 'Maar maak je geen zorgen, als ik foute figuren tegenkom, zal ik ze met fluwelen handschoentjes aanpakken. Want we willen niet dat er nog meer bloed aan mijn handen gaat kleven, hè?'
Hij was boos op haar. Misschien wel terecht. Hij was haar vriend, hij stond haar nader dan een broer en zij had hem afgewezen en buitengesloten. Joe kende haar te goed om niet precies te weten hoe ze zich voelde.
Maar zij kende hem helemaal niet zo goed. Ze had gedacht dat het wel zo was, maar ze had geen flauw idee gehad van al die dingen die hij voor haar verborgen had gehouden.
Geef het nou maar toe, dat had ze ook helemaal niet willen weten. Politiemensen kwamen dag in, dag uit met geweld in aanraking en als ze er ook maar een moment over had willen nadenken, had ze kunnen weten dat het Joe ook zou overkomen.
Ik wilde niet dat je me zou aankijken alsof ik Fraser ben.
Ze had het ontkend, maar was dat niet haar eerste gedachte geweest toen Logan haar had verteld over de doden in Joe's verleden? Het was niet rationeel, het was niet eerlijk, maar de gedachte was wel bij haar opgekomen.
Alweer zo'n rimpeling die Logan in beweging had gezet om haar leven te verstoren. Alleen had het dit keer meer weg van een vloedgolf.
Zet het van je af. Ze had op dit moment genoeg andere zorgen aan haar hoofd. Gemakkelijker gezegd dan gedaan. De gedachte dat ze Joe

boos had gemaakt was niet zo gemakkelijk opzij te zetten.
En wat als het niet alleen een kwestie van boosheid was? Wat als ze
hem gekwetst had? Joe was taai, maar hij kon best gekwetst worden.
God, dat wilde ze niet op haar geweten hebben.
Ze kon het idee niet van zich afzetten, maar ze moest het voorlopig op-
bergen en maar later nadenken over de consequenties. Joe was te belangrijk voor haar. Als ze zich zorgen over hem ging maken, zou ze
niets anders meer kunnen doen.
Dus moest ze maar weer naar binnen gaan en kijken of ze Gary kon
helpen. Zorgen dat deze kwestie opgelost werd zodat ze weer haar normale leven kon oppakken met normale problemen.
Ze draaide zich om en liep door de gang naar het lab.

Kessler keek op toen ze zich bij hem voegde. 'Alles in orde met je?'
'Tuurlijk. Ik wilde alleen een frisse neus halen. Hoe gaat het met jou?'
'Niet zo goed.' Hij keek neer op de kies die hij aan het doorsnijden
was. 'Die arme klootzak heeft straks geen tand meer over voor ik ge-
noeg heb voor een monster. Dit is al de derde die ik openmaak.'
'Heb je hulp nodig?'
'En dan zeker de eer met jou delen?'
Ze glimlachte. 'Ik beloof dat ik het nooit zal vertellen.'
'Ja vast. Dat heb ik al vaker gehoord. Ga weg.'
'Wat je wilt.' Maar ze ging niet weg en bleef toekijken terwijl hij zorg-
vuldig het glazuur van de kies doorsneed. 'Ik heb nog eens nagedacht.
Als we dat monster hebben, zou het misschien een goed idee zijn als jij
een tijdje weg zou gaan. Misschien naar je huis aan de kust.'
'Aha, probeer je nu mijn nek te redden, Duncan? Begin je je misschien
een beetje schuldig te voelen?'
'Ja.'
'Goed zo. Lichte schuldgevoelens zijn goed voor de ziel.' Hij zat met
samengeknepen ogen naar de kies te kijken. 'Maar vlei je niet met de
gedachte dat ik dit voor jou doe. Deze klus zal mij een enorme status
bezorgen. Ik heb altijd al in het centrum van de belangstelling willen
staan.'
'Ja natuurlijk, daarom werk je ook als een duivel en leef je als een klui-
zenaar.'
'De pot verwijt de ketel dat hij zwart ziet. Over vijftig jaar woon jij
waarschijnlijk in je lab en eet je alleen nog koude pizza van Domino's.'
'En vertel leugens over dat ik zo graag beroemd wil worden? Geef het
nou maar toe, je bent gewoon nieuwsgierig.'

'Gedeeltelijk wel.' Hij begon voorzichtig de kies open te leggen.

'Wat komt er dan nog meer bij?'

'Wist je dat ik als kind in de jaren dertig in München heb gewoond?' Ze schudde haar hoofd en keek hem vol verbazing aan. 'Daar heb je nooit iets over gezegd.'

'Nee, we praten eigenlijk alleen maar over ons werk, hè? De botten, de doden...' Hij zette zijn bril recht. 'Mijn moeder was joods maar mijn vader was van goed Arische komaf met connecties in de hoogste regeringskringen. De nazi's oefenden druk op hem uit om van haar te scheiden maar dat weigerde hij. Hij was eigenaar van een kleine bakkerij en twee maanden lang moest hij de winkelruiten vervangen die iedere dag opnieuw ingegooid werden. Hij hield vol en bleef weigeren. Vervolgens kwam hij op een dag niet thuis uit de winkel en we kregen te horen dat hij door een vrachtwagen was overreden. Hij verloor een van zijn benen en lag negen maanden in het ziekenhuis. Tegen de tijd dat hij weer op de been was, was alles voorbij. De winkel was gesloten en de nazi's waren begonnen met het oppakken van joden. We slaagden erin om Zwitserland te bereiken en gingen daarna naar Amerika.'

'O god, wat afschuwelijk, Gary. Wat vind ik dat erg.'

'Ik vond het niet erg. Ik was woedend. Ik heb die klootzakken door de buurt zien marcheren en iedereen zien platwalsen die hun een strobreed in de weg legde. Tirannen. Die alles wegnamen wat het leven de moeite waard maakte. God, wat heb ik een hekel aan tirannen.' Hij knikte naar de schedel. 'En de mensen die dit hebben gedaan, zijn net als die verdomde nazi's en willen de hele verdomde wereld platwalsen. Ik word doodziek van die lui. Ik mag barsten als ik ze dit keer ongestraft hun gang laat gaan.'

Ze moest even slikken omdat ze plotseling een brok in haar keel kreeg. 'Goh Gary, je klinkt ronduit nobel.'

'Verrek, ja. En trouwens, dit zou best eens mijn zwanenzang kunnen zijn en ik wil dat die luid en duidelijk te horen is.'

'Zwanenzang? Ben je van plan om met pensioen te gaan?'

'Misschien. Ik ben de pensioengerechtigde leeftijd allang gepasseerd. Ik ben een oude man, Eve.'

Eve schudde haar hoofd. 'Jij niet, Gary.'

Hij grinnikte. 'Je hebt gelijk, ik ben helemaal niet oud. Iedere keer als ik in de spiegel kijk, zie ik die jonge hengst die ik op mijn twintigste was. Misschien een paar rimpeltjes meer, maar die vallen me meestal niet op. Het is net zoiets als die dubbelprojecties van jou. Het maakt niet uit hoe de bovenlaag eruitziet, die jonge man zit eronder en ik weet

dat hij er zit. Denk je dat elke oude bok zichzelf zo in de maling neemt als ik?'
'Jij neemt jezelf niet in de maling. We zien allemaal wat we willen zien. We hebben allemaal een voorstelling van hoe we eruitzien.' Ze probeerde te glimlachen. 'En verdomme nog aan toe, je bent helemaal niet oud en je gaat ook niet met pensioen. Ik heb je nodig.'
'Dat is waar. Er is een welwillend en uitzonderlijk man voor nodig om met iemand om te gaan die zo koppig is als jij en die zoveel fouten heeft. Misschien blijf ik wel gewoon doorgaan om jou in... Shit.' Hij duwde de kies opzij. 'Weer niets. Ga weg. Je brengt ongeluk.'
'Nou, dat is een door en door wetenschappelijke opmerking.' Ze keerde zich om. 'Geef maar een gil als je me nodig hebt.'
'Dat zit er niet in.' Hij boog zich weer over de schedel terwijl zij wegliep.
'Schiet het al op?' Logan ging rechtop zitten in zijn stoel aan de andere kant van het vertrek.
'Nog niet.'
'Ik heb in de kamer hierachter een bed zien staan. Waarom ga je niet even een dutje doen?'
Ze schudde haar hoofd. 'Ik moet hier blijven voor het geval hij van gedachten verandert en toch hulp nodig heeft.' Ze ging naast hem zitten en leunde met haar hoofd tegen de muur. 'Het is mijn verantwoordelijkheid. Ik heb hem erbij gehaald.'
'Hij schijnt zich te vermaken.' Logans blik was vast op Kessler gericht. 'Alsof hij het leuk vindt om zijn hersens te breken.'
'Hersens? Verrek, hij denkt dat hij Schwarzkopf is, of Eliot Ness of Lancelot of een andere...' Ze haalde even diep adem en zei fel: 'En als ik jou was, zou ik er maar voor zorgen dat hem niets overkomt, Logan. Ik had naar jouw man op Duke moeten gaan. Ik heb er niet bij stilgestaan hoe gevaarlijk dit voor Gary zou kunnen worden.'
'Zodra we het DNA-monster en een beëdigde verklaring hebben, zullen we hem als de gesmeerde bliksem laten onderduiken.'
'Zoals je ook mijn moeder als de gesmeerde bliksem hebt laten onderduiken?'
'Ik heb je verteld dat ze in veiligheid was, Eve. Je hebt met haar gesproken.'
'Ze is helemaal niet in veiligheid. Ze zal pas veilig zijn als dit allemaal voorbij is.' Ze zouden geen van allen veilig zijn. Joe, Gary en haar moeder zaten in de fuik en dat was Eves schuld.
'Nou goed, ze is niet zo veilig als ik wel zou willen,' zei Logan. 'Maar

het is het beste dat ik momenteel kan doen.' Hij zweeg even. 'Kessler heeft je kennelijk overstuur gemaakt. Wat heeft hij gezegd?'
Nazi's, zwanenzangen en een jonge man in de spiegel. 'Niet veel. Niets belangrijks.'
Dat was een leugen. Gary's leven was wel belangrijk. Het feit dat ze hiervoor eigenlijk niets van Gary's verleden had afgeweten, was belangrijk. Het was een nacht vol onthullingen, dacht ze vermoeid. Logan, Joe en nu Gary. Ze sloot haar ogen. 'Zorg nou maar dat hem niets overkomt, oké?'

HET WITTE HUIS
07.20 UUR
'Kessler,' zei Lisa zodra Timwick de telefoon had opgepakt. 'Laat Kessler van Emory controleren.'
'Ik weet wat me te doen staat, Lisa. Ik laat Kessler natrekken. Hij staat op mijn lijst.'
'Zet hem dan hoger op je lijst. Duncan heeft al een paar keer met Kessler samengewerkt. Dat stond bij de dingen op de flop die je bij me af hebt laten geven.'
'Ze heeft ook met andere mensen samengewerkt.' Ze hoorde hem met papieren ritselen. 'En ze heeft al twee jaar lang niets meer met hem gedaan.'
'Maar hij was de eerste antropoloog met wie ze samen heeft gewerkt. Ze kennen elkaar al een hele tijd. Dat moet haar wel iets zeggen.'
'Waarom heeft ze dan de laatste tijd niet meer met hem gewerkt? Logan heeft een onderzoek ingesteld naar Crawford op...'
'Zijn ze bij Duke gesignaleerd?'
'Nee, maar daar is het nog een beetje te vroeg voor.'
'Te vroeg? Je had ze allang te pakken moeten hebben. We hebben niet veel tijd meer. Zet Kessler boven aan de lijst.' Ze verbrak de verbinding.
Ze had niet zo scherp moeten zijn, dat was niet slim. Hoe wanhopiger Timwick werd, hoe rancuneuzer hij werd en hoe dominanter hij probeerde te zijn. Maar christus, hoe kon een intelligente man zo weinig verbeeldingskracht hebben? Zag hij dan niet in dat Duncan en niet Logan de sleutelrol vervulde?
Ze zuchtte diep en probeerde haar kalmte te herwinnen. Ze moest niet in paniek raken. Ze moest haar zelfbeheersing niet verliezen. Oké, het probleem was tweeledig. Eén: Bens schedel moest teruggevonden wor-

den; zonder de schedel was elk bewijs van nul en gener waarde. Twee: Logan en Duncan moesten uit de weg geruimd worden en al het andere mogelijke bewijsmateriaal moest vernietigd worden. En verdomme, Timwick deed geen van beide. Ze had al vanaf die fout bij Donnelli geweten dat hij een zwakke schakel vormde en ze had een alternatief plan klaar dat in werking gezet kon worden wanneer dat noodzakelijk zou zijn.

En nu was het noodzakelijk. Hoe meer tijd er verliep, des te gevaarlijker de situatie werd. Ze moest nu zelf de teugels helemaal in handen nemen.

Hoe had het zo ver kunnen komen? Dit had ze helemaal niet gewild. Het was niet eerlijk.

Nou ja, de wereld was niet eerlijk. Je moest gewoon doen wat je te doen stond. Ze kon op geen enkele manier terugdraaien wat ze op die dag had gedaan, dus was ze wel gedwongen om zichzelf en alles wat ze had bereikt te beschermen.

Ze sloeg haar telefoonboek open bij de naam en het nummer dat ze drie weken daarvoor van Timwick had gekregen.

Ze toetste snel het nummer in. De telefoon ging drie keer over voor er werd opgenomen.

'Meneer Fiske? We hebben elkaar nog nooit gesproken, maar volgens mij is het daar nu de hoogste tijd voor.'

16

11:50 UUR

'Hebbes.' Eve omklemde de hittebestendige doos die het buisje met DNA bevatte. 'Laten we nu maken dat we wegkomen. We kunnen niet riskeren dat het bederft.'

'Is het genoeg?' vroeg Logan.

'Net genoeg.' Ze wendde zich tot Kessler. 'Waar moeten we het volgens jou naartoe brengen, Gary?'

'Ik neem aan dat je niet het risico wilt nemen om naar een van de voor de hand liggende of bekende testcentra te gaan?'

Ze schudde haar hoofd.

'Maar je wilt wel een plaats die als uitmuntend bekendstaat.'

Ze knikte.

'Duncan, je bent een ongelooflijk veeleisende vrouw. En je hebt mazzel dat ik zelf ongelooflijk genoeg ben om aan je absurde eisen te kunnen voldoen.' Hij liet zijn stem theatraal zakken. 'Ik ken een man.'

'Ik wil geen man. Ik wil een lab.'

'Je zult genoegen moeten nemen met Chris Teller.'

'En wie mag Chris Teller zijn?'

'Een voormalig student van me die de hoogste onderscheidingen heeft gekregen. Een briljante vent. Hij doet momenteel onderzoek naar de medische kant van DNA, maar er moest ook brood op de plank komen dus heeft hij vorig jaar een klein lab in Bainbridge, Georgia geopend. De staf bestaat uit drie mensen en ze zijn niet van plan om uit te breiden. Het lab is geregistreerd als een medisch research lab, niet als een forensisch testcentrum.'

'Dat klinkt goed.'

'Natuurlijk is het goed. Het is perfect. Je zou haast denken dat ik mijn leven lang met samenzweringen bezig was geweest. Chris neemt alleen opdrachten voor DNA-profielen aan als er rekeningen betaald moeten worden, maar hij is volstrekt accuraat. We kunnen geen blunders riskeren. Ik weet niet zeker of ik nog wel een ander monster kan isoleren.'

Ze knikte langzaam. 'Bainbridge, oké. Ik zal het zelf naar hem toe brengen en...'

Gary schudde zijn hoofd. 'Dat doe ik wel. Je zei dat het snel moest gebeuren. Ik zal wel een beroep op hem doen als collega-wetenschapper.'
'Luister, ik zal Joe meenemen. Teller zal vast wel met de politie willen samenwerken.'
'Niet als hij tot over zijn oren in een onderzoek zit en daar niet mee wil ophouden. Dan zegt hij gewoon tegen Quinn dat hij maar ergens anders heen moet gaan. Hij zal inschikkelijker zijn als ik het regel.'
'Jouw werk zit erop,' zei Eve. 'Het is hoog tijd dat jij ervandoor gaat en een tijdje op het strand gaat zitten. Ik kan niet van je vragen om nog meer te doen, Gary.'
'Ik heb je niets horen vragen,' zei Gary. 'En ik bepaal zelf wel wanneer mijn werk erop zit. Probeer je soms mij dat boekencontract door de neus te boren?'
'Ik probeer je in leven te houden.'
Gary pakte haar de hittebestendige doos af en liep naar de deur. 'Ik moet even langs mijn huis om kleren op te halen en een tas in te pakken.'
'Gary, dit is gekkenwerk. Laat mij…'
'Wil je me helpen? Zorg dan maar dat ik monsters krijg waarmee Teller dit kan vergelijken.' Hij trok de deur open. 'Als je met me mee wilt naar Bainbridge, ga je gang. Maar ik hou dit monster onder beheer, Eve.'
'Gary, luister naar…' Hij was het laboratorium al uitgelopen en Eve liep haastig achter hem aan de gang door en de voordeur uit.
'Wat is er aan de hand?' Joe kwam haar tegemoet. 'Waar gaat hij naartoe?'
'Een DNA-lab in Bainbridge. Hij heeft het monster. Ik heb tegen hem gezegd dat ik het wel zou wegbrengen, maar hij wilde er zelf naartoe.'
'Eigenwijze klootzak.' Joe wilde de trap aflopen. 'Dat regel ik wel even, Eve.'
'Nee.' Logan was ook het gebouw uitgekomen. 'Eve en ik gaan wel achter Kessler aan naar Bainbridge. Jij moet naar Chadbournes zuster toe, Millicent Babcock.'
'Ik neem aan dat je een DNA-monster van haar wilt hebben?'
'Ja, maar zelfs als dat identiek is, zal het alleen maar een aanwijzing zijn, geen bewijs dat acceptabel is voor een rechtbank. We hebben ook direct van Ben Chadbourne afkomstig DNA nodig. Hij onderhield nauw contact met zijn zuster. Hij heeft tijdens de campagne een paar keer bij haar gelogeerd en hij moet haar ook verjaarskaarten of brieven hebben gestuurd met enveloppen waar sporen van speeksel op zijn ach-

tergebleven. Of als hij kleren bij haar thuis heeft achtergelaten, zitten daar misschien nog haren op of…'

'En hoe moet ik aan die kleine aandenkens komen?'

'Dat laat ik aan jou over.'

'En waar woont Chadbournes zuster?'

'In Richmond, Virginia.'

'En natuurlijk is dit geen poging van jou om mij op een zijspoor te zetten?'

'Dit keer niet. We hebben die monsters nodig om een vergelijking te kunnen maken. Hoe eerder we ze hebben, des te sneller is alles voorbij.'

Joe aarzelde en zei toen: 'Oké. Chadbournes DNA en een monster van zijn zuster. Wat heb je van haar nodig? Bloed?'

'Speeksel is voorlopig wel genoeg,' zei Eve. 'Maar het monster moet ingevroren en meteen per expresse opgestuurd worden.'

'Ik kom het zelf wel brengen.' Hij keek Logan aan. 'Ik veronderstel dat je niet weet of ze rookt?'

Logan schudde zijn hoofd. 'Het spijt me.'

Joe haalde zijn schouders op. 'Speeksel is geen probleem. Als ze niet rookt, zal ze wel koffiedrinken. Dat is tegenwoordig een soort nationale verslaving. Dat DNA van Chadbourne zal me wel hoofdbrekens kosten. Brieven zijn de meest voor de hand liggende bron, maar hoe kom ik in hemelsnaam…' Hij liep de trap af. 'Ik vind er wel iets op. Voordat je weet wat er gebeurt, zit ik je alweer op de hielen. Als je maar goed op Eve past tot ik daarginds aankom, Logan.'

'Zou je me een genoegen willen doen door achter Gary aan te gaan naar zijn huis en bij hem te blijven tot wij daar aankomen?' vroeg Eve. 'Ik moet Bens schedel nog inpakken plus mijn papieren en ik wil niet dat hij alleen is.' Eves ogen waren op Gary gevestigd die op dat moment net in zijn auto stapte. 'Jij moet op hem passen, Joe.'

'En probeer hem zo ver te krijgen dat hij bij een advocatenkantoor langsgaat en een beëdigde schriftelijke verklaring aflegt,' voegde Logan eraan toe.

Eve keek hem aan.

Hij haalde zijn schouders op. 'Sorry als ik ongevoelig lijk, maar het is verstandig om te zorgen dat er bewijsmateriaal is waarop we kunnen terugvallen als er iets gebeurt.'

Hij bedoelde voor het geval Gary vermoord zou worden, dacht Eve, ineens een beetje misselijk.

'Ik zal zorgen dat je die beëdigde verklaring en die verdomde DNA-monsters krijgt.' Joe liep haastig achter Gary aan. 'Zorg jij nu maar dat je Eve hier weghaalt en uit het zicht houdt, Logan.'

'Daar kun je op rekenen.' Logan pakte haar elleboog vast en duwde haar met zachte hand weer naar binnen. 'Dat is een opdracht van Quinn waar ik geen moeite mee heb.'

In het lab pakte hij de schedel in terwijl Eve de foto's en de prints bij elkaar zocht en in haar aktetas stopte. 'Er gaat geen vlucht naar Bainbridge. We zullen moeten rijden.'

'Dat is in ieder geval veiliger dan een vliegtuig te nemen. Zeker vanuit jouw woonplaats.' Hij liep naar de deur. 'Klaar?'

Het zou heel jammer zijn geweest als ze niet klaar was, dacht ze treurig. Logan was weer in actie gekomen en ze had de keus om hem te volgen of achtergelaten te worden.

En ze voelde er niets voor om achter te blijven.

'Waarom probeer je niet wat te slapen?' zei Logan. 'Je hebt de hele nacht doorgewerkt. Ik beloof je dat ik niet in zeven sloten tegelijk zal rijden.'

'Ik wil niet slapen. We hebben al een hele tijd gereden. Het is bijna donker. Zijn we er niet bijna?'

'Nog een uurtje of zo.'

Een uur was veel te lang voor Eve als ze zich zo ongedurig voelde. 'Heb je al iets van Gil gehoord?'

'Gisteravond. Hij is nog niets opgeschoten. Het zal wel wat tijd in beslag nemen voor Maren onder vier ogen kan worden aangesproken. Ik weet zeker dat hij het veel te druk heeft met het toezicht op het werk aan mijn lichaam.'

'Dat is niet grappig.'

'Dat vind ik ook niet, maar je kunt er toch beter om lachen.'

'Is dat zo?'

'Dat heb ik altijd gevonden. Zo voorkom je dat je gek wordt.'

'Dan sluit ik me daarbij aan.' Ze tuurde naar de achterlichten van Gary's auto voor hen. 'Spreek je uit ervaring? Heb jij weleens op het randje gebalanceerd, Logan?'

'Nou en of.'

'Nee.' Ze keek hem aan. 'Kom me niet aan met dat soort ontwijkend gelul. Dat is niet eerlijk. Vertel het maar. Jij weet ook alles van mij af.'

'Dat waag ik te betwijfelen. Je bent een vrouw met veel gezichten. Het zou me niet verbazen als je er ook een paar geheimen op nahoudt.'

'Vertel het nou maar.'

'Wat wil je weten?'

'Waardoor je op het randje kwam.'

'Aha, je wilt mijn littekens zien.'

'Je hebt de mijne ook gezien.'

Hij was even stil. 'Ik ben getrouwd geweest toen ik nog vrij jong was. Dat was in de periode dat ik in Japan woonde. Ze was een Eurazische en de mooiste vrouw die ik ooit heb gezien. Ze heette Chen Li.'

'Zijn jullie gescheiden?'

'Ze stierf aan leukemie.' Hij schonk haar een scheef glimlachje. 'Het leek niet op jouw verlies. Er kwam geen geweld aan te pas. Behalve dan van mijn kant. Ik kon de hele wereld wel verscheuren toen ik geen manier kon vinden om haar te helpen. Ik was een verwaande klootzak en ik was ervan overtuigd dat geen berg voor mij te hoog was. Nou, die berg kon ik niet aan. Het heeft een jaar geduurd voor ze dood was en daar moest ik getuige van zijn. Is dat een litteken van een wond die diep genoeg was naar jouw smaak?'

Ze wendde in de duisternis haar blik af. 'Ja, die was diep genoeg.'

'En ken je me nu beter?'

Ze gaf geen antwoord. 'Hield je van haar?'

'O ja. Ik hield van haar.' Hij keek haar even aan. 'Dat had je eigenlijk niet moeten vragen, weet je. Je hebt een warm hart en het zou je veel gemakkelijker vallen om een hekel aan me te hebben als je niet had gemerkt dat ik ook maar een mens ben, net als iedereen.'

Dat was waar. Begrip maakte antagonisme altijd moeilijker. Juist door zo terughoudend te zijn, onderstreepte hij de pijn die hij had moeten doormaken. 'Ik heb er nooit aan getwijfeld dat je een mens was.'

'Misschien niet. Misschien ook wel.' Hij veranderde van onderwerp. 'Tellers lab zal wel niet open zijn als we in Bainbridge aankomen. We zullen waarschijnlijk kamers moeten nemen in een motel en moeten wachten tot morgenochtend.'

'Kunnen we hem niet bellen of zo? Misschien kan Gary...'

'Kessler zal al genoeg argwaan wekken door de druk die hij op Teller gaat uitoefenen. Het zou een beetje al te ver gaan om hem te vragen open te blijven tot wij er zijn.'

Hij had ongetwijfeld gelijk, maar lieve god, ze wilde dat alles sneller zou gaan. 'Je begrijpt het niet. Er kunnen weken overheen gaan voor je een definitieve uitslag van een DNA-test hebt. Gary gaat aan Teller vragen om het in een paar dagen te doen. Privélaboratoria zijn in staat om sneller te werken omdat ze niet zoveel opdrachten hebben, maar iedere minuut zal tellen.'

'Zou een beetje van mijn aardse slijk niet kunnen helpen om hem zover te krijgen dat hij er wat overwerk tegenaan gooit?'
Ze schudde haar hoofd. 'Dat denk ik niet. Hij klonk als een toegewijd vakman.'
'Hij moet toch de hypotheek betalen. Kessler scheen te denken dat Teller geld nodig had.'
Dat was waar. Misschien vergiste ze zich. Geld kon bergen verzetten. Zij was zelf ook verleid door het lokaas dat hij haar had voorgehouden. 'Laat Gary het maar eerst op zijn manier proberen.'
'Ik wilde je niet beledigen. Ik probeer alleen maar te helpen.'
'Dat weet ik wel. Waarom zou ik beledigd zijn? Er is niets mis met geld.'
Hij staarde haar verbijsterd aan.
'Ik vind alleen dat je het niet als een knuppel mag gebruiken.'
'Maar omkopen mag wel?'
'In bepaalde gevallen.'
Hij glimlachte. 'Zoals in het geval van het Adam Fonds?'
'Verdraaid, ja.'
'Ondanks het feit dat ik het gebruikte om jou te misleiden?'
'Nee, dat klopte niet.' Ze keek hem recht aan. 'Maar ik heb dat toegelaten. Ik ben niet stom. Ik wist dat er iets mis was, maar dat nam ik op de koop toe. Ik was niet zoals jij, ik was geen moment bang dat iemand een fout zou maken en ons allemaal naar de andere wereld zou helpen. Ik wilde dat geld. Ik dacht dat het zou helpen en ik was bereid dat risico te lopen. Als ik niet met je was meegegaan, was niets van dit alles gebeurd. Ik zou niet in de problemen zitten en mam zou veilig zijn.' Ze haalde haar schouders op. 'Ik zou jou daar graag de schuld van geven, maar we moeten allemaal de verantwoordelijkheid voor onze eigen daden dragen.'
'Dat was niet de indruk die ik kreeg,' zei hij droog. 'Je wilde me de nek omdraaien.'
'Af en toe wil ik dat nog steeds. Jij hebt verkeerd gehandeld. Maar ik ook en daar moet ik mee leven.' Ze staarde uit het raam. 'Ik wil alleen niet dat iemand iets overkomt omdat ik een fout heb gemaakt.'
'Je bent heel edelmoedig.'
'Ik ben niet edelmoedig,' zei ze moe. 'Maar ik probeer de dingen helder te zien. Ik heb al lang geleden geleerd dat het gemakkelijker is om de schuld bij anderen te zoeken in plaats van bij jezelf. Maar uiteindelijk zul je het toch onder ogen moeten zien.'
Hij zat ineens roerloos. 'Bonnie?'

'We waren op een schoolpicknick in een park bij ons in de buurt. Ze wilde een ijsje gaan halen. Ik zat met haar onderwijzeres te praten en heb haar alleen naar die ijscoman laten gaan. Er liepen overal kinderen en ouders rond en die kar stond maar een klein eindje van de picknicktafel af. Ik dacht dat het geen kwaad kon. Maar dat kon het wel.'

'Hoe kan dat in godsnaam jouw schuld zijn?' vroeg hij ruw.

'Ik had met haar mee moeten gaan. Fraser heeft haar vermoord maar ik heb niet goed genoeg op haar gelet.'

'En heb je dat boetekleed al die jaren gedragen?'

'Het is moeilijk om voortdurend vraagtekens bij jezelf te blijven zetten als je zo'n grote fout hebt gemaakt.'

Hij hield even zijn mond. 'Waarom heb je me dit verteld?'

Waarom had ze dat gedaan? Meestal vermeed ze het om over die dag te praten; de herinnering was nog steeds een vreselijke rauwe wond. 'Ik weet het niet. Ik heb je over jouw vrouw laten praten. Volgens mij... deed dat je pijn. Ik veronderstel dat ik gewoon vond dat het eerlijk zou zijn als we quitte kwamen te staan.'

'En je probeert haast dwangmatig om eerlijk te zijn.'

'Dat moet ik wel. Af en toe lukt het niet. Soms kom ik tot de ontdekking dat ik mijn ogen dichtknijp en mezelf in het duister laat tasten.'

'Zoals je bij Quinn hebt gedaan?'

'Ik heb mijn ogen niet...' Ze jokte. Ze kon het maar beter toegeven, ze had niet echt geprobeerd een helder inzicht te krijgen in Joe's leven. Het beeld dat ze van hem had, was te belangrijk voor haar. 'Misschien heb ik dat toen wel gedaan. Maar meestal niet. Niet als ik het kan voorkomen.'

'Ik geloof je.'

Ze was even stil. 'Hoe zit het eigenlijk met Millicent Babcock? Komt zij in gevaar als ze erachter komen dat Joe een monster van haar heeft?'

'Ze zouden er niet veel mee opschieten als ze haar iets aandeden. Er leven nog een tante en drie neven in de eerste graad van Chadbourne. Het zou wel heel erg opvallen als die allemaal om zeep geholpen worden. En trouwens, het is Ben Chadbournes DNA dat het doorslaggevende bewijs moet leveren. Waarschijnlijk is ze niet in gevaar.'

Waarschijnlijk.

Waarschijnlijk was haar moeder niet in gevaar. Waarschijnlijk zou Gary niets overkomen. Waarschijnlijk zou Millicent Babcock niet vermoord worden.

Waarschijnlijk was niet goed genoeg.

Ze liet haar hoofd achterover zakken tegen de rugleuning en sloot haar ogen.

Laat het alsjeblieft genoeg zijn. Laat het moorden ophouden. Alsjeblieft, laat het moorden ophouden.

'Meneer Fiske?' Lisa Chadbourne boog zich naar het autoraampje over en glimlachte. 'Mag ik instappen? Ik val hier iets te veel op.'

Fiske keek de straat af en haalde vervolgens zijn schouders op. 'Het ziet er hier behoorlijk verlaten uit.'

'Daarom heb ik deze plek ook uitgekozen. Alle regeringskantoren in deze buurt gaan om vijf uur dicht.' Ze ging op de stoel naast die van de bestuurder zitten en sloot het portier. 'Maar ik weet zeker dat u zult begrijpen dat ik geen enkel risico kan nemen. Ik ben tegenwoordig nogal herkenbaar.'

Dat was waar. De met fluweel afgezette capuchon van haar bruine cape was naar voren getrokken zodat haar gezicht in de schaduw bleef, maar zodra ze die afduwde, herkende Fiske haar onmiddellijk. 'U bent het echt. Ik was er niet zeker van...'

'U was zeker genoeg om in een vliegtuig te stappen en naar Washington te komen om me te ontmoeten.'

'Ik was nieuwsgierig en u zei dat u me een aanbod wilde doen dat me zou intrigeren. Ik heb altijd belangstelling voor dingen waar ik voordeel bij heb.'

'En u was gevleid dat ik had besloten om over Timwicks hoofd contact met u op te nemen?'

'Nee.' Die verwaande trut dacht dat hij uit zijn dak moest gaan omdat zij toevallig de vrouw van de president was. 'U betekent niets meer voor me dan andere mensen. Ik heb u niet nodig, u hebt mij nodig. Anders was u hier niet.'

Ze glimlachte. 'U hebt gelijk. U hebt een uniek talent en een doelmatigheid die ik kan waarderen. Ik heb tegen Timwick gezegd dat u het probleem van Barrett House op een bewonderenswaardige manier hebt opgelost.' Ze zweeg even. 'Maar helaas is Timwick niet zo efficiënt en hij wordt nerveus en irrationeel. Ik begin teleurgesteld in hem te raken. U beseft toch wel dat hij alleen maar mijn opdrachten heeft doorgegeven?'

'Niet van de president?'

'Zeker niet van de president. Hij heeft hier niets mee te maken.'
Dat stelde hem teleur. Het zou een pluim op zijn hoed zijn geweest als hij dit karwei had opgeknapt voor de belangrijkste man van de vrije wereld. 'Dan zou ik eigenlijk meer geld moeten vragen, hè?'
'Is dat zo?'
'Als hij niet weet wat u uitspookt, dan is hij een potentieel gevaar. Als hij er wel bij betrokken was, zou hij me kunnen beschermen. U kunt geen bal doen.'
'Wilt u dan beschermd worden, Fiske? Daar geloof ik niets van. Ik heb uw dossier gelezen en ik geloof niet dat u daar veel waarde aan hecht. U bent een man die op niemand vertrouwt, alleen op uzelf.'
Plotseling geïnteresseerd keek hij haar strak aan. Slim. 'Geld is bescherming.'
'Uw honorarium is exorbitant. U hebt waarschijnlijk genoeg op een bank in Zwitserland staan om als een vorst te kunnen leven.'
'Ik ben het geld waard.'
'Natuurlijk bent u dat. Ik wil alleen maar zeggen dat u al lang geleden veilig had kunnen gaan rentenieren. Dus waarom riskeert u nog steeds op deze manier uw nek?'
'Je kunt nooit te veel geld hebben.'
Ze schudde haar hoofd. 'U vindt het leuk. U houdt van het risico. U houdt van het spel. Het schenkt u een immense bevrediging en hoe moeilijker het spel, hoe groter het risico, des te leuker u het vindt. U vindt het een heerlijk idee dat u iets doet dat niemand u na kan doen.'
Ze zweeg even. 'Het moeilijkste ter wereld is moorden zonder ervoor opgepakt te worden, hè? Dat is de ultieme uitdaging, het allerinteressantste spel.'
Christus. Misschien was ze wel te slim. 'Dat zou kunnen.'
'Wees maar niet zo voorzichtig. Iedereen heeft een doel voor ogen. Ik vind uw redenatie volkomen begrijpelijk en toevallig sluit die ook perfect aan bij mijn behoeften. Daarom heb ik u ook uitgekozen.'
'*U*? Timwick heeft me uitgekozen.'
'Timwick heeft me een aantal dossiers gegeven en hij denkt dat wij u samen hebben uitgezocht. Ik heb u gekozen, Fiske. Ik wist dat u de man was die ik nodig had.' Ze glimlachte. 'En ik wist dat u de man was die mij nodig had.'
'Ik heb niemand nodig.'
'Natuurlijk wel. Ik ben degene die het spel steeds moeilijker kan maken. Ik kan u een uitdaging voorschotelen waar u nog nooit eerder mee bent geconfronteerd. Vindt u dat geen opwindend idee?'

Hij gaf geen antwoord.

Ze grinnikte. 'Ja, dus. Ik wist het. U hebt waarschijnlijk meer dan genoeg van het werken voor Timwick. U houdt ervan om hard toe te slaan – beslissend, helder en doordacht. U hoeft van mij geen kletspraatjes te verwachten.'

Dat nam hij voetstoots aan. 'Wilt u Timwick buitenspel zetten?'

'Ik zeg alleen maar dat u terug moet naar Atlanta om een onderzoek in te stellen naar Kessler. U blijft net doen alsof u voor Timwick werkt, maar ik ben degene die de opdrachten geeft en aan wie u verantwoording schuldig bent.'

'De beslissing zou me gemakkelijker vallen als ik wist waar het om ging.'

Ze bekeek hem aandachtig. 'Nee, dat is niet waar. Dat kan u niets schelen. U vindt al onze gecompliceerde intriges dom. U probeert alleen maar om een machtspositie te verwerven. U houdt van macht. Dat hoort bij het spel.'

Zijn mond vertrok. 'Denkt u echt dat u me zo goed kent?'

Ze schudde haar hoofd. 'Maar ik ken u goed genoeg om deze ontmoeting te overleven.'

'Dacht u dat?' Hij legde zijn handen om haar keel. 'Hebt u er weleens over nagedacht hoe moeilijk het zou zijn om de vrouw van de president te vermoorden zonder ervoor gestraft te worden? Bedenk eens wat een kick ik ervan zou krijgen om al die klootzakken te laten zien hoe stom ze eigenlijk zijn.'

'Daar heb ik wel aan gedacht.' Ze keek hem recht in de ogen. 'Maar dan zou u op de vlucht moeten slaan en dan is het spel uit. Wat een teleurstelling. Ik kan ervoor zorgen dat het spel nog veel langer doorgaat.'

Zijn handen spanden zich tot hij wist dat er een kneuzing zou ontstaan. Doe haar pijn, zorg dat ze zich intoomt.

Ze gaf niet toe. 'Ik heb een lijst voor u.' Haar stem klonk hees. 'Of liever, een toevoeging aan de lijst die u eerder hebt gekregen.'

Zijn greep verslapte niet.

'Ik wist dat u van lijsten hield. Dat heb ik tegen Timwick gezegd. Daarom heeft hij u...' Ze haalde even diep adem toen zijn handen haar loslieten. 'Dank u.' Ze wreef over haar keel. 'Heeft Timwick tegen u gezegd dat u een onderzoek moest instellen naar Kessler?'

'Ja, maar hij scheen het niet zo belangrijk te vinden. Hij maakt zich drukker over Sandra Duncan.'

'Zij is ook belangrijk. Het kan best zijn dat ik me binnenkort geroepen voel om te besluiten wat er met haar moet gebeuren, maar ik wil niet dat Kessler over het hoofd wordt gezien. Tenzij u onmiddellijk op hem afgaat, zal Kessler aan DNA-proeven beginnen en waarschijnlijk niet op de universiteit. Zorg dat u hem vindt. Geef hem geen tijd om resultaten te boeken.'

'DNA?'

'Van de schedel. U weet van de schedel af.'

Hij glimlachte. 'Nee, dat mag u me vertellen. Wat is zo belangrijk aan die schedel?'

'U weet al genoeg, ik ga u niet meer vertellen. Behalve dat ik die schedel wil hebben en dat u me die gaat bezorgen.'

'Is dat zo?'

'Ik hoop het wel. Ik ben Timwick niet, ik neem niet voetstoots aan dat u alles lukt.'

Hij hield zijn hoofd scheef. 'Nu begin ik me toch af te vragen wie u hebt vermoord. Een minnaar? Een chanteur?'

'Ik wil die schedel hebben.'

'U bent een amateur, anders zou u nu niet zo in de puree zitten. U had het beter aan een vakman kunnen overlaten.'

'Ik weet dat ik een fout heb gemaakt. Daarom laat ik de zaak nu aan een vakman over.' Ze stak haar hand in haar zak en haalde een opgevouwen velletje papier te voorschijn. 'Hier. Het nummer van mijn digitale privételefoon staat achterop. Probeert u mij alstublieft niet voor zeven uur 's avonds te bellen, tenzij het erg dringend is.'

Hij keek naar het opgevouwen briefje in zijn hand. 'U neemt wel een risico. Uw vingerafdrukken zitten waarschijnlijk…' Handschoenen. Ze had leren handschoenen aan. 'Dan zal ik maar aannemen dat het ook niet handgeschreven is?'

'Computeruitdraai en u zult op dat papier alleen uw eigen vingerafdrukken aantreffen. Mijn telefoon staat op naam van iemand anders en de documentatie is zo goed verborgen dat het jaren zou kosten om die boven water te krijgen.' Ze stak haar hand uit naar de knop van het portier. 'Ik ben ook heel efficiënt, Fiske. Daarom zullen wij ook zo goed samen kunnen werken.'

'Ik heb nog niet gezegd dat ik akkoord ging.'

'Denk er maar over na.' Ze stapte uit. 'Neem die lijst maar door en denk erover na.'

'Wacht even.'

'Ik moet terug. U zult wel begrijpen hoe moeilijk het voor mij is om onopgemerkt weg te glippen.'

'Maar u hebt het wel gered. Hoe?' vroeg hij nieuwsgierig.

'De eerste week dat ik hier was, heb ik die mogelijkheden al onderzocht. Ik was niet van plan om me gevangen te laten zetten. Zo moeilijk is het nu ook weer niet.'

'En u bent niet van plan om het aan mij te verklappen.' Hij zat er even over na te denken. 'Er is ooit een gerucht geweest over een onderaardse tunnel van het Witte Huis naar het ministerie van financiën. Kennedy zou er zogenaamd gebruik van hebben gemaakt als hij een afspraakje had met Marilyn Monroe. Bent u zo...'

'Moet ik u dat vertellen? U zou het als een hoogtepunt op uw erelijst beschouwen om in het Witte Huis door te dringen. De moeilijkheidsfactor zou de moord op mij misschien weleens een te verleidelijk idee kunnen maken om weerstand aan te bieden en ik wil dat u uw aandacht ergens anders op richt.'

Laat die trut toch doodvallen. Hij boog zich plotseling voorover. 'Er zijn op elk moment van de dag of de nacht op zijn minst vijfendertig geheim agenten en meer dan honderd geüniformeerde bewakers in het Witte Huis. Het is goed om te weten dat er manieren zijn om die te vermijden.'

Er stond niets op haar gezicht te lezen. 'U hebt de aantallen wel precies in uw hoofd.'

'U zei zelf al dat het een uitdaging was. De mogelijkheden hebben me altijd geïntrigeerd.'

'Maar u moet wel bedenken dat ik Timwick die geheim agenten op plaatsen en tijden laat inzetten die mij de gelegenheid geven hen te vermijden. Timwick zal u niet willen helpen.'

'Zelfs niet als ik hem vertel dat u vroeg of ik hier vanavond naartoe wilde komen?'

'Dat doet u heus niet. Dat zou tegen uw eigen belangen indruisen.'

Hij was even stil. 'U houdt mij niet voor de gek. U was net zo bang als de rest. Onder mijn duimen kon ik uw hart voelen bonzen. U bent nu ook bang.'

'Dat is zo. Sommige dingen zijn de moeite waard om bang voor te zijn. Bel me maar.' Ze liep weg en ging de straat in.

Een taaie tante. Taai, slim en met lef. Heel wat meer lef dan Timwick had.

Maar misschien was ze wel te slim. De manier waarop ze hem had ingeschat was dicht bij de waarheid geweest en dat gaf hem een onzeker gevoel. Hij vond het geen prettig idee dat iemand kon voorspellen hoe hij in bepaalde situaties zou reageren. En hij wist niet zeker of hij het wel een prettig idee vond om voor een vrouw te werken.

Neem die lijst maar door.

Ze had geraden hoezeer een man met zijn instelling een lijst op prijs zou stellen. Maar waarom had ze gedacht dat het inzien van die lijst hem aan haar kant zou brengen?

Hij vouwde het papier open en boog zich naar het licht van het dashboard toe.

Hij begon te lachen.

Net toen Lisa haar slaapkamer binnenliep, ging de telefoon.

'Oké,' zei Fiske. Hij verbrak de verbinding.

Een man van weinig woorden die snel kon beslissen, dacht ze droog terwijl ze de telefoon weer in haar handtas stopte. Om nog maar te zwijgen van een bepaalde dodelijke impulsiviteit waar ze niet op had gerekend. Ze zou die blauwe plekken vanavond voor Kevin verborgen moeten houden en morgen een sjaal moeten dragen.

'Lisa?' riep Kevin vanuit de slaapkamer. 'Waar ben je geweest?'

'Ik heb alleen maar even in de tuin gewandeld. Ik had behoefte aan frisse lucht.' Ze hing haar cape in de kast en pakte een badjas met een opstaande kraag. 'Nu heb ik zin in een warme douche. Ik kom zo bij je, Kevin.'

'Schiet een beetje op. Ik wil met je praten.'

Praten. God, ze wou dat het alleen maar sex was. Luisteren naar het geleuter van Kevin en erop reageren met toepasselijke lof en aanmoedigingen zou erg veel van haar vergen. Even, toen Fiske zijn handen om haar keel had gelegd, had ze het idee gehad dat ze zou sterven. Het zou een hele klus worden om Fiske onder de duim te houden.

Maar dat kon ze best. Ze moest wel. Ze mocht er niet meer aan denken hoe bang ze was geweest. Ze had vanavond goed werk verricht. Fiske stond aan haar kant.

Ze stapte onder de warme straal van de douche en liet het water over haar lichaam lopen. God, wat voelde ze zich smerig. Alleen al het feit dat ze met die vuile moordenaar in één auto had gezeten, gaf haar het gevoel dat ze besmet was.

Maar zij was zelf ook een moordenaar.

Niet zoals hij. Ze weigerde gewoon om zichzelf over één kam te scheren met dat beest.

Niet meer aan denken. Ze sloot haar ogen en dwong haar spieren om zich te ontspannen. Dit was haar moment. Geniet ervan. Ze had maar zo weinig tijd voor zichzelf. Ze wenste bijna dat ze even vrij was als Eve Duncan.

Wat ben je op dit moment aan het doen, Eve Duncan? Is het voor jou net zo moeilijk als voor mij? Ze leunde met haar hoofd tegen de wand van de douchecabine en fluisterde: 'Waar ben je, Eve?'

Fiske zou haar wel vinden. Fiske zou haar vermoorden en dan zou Lisa veilig zijn. Waarom schonk die gedachte haar geen troost?

'Lisa?' Kevin stond voor de deur van de badkamer.

Verdomme, konden ze haar dan geen moment met rust laten? 'Ik kom eraan.' Ze stapte onder de douche vandaan en droogde haar tranen. Christus, wat was er met haar aan de hand? Fiske moest haar meer schrik aangejaagd hebben dan ze voor mogelijk had gehouden. Ze glipte in haar badjas, trok de rits tot aan haar kin dicht en haalde een borstel door haar haar.

Lach maar. Wees warm en meevoelend. Laat hem niets merken, laat niemand iets merken. Ze gooide de deur open en kuste Kevin op zijn wang. 'Goed, wat is er zo belangrijk dat je niet kunt wachten om me het te vertellen?'

'Dit is niet bepaald een fijn motel. Volgens mij zit het vol ongedierte,' zei Bonnie.

Eve draaide zich in bed op haar andere zij. 'We moesten een onopvallende plek zien te vinden. Van ongedierte zou jij je niets aan hoeven te trekken. Jij bent ectoplasma, weet je nog wel?'

Bonnie glimlachte. 'Als iets voor jou verschil uitmaakt, geldt dat ook voor mij. Je hebt altijd een hekel gehad aan ongedierte.' Ze nestelde zich in een stoel naast het bed. 'Ik kan me nog herinneren hoe je tekeerging tegen die man van de ontsmettingsdienst toen je tot de ontdekking kwam dat hij niet alle kakkerlakken uit mijn kamer had weggehaald.'

Dat was de zomer geweest voordat Bonnie verdween.

Bonnies glimlach smolt weg. 'O, lieve hemel, ik wilde je geen nare gedachten bezorgen.'

'Is het weleens bij je opgekomen dat ik automatisch aan nare dingen moet denken als jij naar me toe komt?'

'Ja, maar ik hoop dat je op een goede dag zult beseffen dat ik altijd bij je ben.'

'Je bent niet bij me.'

'Waarom probeer je jezelf nu pijn te doen? Accepteer me nu maar gewoon, mama.' Ze veranderde van onderwerp. 'Je hebt goed werk verricht met Ben, maar dat wist ik natuurlijk al van tevoren.'

'Dus jij hebt aldoor geweten wie hij was?'

'Nee, ik moet je telkens opnieuw vertellen dat ik niet alles weet. Maar af en toe krijg ik een bepaald gevoel.'

'Zoals over het ongedierte in deze sjofele motelkamer? Dat was niet zo moeilijk te raden.'

Bonnie giechelde. 'Nee, hè?'

Eve kwam tot de ontdekking dat ze ook moest lachen. 'Het was het eerste waar ik aan moest denken toen ik de kamer binnenkwam.'

'En denk je dat ik daar misbruik van maak?' Bonnie klikte afkeurend met haar tong. 'Wat ben je toch argwanend, mama.'

'Vertel me dan eens iets wat ik niet weet. Vertel me waar je bent.'

Bonnie trok een van haar benen onder zich. 'Ik vind meneer Logan aardig. In het begin was ik daar nog niet zeker van, maar volgens mij is hij een goed mens.'

'Wie beweert er nou dat geesten over iemand kunnen oordelen.'

Bonnie glimlachte sluw. 'We gaan vooruit. Dat is de eerste keer dat je toegeeft dat ik misschien niet alleen maar een product van je verbeelding ben.'

'Je kunt ook vraagtekens zetten bij het oordeel van producten van iemands verbeelding.'

'Nou, op de manier waarop jij over iemand oordeelt, is ook van alles aan te merken. Je zou niet zo hard over Joe moeten denken.'

'Ik veroordeel Joe niet.'

'Ja, dat doe je wel. Vanwege mij. Maar hij is ook een goed mens en hij geeft om je. Wijs hem niet af.'

'Ik ben ontzettend moe, Bonnie.'

'En je wilt dat ik wegga.'

Nooit. Ga nooit meer weg. 'Ik wil dat je ophoudt met me de les te lezen.'

'Oké, ik wil alleen niet dat je alleen achterblijft. Ik ben bang van al die nare dingen die op het punt staan te gebeuren.'

'Welke nare dingen?'

Bonnie schudde haar hoofd.

'Die kan ik wel aan.'

'Jij denkt dat je alles aankunt na wat je met mij hebt doorgemaakt. Misschien is dat zo. Misschien ook niet.'

'En misschien wil ik er wel niets mee te maken hebben,' zei ze moe. 'Misschien wil ik wel dat alles gewoon z'n beloop heeft. God, ik ben het zo zat.'

'En ik ben het zat dat jij maar over me blijft treuren.'

'Ga dan weg en vergeet me.'

'Die mogelijkheid zit er niet in, mama. De herinneringen zullen eeuwig

blijven bestaan, net als de liefde. Ik wil alleen maar dat jij weer gelukkig wordt.'
'Ik ben... tevreden.'
Bonnie zuchtte. 'Ga maar slapen. Volgens mij valt er toch niet met je te praten tot je er klaar voor bent.'
Eve deed haar ogen dicht. 'Waar ben je, liefje?' fluisterde ze. 'Ik wil je naar huis brengen.'
'Ik ben thuis, mama. Als ik bij jou ben, ben ik thuis.'
'Nee, ik wil dat je...'
'Sst, ga nou maar slapen. Daar heb je nu behoefte aan.'
'Je hoeft me niet te vertellen waar ik behoefte aan heb. Het belangrijkste voor mij is om erachter te komen waar jij bent, zodat ik je naar huis kan brengen. Misschien houden dan ook die krankzinnige dromen over jou op.'
'Ze zijn niet krankzinnig en jij bent niet gek. Je bent alleen maar eigenwijs.'
'En jij niet?'
'Tuurlijk wel, ik ben jouw dochter. Dat is mijn goed recht. Ga slapen, dan blijf ik gewoon zitten en hou je nog een tijdje gezelschap.'
'Zodat ik niet alleen ben?'
'Ja, zodat je niet alleen bent.'

17

MARINEHOSPITAAL
BETHESDA, MARYLAND
07.45 UUR
'Ik dóé al mijn best om me te haasten, Lisa.' Scott Maren klemde de telefoon steviger vast. 'In godsnaam, ik moet heel voorzichtig zijn. We worden hier belegerd door de media. Ik heb de röntgenfoto's van het gebit al verwisseld, maar het zal niet zo gemakkelijk zijn om de DNA-monsters te verwisselen.'
'Maar lukt je dat wel?' vroeg Lisa. 'Je moet het voor elkaar krijgen, Scott.'
'Ik krijg het wel voor elkaar,' zei hij vermoeid. 'Ik heb toch tegen je gezegd dat ik je zal beschermen.'
'Dacht je dat ik alleen maar over mezelf inzit? Het gaat om jou. Ik voel me zo schuldig dat ik bij jou om hulp heb aangeklopt. Dat mag niemand ooit te weten komen.'
'Dat is jouw schuld niet. Dat heb ik mezelf op de hals gehaald.' Hij had het zich twintig jaar geleden op de hals gehaald, toen Lisa naar zijn appartement was gekomen en ze een verhouding hadden gekregen. Toen was ze nog niet met Ben getrouwd geweest en hun relatie had maar een jaar geduurd, maar dat het zo kort was geweest maakte niet uit. Hij had van Lisa gehouden vanaf het moment dat ze elkaar tijdens dat eerste jaar op Stanford hadden leren kennen. Ondanks het feit dat ze zijn leven in een nachtmerrie had veranderd, hield hij nog steeds van haar. Zo was het nu eenmaal en daar kon niets aan veranderd worden.
'Het komt wel in orde.'
'Dat weet ik ook wel. Je hebt me nog nooit in de steek gelaten.'
'En dat zal ik ook nooit doen.'
'Laat me weten wanneer je klaar bent.' Ze zweeg even. 'Ik ben je ontzettend dankbaar, Scott. Ik weet niet hoe ik je dat ooit terug kan betalen.'
'Ik heb niet om een wederdienst gevraagd.' Maar Lisa had er na Bens dood wel voor gezorgd dat hij er ook van had geprofiteerd. Eer, roem, geld. Maar dat was niet genoeg. Als ze uit het Witte Huis weg was, zou hij ervoor zorgen dat ze naar hem toe kwam, zoals ze al die jaren geleden had moeten doen. Ze besefte niet dat de band tussen hen nu nauwer was dan ooit tevoren.

230

'Ik weet niet wat ik zonder jou had moeten beginnen, Scott.'
Lisa in bed. Lisa die om zijn grapjes lachte. Lisa die hem met tranen in haar ogen vertelde dat ze met Ben ging trouwen. 'Ik zal het je laten weten zodra ik nieuws voor je heb.'
'Tot ziens, Scott.' Ze verbrak de verbinding.
'Dokter Maren?'
Hij draaide zich om en zag een roodharige jongeman in het uniform van een bewaker in de deuropening staan. 'Ja? Heeft iemand me nodig?'
'Niet voor zover ik weet.' De jongeman stapte het kantoor binnen en trok de deur dicht. 'Mijn naam is Gil Price. Ik wil graag met u praten.'

BAINBRIDGE
08.40 UUR
Het laboratorium van Chris Teller bevond zich in een klein gebouw in de buitenwijken van Bainbridge. De houten muren waren bedekt met klimop en het leek meer op een studentenhuis van Yale dan op een wetenschappelijk lab. Zelfs het bordje aan de muur was zo klein dat Eve het gebouw zo voorbijgereden was, als ze niet vlak achter Gary had gezeten.
TELLER LABORATORIA.
'Moeten we hier de allermodernste wetenschap zoeken?' mompelde Logan.
'Alles is niet wat je er op het eerste gezicht van verwacht. Gary heeft vertrouwen in hem, dus dan heb ik het ook.' Ze zette de auto naast Gary's Volvo op de parkeerplaats en wachtte. Toen Gary uit zijn auto stapte en naar haar toe kwam, zei ze: 'Wil je dat we mee naar binnen gaan, Gary?'
'Wel als je meteen al mijn kansen wilt verpesten,' zei hij droog. 'Dit mag dan een klein stadje in het zuiden zijn, maar ze hebben hier ook tv's en kranten. Blijf maar hier. Het kan wel even duren.'
Ze keek hem na toen hij snel het gebouw inliep. Zijn tred was enthousiast en krachtig... jong. Ivanhoe die het tegen de Zwarte Ridder opneemt, dacht ze een beetje angstig.
'Rustig maar.' Logan trok voorzichtig haar verkrampte vingers van het stuur. 'Daarbinnen staat hem niets ergers te wachten dan afgewezen worden.'
'Ja, dat gebeurt nu. We hadden hem nooit mee moeten laten gaan.'
'Ik waag het te betwijfelen of we hem tegen hadden kunnen houden.'

Hij leunde achterover in zijn stoel. 'Hoe gaat het precies in zijn werk? Je zei dat het dagen kon duren, zelfs als Kessler hem zo ver kan krijgen dat hij haast maakt. Waarom duurt de identificatie van DNA zo lang?'

'Dat komt door de radioactieve sonde.'

'Sonde?'

Ze trok haar wenkbrauwen op. 'Probeer je me af te leiden, Logan?'

'Ja, maar ik weet echt niets van het proces af.' Hij haalde zijn schouders op. 'Behalve wat ik bij het proces van O.J. Simpson te weten ben gekomen. En in die rechtszaal kwam niet bepaald een afgeronde, onbevooroordeelde verhandeling over DNA naar voren.'

'De DNA-streng die we bij Ben hebben geïsoleerd zal in een oplossing worden gedaan van enzymen die bepaalde punten op de streng aantasten en hem in stukken hakken. Een kleine hoeveelheid DNA wordt in een bakje met een speciale gel gedaan, waar vervolgens een stroomstoot doorheen geleid wordt. De stroom trekt de stukken aan en rangschikt ze op lengte en gewicht.'

'En wanneer komt die sonde eraan te pas?'

'De laborant verplaatst de stukken naar een nylon membraan en dan wordt de radioactieve sonde erop gezet. De sonde zoekt en markeert specifieke punten op het DNA. Er wordt een röntgenfilm overheen geplaatst en het kost een paar dagen voordat die film is ontwikkeld. Als het zo ver is, zal het DNA als donkere strepen op de röntgenfilm staan.'

'En dat is de DNA-afdruk?'

Ze knikte. 'Dat is het DNA-profiel en de kans dat er nog iemand met hetzelfde profiel bestaat, is één op één miljoen.'

'En er bestaat geen manier om dat proces met die sonde te versnellen?'

'Er is één methode waarover ik de laatste tijd heb horen praten, maar er zijn nog niet veel laboratoria bereid om die toe te passen. Het wordt chemiluminescentie genoemd. De radioactieve sonde wordt vervangen door een chemisch geactiveerde sonde die een reactie met een bepaalde chemische stof veroorzaakt die vervolgens licht afscheidt in de vorm van fotons.'

'Wat zijn fotons?'

'Lichtdeeltjes. Elk punt van de röntgenfilm waarmee ze in aanraking komen wordt belicht en het resultaat geeft dezelfde donkere DNA-strepen te zien als de methode met de radioactieve sonde. De meeste grote labs zijn wel overgeschakeld op chemiluminescentie, maar ik weet niet of dat ook voor dit kleine lab geldt. Dat zal Gary ons wel vertellen. Je moet er maar het beste van hopen.'

'Ik had gehoopt…'

'Ik heb tegen je gezegd dat het niet binnen een dag bekeken zou zijn.'

'Een paar dagen…'

'Dat hoef je niet steeds te herhalen,' zei ze scherp. 'Ik weet dat we niet zoveel tijd hebben. Misschien brengt Gary goed nieuws.'

'Dat hoop ik dan maar.' Hij zweeg even. 'Je bent weer helemaal verkrampt.'

Ze dwong zich om haar vingers op het stuur te ontspannen. 'En jij bent niet echt behulpzaam.'

'Ik doe mijn best,' zei hij rustig. 'Ik wil alles doen wat ik kan. Wil je dat ik naar binnen ga en Kessler dat lab uitstuur? Je zegt het maar. Verrek, ik barst van verlangen om iets te doen, wat dan ook. Ik heb er genoeg van om langs de zijlijn toe te kijken en andere mensen alle risico's te laten nemen.'

O god, nog een Ivanhoe. Dat had ze nooit achter Logan gezocht. Maar misschien had ze dat wel moeten doen, gezien het jaar vol ellendige frustraties dat hij met zijn stervende vrouw had doorgemaakt. Hij was geen man die zich zonder slag of stoot bij zijn verlies neerlegde.

'En?'

Jezus, mannen waren toch echt idioten.

'Als je het lef hebt. Ik heb geen zin om in de nor of in een of ander gekkenhuis terecht te komen omdat jij je toevallig verveelt en al je Neanderthaler instincten de vrije teugel wilt geven.'

Ze kon zien dat hij teleurgesteld was, maar hij haalde filosofisch zijn schouders op. 'Ik geloof niet dat Neanderthalers zich ooit verveelden. Daar hadden ze niet genoeg hersens voor, hun leven was veel te kort en ze hadden het druk genoeg met alleen maar in leven te blijven.'

'De vergelijking zit er dicht genoeg bij om toepasselijk te zijn.'

Hij trok een gezicht. 'Oei. In welk opzicht?'

Hij was geen Neanderthaler. Hij was charmant en charismatisch en ze begon langzaam te begrijpen dat de regels waaraan hij zich in zijn leven hield even onwrikbaar waren als de hare. Ze wendde haar blik af.

'Wat je me verteld hebt, was waar, hè? Het gaat helemaal niet om politiek. Je doet dit omdat je denkt dat je op die manier de wereld redt.'

'Om de donder niet. Ik doe dit, omdat ik veel te bang ben om het niet te doen. Omdat de kans bestaat dat de hele wereld instort en dan wil ik niet met de wetenschap leven dat ik erbij stond, ernaar keek en het gewoon liet gebeuren.' Hij pakte haar kin vast en draaide haar hoofd om zodat hij haar aan kon kijken. 'Ik voel me verantwoordelijk, Eve. Net als jij.'

'Het boetekleed?' fluisterde ze.

'Daar geloof ik niet in. Je doet wat je kunt en dan pak je de draad weer op.'

Ze werd onrustig van zijn aanraking. Zijn woorden, de manier waarop hij dacht... Ze werd onrustig van hém. Ze wendde haar hoofd af en keek uit het raampje. 'Of je leert te leven met dat boetekleed.'

'Die optie is onaanvaardbaar,' zei hij ruw. 'Dat je hebt gekozen voor een carrière als de jouwe, was waarschijnlijk het domste dat je kon doen. Waarom heeft niemand je tegengehouden? Waarom heeft Quinn je niet op dat eiland gehouden tot je weer helemaal in orde was, tot de herinnering een beetje was vervaagd?'

Ze keek hem verbaasd aan. Hij zat er helemaal naast. Waarom kon hij dat niet begrijpen? 'Omdat hij wist dat het de enige manier was waarop ik in leven zou blijven.'

'Leef je nu dan? Je bent een workaholic, je hebt geen privéleven, je bent de meest gedreven vrouw die ik ken. Wat jij nodig hebt, is...'

'Hou daar over op, Logan.'

'Verrek, waarom zou ik...' Hij slaakte een diepe zucht. 'Oké, ik hou m'n mond wel. Het gaat me geen bal aan, nietwaar?'

'Precies.'

'Waarom heb ik dan verdomme het gevoel dat het me wél aangaat?'

'Je bent eraan gewend om alles naar je hand te zetten.'

'Ja, dat is het.' Hij trok zijn telefoon uit zijn zak. 'Mijn organisatorische neigingen. Als ik verspilling zie, duik ik erop af en probeer het een halt toe te roepen.' Hij drukte nijdig op de toetsen van de telefoon. 'En christus, bij jou zie ik een halve wereld braak liggen.'

'Ik verspil mijn leven niet. Integendeel. Wie bel je op?'

'Gil.'

'Nu? Waarom?'

'Hij had me allang moeten bellen.' Hij drukte op de knop om de verbinding tot stand te brengen. 'En ik heb even behoefte aan afleiding. Heel erg.'

Zij ook, dacht ze opgelucht. De laatste paar minuten waren zo gespannen geweest dat ze er een beetje overstuur van was geraakt en haar leven was toch al zo overhoop gegooid.

'Hoe staan de zaken?' vroeg Logan in de telefoon. 'Waarom heb je voor de donder geen contact met me opgenomen, Gil? Ja, ik heb een slechte bui, verdomme.'

Hij luisterde. 'Doe niet zo stom. Het kan best een val zijn. Maren heeft al iemand vermoord.'

Eve verstijfde.

'Je moet het niet doen.' Hij luisterde weer. 'Ja, ze is hier. Nee, ik laat je niet met haar praten. Je kunt met mij praten.'

Eve stak haar hand uit.

Hij mompelde een verwensing en gaf haar de telefoon. 'Hij is stapelgek.'

'Dat heb ik gehoord,' zei Gil. 'John is een beetje knorrig, hè? Daarom wilde ik met jou praten. Ik heb er in mijn omstandigheden echt geen behoefte aan om afgeblaft te worden.'

'Welke omstandigheden bedoel je?'

'Ik kan me geen enkele misstap permitteren. Maren is een koele kikker.'

'Heb je ons aanbod met hem besproken?'

'Hij ontkende alles en deed net alsof hij niet wist waar ik het over had.'

'Dat is een logische reactie. Ik had niet verwacht dat het zou werken.'

'Maar volgens mij werkte het wel degelijk. Ik kon zien dat het een schot in de roos was. Maren heeft de bewakingsdienst van het ziekenhuis niet opgetrommeld. Dat is een goed teken. Ik heb tegen hem gezegd dat hij er maar over na moest denken en dan op een bepaalde plek aan de Potomac in de buurt van het C en O-kanaal naar me toe moest komen. Vanavond om elf uur.'

'Hij komt toch niet. Hij gaat vast met Lisa Chadbourne praten en dan zullen ze je in de val laten lopen.'

'Misschien.'

'Helemaal niet misschien.' Ze klemde haar vingers om de telefoon. 'Jij en Logan hebben tegen mij gezegd dat ze hem waarschijnlijk heeft overgehaald om een moord voor haar te plegen. Denk je nou echt dat hij zal geloven dat zij hem bedriegt?'

'Hij is een bijzonder intelligente vent. Het is niet gemakkelijk om hem te belazeren. Ik kan het om te beginnen al bijna niet geloven dat hij zich door haar heeft laten ompraten om Chadbourne te vermoorden. Volgens mij kan ik hem wel aan zijn verstand brengen dat hij niets meer te verliezen heeft en er maar beter mee kan kappen voor hij om zeep wordt gebracht.'

'Ga niet naar die afspraak toe, Gil.'

'Ik moet er wel naar toe. Als ik Maren kan inpakken, hebben we Lisa Chadbourne bij de kladden. Ik zal jullie wel laten weten hoe het is gegaan.' Gil verbrak de verbinding.

'Hij is stapelgek,' zei Logan met opeengeklemde kaken.

'Je zei dat hij een vakman was en wist wat hij deed.'

'Ik heb nooit gezegd dat zijn oordeel onfeilbaar was. Die afspraak van vanavond is een vergissing.'

Dat dacht zij ook. Tenzij Lisa Chadbourne haar greep op Maren had verloren, zou hij er niet over piekeren om haar te verraden. En zij zou er wel voor zorgen dat ze hem stevig in de hand hield.

Tenzij ze hem zelf zou laten vallen.

'Ze wordt vast heel kwaad.'

'Wat?'

'Lisa Chadbourne. Volgens mij zal ze Maren wel als haar bezit beschouwen. Ze zal heel boos worden dat wij proberen hem van haar af te pakken.'

'Het lijkt me niet bepaald logisch dat ze zo denkt over een man die ze uit de weg wil laten ruimen.'

'Wie zegt dat ze altijd logisch is? Zij heeft ook gevoelens, net als andere mensen. Ze zal zenuwachtig worden en misschien zelfs een beetje in paniek raken als ze erachter komt dat wij contact hebben met Maren. Dat zal als een verrassing komen. Ze heeft zich vast niet gerealiseerd dat wij dat verband hebben gelegd.'

'Gil kan best gelijk hebben. Misschien vertelt Maren haar niets.'

'Dat geloof je zelf niet.'

Hij schudde zijn hoofd.

'Wat moeten we dan doen?'

'Jij moet hier samen met Kessler blijven wachten. Ik neem een vliegtuig naar Washington en ga samen met Gil naar die afspraak.'

'Iemand zou je kunnen herkennen.'

'Dat kan me niet schelen.'

'Of je kunt zelf ook in de val lopen.'

'Idem dito.' Hij stapte uit de auto en liep eromheen tot hij naast het linkerportier stond. 'Ik heb de auto nodig. Ik rijd naar Savannah en pak daar een vliegtuig. Jij kunt met Gary terugrijden naar het motel.'

Ze stapte langzaam uit en pakte toen de koffer met Ben van de achterbank. 'En de uitslag van de test dan?'

'Zorg jij maar dat je die krijgt. Je hebt zelf gezegd dat het nog dagen kan duren.' Hij schoof achter het stuur. 'Ik kan hier toch niets doen.'

En Ivanhoe moest in actie komen en een kasteel veroveren.

Ze had zin om hem een mep te verkopen.

'Bel me maar en laat me weten wat er gebeurt.' Ze opende het linkerportier van Gary's Volvo. 'Als je tenminste lang genoeg blijft leven.'

'Ik blijf wel leven.' Hij startte de auto. 'Morgen ben ik weer terug. Jij zou hier veilig moeten zijn.' Hij fronste. 'Maar dat is niet genoeg. Dat risico mag ik niet nemen. Ik bel Kessler wel vanaf het vliegveld om hem te zeggen dat hij iemand van de bewakingsdienst van Teller inhuurt om mee te gaan naar het motel en een oogje in het zeil te houden tot ik weer terug ben.'

'En welk excuus moet hij daarvoor tegenover Teller aanvoeren?'

'Kessler is tot dusver behoorlijk vindingrijk geweest. Laat dat maar aan hem over.'

'Timwick staat waarschijnlijk nog op wacht bij Duke en het zal tijd kosten voor iemand ons hier heeft opgespoord. Dit is absoluut de meest onwaarschijnlijke plek als je het over forensische laboratoria hebt.'

Maar ze was er helemaal niet meer zo zeker van dat die afleidingsmanoeuvre met Duke ook was gelukt. Lisa Chadbourne zou zich echt niet alleen op Logan concentreren; daarvoor had ze te veel respect voor vrouwen.

'Het kan geen kwaad om een veiligheidsbeambte voor het motel de wacht te laten houden,' zei Logan. 'En bel me als je iets ziet dat je argwaan wekt. Maakt niet uit wat.'

'Ik zal goed oppassen.'

Hij aarzelde. 'Ik moet erheen, Eve. Gil is mijn vriend en ik heb hem hierin meegesleept.'

Ze stapte in de Volvo en zette de koffer met Ben op de grond. 'Ga dan.' Ze wierp hem een koele blik toe. 'Ik heb je niet nodig, Logan. Ik heb je nooit nodig gehad. Ik regel het zelf wel.'

'Hou de schedel van Ben wel bij je.'

'Heb je me er dan al eens op betrapt dat ik hem ergens liet staan?' Ze glimlachte wrang. 'Ik weet heus wel om wie het allemaal draait.'

'Dat is niet waar. Ik wou alleen maar...'

'Ga nou maar.' Ze woof afwerend met haar hand. 'Ga Gil maar helpen. Doe maar wat je niet laten kunt.'

'Waarom doe je verdorie net alsof... Ik dacht dat je Gil zo graag mocht.'

'Dat is ook zo en ik wil niet dat hij in gevaar komt.' Maar ze wilde ook niet dat Logan dood zou gaan en hoe langer ze over Lisa Chadbourne nadacht, des te banger ze werd. 'Ik ga niet met je in discussie. Ik weet dat ik daar toch niets mee opschiet. Tot ziens, Logan.'

Hij aarzelde nog steeds.

'Tot ziens, Logan.'

Hij vloekte binnensmonds en reed achteruit de parkeerplaats af. Een minuut later was hij verdwenen.

Alleen.

Ik wil niet dat je alleen achterblijft, mama.

Ze was eraan gewend om alleen te zijn. Als de deur dichtging en de wereld buitengesloten werd, dan was iedereen toch alleen? Maar toch was het vreemd dat ze zich nu eenzamer voelde dan ooit tevoren.

'Waar is Logan?'

Ze draaide zich om en zag dat Gary naar de auto was gelopen. 'Op weg om naar het noorden te vliegen. Gil Price had hem nodig,' zei Eve.

'Wat ben jij te weten gekomen?'

'Nou, ik heb slecht nieuws en ik heb goed nieuws. Het goede nieuws is dat Chris overgeschakeld is op chemiluminescentie. Ze zouden vandaag nog een DNA-profiel voor me op kunnen stellen.'

'En het slechte nieuws?'

'Hij heeft gezegd dat hij het niet doet. Hij heeft het te druk.' Hij stak zijn hand op. 'Ik weet het, ik weet het. Je hoeft niets te zeggen. Hij doet het heus wel. Ik moet alleen nog een beetje aandringen. Het zal vandaag niet lukken, maar misschien kan ik morgen het basisprofiel al krijgen. Ik vond alleen dat ik naar buiten moest komen om je te vertellen hoe de zaken erbij staan.' Hij gooide haar zijn sleutels toe en liep weer naar het lab. 'Ga maar terug naar het motel. Ik zit hier waarschijnlijk tot na middernacht. Ik neem wel een taxi.'

Ze wilde helemaal niet terug naar het motel. Ze wilde mee naar binnen om hem te helpen. Ze wilde iets doen.

Ja hoor, en alles verpesten wat Gary voor elkaar probeerde te krijgen. Vergeet het maar. Haar irrationele opwelling lag alleen aan het feit dat ze niets te doen had en dat ze zenuwachtig werd van dat wachten. Ze kon bijna sympathie opbrengen voor Gary en Logan die de kans hadden aangegrepen om in actie te komen, op welke manier ook, zelfs al hield dat een element van roekeloosheid in.

Wat haalde ze zich in haar hoofd? Voor roekeloosheid was in haar leven geen plaats. Zij had behoefte aan stabiliteit en rust. Risico's nemen was niets voor haar.

Ze moest niet aan Lisa Chadbourne gaan denken alsof ze een soort supervrouw was. Logan had waarschijnlijk gelijk als hij dacht dat zij en Gary voor het moment buiten gevaar waren. Accepteer dat nu maar. Ontspan je. Na alle spanning en het gehol van de laatste dagen moest ze eigenlijk blij zijn met een paar saaie dagen in Bainbridge.

'Ik heb de mogelijke onderduikadressen in Lanier teruggebracht tot vier,' zei Timwick zodra Fiske de telefoon oppakte. 'Die zijn allemaal eergisteren geboekt.'

'Door Wilson?'

'Hoe moet ik dat voor de donder weten?' vroeg Timwick zuur. 'Dacht je soms dat ze haar echte naam had gebruikt?'

'Ze heeft toch een borgsom moeten betalen. Dat betekent een creditcard.'

'En wie zegt dat ze geen valse kaart heeft? Denk je dan dat Logan daar niet voor gezorgd heeft? Heb je een pen?' Hij raffelde snel de vier adressen af. 'Begin er maar meteen aan.'

'Zodra ik kan.'

'Wat bedoel je verdomme?'

'Je hebt tegen me gezegd dat ik Kessler moest natrekken. Ik ben nu op Emory en hij is gisterochtend onverwacht op reis gegaan.'

'Waarheen?'

'Ik heb geen flauw idee. Ik sta op het punt om een praatje met zijn assistent te gaan maken en te kijken wat ik te weten kan komen.'

'De moeder is belangrijker. Kessler is een slag in de lucht. Logan gaat heus wel naar Duke als hij een expert nodig heeft.'

'Nu ik hier toch ben, kan ik het net zo goed uitzoeken.'

'Ik heb tegen je gezegd dat je het moest laten vallen. Ga maar naar Lanier.'

'Wat wil je dat ik doe als ik haar vind?'

'Voorlopig moet je haar alleen maar in de gaten houden. De rest hoor je later wel.'

'Ik heb je al verteld dat ik niet van surveillancewerk hou. Ik zal haar wel opzoeken, maar je laat het monnikenwerk maar door iemand anders opknappen, Timwick.'

Het bleef ijzig stil aan de andere kant van de lijn. De laffe klootzak vond het niet leuk als iemand hem vertelde wat hij moest doen. Nou, daar kon hij maar beter snel aan wennen. Timwick wist het nog niet, maar het spel was veranderd en alles draaide nu om de koningin.

'Besef goed dat je ook ontslagen kunt worden, Fiske.'

'Maar dat zou op dit punt heel wat moeilijkheden met zich meebrengen. Waarom laat je mij niet doen waar ik het best in ben?'

Weer een stilte, nog ijziger dan de vorige. 'Goed, neem maar meteen contact met me op als je weet waar de vrouwen zitten.'

'Best.' Fiske legde de telefoon neer en liep snel naar het studentenhuis waar Bob Spencer, de assistent van Kessler, woonde. Hij zou tegen Spencer zeggen dat hij een oude vriend van Kessler was en misschien wel met hem gaan eten om hem uit te horen. Zelfs als hij niet wist waar Kessler uithing, kon Fiske misschien toch te weten komen bij welk lab

Kessler gewoonlijk zijn proeven deed. Probeer erachter te komen waar de proeven worden gedaan, had Lisa Chadbourne gezegd.

Geen probleem.

'Wíst hij het?' mompelde Lisa. 'Mijn god, wist hij het, Scott?'

'Hij was er niet zeker van. Naar mijn idee heeft Logan een logische conclusie getrokken.'

'En vervolgens Price naar je toegestuurd om de kaarten op tafel te leggen. Waarom?'

Scott antwoordde niet direct. 'Om me een aanbod te doen. Hij heeft zijn zinnen meer op jou dan op mij gezet, Lisa.'

'Wat voor aanbod?'

'Ik kan het land uit en ergens buiten beeld gaan zitten met een nieuwe identiteit als ik hun het bewijsmateriaal tegen jou lever.'

Een golf van paniek sloeg over haar heen en ze moest vechten om die in te dammen. Ze had geweten dat Logan slim was en dat hij haar waarschijnlijk zou verdenken, maar ze had gehoopt dat hij het verband met Scott niet zou hebben gelegd. 'Hij liegt. Ze zouden je nooit vrijuit laten gaan.'

'Misschien niet.'

Haar maag kromp samen. 'Bracht dat aanbod je niet in verleiding, Scott? Zelfs niet een heel klein beetje?'

'Goeie genade, ik bel je toch op, of niet soms? Klinkt dat alsof ik probeer het met hen op een akkoordje te gooien?'

'Nee, het spijt me. Ik ben zo geschroken. Ik had nooit verwacht dat ze zouden begrijpen dat jij erbij betrokken was.' Jezus, de zaak liep volkomen uit de hand.

Nee, helemaal niet. Ze moest gewoon nadenken, de zaken opnieuw op een rijtje zetten. 'We komen er vast wel uit. Misschien hebben we geluk gehad dat ze dachten dat jij misschien wel op hun aanbod zou ingaan. Ze hadden ook naar de media kunnen gaan.'

'Maar die weg hebben we voor hen versperd.'

'Heb je het verwisselen van de gegevens al afgerond?'

'Direct nadat Price bij me wegging.'

De paniek nam wat af. Alles zou weer in orde komen. Nu wist ze precies wat haar te doen stond. 'Goddank. Dan zal ik nu meteen met Kevin gaan praten en het balletje aan het rollen brengen. Het komt allemaal best voor elkaar, Scott.'

'Is dat zo?'

'Natuurlijk is dat zo. Dat beloof ik je.'

'Je hebt me al zoveel beloofd, Lisa,' zei hij vermoeid.

'En ik heb je toch ook alles gegeven wat ik je beloofd had? Je geniet al jaren van een prettig leventje.'

'Dacht je dat ik dat zonder jou niet voor elkaar had gekregen?'

'Dat heb ik niet gezegd, Scott.'

Hij bleef even stil. 'Sorry.'

Hij klonk vreemd en ze was te verstandig om een mogelijke verandering in hem te negeren. De situatie lag te gevoelig. 'Wat is er mis?'

'Price heeft nog iets gezegd. Hij vertelde dat er heel onlangs drie mensen zijn vermoord en dat die moorden heel gelegen kwamen in verband met bepaalde problemen die jij had. Hij vroeg of ik niet bang was dat ik ook vermoord zou worden.'

'En ben je daar bang voor, Scott? Ben je na al die jaren echt bang dat ik jou iets zou aandoen?'

Stilte. 'Nee, dat geloof ik niet.'

'Geloven is niet genoeg. Je moet het zéker weten.'

Hij zei niets.

Ze sloot haar ogen. Christus, niet nu. Laat hem nu niet gaan twijfelen.

'We zullen er wel over praten. Ik zal je het bewijs leveren. Maar nu moeten we eerst zo netjes mogelijk met Price afrekenen om jouw veiligheid te garanderen.'

'Om nog maar te zwijgen van de jouwe.'

'Goed dan, om ervoor te zorgen dat we allebei veilig zullen zijn. Ga maar gewoon naar die afspraak met Price toe. Ik zorg er wel voor dat Timwick er voor jou is.'

'En?'

'Dan pakken we Price op en proberen de schedel terug te krijgen door hem als onderpand te gebruiken. We moeten die schedel terughebben.'

'Denk je dat Logan zal willen onderhandelen?'

'Dat moeten we proberen.' Ze zweeg even. 'Vertrouw me nou maar, Scott. Ik zal er heus voor zorgen dat Logan jou niet ten val brengt. Niet na alles wat je voor me hebt gedaan.' Ze verbrak de verbinding. Haar hart klopte te snel. Diep ademhalen, rustig blijven. Het was gewoon weer een nieuwe uitdaging.

Maar dan wel een waar ze eigenlijk nooit mee geconfronteerd had mogen worden. Als Timwick bij Donnelli gewoon zijn werk had gedaan, zou niemand Scott ooit verdacht hebben en dan was zij nu niet gedwongen geweest om dit besluit te nemen. Paniek sloeg om in woede. Logan en Duncan kwamen te dichtbij en ze begon haar greep op de zaak te verliezen.

Zorg dan dat je de touwtjes weer in handen krijgt. Ze had nog wel een uitweg. Ze zou Timwick opbellen en het probleem aan hem voorleggen.

Maar eerst moest ze met Kevin praten om hem precies uit te leggen wat hem te doen stond.

Joe belde Eve om acht uur die avond. 'Ik ben erin geslaagd om de hand te leggen op een brief die Chadbourne aan zijn zuster heeft geschreven toen hun moeder overleed, een paar maanden voordat hij zijn ambt aanvaardde. Ik geloof dat er weinig twijfel over bestaat dat hij met name die envelop zelf heeft dichtgelikt.'

'Geweldig. Hoe heb je dat voor elkaar gekregen?'

'Dat wil je niet weten. Dat zou jou medeplichtig maken. Maar ik heb dat monster van Millicent Babcock nog steeds niet en ik had gedacht dat dat het gemakkelijkst zou zijn. Ik volg haar vanavond wel als ze met haar man naar de country club gaat en dan zal ik proberen of ik een glas te pakken kan krijgen.' Hij zweeg even. 'Hoe gaat het met jou?'

'Prima. Gary zal er wel in slagen om het DNA meteen te krijgen.'

'Mooi.' Opnieuw stilte. 'Zorgt Logan goed voor je?'

Ze vermeed het antwoord. Hij zou ontploffen als hij wist dat Logan niet bij haar was. 'Ik zorg wel voor mezelf, Joe.'

'Ik zou bij je moeten zijn. Ik had tegen Logan moeten zeggen dat hij hierheen moest gaan om dat mens van Babcock achter de vodden te zitten. Ik vertrouwde er niet op dat hij het voor elkaar zou krijgen, maar ik zit hier verdorie mijn tijd te verdoen.'

'Het zal je vanavond wel lukken.'

'Dat hoop ik dan maar, anders pleeg ik een overval op dat verdomde mens en zorg dat ik in plaats daarvan een bloedmonster krijg. Je lacht niet eens. Het was een grapje, verdomme.'

'Sorry, maar op het moment schijn ik niets grappig te vinden.'

'Ik ook niet. Ik zal proberen morgen weer bij je te zijn. Pas goed op jezelf.'

'Joe.' Ze onderbrak hem voor hij de verbinding kon verbreken. 'Heb je Diane gebeld?'

'Voordat ik uit Atlanta vertrok.'

'Ze maakt zich vast zorgen over je. Ik voel me al schuldig genoeg dat ik jou hierbij betrokken heb. Ik wil niet dat zij ook nog over haar toeren raakt.'

'Ik zal haar wel bellen.'

'Nu?'

'Nu, verdomme.' Hij maakte een eind aan het gesprek.

Ze legde de telefoon weer op tafel. Joe was in ieder geval niet in gevaar en hij gedroeg zich even beschermend als altijd. Morgen zou hij hier zijn en dan zou ze weer dat gevoel van geborgenheid krijgen dat ze altijd had als ze bij Joe was. Nu hoefde ze alleen nog maar te wachten tot Logan belde om haar te vertellen dat alles in orde was met hem en Gil.

Bel haar nou maar, dacht Joe. Je hebt Eve beloofd dat je Diane zou bellen. Doe dat dan ook.

Hij toetste zijn privénummer in en Diane nam onmiddellijk op.

'Hallo, lieverd, ik vond dat ik even iets van me moest laten horen. Hoe staan de zaken?'

'Waar ben je, Joe?'

'Dat heb ik je verteld, de stad uit voor een zaak. Het zal wel niet lang meer duren voordat ik alles voor elkaar heb.'

'Welke zaak?'

'Dat interesseert je toch niet.'

'O ja, dat interesseert me vast wel.' Haar stem klonk hard. 'Denk je soms dat ik stom ben, Joe? Ik heb er genoeg van om net te doen alsof ik doof en blind ben. Al dat gedoe op de televisie. Het gaat om Eve, hè?'

Hij zei niets. Hij wist dat ze niet stom was, maar hij had gehoopt dat ze net zou hebben gedaan alsof het probleem niet bestond, zoals ze meestal deed met kwesties die haar niet bevielen.

'Dat is toch zo?'

'Ja.'

'Dit gaat te ver, Joe.' Haar stem trilde. 'Hoe lang denk je dat ik dit nog slik? We hebben een goed leven samen en jij riskeert alles wat wij hebben voor haar. Is ze dat waard?'

'Je weet dat ik haar niet in de steek kan laten.'

'O, dat weet ik. Niemand weet dat beter dan ik. Ik dacht dat ik het wel aan zou kunnen, maar ze beheerst verdomme je hele leven. Waarom ben je voor de donder eigenlijk met me getrouwd, Joe?'

'Je bent overstuur. We praten er wel over als ik weer thuis ben.'

'Als je thuiskomt. Als ze er niet voor zorgt dat je vermoord wordt.'

Diane smeet de hoorn op de haak.

Jezus, hij had het helemaal verknald. Waarom had hij het idee gehad dat dat huwelijk een oplossing zou zijn? Hij had haar alles gegeven wat binnen zijn vermogen lag, alles wat ze volgens hem had willen hebben.

Hij had zijn best gedaan om een middenweg te vinden tussen eerlijkheid en vriendelijkheid, maar Diane was trots en ondanks het feit dat hij echt had geprobeerd haar geen pijn te doen, was dat toch onvermijdelijk gebleken. Alles wat Diane had gezegd was waar. Ze had het volste recht om zich af te vragen waarom hij met haar getrouwd was. Hij hoopte dat ze er nooit achter zou komen.

18

De lucht van de vochtige, met mos bedekte rivieroever drong zich meteen nadat hij uit de auto was gestapt aan Logan op. De geur van aarde deed hem denken aan het korenveld in Maryland.
Niet bepaald een prettige herinnering, dacht Logan. Een succesvolle
afleidingsmanoeuvre, maar hij zag nog steeds het gezicht van Eve voor
zich toen ze erachter kwam dat hij haar als lokaas had gebruikt.
'Dat ruikt lekker, hè?' Gil haalde diep adem terwijl hij op pad ging
naar de rivier. 'Dat doet me aan thuis denken.'
Het gebied zag er verlaten uit en Gil had tenminste een ontmoetings-
plaats uitgekozen zonder bomen of mogelijke schuilplaatsen. 'Aan de
Golf? Je komt toch uit Mobile, of niet?'
'Uit een klein plaatsje vlak bij Mobile.'
'Uit het Diépe Zuiden.'
'Waar had ik volgens jou anders moeten leren zo dol op Garth Brooks
te zijn?'
Logans blik kamde de oever af. Daar moest hij ergens... god, hij wou
dat de maan scheen. 'Maar je hebt mij altijd verteld dat country uni-
verseel is.'
'Maar ieder universum heeft een thuisplaneet nodig.' Hij keek vluchtig naar Logan. 'Rustig maar. Het komt allemaal in orde. Niemand
kan naar ons toe komen zonder dat we hem in de gaten hebben. Als
iemand anders dan Maren op komt dagen, kunnen we ervandoor
gaan.'
'En als de weg naar de auto wordt afgesneden?'
'Dan kunnen we altijd nog gaan zwemmen.'
'Ik had een beter idee.' Hij slaakte een zucht van opluchting toen de
maan achter de wolken vandaan kwam en hij de glans van roestvrij
staal zag. 'Ik heb een speedboot gehuurd, die hierheen laten brengen
en daarginds laten neerleggen.'
Gil begon te lachen. 'Ik wist dat je dat zou doen. God John, wat ben
je toch een klootzak.'
'Het is beter dan zwemmen.'
'Denk je dat ik daar zelf niet voor had gezorgd als ik niet had geweten
dat jij dat voor je rekening zou nemen?'
'Hoe moest ik verdorie weten wat jij zou doen? Jij hebt deze verdomd

stomme afspraak geregeld. Waarom kon je hem niet gewoon vragen om je op te bellen?'

'Omdat hij misschien nog een zetje in de rug nodig heeft. Het is te gemakkelijk om een telefoon op te hangen.'

'En jij speelt graag met de dood.'

'*Ik* speel graag met de dood? Het risico voor mij is niet zo groot als dat voor jou. Ik ben deze maand al tegen een kogel opgelopen. Dus is het volgens mij onwaarschijnlijk dat me dat nog eens overkomt. Je had in Georgia moeten blijven en alles aan mij moeten overlaten.'

Logan gaf geen antwoord.

'Uiteraard weet ik best dat je bang was dat er iets met mij zou gebeuren.' Gil keek hem even sluw aan. 'Natuurlijk is dat het laatste dat je wilt voor een man die zo briljant en charismatisch is als ik.'

'Is dat zo?'

'En trouwens, jij hebt niet zoveel vrienden die bereid zijn om jouw gebrek aan waardering voor de mooie dingen van het leven voor lief te nemen. Ja, ik had kunnen weten dat jij uit puur zelfzuchtige redenen in een vliegtuig zou stappen.'

'Puur zelfzuchtig.'

'Aha, je geeft het toe.'

'Daar kun je donder op zeggen. Ik hield het geen dag langer in Bainbridge uit. Het enige dat ik op de radio kon vinden was Hank Williams jr. en dat verdomde liedje "Feed Jake".'

Gil grinnikte. 'Goh, echt waar? Dat moet dan mijn soort stad zijn.'

'Dat ben ik met je eens. Ik heb een vliegticket voor je in mijn zak.' Hij kneep zijn lippen grimmig op elkaar. 'Als je vanavond in leven blijft.'

Gils glimlach verdween. 'Dit is het risico waard, John. Het is me gelukt Maren uit zijn evenwicht te brengen. Dat kon ik zien.'

'Waar is hij dan?'

'We zijn vroeg. Volgens mij komt hij zeker.'

Ze waren maar veertig minuten te vroeg. Maar er was nog geen enkel teken van leven te zien op de oever van het kanaal of op de rivier. Als er een valstrik was gezet, dan zag hij die niet.

Misschien was Gil erin geslaagd Maren te overtuigen. Dat zou kunnen. Misschien was alles over een uurtje al voorbij en zou het werk aan Bens schedel van ondergeschikt belang worden.

God, dat hoopte hij van harte.

Maar verduiveld, waar bleef die Maren toch?

De veiligheidsbeambte keek op van zijn gesprek met de man achter de informatiebalie. 'Welterusten, dokter Maren,' zei hij glimlachend. 'Dat is een latertje geworden.'

'Administratief werk. Dat is de vloek van mijn bestaan. Welterusten, Paul.' Hij ging de glazen deuren door en liep naar de voor hem gereserveerde parkeerplaats waar zijn klassieke Corvette uit 1957 stond. Hij was precies op tijd. Over dertig minuten zou hij bij het kanaal zijn.

Hij reed weg van de parkeerplaats en sloeg linksaf. Met een beetje geluk was alles al voorbij als hij daar aankwam. Timwick had hem niet echt als lokaas nodig om Price te pakken te krijgen.

Waarom ging hij er dan toch naartoe? Was het echt Price die in een valstrik werd gelokt?

Het gif dat Price hem had toegediend vrat aan hem. Lisa. De dood.

Hou op. Het was niet waar. Price had hem veronderstellingen voorgeschoteld, geen bewijzen. Er was een band tussen Lisa en hem. Dat wist zij net zo goed als hij.

Op de kruising voor hem sprong een stoplicht op rood.

Symbolisch?

Het kon geen kwaad voorzichtig te zijn. Hij ging niet naar die afspraak met Price. Hij zou gewoon naar huis gaan en wachten tot Lisa zou opbellen om hem te vertellen wat er was gebeurd. Zodra hij dat besluit had genomen, gleed de spanning uit hem weg. Hij zou bij het volgende kruispunt rechtsaf slaan, dan was hij binnen tien minuten veilig thuis.

Hij remde toen hij op het rode licht af reed.

Niets.

Hij begon wanhopig te pompen.

De Corvette reed op de kruising af.

Het was al laat. Misschien dat het verkeer...

Een vuilnisauto was onderweg naar de kruising. Groot. Snel. O god, hij reed veel te snel om nog te kunnen stoppen.

De vrachtwagen boorde zich als een tank in de linkerkant van de Corvette en drukte de kleine auto zijdelings tegen de lantaarnpaal op de hoek. Die sneed dwars door het fiberglas, dwars door vlees, botten en spieren.

Lisa.

De man die naar hen toe kwam, was even lang en breed als Maren en hij was alleen.

'Ik heb je toch gezegd dat ik hem te pakken had,' mompelde Gil.

Vanuit het zuiden klonk een zacht geronk.

Logans hart schoot in zijn keel. 'Om de donder niet.'

De lucht. Waarom had hij niet aan de lucht gedacht? vroeg Logan zich af op hetzelfde moment dat de helderblauwe lichten van de helikopter uit het donker op hen neerstraalden.

'Vlug naar de boot! Bukken.'

Gil stoof al in de richting van de speedboot.

De man van wie ze hadden gedacht dat hij Maren was, kwam naar hen toe rennen.

Een kogel vloog langs Logans oor.

'Klóótzak.'

Gil was al in de boot en gooide de tros los.

Die verdomde helikopter zat bijna vlak boven hen en overgoot de boot met kil blauw licht.

Logan sprong aan boord en zette de motor aan.

Op het water voor hen sloeg een kogelregen van bovenaf neer.

'Blijf plat liggen.' Logan liet de boot over het water zigzaggen in een poging de lichtkegel te vermijden. 'Als we die inham kunnen bereiken, hebben we het gered. Daar zitten we onder een dicht bladerdak van de bomen en dan kunnen ze niet blijven schieten want daar staan veel te veel huizen. We laten de boot gewoon achter...'

Weer een kogelregen, nu dichterbij.

Veel te dichtbij.

Christus, die straal leek wel een zoeklicht. Hoe konden ze missen?

Tenzij ze met opzet misten.

Tenzij ze levend meer waard waren dan dood.

De schedel. Jezus, ze moesten de schedel hebben.

De speedboot stoof de inham in en verdween in de schaduw van de bomen die over het water hingen.

Ze waren nog niet veilig. Niet zolang ze in de boot bleven. Hij bracht het vaartuig dicht bij de oever en zette de motor af. Hij sprong aan de kant en pakte het touw.

Boven zich kon hij de helikopter horen. 'Kom op, we gaan naar dat huis toe en dan regelen we wel een of andere vorm van transport...'

Gil lag hem met glinsterende ogen aan te staren.

'Gil?'

Waarom had Logan niet gebeld?

Eve rolde in bed op haar andere zij en keek naar de verlichte wijzerplaat van de wekker op het nachtkastje. Het was bijna drie uur in de ochtend. Hij had toch wel even die verdomde telefoon op kunnen pak-

ken om haar te laten weten dat hij en Gil in veiligheid waren.
Als ze tenminste in veiligheid waren. Als ze niet in de val waren gelopen.
Ga maar weer slapen. Ze waren honderden kilometers ver weg. Ze kon ze niet helpen door hier in de duisternis te liggen staren.
En te wensen dat ze Logan niet zo had afgesnauwd voor hij was weggegaan.
Mijn god, ze kreeg allerlei morbide spijtgevoelens, alsof hij niet allang weer op weg terug was naar haar.
Naar haar? Terug naar Ben en naar de forensische proeven, terug naar hun gezamenlijke doel.
Zeker niet terug naar haar.

Kessler klopte om halfacht de volgende ochtend op haar deur. 'Er is iets dat je moet zien.' Hij kwam de motelkamer binnen en zette de tv aan. 'De perssecretaris van de president heeft net een verklaring afgelegd. Die wordt nu door CNN herhaald.' Toen een foto van Kevin Detwil op het scherm verscheen, mompelde Kessler: 'Moet je dat zien. Zelfs nu ik weet dat het Chadbourne niet is, kan ik nog steeds niet...'
Het beeld versprong meteen naar een groep verslaggevers die vragen afvuurden op Jim Douglas, de perssecretaris van Ben Chadbourne.
'Dus het was niet John Logan die bij de brand is omgekomen?'
'Dat heb ik te horen gekregen. De man die in de vlammen in Barrett House is omgekomen, was Abdul Jamal.'
'En u denkt dat een samenzwering tot moord tot de mogelijkheden behoort?'
'Ik wou dat ik die vraag ontkennend kon beantwoorden. Ik verzeker u dat de president de gedachte dat hij een doelwit zou kunnen zijn bepaald niet op prijs stelt. Maar aangezien de brand plaatsvond op een tijdstip waarop president Chadbourne was uitgenodigd een bezoek aan Barrett House te brengen, heb ik van meneer Timwick vernomen dat hij met die mogelijkheid rekening dient te houden en strengere veiligheidsmaatregelen zal nemen.'
'En wordt Logan ervan verdacht dat hij die samenzwering op touw heeft gezet?'
'We hopen van harte dat daar geen sprake van zal zijn. Ook al bevinden ze zich aan weerszijden van het politieke spectrum, de president heeft altijd bijzonder veel respect voor hem gehad. Hij hoopt oprecht dat Logan zich zal melden om een verklaring voor dit alles te geven.'
Hij zweeg even. 'Tot die tijd moeten we Logan niet alleen als een be-

dreiging voor de president maar ook voor het land beschouwen. Jamal was een bekend terrorist en sluipmoordenaar en de geheime dienst is ervan overtuigd dat het bezoek van de president aan Barrett House een fatale vergissing zou zijn geweest.'

'Ons is verteld dat er vrijwel niets van het lichaam over was. Hoe bent u erin geslaagd het DNA aan dat van Jamal te toetsen?'

'Meneer Timwick heeft om een vergelijking gevraagd.'

'Dan bestond dus al het vermoeden dat Jamal in Barrett House verbleef.'

'Als de president ergens naartoe gaat, moeten we ons ervan verzekeren dat de omgeving veilig is. U weet allemaal hoe fanatiek Logan zich heeft ingezet om een herverkiezing van de president te voorkomen. Toen meneer Timwick ontdekte dat de kans bestond dat meneer Logan tijdens zijn laatste bezoek aan Japan in contact was geweest met Jamal, vroeg hij aan Bethesda te controleren of het mogelijk Jamal kon zijn geweest.' Hij stak zijn hand op. 'Verder geen vragen. De president heeft mij verzocht u te verzekeren dat hij zich onder geen beding door dit dreigement zal laten afbrengen van zijn voornemen om de begrafenis van zijn goede vriend bij te wonen en dat het evenmin invloed zal hebben op de uitoefening van zijn presidentiële plichten.' Jim Douglas draaide zich om en verliet het vertrek.

Er was nog een laatste shot van de president in de Rose Garden, dat op een ander tijdstip moest zijn gemaakt. Hij keek glimlachend neer op Lisa Chadbourne en zij glimlachte terug met precies de juiste hoeveelheid steun en bezorgdheid.

'Mijn god.' Eve zette de tv uit en keek Kessler aan. 'Hoe fanatiek zijn ze op jacht naar Logan?'

'Ze laten geen mogelijkheid onbenut. Hij is een hoofdverdachte. En jij ook,' voegde Kessler eraan toe.

Ze sloeg haar armen over elkaar om te voorkomen dat ze zou gaan beven. 'Nu ben ik dus niet alleen een moordenares, maar ook nog een terrorist?'

'Je hebt een stapje terug moeten doen. Je bent alleen nog maar een medeplichtige. Logan is de moordenaar. Ze denken dat hij ruzie heeft gekregen met Jamal over de moordaanslag en hem daarom heeft gedood.'

'En het huis in brand heeft gestoken om dat te verbergen.'

'Dat klopt.'

'Het is echt volslagen bespottelijk. Niemand zou een dergelijk verhaal toch geloven. Logan is een respectabele zakenman. Waarom zou hij zich met terroristen inlaten?'

'Ik weet niet zo zeker dat er geen geloof aan zal worden gehecht,' zei Gary langzaam. 'De gemiddelde tv-kijker is geneigd te accepteren wat de overheid hem voorschotelt en mensen hebben in het algemeen weinig sympathie voor grote zakenlieden. Heb je nooit gehoord dat je mensen alleen maar een grote leugen op de mouw kunt spelden door die vergezeld te laten gaan van kleine waarheden? Het moet je zijn opgevallen dat Douglas de nadruk heeft gelegd op twee feiten. Logans politieke "fanatisme" en zijn bezoeken aan het buitenland. Ze zijn begonnen met de gemakkelijk aantoonbare feiten en hebben daar nog eens een schep DNA bij gedaan plus de angst van de gemiddelde Amerikaan voor buitenlandse terroristen. Dan levert een behoorlijk compleet pakket op.'

Compleet genoeg om het Logan onmogelijk te maken zich te vertonen zonder het risico te lopen op het eerste gezicht neergeschoten te worden. 'Ze heeft het allemaal van tevoren gepland.' Eve kon het nog steeds nauwelijks geloven. 'Dus daarom heeft Detwil toen dat lichaam in Barrett House werd gevonden zo'n lofrede op Logan afgestoken en bekendgemaakt dat hij van plan was geweest daar dat weekend naartoe te gaan. Wij dachten dat ze een poging deed Maren het DNA te laten verwisselen zodat aangetoond kon worden dat het lichaam van Logan was. In plaats daarvan bereidde ze dit bedrog voor.'

Hij knikte. 'Door het lichaam als dat van Jamal te identificeren is de toestand voor jou nog een verdomd stuk moeilijker geworden.'

Moeilijk? Het was een nachtmerrie geworden. 'Logan zal het doelwit vormen voor iedere opsporingsdienst in het land.'

Misschien was hij al wel dood. Waarom had hij haar niet opgebeld? Nee, de media zouden het feit dat Logan gevangen was genomen of de dood had gevonden meteen opgepikt hebben. Plotseling schoten haar de laatste woorden van de perssecretaris weer te binnen. 'Welke begrafenis? Waar had hij het over?'

'Over Scott Maren. Hij kwam gisteravond bij een verkeersongeluk om het leven. Ze hebben net aangekondigd dat de begrafenis over twee dagen zal plaatsvinden.'

Het was alsof ze een klap in haar gezicht kreeg. 'Wat?'

'Een vrachtwagen heeft zijn Corvette geschept.'

'Waar? In de buurt waar Gil die afspraak met hem had?'

'Nee, op een paar straten van het ziekenhuis. Ze denken dat er iets mis was met zijn remmen.'

'Moord.'

Gary schudde zijn hoofd. 'Niet wat de autoriteiten betreft. Er wordt wel een onderzoek ingesteld, maar ze denken dat het een gewoon ongeluk is geweest. Een gerespecteerde dokter, alom geliefd. Geen motief.'

'Het was moord.' Het was gewoon al te toevallig. Lisa had zich van Maren ontdaan omdat ze bang was dat hij een risico zou gaan betekenen. Wat inhield dat Maren haar had verteld dat Gil hem benaderd had. 'Ze hebben een valstrik voor Gil gezet.' En Logan was er samen met hem ingetuind.

'Dat zou kunnen. Maar zeker weten we dat niet. We moeten afwachten en zien wat er gebeurt. Ondertussen lijkt het mij een goed idee als jij je niet in de buurt van het proeflab laat zien,' zei Kessler. 'Logan zou er de voorkeur aan geven als je hier bleef in het gezelschap van die veiligheidsman van Teller.'

'Nee, ik ga wel met jou mee.'

'Om me te beschermen?' Hij trok een gezicht. 'Wat kun je nu doen terwijl je in een auto op de parkeerplaats zit? Ik stel je bezorgdheid op prijs, maar ik kan heus wel voor mezelf zorgen. En trouwens, het is hier maar tien minuten vandaan. Ik beloof je dat ik je zal bellen als ik je nodig heb.'

'Ik ga mee, verdomme.'

'En hoe moet dat dan met Logan? Heb je al iets van hem gehoord?'

'Nee.'

Hij streek even over de kringen onder haar ogen. 'En je bent ongerust. Kun je dan niet beter hier blijven om op hem te wachten? Hij is degene die in gevaar verkeert.'

'Ik kan hem toch niet helpen. Ik weet niet eens waar hij is.'

'Hij is een intelligente jongeman. Hij komt wel terug.' Hij draaide zich om. 'Ik moet naar het lab toe. Chris heeft me beloofd dat ik aan het eind van de dag die uitslag krijg, maar hij werkt beter als iemand hem subtiel achter de vodden zit.'

Ze deed haar best om te glimlachen. 'Elke vorm van subtiliteit is jou vreemd, Gary.'

'Dat kan best waar zijn, maar ik krijg wat ik wil.' Hij bleef even bij de deur staan. 'Jij blijft gewoon hier. Je hebt geen auto en ik laat je niet in mijn Volvo rijden.'

'Ik zou me beter voelen als ik met je mee mocht.'

'Aangezien ik over ons enige transportmiddel beschik, gebeurt het zoals ik zeg. Ik zie je wel bij het avondeten. Kom om acht uur maar naar mijn kamer toe. Ik heb een reclamefolder van Bubba Blue's Barbecue gezien.' Hij schudde zijn hoofd. 'Wat een naam. Goddank hebben ze

een besteldienst. Ik krijg visioenen van zaagsel op de vloer, een ratelslang in een glazen bak en een jammerende countryzanger. De risico's die wij nemen, doen me de rillingen over de rug lopen.'
De deur viel achter hem dicht.
Zij voelde ook rillingen over haar rug lopen, maar die hadden een andere oorzaak. Ze sloot haar ogen, maar ze zag nog steeds het gezicht van Lisa Chadbourne voor zich zoals ze opkeek naar Detwil. De trouwe echtgenote die haar man in tijden van nood in bescherming nam.
Maar het was Logan die in nood verkeerde. Logan en Gil die op de vlucht waren.
Waar hingen ze in vredesnaam uit?

'Lieve god nog aan toe,' mompelde Sandra met haar blik aan de tv gekleefd. 'Wat gebeurt er allemaal met haar, Margaret?'
'Niets. Ze zijn niet gepakt en dat zal niet gebeuren ook. John is te slim om het zo ver te laten komen. Hier raak je alleen maar overstuur van.'
Margaret zette het toestel uit. 'Verdorie, ik word er zelf nog zenuwachtig van.'
'Waarom heeft ze me niet opgebeld?'
'Ze heeft je gisteravond nog opgebeld.'
'Maar ze moet toch weten dat ik zou zien dat... Wat moeten we doen?'
'Wat we nu doen. Rustig blijven zitten tot John alles weer recht heeft getrokken.'
'Ja, dat zal wel.' Ze beet op haar onderlip. 'Misschien moeten we toch iets doen.'
'Wat dan bijvoorbeeld?'
'Ik heb een vriend die voor het openbaar ministerie werkt.'
'Nee,' zei Margaret scherp en bond onmiddellijk in. 'Hij kan toch niet helpen en hij zou iedereen die in ons is geïnteresseerd rechtstreeks naar ons toe leiden.'
'Dat denk ik niet. Ron zou vast heel voorzichtig zijn.'
'Nee, Sandra.'
'Ik kan hier niet zomaar stil blijven zitten.' Ze keek Margaret recht aan. 'Ik weet dat je vindt dat ik een soort lichtgewicht ben, maar ik heb al heel wat meegemaakt. Geef me de kans iets te doen.'
'Ik vind je helemaal geen lichtgewicht,' zei Margaret vriendelijk. 'Volgens mij ben je intelligent en lief en onder normale omstandigheden zou jij degene zijn die voor mij zorgt. Maar dit zijn geen normale omstandigheden. Wees nou maar geduldig, oké?'
Sandra schudde haar hoofd.

'Goed, probeer het dan uit je hoofd te zetten. Wat dacht je van een spelletje blackjack?'

'Alweer? Jij wint altijd van me. Je zit vast de helft van de tijd in Las Vegas.'

'Tja...' Margaret grinnikte. 'Een van mijn broers is croupier.'

'Ik wist het.'

'Oké, geen blackjack. Dan zal ik me op een ontzettende manier opofferen en jou weer een van die heerlijke maaltijden klaar laten maken. Je beseft toch wel dat ik gewoon dicht zal groeien voor we hier weer weggaan?'

'Ik kan helemaal niet goed koken en dat weet je best. Hou nou maar op met die pogingen me af te leiden.'

'Nou ja, die haché van gisteravond was beter dan de chili die je voor de lunch had klaargemaakt. Je wordt nog eens heel goed.'

'Ja, als de kalveren op het ijs dansen.' Ze kon haar net zo goed haar zin geven, dacht Sandra nukkig. Margaret kon heel vasthoudend zijn en trouwens, koken hield haar wel bezig. Ze stond op. 'Ik zal een stoofschotel maken. Maar jij moet de sla en de afwas doen.'

'Ik ben gewoon een werkezel,' kreunde Margaret. 'Oké, laten we maar beginnen.'

Drie keer was scheepsrecht.

Fiske keek toe terwijl de beide vrouwen ijverig in de keuken rondliepen. De geur van vlees en paprika kwam naar hem toedrijven en herinnerde hem eraan dat hij die ochtend niet had ontbeten. De geur had kennelijk Pilton ook aangelokt, want hij was vanaf de veranda naar binnen gegaan en stond nu in de keuken met Margaret Wilson te praten.

Fiske liep achteruit weg van het raam, terug naar het struikgewas en hij ging vervolgens het bos in. Hij kwam bij zijn auto die op de oprit van een leeg vakantiehuisje stond. Nu hij wist waar Sandra Duncan zat, kon hij Timwick opbellen en hem geruststellen. Daarna zou hij contact opnemen met Lisa Chadbourne en haar op de hoogte brengen van de stand van zaken. Hoewel hij naar aanleiding van het nieuws van die ochtend vermoedde dat ze het een beetje te druk had gehad om zich echt zorgen te maken over Sandra Duncan.

Het was wel jammer van Scott Maren. De dokter had op de lijst gestaan die hij van Timwick had gekregen en hij voelde zich een beetje bedrogen omdat iemand anders dat klusje had mogen opknappen.

Hij deed het dashboardkastje open, pakte de lijst en trok een streep door Marens naam. Hij kon de eer ervoor niet opeisen, maar hij kon er wel voor zorgen dat de lijst accuraat bleef.

Hij moest nog iemand aan de lijst toevoegen. Zorgvuldig schreef hij de naam Joe Quinn op. Kesslers assistent was de avond ervoor heel behulpzaam geweest.

Hij haalde de foto's van Quinn en Kessler te voorschijn die Timwick hem gefaxt had en bekeek ze nauwkeurig. Kessler was oud en zou waarschijnlijk geen uitdaging voor hem blijken te zijn, maar Quinn was jong, fit en een smeris. Dat zou weleens interessant kunnen worden.

Hij wierp een blik op de wegatlas die opengeslagen op de rechtervoorstoel lag. Kesslers assistent had niets afgeweten van Kesslers recente bezigheden, maar hij kende zijn vaste gewoontes, zijn methodes, zijn vrienden en zijn manier van werken.

Hij was op de hoogte van het werk dat gedaan werd door het researchlab van Chris Teller in Bainbridge.

Dus Lisa Chadbourne had haar doelwitten voor het uitkiezen.

'Hoe heb ik het gedaan?' vroeg Kevin. 'Was de verklaring goed? Vind je dat ik Douglas had moeten zeggen dat hij wat strenger had moeten zijn?'

'Je was fantastisch,' zei Lisa geduldig. 'De verklaring aan de media was precies goed. Je deed voorkomen alsof je zelf treurig en Logan gevaarlijk genoeg was om ons een reden te geven achter hem aan te gaan.'

'Zelfverdediging.' Hij knikte. 'Dat zou moeten werken.'

'Dat zal ook heus wel werken.' Ze gaf hem het stuk dat ze net uitgeprint had. 'Dit moet je uit je hoofd leren. Ik wil dat je de indruk maakt dat je volkomen improviseert.'

'Wat is dat?'

'Je lofrede op Scott Maren.'

Hij liep de tekst snel door. 'Roerend.'

'Een beetje droefheid kan geen kwaad. Hij was een van Bens beste vrienden.'

'En van jou ook.' Kevin bleef naar de toespraak staren. 'Dat was hij toch?' vroeg hij hakkelend.

Ze verstrakte. Zijn toon beviel haar niet. Ze had zich aangewend om er voetstoots van uit te gaan dat Kevin zich opzettelijk doof en blind zou houden. 'Ja, hij was een goede vriend van me. Hij heeft heel veel voor me gedaan... en voor jou.'

'Ja.' Hij bleef hardnekkig naar de toespraak kijken. 'Het is wel raar.

Dat ongeluk, bedoel ik.'

'Hij wilde altijd per se in die kleine Corvette blijven rijden. Iedereen heeft hem gezegd dat hij een grotere wagen moest nemen.'

'Nee, ik bedoel juist nu.'

'Wat wil je nu eigenlijk zeggen, Kevin?' Ze pakte hem de toespraak af.

'Kijk me aan.'

Hij kreeg een kleur. 'Ik ben een beetje in de war. Alles gaat veel te snel. Eerst dat gedoe met Logan en nu Scott die ineens dood is.'

'Denk je soms dat ik iets met Scotts dood te maken had?' Lisa liet de tranen in haar ogen springen. 'Hoe kun je? Hij was een vriend van ons. Hij hielp ons.'

'Dat heb ik helemaal niet gezegd,' zei hij haastig.

'Je had het net zo goed wel kunnen zeggen.'

'Nee, ik wilde niet...' Hij staarde haar hulpeloos aan. 'Niet huilen. Je huilt nooit.'

'Je hebt me er ook nog nooit van beschuldigd dat ik... Denk je soms dat ik een monster ben? Je weet waarom Ben overleed. Denk je soms dat ik dat ooit weer zou doen?'

'Met Logan.'

'Om jou te redden. Logan had zich nooit met jouw werk mogen bemoeien.'

Hij stak zijn hand uit en raakte haar schouder even onhandig aan. 'Vergeet het maar. Het was niet mijn bedoeling...'

'Ik kan het niet vergeten.' Ze stapte achteruit en duwde hem de toespraak in zijn handen. 'Ga maar naar je kantoor en leer die toespraak uit je hoofd. En terwijl je daarmee bezig bent, kun je meteen besluiten of ik die woorden over Scott had kunnen schrijven als het ooit in mijn bedoeling had gelegen om hem kwaad te doen.'

'Ik weet dat je dat niet wilde... ik vroeg me alleen af waarom het gebeurd was.'

Ze draaide hem haar rug toe en liep naar het raam.

Ze voelde zijn blik in haar rug prikken en hoorde toen het geluid van de deur die achter hem dichtviel.

Goddank. Ze had het idee dat ze het geen minuut langer uit had kunnen houden. De hele nacht en ochtend waren een nachtmerrie geweest. Verdomde vent. Verdomde vent. Verdomde vent.

De tranen liepen haar nog steeds over de wangen toen ze haar telefoon pakte en Timwick belde.

'Waarom?' vroeg ze hees. 'Verdomme nog aan toe, waarom?'

'Maren was een bedreiging. Hij is altijd een bedreiging geweest. Ik heb je al gezegd dat hij uit de weg geruimd moest worden toen Logan begon rond te snuffelen.'

'En ik heb je gezegd dat je dat niet mocht doen. Scott was nooit een bedreiging. Hij hielp ons.'

'Hij was een zwakke schakel, Lisa. En Logan stond op het punt om hem te breken. Jij had niet het lef om het te doen, dus heb ik het zelf gedaan.'

Ze sloot haar ogen. 'Hij zou mij nooit verraden hebben.'

'Het gaat niet alleen om jou.' Ze kon de paniek in zijn stem horen. 'Ik kon het risico niet nemen.' Hij veranderde van onderwerp. 'De persconferentie is heel goed verlopen. Die gaf ons de vuurkracht die we nodig hebben. We hebben de speedboot gevonden. Maar we hebben nog geen flauw idee waar Logan en Price zijn gebleven. Ik hou je wel op de hoogte.' Hij verbrak de verbinding.

Hij had de moord op Scott afgedaan alsof die niets te betekenen had. Gewoon weer een dode...

Hoeveel zouden er nog volgen? vroeg ze zich af. Hoeveel meer bloed...

Ze viel op haar bureaustoel neer en sloeg haar handen voor haar ogen. O god, Scott, vergeef me. Ik had nooit gedacht... ik schijn het geen halt meer toe te kunnen roepen. Het gaat maar door en ik moet me erbij neerleggen.

Ze moest nadenken. Was er echt geen uitweg? Ze moest die schedel hebben. Het scenario dat zij had ontworpen, had Timwick de kans gegeven ervoor te zorgen dat Logan op het eerste gezicht doodgeschoten kon worden.

Nog meer moorden. En daarna zou Fiske aan zijn lijst beginnen en zouden er weer doden vallen.

Ze kon er niet meer tegen.

Een overeenkomst?

Nee, Logan was een koppige vent en zou het niet opgeven, ook al zouden zijn verstand en zijn praktisch inzicht hem vertellen dat hij dat wel moest doen. Mannen waren altijd te...

Maar Eve Duncan wist waar de schedel was en zij had geen mannelijk ego dat haar ervan weerhield helder na te denken. Duncan was een intelligente vrouw die zou onderkennen dat al hun kansen langzaam maar zeker verdwenen.

Lisa ging rechtop zitten en bette haar ogen. Ze draaide zich om en zette de computer aan.

Eve Duncan.

19

De telefoon rinkelde.

Logan?

Eve griste haar telefoon van de tafel. 'Hallo.'

'Hallo, Eve. Ik hoop dat je het niet erg vindt dat ik je bij je voornaam noem. Doe alsjeblieft hetzelfde bij mij. Ik geloof dat er door de omstandigheden een bepaalde intimiteit tussen ons is ontstaan.'

Eve schoot geschokt overeind.

'Weet je met wie je spreekt?'

'Lisa Chadbourne.'

'Je hebt mijn stem herkend. Mooi.'

'Hoe ben je aan mijn nummer gekomen?'

'Dat heb ik al sinds ik het eerste dossier over jou in mijn bezit kreeg. Op dat moment zou het onvoorzichtig zijn geweest contact met je op te nemen.'

'Omdat je probeerde mij te vermoorden?'

'Ik hoop dat je wilt geloven dat ik jou nooit kwaad heb willen doen tot je je ermee ging bemoeien. Je had Logans aanbod nooit aan moeten nemen.' Ze zweeg even. 'En je had nooit toe mogen staan dat Logan probeerde Scott over te halen mij te verraden.'

'Ik heb niets over Logan te vertellen. Dat heeft niemand.'

'Je had het toch moeten proberen. Je bent intelligent en je bent sterk. Het had je alleen een beetje moeite gekost. Misschien had dit alles...' Ze hield even haar mond om haar stem weer in bedwang te krijgen. 'Het was niet mijn bedoeling zo emotioneel te worden. Ik verwacht niet dat je er begrip voor zult hebben, maar het is een nare dag voor me.'

'Ik begrijp er niets van.' De schok was een beetje weggetrokken en het volkomen ongerijmde van het gesprek drong ineens tot Eve door. 'En het kan me niets schelen ook.'

'Natuurlijk kan het je niets schelen.' Ze was even stil. 'Maar het is nodig dat je probeert er begrip voor op te brengen. Ik moet dit tot een goed einde brengen. Het is net alsof je in een achtbaan zit. Je kunt pas uitstappen als je aan het eind bent. Ik heb er te hard voor gevochten en er te veel voor opgegeven. Ik wil niet alles verliezen wat ik heb bereikt.'

'Door moord.'

Stilte. 'Ik wil dat het ophoudt. Laat me een manier vinden om te zorgen dat er een eind aan komt, Eve.'

'Waarom heb je mij gebeld?'

'Is Logan daar?'

Een golf van opluchting sloeg door haar heen. Als Lisa niet wist waar Logan was, dan betekende dat misschien dat hij en Gil in veiligheid waren. 'Niet op dit moment.'

'Mooi. Hij zou maar in de weg zitten. Hij mag dan briljant zijn, maar er valt niet met hem te praten. Jij bent heel anders. Jij zult de voordelen van een compromis wel inzien.' Ze wachtte even. 'Net zoals je deed toen je hebt gesmeekt Fraser niet te executeren.'

Eves hand verkrampte om de telefoon. Ze had niet verwacht dat ze haar op die gevoelige plek zou raken.

'Eve?'

'Ik ben er nog.'

'Je wilde wel dat Fraser doodging, maar je vond iets anders nog belangrijker. En om dat te krijgen, was je bereid om te onderhandelen.'

'Ik wil niet over Fraser praten.'

'Ik snap wel dat je niet meer aan hem wilt denken. Ik ben alleen over hem begonnen omdat je nu ook verstandig moet zijn.'

'Wat wil je van me?'

'De schedel en al het andere bewijsmateriaal dat jij en Logan hebben verzameld.'

'En wat krijg ik als ik jou die dingen bezorg?'

'Hetzelfde wat jullie Scott hebben aangeboden. Je verdwijnt en je duikt ergens anders weer op met genoeg geld voor de rest van je leven.'

'En hoe zit het met Logan?'

'Het spijt me, maar voor Logan is het te laat. We moesten in het openbaar maatregelen nemen om ervoor te zorgen dat hij geen bedreiging meer voor ons vormt. Jij kunt gewoon in het niets verdwijnen, maar ik kan de jacht op Logan niet afgelasten. Hij moet maar voor zichzelf zorgen.'

'En mijn moeder?'

'Die mag je meenemen. Kunnen we het eens worden?'

'Nee.'

'Waarom niet? Wat wil je dan nog meer?'

'Ik wil mijn leven terug. Ik wil niet de volgende vijftig jaar ergens ondergedoken zitten voor iets dat ik niet gedaan heb. Dat vind ik geen redelijk aanbod.'

'Meer kan ik je niet bieden. Ik kan niet toestaan dat je hier blijft. Dat is veel te gevaarlijk voor me.' Voor het eerst hoorde Eve iets onverzettelijks in de stem van Lisa Chadbourne en nog iets anders ook... paniek. 'Geef me die schedel, Eve.'

'Nee.'

'Ik vind hem toch wel. Het is alleen een stuk gemakkelijker als jij hem aan mij geeft.'

'Zelfs als je hem vindt, zul je nog bang zijn dat de waarheid op een lastige en geruchtmakende manier aan het licht komt. Dat is de enige reden waarom je het met mij op een akkoordje wilt gooien.'

'God, nee.' Zowel de harde toon als de angst was nu uit haar stem verdwenen. Die klonk nu alleen nog maar vermoeid en treurig. 'Je weigert?'

'Dat heb ik al gezegd.'

'Zou het nou zo erg zijn om mij in het Witte Huis te laten zitten? Kijk eens wat ik door middel van Kevin voor elkaar heb gekregen. De nieuwe wet die ervoor zorgt dat zoveel mogelijk mensen medische verzorging kunnen krijgen. Strengere wetten met betrekking tot kinder- en dierenmishandeling. Er is een goede kans dat ik erin slaag de wet op de ziektekostenverzekering nog voor de verkiezingen aangenomen te krijgen. Aangezien we geen meerderheid in het Congres hebben, is dat gewoon een wonder, dat weet je toch wel?' De wanhoop gaf haar stem weer een harde ondertoon. 'Maar ik ben nog maar net begonnen. Er is nog zoveel dat ik voor de volgende ambtstermijn op het programma heb staan. Geef me toch de kans dat te doen, Eve.'

'Zodat jij op die manier jezelf onsterflijk maakt? In mijn ogen is moord geen geoorloofde manier om er bij het Congres wetten door te drukken.'

'Alsjeblieft. Denk er nog eens over na.'

'Ik ga er niet mee akkoord.'

Stilte. 'Dat spijt me, want ik had het gemakkelijk voor je willen maken. Nee, dat is niet waar. Ik had het mezelf gemakkelijker willen maken. Ik wil dat er een eind aan komt.' Lisa slikte de brok in haar keel weg. 'Je hebt je eigen positie verkeerd ingeschat, Eve. Je staat niet zo sterk als je denkt en elke medaille heeft een keerzijde. Ik hoop dat ik je later nog een kans zal kunnen geven, maar dat waag ik te betwijfelen. Ik moet verder. Je zult niet vergeten dat het je eigen keuze was, hè?' Ze verbrak de verbinding.

Eve had gedacht dat ze de persoonlijkheid en de beweegredenen van de vrouw goed had ingeschat, maar ze had niet ver genoeg doorgedacht. Ze vroeg zich af of iemand Lisa Chadbourne ooit helemaal zou begrijpen. Ze had gedacht dat Lisa een even gewetenloos monster was als Fraser, maar de vrouw met wie ze net had gesproken was heel menselijk geweest.

Maar niet kwetsbaar. Ze was dan misschien geen monster, maar ze zou zich door niets of niemand laten weerhouden haar doel te bereiken.

Eves hand trilde toen ze de telefoon weer op tafel legde. Christus, wat was ze geschrokken. Ze had het idee gehad dat ze licht in het voordeel was omdat ze Lisa Chadbourne zo goed had bestudeerd en het gevoel had gehad dat ze alles van haar af wist.

Van voordeel was geen sprake meer. Niet alleen wist ze eigenlijk niets van Lisa Chadbourne af, maar de vrouw had haar ook bestudeerd. Lisa Chadbourne wist ook alles van Eve af.

Elke medaille heeft een keerzijde.

Omkoping aan de ene kant. De dood aan de andere. Duidelijker kon het niet. Ze had Lisa's aanbod afgeslagen en nu moest ze de consequenties onder ogen zien.

Waarom kon ze verdorie toch niet ophouden met beven? Het was net alsof Lisa hier bij haar in de kamer was geweest en...

Er werd op de deur geklopt.

Haar ogen vlogen door de kamer.

Doe voor niemand de deur open, had Logan gezegd.

Elke medaille heeft een keerzijde.

Goeie genade, Lisa Chadbourne was niet een of ander bovennatuurlijk wezen dat zichzelf naar dit motel had overgestraald. Eve stond op en liep naar de deur. Bovendien klopten moordenaars niet beleefd.

Maar de tweede klop was helemaal niet beleefd. Die was hard, ongeduldig en dwingend.

'Wie is daar?'

'Logan.'

Ze wierp snel een blik door het kijkgaatje. Goddank. Ze haakte de ketting los en deed de deur van het slot.

Logan kwam met grote passen de kamer binnen. 'Pak je kleren in. Je gaat hier weg.'

'Waar ben je geweest?'

'Onderweg hier naartoe.' Hij deed haar kast open, pakte haar tas, haar blazer en haar jack en gooide die op het bed. 'Ik heb een taxi naar de Baltimore-Washington luchthaven genomen, een auto gehuurd en ben hier naartoe gereden.'

'Waarom heb je me niet gebeld?'

Hij gaf geen antwoord.

'Verdomme, waarom heb je me niet gebeld? Wist je dan niet hoe ongerust ik zou zijn?'

'Ik wilde niet praten met...' Hij ritste haar tas open. 'Ga je nou pakken? Ik wil je hier weg hebben.'

'Het DNA-profiel is nog niet klaar. Gary is er wel achter gekomen dat het lab het proces kon versnellen, maar Joe heeft de monsters voor de vergelijking nog niet afgeleverd en Gary zegt dat het niet voor...'

'Dat kan me geen barst schelen,' zei hij ruw. 'Jij bemoeit je er niet meer mee.'

'Dat zal wel moeilijk worden. Heb je dat gehoord van Abdul Jamal?'

'Op de radio toen ik hier naartoe reed.'

Ze keek toe hoe hij een armvol ondergoed uit de bureaula pakte en die in de tas liet vallen. Zijn kleren waren verkreukeld en zaten vol grasvlekken en hij had een schram op zijn onderarm. 'Ik ga nergens naartoe tot je met me hebt gepraat.'

'Dan pak ik je spullen wel in en smijt je met de rest van de bagage in de auto.'

'Hou op met het mishandelen van mijn eigendommen en kijk me aan, verdomme.'

Hij draaide zich langzaam om en keek haar aan.

Ze verstijfde toen ze zijn gezicht zag. 'Jezus,' fluisterde ze. 'Wat is er gebeurd, Logan?'

'Gil is dood.' Zijn bewegingen waren schokkerig en ongecoördineerd terwijl hij nog meer kleren uit een la op het bed gooide. 'Neergeschoten. Volgens mij was het niet eens hun bedoeling om hem te doden. Ze vuurden alleen waarschuwingsschoten af. Maar nu is hij dood.' Hij propte kleren in de weekendtas. 'Ik heb hem achtergelaten in een botenhuis bij de rivier. Daar zul je het vast niet mee eens zijn, als je nagaat hoe jij redeneert. Geen thuis voor Gil. Ik heb hem gewoon achtergelaten en ben als een haas op de vlucht geslagen.'

'Gil,' herhaalde ze verdoofd.

'Hij is in de buurt van Mobile geboren. Ik geloof dat hij een broer heeft. Misschien kunnen we hem later...'

'Hou je mond.' Ze pakte zijn armen vast. 'Hou je mond, Logan.'

'Hij maakte nog een grapje voor het gebeurde. Hij zei dat hem niets kon overkomen omdat hij deze maand al tegen een kogel was opgelopen. Hij had het mis. Hij was helemaal niet veilig. Hij heeft nooit geweten wat hem geraakt heeft. Hij was gewoon...'

'Wat erg. God, wat vind ik dat erg.' Zonder na te denken deed ze een stap naar hem toe en sloeg haar armen om hem heen. Zijn lichaam was stram en onverzettelijk, zijn spieren weerden haar af. 'Ik weet dat hij je vriend was.'

'Dan weet je meer dan ik. Als hij mijn vriend was, waarom heb ik hem dan al die risico's laten lopen?'

'Je hebt geprobeerd hem zo ver te krijgen dat hij afzag van die afspraak met Maren. We hebben het allebei geprobeerd. Hij wilde niet luisteren.'

'Ik had hem best tegen kunnen houden. Maar ik wist dat de mogelijkheid bestond dat hij het met betrekking tot Maren bij het rechte eind had. Ik had hem een klap op zijn hoofd kunnen geven of er alleen naartoe kunnen gaan. Ik had hem niet hoeven laten gaan.'

Lieve hemel, hij kromp in elkaar van de pijn en ze kon hem niet bereiken. 'Het was jouw schuld niet. Het was Gils eigen beslissing. Je kon niet weten dat...'

'Gelul.' Hij duwde haar weg. 'Pak de rest maar in. Ik haal je hier weg.'

'En waar ga ik dan naartoe?'

'Dat maakt niet uit, als je hier maar weg bent. Voor mijn part zet ik je op een boot naar Timboektoe.'

'Nee.' Ze sloeg haar armen over elkaar. 'Niet nu. Je bent te overstuur om goed na te kunnen denken. We moeten erover praten.'

'Ga pakken. Er is niets om over te praten.'

'We gaan wel praten. Laten we hier maar weggaan.' Ze liep naar de deur. De sfeer in de kamer was om te snijden en ze had het gevoel dat ze stikte. En het zou ook beter zijn als ze hem kon laten ophouden met dat verdomde pakken waar hij als een bezetene mee bezig was. 'Ik heb hier al de hele dag opgesloten gezeten. Ga maar een eindje met me rijden.'

'Ik ga geen...'

'Ja, dat doe je wel.' Ze greep de koffer met Ben op, trok de deur open en keek over haar schouder. 'Welke auto?'

Hij zei niets.

'Welke auto, Logan?'

'De beige Taurus.'

Ze liep naar de auto die aan de overkant van de parkeerplaats stond. Hij was er eerder bij dan zij. Ze wachtte tot hij het portier voor haar open zou doen.

Zijn lippen krulden in een spottende glimlach toen hij haar de koffer met Ben afpakte. 'En overal waar Eve gaat, gaat de schedel mee,' mompelde hij voor hij de koffer op de achterbank zette. 'Maar ja, ik heb ook tegen je gezegd dat je die nooit alleen mocht laten, hè? Ook al maakt dat je automatisch tot een doelwit.'

'Dacht je dat ik ook maar enige aandacht zou schenken aan wat jij zegt als ik zelf ook niet vond dat dat de juiste aanpak was? Vergeet het maar, Logan.'

Zodra ze in de auto zaten, zei ze: 'Rijden maar.'

'Waarheen?'

'Dat kan me niet schelen.' Ze leunde achterover in de stoel. 'Zolang we maar niet in de buurt komen van een plek waar je me op een boot naar Timboektoe kunt zetten.'

'Ik verander echt niet van gedachten.'

'En ik ga niet met jou in discussie over iets waar je waarschijnlijk de hele weg vanaf Washington over na hebt zitten denken. Rij nou maar gewoon een stukje rond.'

Hij reed en hield een halfuur lang zijn mond dicht. 'Mag ik nu terug?'

'Nee.' Zijn lichaam stond nog steeds stijf van spanning. Hoe kon ze in vredesnaam tot hem doordringen? Hem een schok bezorgen? Ze kon hem vertellen dat Lisa Chadbourne had gebeld. Geen denken aan. Dat zou zijn vastbeslotenheid alleen maar versterken. Gun hem nog maar wat tijd.

Lisa keek neer op de telefoon.

Pak hem nou maar op. Geef die boodschap door. Je hebt al veel te lang gewacht.

Niet akkoord, had Eve Duncan gezegd.

Goed, accepteer dat dan ook.

Het moest doorgaan.

Doe wat je moet doen.

Lisa pakte de telefoon op.

Het was meer dan een uur later en de schaduwen die de laatste zonnestralen veroorzaakten, begonnen al te lengen toen Logan vanaf de snelweg een ongeplaveide parkeerplaats opreed en stopte. 'Ik ga niet verder. Stort je hart maar uit.'

'Zul je dan naar me luisteren?' vroeg Eve.

'Ik luister.'

En nog steeds koppig van plan niets te horen. Of misschien was het helemaal geen koppigheid, dacht ze vermoeid. Misschien was hij bang voor wat hij te horen zou krijgen.

Het was een vreemd idee dat die sterke en vastberaden Logan bang kon zijn. 'Weet je nog wat je tegen mij hebt gezegd? Doe gewoon je uiterste best en pak dan de draad weer op? Wat haal je je nu dan voor nonsens in je hoofd?'

'Nou, dan heb ik uit m'n nek gekletst.'

'Jij bent niet verantwoordelijk voor Gils dood. Hij was een volwassen man en het was zijn eigen beslissing. Je hebt zelfs je best gedaan hem ervan af te brengen.'

'Daar hebben we het al over gehad.'

'En jij bent ook niet verantwoordelijk voor mij. Dat kan alleen als ik je dat recht geef en dat doe ik niet. Ik bepaal zelf wat ik met mijn leven doe. Dus kom me nu niet aan met dat gelul over dat je me op een boot zet en naar Buiten-Mongolië stuurt.'

'Naar Timboektoe.'

'Dat doet er niet toe. Ik ga nergens heen. Ik heb al te veel meegemaakt. Ik heb erg veel in mijn leven geïnvesteerd en dat gooi ik niet zomaar weg. Heb je dat goed begrepen?'

Hij keek haar niet aan. 'Ik heb het begrepen.'

'Dan denk ik dat we weer terug kunnen gaan naar het motel.'

Hij startte de auto. 'Maar het maakt niets uit. Ik waarschuw je dat ik heus wel een manier zal vinden om jou op die boot te krijgen.'

Ze schudde haar hoofd. 'Ik word zeeziek. Ik kan me nog herinneren dat ik op de veerpont zo ziek was als een hond toen we terugkwamen van Cumberland Island.'

'Ik sta ervan te kijken dat je dat is opgevallen.'

'Ik snapte er zelf ook niets van. Ik had het gevoel alsof er een eind aan mijn leven was gekomen en het leek niet eerlijk dat ik ook nog gestraft werd door mijn lichaam.'

'Maar Quinn zorgde goed voor je.'

'Ja, Joe zorgt altijd goed voor me.'

'Heb je al iets van hem gehoord?'

'Gisteravond. Hij heeft een brief gevonden waar vrijwel zeker sporen van Chadbournes speeksel op zitten, maar het kostte hem moeite om dat monster van Millicent Babcock te pakken te krijgen. Hij was van plan haar te volgen als ze met haar man naar de country club ging en dan een glas achterover te drukken waar zij uit had gedronken.'

'Is die stoere smeris van jou van plan te stelen?'

Praten hielp hem. De spieren in Logans onderarmen waren iets minder verkrampt.

'Dat is geen stelen.' Ze besloot te verzwijgen dat Joe de brief met dubieuze middelen te pakken had gekregen. 'Heb je *Les Misérables* weleens gelezen?'

'Ja en ik kan me heel goed voorstellen dat Joe brood zou stelen om een hongerig kind te voeden.'

Hij glimlachte scheef. 'Jouw held.'

'Mijn vriend,' verbeterde ze.

Zijn glimlach verdween. 'Sorry, ik heb het recht niet om Quinn te bekritiseren. Ik heb zelf ellendig gefaald in de vriendenloterij.'

'Hou op met jezelf te kwellen. Je kunt niet eens meer nadenken. Wanneer heb je voor het laatst geslapen?'

Hij haalde zijn schouders op.

'Je zult je een stuk beter voelen als je een nacht goed hebt geslapen.'

'Is dat zo?'

Ze aarzelde en zei toen onomwonden: 'Waarschijnlijk niet. Maar dan ben je wel weer in staat helder na te denken.'

Hij glimlachte flauw. 'Heb ik je al eens verteld hoe dol ik ben op die nietsontziende eerlijkheid van je?'

'Het heeft geen enkele zin om de bittere pil te vergulden. Dan lach je me gewoon uit. Je hebt al eerder iets meegemaakt dat ontzettend pijn deed. Je weet dat daar geen simpele oplossing voor bestaat. Je zult er doorheen moeten.'

'Ja, dat is de enige manier om het aan te pakken.' Hij zweeg even. 'Maar ik zou je nooit uitlachen, Eve. Geen denken aan.' Hij nam zijn hand van het stuur en legde die over haar hand die tussen hen in op de stoel lag. 'Heel erg... bedankt.'

'Waarvoor?' Ze probeerde luchtig te glimlachen. 'Omdat ik mezelf een reis naar Timboektoe heb bespaard?'

'Nee, die staat nog steeds op het programma als ik het voor elkaar kan krijgen.' Hij kneep in haar hand en liet hem toen langzaam los. 'Ik geloof dat ik Quinn benijd.'

'Waarom?'

'Om heel wat dingen.' Zijn mond verstrakte grimmig. 'Maar het is heel wat aantrekkelijker voor een man om als beschermer en trooster op te kunnen treden dan andersom. Dat ik hier zo op jouw schouder zit uit te huilen duidt in zekere zin op een gebrek aan kracht.'

'Je hebt niet op mijn schouder uitgehuild.' En niemand kon ooit beweren dat Logan een gebrek aan kracht vertoonde. 'Je hebt tegen me geschreeuwd en met mijn kleren staan smijten.'

'Dat is precies hetzelfde. Neem me niet kwalijk dat ik mezelf niet in de hand had. Het zal niet weer gebeuren.'

Ze hoopte van harte dat het niet weer zou gebeuren. De manier waarop ze op zijn verdriet had gereageerd, had haar verrast. Het was bijna een moederlijke reactie geweest. Ze had hem in haar armen genomen en ze had hem net zo lang willen wiegen tot alle problemen verdwenen waren. Ze had hem willen troosten en genezen, hem in haar armen willen houden en willen liefkozen. Zijn kwetsbaarheid had de barrières gesloopt die zijn kracht niet omver had kunnen halen. 'Het is wel goed. Hang mijn kleren maar weer op, dan staan we quitte.'

Ze keek uit het raam. Het verlangen was onderdrukt. Houd hem op afstand. Hij kwam te dichtbij.

Ze kon zijn blik voelen, maar ze keek hem niet aan. Ze hield haar ogen gevestigd op de ondergaande zon achter de bomen.

Hij deed zijn mond pas weer open toen hij de auto op de parkeerplaats vlak bij haar motelkamer zette. 'Ik moet met Kessler praten. Wanneer verwacht je hem terug uit het lab?'

Ze keek op haar horloge. Kwart voor acht. 'Hij kan nu al in zijn kamer zijn. We hadden afgesproken dat ik om acht uur naar zijn kamer toe zou komen en dat we dan iets te eten zouden laten brengen.' Ze trok een gezicht. 'Van Bubba Blue's Barbecue. Gary zei dat hij zich kon voorstellen dat die tent waarschijnlijk een ratelslang in een glazen bak had, zaagsel op de vloer en een jodelende countryzanger... o shit.'

De tranen schoten haar in de ogen. Ze was zo druk geweest met het troosten van Logan dat Gils dood nu pas tot haar doordrong. Zou ze ooit nog naar een countryliedje kunnen luisteren zonder aan Gil Price te denken?

'Ja.' Logans ogen glinsterden. 'Ik zei tegen hem dat hij het hier vast prachtig zou vinden. Dat ze hier op de radio alleen die countrymuziek hadden waar...' Hij gooide abrupt het portier open en stapte uit. 'Ik moet naar mijn kamer toe om me te douchen en te verkleden.' Hij pakte de koffer van de achterbank. 'Ik zal Ben voorlopig onder mijn hoede nemen. Ik zie je over twintig minuten in Kesslers kamer.'

Ze knikte als verdoofd terwijl ze naar haar deur toe liep. Gil Price, humor en vriendelijkheid en een overdosis levenslust. Allemaal weg. De dood. Naderbij geslopen en Gil geveld. Wie zou de volgende zijn? Logan had tegelijk met Gil kunnen sterven.

De keerzijde van de medaille.

Ze liep de kamer in en schudde haar hoofd toen ze de kleren zag die over het bed uitgestrooid lagen. Ze zou die rommel opruimen en proberen...

Nee, vergeet het maar.

Ze was bang, bezorgd en zich angstaanjagend bewust van de duisternis die steeds dichterbij kwam. Ze had mam sinds gisteravond niet meer gesproken en ze had behoefte aan contact. Ze pakte haar telefoon uit haar tas.

Er werd niet opgenomen.

Wat was er verdomme aan de hand?

Ze toetste het nummer opnieuw in.

Geen gehoor.

De keerzijde van de medaille.

Je staat niet zo sterk als je denkt.

Mam.

Haar hand beefde toen ze het nummer van Logans kamer belde. 'Ik kan mam niet bereiken. Ze neemt haar telefoon niet op.'

'Raak nou niet meteen in paniek. Het kan best zijn...'

'Je hoeft me niets te vertellen. Ik kan haar niet bereiken.'

'Misschien is het niets. Ik zal Pilton wel bellen om na te gaan wat er aan de hand is.'

'Het zit er dik in dat je dat niet lu...'

'Ik ga Pilton bellen,' viel hij haar in de rede. 'Ik bel je zo terug.' Hij verbrak de verbinding.

Er was niets aan de hand.

Fiske had haar niet gevonden.

Er was niets aan de hand.

De telefoon ging over.

Ze sprong op om hem op te nemen.

'Ze maakt het prima,' zei Logan. 'Ik heb met haar gesproken. Zij en Margaret gingen net aan tafel. De batterij van haar telefoon was leeg.'

Veilig. De opluchting was zo enorm dat ze er bijna misselijk van werd.

'Is alles in orde met haar?'

'Ze maakt zich zorgen over jou. Ze zou met liefde m'n nek willen breken. Maar alles is in orde.'

Even kon ze geen woord uitbrengen. 'Die boot naar Timboektoe, Logan, weet je nog?'

'Ja.'

'Daar wil ik mijn moeder op hebben.'

'We zullen het onmiddellijk in orde maken. Ga jij met haar mee?'

Verdorie, ja. Haal me hier vandaan. 'Nee. Ik zie je over een kwartier in Kesslers kamer.'

'Ik heb een exemplaar van het DNA-rapport,' zei Gary zodra hij de deur opende. 'Waar is Quinn met die monsters voor de vergelijking?'

'Hij kan hier ieder moment zijn.' Ze keek langs hem heen naar Logan die in de stoel aan de andere kant van de kamer zat. 'Heeft Logan je verteld van Gil Price?'

Gary knikte. 'Niet zo mooi.'

'Echt verschrikkelijk. Jij hebt gedaan wat je kon, Gary. Je hebt ons dat rapport bezorgd. Wil je dan nu in godsnaam weggaan?'

'Als ik klaar ben. Zodra ik die monsters van Quinn heb.'

'Daar ga ik niet mee akkoord. We hebben je niet meer nodig. Joe kan naar het lab gaan en de...'

'Nee, Duncan.' Gary's stem klonk vriendelijk maar vastberaden. 'Ik maak af waar ik aan begin.'

'Doe niet zo stom. Straks eindig je nog op dezelfde manier als Gil Price.' Ze draaide zich met een ruk om naar Logan. 'Breng jij hem dat dan aan zijn verstand.'

'Dat heb ik al geprobeerd,' zei Logan. 'Hij wil niet luisteren.'

'Net als Gil. Gil wou ook niet luisteren.' Ze haalde even diep adem. 'Maar je móét luisteren. Ze is van plan... De keerzijde van de medaille.'

'Wat?'

'Lisa Chadbourne. Ze heeft me vanmiddag opgebeld.'

Logan ging met een ruk rechtop zitten. 'Verduiveld, wat krijgen we nou?'

'Ze wilde het met me op een akkoordje gooien in ruil voor de schedel.'

'Waarom heb je me niet verteld dat ze gebeld heeft?' vroeg Logan grimmig.

'Denk even na. Was jij in een stemming om te luisteren? Je zou vast onredelijk zijn geweest.'

'Ik voel me nu ook niet bepaald redelijk. Heeft ze je bedreigd?'

'In zeker opzicht.'

'In welk opzicht?'

'Ze was... treurig. Wat maakt het uit?' vroeg ze ongeduldig. 'Ik wil alleen dat Gary en mijn moeder zich uit de voeten maken. Oké?'

'Heeft ze iets gezegd dat je het idee gaf dat ze iets afweet van Bainbridge of je moeder?'

'Natuurlijk niet. Daar is ze veel te slim voor. Zoiets zou ze nooit verraden.' Ze keek Gary aan. 'Maar jij moet...'

'Het enige wat ik moet, is Bubba Blue's Barbecue bellen,' zei Gary. 'Wil je ribbetjes of biefstuk?'

'Ik wil dat jij vertrekt.'

'Of misschien een broodje warm vlees?'

'Gary...'

Hij pakte de telefoon en begon het nummer in te toetsen. 'Vertel me nou maar wat je wilt hebben anders worden het de ribbetjes.'
Ze staarde hem hulpeloos aan. Verdomme. 'Biefstuk.'
'Een prima keus.'

Een halfuur nadat de besteller van Bubba's het eten had gebracht, stond Joe Quinn voor de deur.
'Ik heb ze.' Joe hield de twee hittebestendige zwarte zakken omhoog.
'Hoe gauw kunnen jullie die vergelijking hebben?'
Ze keek Gary gretig aan. 'Vanavond nog?'
Hij haalde zijn schouders op. 'Misschien. Ik bel Chris wel om te zien of ik hem zo ver kan krijgen dat hij vanavond terugkomt naar het lab.'
Hij veegde de barbecuesaus van zijn vingers en pakte de telefoon op.
'Maak dat je wegkomt. Ik zal moeten praten als Brugmans. Hij heeft bijna de hele nacht voor me doorgewerkt en dit zal hij niet echt leuk vinden.'
Joe opende de deur. 'Als je zo ver bent, rij ik je wel naar het lab, Gary.'
Gary gebaarde met zijn hand.
'Alles in orde met jou?' vroeg Joe aan Eve toen ze naar buiten liepen.
'Onder de omstandigheden. Gil Price is dood.'
Joe wierp een blik op Logan. 'Jouw vriend?'
Logan knikte.
'Ik heb iets over die persconferentie gehoord. Het is wel een verrekte puinzooi, hè?'
'Dat lijkt me correct uitgedrukt.'
'Wat ben je van plan als je dat DNA-bewijs in handen hebt?'
'Ik heb een paar vrienden in Washington die de handschoen wel willen oppakken als er maar genoeg bewijzen zijn.'
Joe schudde zijn hoofd. 'Veel te link.'
'Niet als Andrew Bennett mijn kant kiest. Hij is de president van het Hooggerechtshof.'
'Beter dan een politicus, maar nog steeds riskant.'
'Heb jij dan een beter idee?'
'De media.'
'Lisa Chadbourne is een expert in de omgang met de media.'
'Dat kan best zijn, maar noem mij één verslaggever die niet bereid is om een regering omver te werpen als hij daardoor kranten kan verkopen.'
'Het verhaal is veel te bizar,' zei Eve. 'En ze hebben zoveel barrières

opgeworpen dat wij niet eens bij een krant in de buurt kunnen komen.'
'Maar ik wel.'
Eve schudde haar hoofd.
'Ik ken een vent bij de *Atlanta Journal and Constitution*. Peter Brown.
Heeft vijf jaar geleden de Pulitzerprijs gewonnen.'
'In godsnaam, Joe, je zou meteen opgepakt worden voor het verlenen
van hulp aan voortvluchtige misdadigers.'
'Peter houdt zijn mond wel.'
'Misschien,' zei Logan.
'Zeker weten.' Hij keek Logan recht aan. 'Ik heb hem al opgebeld en
hij is geïnteresseerd. Verrek, het kwijl loopt hem uit de bek. Hij wacht
alleen nog op het DNA.'
'Klootzak. Zonder overleg met ons te plegen?'
'Ik moest iets doen terwijl ik in Richmond zat te wachten. Het is be-
ter dan vertrouwen stellen in een politicus.'
Eve stak haar hand op. 'Waarom wachten we niet gewoon op de uit-
slag voor we gaan ruziën over hoe we het moeten aanpakken?'
'Ik wil dat er een eind aan komt,' zei Joe. 'Ik wil dat jij hier vanaf bent.'
'Anders ik wel,' zei ze moe. 'Het wordt me allemaal...'
'Hij doet het,' kondigde Kessler aan toen hij de kamer uitkwam. 'Over
twintig minuten verwacht hij me in het lab.'
'Laten we dan maar gaan.' Joe liep naar een zwarte Chevrolet die een
paar meter verderop stond. 'Hoe lang gaat dit duren, Gary?'
'Zes tot acht uur.'
'Pak je koffer maar vast in, Eve.' Joe schoof achter het stuur en start-
te de auto. 'Zo gauw we de uitslag hebben, kom ik terug. We gaan met-
een je moeder ophalen en dan breng ik jullie naar een veilige plek tot
we de zaak geklaard hebben.'
Hij reed weg voor ze iets kon zeggen.
'Nou, we zijn het in ieder geval over één ding eens,' mompelde Logan.
'We willen je allebei hier zo snel mogelijk weg hebben en in veiligheid
brengen.'
'De media was zo'n slecht idee nog niet.'
'Nee, dat was prima. Misschien moeten we die weg wel bewandelen.
Maar we hebben Washington ook nodig.'
'Waarom ging je dan met hem in discussie?'
Hij haalde zijn schouders op. 'Dat is zo langzamerhand macht der ge-
woonte geworden, vrees ik.' Hij draaide zich om. 'Ik ga pakken en een
paar van mijn vrienden in Washington opbellen. Ik kan niet toestaan
dat Quinn me voor is.'

Tellers researchlab was donker, met uitzondering van één plek op de begane grond waar een paar lampen aan waren.

Daar wordt tot diep in de nacht gewerkt, dacht Fiske. Het centrum zou eigenlijk om zes uur gesloten moeten zijn; waarom zou iemand dan om één uur 's nachts nog bezig zijn? Twee auto's op de parkeerplaats. Eén daarvan was een Chevrolet met een plaatje van een verhuurbedrijf.

Hij had zo'n vermoeden dat hij met z'n neus in de boter was gevallen. Hij trok het kofferdeksel open en stapte uit de auto. Hij opende zijn doos met elektronische apparatuur en haalde zijn afluisterapparaat te voorschijn.

Een paar minuten later zat hij weer achter het stuur. Hij ging wat gemakkelijker zitten en wachtte tot ze het gebouw uit zouden komen.

20

04.05 UUR

Eve zat bij het raam te wachten toen Joe en Gary de parkeerplaats op kwamen rijden. 'Ze zijn er,' zei ze over haar schouder tegen Logan. Ze gooide de deur open. 'Voor elkaar?'

'Voor elkaar.' Gary overhandigde haar de aktetas. 'Het monster van Millicent Babcock duidde sterk op het bestaan van een verwantschap.' Er gleed een stralende glimlach over zijn gezicht. 'En Chadbournes speeksel bleek uiteraard volkomen overeen te komen.'

'Uiteraard. Dat snap ik ook.' Eve glimlachte zwak. 'Je zou me op woedende blikken trakteren en me de huid volschelden als dat niet het geval was.'

'En terecht. Om mijn kostbare tijd zo te verspillen!'

'Ik heb opgebeld en een appartement in Fort Lauderdale voor je geregeld.' Logan gaf hem een kaartje. 'Het is geboekt op naam van Ray Wallins. Blijf daar tot we je opbellen en je laten weten dat alles veilig is.'

Kessler schonk hem een sluw glimlachje. 'Een luxueus appartement? Met een dienstmeisje?'

Logan grinnikte. 'Dat zou best kunnen. Ik zou maar niet al te veeleisend zijn.'

'Een man met mijn vakbekwaamheid en intellect heeft recht op luxe. Dat zou niet verspild moeten worden aan zulke platvloerse figuren als jij, Logan.'

Logan overhandigde hem een envelop. 'Contant geld. Dat zou genoeg moeten zijn voor een paar maanden.'

'Aha, dat is beter.' Kessler stopte de envelop in zijn jaszak. 'Daar zal ik me wel mee kunnen redden tot ik het eerste voorschot op mijn bestseller krijg.' Hij keek Eve aan. 'Ik zou best een assistent kunnen gebruiken, van mijn spelling gaan je haren recht overeind staan. Als je me het echt lief vraagt, wil ik misschien mijn hand wel over mijn hart strijken en je een kamer in mijn appartement geven, Duncan.'

'Ik kan ook niet spellen.'

'Dat betekent waarschijnlijk dat je het aanbod afslaat. O, nou ja, je had toch vast geprobeerd alle eer naar jou toe te trekken.'

Joe kwam de motelkamer uitlopen met Eves tas. 'We gaan ervandoor,

Eve. Als we nu meteen vertrekken, kunnen we om negen uur in Lanier zijn.'

Ze knikte, terwijl ze Gary nog steeds aankeek. 'Dank je wel. Je was echt fantastisch.'

Hij knikte. 'Magnifiek.'

'Ga je meteen weg?'

'Ik stop mijn kleren in mijn koffer, zet die in mijn Volvo en ga meteen op weg naar Fort Lauderdale. Vijf minuten.'

'We wachten wel even.'

'Duncan, dat is helemaal niet...' Hij haalde zijn schouders op. 'Wat een koppig mens.' Hij verdween in zijn kamer en kwam een paar minuten later weer te voorschijn. Hij zette zijn koffer in zijn auto, draaide zich om en keek haar aan. 'Tevreden?'

'Ja.' Ze liep naar hem toe en omhelsde hem. 'Bedankt,' fluisterde ze in zijn oor.

'Je begint nu echt een beetje vervelend te worden, Duncan.' Gary stapte in zijn auto en startte de motor.

'Ben je zo ver?' vroeg Logan aan Eve. 'Ik neem aan dat je met Quinn meerijdt, aangezien hij je nog net niet met geweld in de auto heeft gezet. Ik rij wel achter jullie aan naar Lanier.'

'We gaan nu weg.' Joe ging achter het stuur zitten. 'Heb jij al gepakt?'

'Alles ligt in mijn auto.' Logan liep over de parkeerplaats naar de bruine Taurus toe.

'Eve?' zei Joe.

Ze knikte snel en trok het rechterportier open. De eerste hindernis, het bewijs, was achter de rug. De uitslag van de DNA-proeven zat in de aktetas in haar hand. Gary zou veilig zijn en datzelfde gold voor haar moeder als ze over een paar uur bij haar waren.

Goddank.

04.10 UUR

Fiske trok het afluisterapparaat uit zijn oor en belde Lisa Chadbourne.

'Ze logeerden in de Roadway Stop in Bainbridge,' zei Fiske. 'Ik ben Kessler en Joe Quinn gevolgd vanaf het DNA testcentrum. Logan en Duncan zijn hier ook. Maar ze blijven geen van allen. Quinn heeft net de koffer van Duncan in zijn auto gezet. Duncan heeft afscheid genomen van Kessler. Hij gaat niet met ze mee. Kessler rijdt nu de parkeerplaats af.'

'Hoe zit het met Logan?' vroeg Lisa Chadbourne.

'Hij stapt in een andere auto. Een bruine Taurus.'

'Heeft ze de schedel bij zich?'

'Hoe moet ik dat weten? Ze zal echt niet met die schedel onder haar arm rondlopen alsof het een handtasje is. Ik neem aan dat ze hem in haar tas gestopt heeft. Of misschien heeft Logan hem.'

'Of misschien hebben ze 'm ergens verstopt. Aan vermoedens heb ik niets. Heb je 'm niet gezien?'

De trut begon hem op zijn zenuwen te werken. 'Geen spoor.'

'Verlies ze dan niet uit het oog. Ik móét die schedel hebben.'

'Dat hebt u al tegen me gezegd. Logan rijdt achter Quinn de parkeerplaats af.'

'Ga dan achter ze aan, verdomme.'

'Geen probleem. Ik weet waar ze naartoe gaan. Ze rijden naar het noorden om Duncans moeder in Lanier op te halen.'

'Weet je dat zeker?'

'Ik heb het Quinn net horen zeggen.'

Het was even stil. 'Dus je bent ervan overtuigd dat je hen niet kwijt zult raken.'

'Ik zal ze niet kwijtraken.'

'Dan moet je eerst iets anders voor me doen.'

Eves digitale telefoon ging over toen ze op ongeveer zestig kilometer van Bainbridge waren.

'Duncan. Ga niet…'

De woorden waren nauwelijks verstaanbaar.

'Wat?'

'Dun-can…'

Haar hart klopte in haar keel. 'Gary?'

Een tweede stem. 'Hij wou afscheid van je nemen.'

'Met wie spreek ik?' fluisterde ze.

'Met Fiske. Ze wil die schedel hebben, Eve.'

'Waar ben je?'

'Hier, in het motel. Ik heb die brave dokter Kessler van de weg afgereden en hem toen overgehaald om weer terug te gaan naar zijn kamer voor een kort onderhoud.'

'Ik wil met Gary praten.'

'Hij kan niet meer praten. Ze zei dat ik je moest vertellen dat hij niet de laatste zou zijn. Geef haar die schedel, Eve.' Hij verbrak de verbinding.

'O, god.'

'Wat is er?' Joe's blik was op haar gezicht gevestigd.

Haar maag kromp samen. Ze kon geen adem meer krijgen. 'Draai om. We moeten terug naar het motel.'

'Wat?'

'Fiske... en Gary. Ik weet zeker dat het Gary was.'

'Dat kun je helemaal niet zeker weten. Het kan best een truc zijn.'

'Verdomme, ik weet wél dat het Gary was. Hij noemde me Duncan.'

'Het is een valstrik, Eve.'

'Dat kan me geen bárst schelen. We moeten terug.' Lieve god, dat gefluister. 'Draai om, Joe.'

'Zodra ik de gelegenheid heb. Ik zal mijn alarmlichten aanzetten om Logan te waarschuwen.'

'Schiet op.' Ze probeerde na te denken. Zij had de tas met de DNA-rapporten, maar Logan had de schedel. Als het een valstrik was, moest ze ervoor zorgen... 'Nee, stop. Ik moet hem de tas geven.'

Ze gingen langs de weg staan en Logan stopte naast hen.

Joe stapte uit en duwde hem de tas in zijn handen. 'We gaan terug naar het motel. Kessler heeft Eve gebeld. Fiske is daar.'

'Stap bij mij in de auto, Quinn,' zei Logan. 'Eve, jij wacht hier.'

'Je kunt doodvallen. Schiet op, Joe.'

Joe startte de auto.

'Ik rij achter jullie aan,' zei Logan.

'Als je het lef hebt,' zei Eve fel. 'Ze wil die schedel. Als ik met Fiske moet onderhandelen om Gary te redden kan ik hem als onderpand gebruiken. Maar als Fiske hem van jou afpakt, heb ik niets om hem aan te bieden.'

'Fiske zal heus niet...'

Joe stoof al als de gesmeerde bliksem over de weg, terug naar het motel.

Ze wil de schedel hebben, Eve.

Geef haar de schedel.

Gary.

De deur van Kesslers kamer stond op een kier en er viel licht door de smalle opening.

'Blijf hier.' Joe stapte uit de auto.

'Ik wil met je...'

'Niet tegenstribbelen. Verdorie, dit is mijn dagelijkse werk.' Hij trok zijn pistool uit zijn schouderholster. 'Het komt best in orde.' Hij drukte zich naast de deur tegen de muur en schopte de deur open.

Geen kogelregen.

Niemand die naar buiten kwam stuiven.

Niets.

Joe wachtte even, bukte zich toen en holde de kamer in.

Ze hield het niet meer úít. Ze sprong uit de auto en rende naar de deur.

Joe dook plotseling voor haar op en versperde haar de weg. 'Nee, Eve.'

'Wat bedoel... Néé.' Ze duwde hem opzij en holde naar binnen.

Gary lag op de grond in een plas bloed met een mes in zijn keel.

Ze viel op haar knieën naast hem. 'Gary.'

'Kom op.' Joe probeerde haar overeind te trekken, maar ze weerde hem af. 'We moeten maken dat we wegkomen.'

'We kunnen hem niet achterlaten.' Voor het eerst zag ze de twee andere messen waarmee Gary's handpalmen aan de vloer vastgepind waren. 'O Joe, kijk toch wat hij met hem gedaan heeft.'

'Het is voorbij, Eve. Ik moet je hier weghalen.'

De tranen liepen haar over de wangen. 'Hij heeft hem pijn gedaan. Dat heeft hij met opzet gedaan. Hij wilde dat ik zou weten hoe hij hem gemarteld heeft. Zíj wilde dat ik dat zou weten.'

'Nu voelt hij niets meer.'

Ze wiegde heen en weer terwijl ze verscheurd werd door verdriet. 'Het is niet eerlijk. Hij wilde het tegen hen opnemen. Hij wilde...'

'Eve, kijk me aan.'

Ze keek verblind op naar Joe's gezicht.

Zijn ogen...

Hij stak zijn hand uit en raakte even haar haar aan met een intens teder gebaartje. 'Het spijt me,' zei hij zacht.

Zijn vuist schoot uit en trof haar vol op de kin.

Duisternis.

'Is ze gewond?' Logan stapte uit zijn auto toen Joe Eve het motel uitdroeg.

'Nee, doe dat portier eens open.'

Logan trok het rechterportier van Joe's auto open. 'Wat is er met haar gebeurd? Fiske?'

'Ik.' Hij zette haar op de stoel en sloot het portier. 'Ze wilde Kessler niet achterlaten.'

Logans blik vloog naar de openstaande deur. 'Wat...'

'Dood.'

'Fiske?'

'Daar niet.' Joe liep om de auto heen en ging achter het stuur zitten.

'Stap in je auto en maak dat je hier wegkomt. Ze heeft tegen je gezegd dat je niet terug moest gaan.'

'Maar kennelijk wenste Fiske bij nader inzien toch niet te onderhandelen.'

'Hij wilde haar een schok bezorgen. Het zag er niet bepaald leuk uit.' Hij stak zijn hand in het dashboardkastje en haalde er een papieren handdoekje uit. 'Bloed.' Hij begon de vlekken van Eves handen te poetsen. 'Massa's bloed.'

'Shit.' Logans blik was op Eves bleke gezicht gevestigd: 'Wat heb je met haar gedaan?'

'Ik heb haar buiten westen geslagen.' Joe startte de auto. 'Het was niet goed voor haar om daar op haar knieën in Kesslers bloed te zitten. Voor hetzelfde geld had Fiske achter haar gestaan met een ander slagersmes.'

'Een mes?'

'Ik zei toch dat het er niet bepaald leuk uitzag.'

'Ze zal niet blij zijn dat je geweld tegen haar hebt gebruikt.'

'Ik deed wat ik moest doen. Heb jij een pistool?'

'Ja.'

'Maar dat heb je niet aan Eve verteld.' Joe glimlachte spottend. 'Je wist hoe ze daarop zou reageren. Van mij heb je gehakt gemaakt, maar je eigen hachje heb je wel gespaard. Nou, hou dat pistool maar binnen handbereik en blijf vlak achter me. Als je overvallen wordt, stop ik misschien wel om je te helpen.' Hij reed achteruit. 'Als je geluk hebt.'

Bloed.
Messen.
Vastgepind.
O god, hij had Gary gekruisigd.
Ze opende haar mond om het uit te schreeuwen.

'Wakker worden.' Ze werd door elkaar geschud. 'Wakker worden, Eve.'

Haar oogleden vlogen open.

Joe. Joe, naast haar achter het stuur. Om haar heen alleen duisternis. Een droom. Ze had alles gedroomd.

'Een droom...'

Hij schudde zijn hoofd.

'Gary...' De tranen begonnen over haar wangen te biggelen. 'Dood?'

Joe knikte.

Ze kromp in elkaar op de stoel in een poging de nachtmerrie af te weren. Maar ze werd er toch door overspoeld. Bloed. Gary. Joe's hand op haar haar. Duisternis.

'Je hebt me geslagen,' zei ze dof.

'Dat moest ik wel,' zei hij rustig.

'Je dacht dat ik er niet tegen kon.'

'Misschien. Maar ik wist zeker dat ik er niet tegen kon.'

'Ze wil de schedel hebben. De keerzijde van de medaille... Ze heeft niet eens geprobeerd te onderhandelen. Ze zei dat ze verder moest. Ze wilde me laten zien dat zij de macht heeft om toe te slaan en iemand te doden die me na staat.'

'Zo lijkt het wel in elkaar te zitten.'

'Gary had er eigenlijk niets mee te maken,' zei ze als verdoofd. 'Hij had gedaan wat hij moest doen. Fort Lauderdale... We hadden hem nooit alleen weg mogen laten gaan.'

'We dachten dat alles veilig was. We hadden er geen idee van dat Fiske wist dat we in Bainbridge zaten.'

Ze wil de schedel hebben, Eve.

'Waar is Logan?' vroeg ze.

'Een paar kilometer achter ons.'

'Heeft hij de schedel nog wel?'

Joe knikte.

Geef haar de schedel.

Ze zei dat ik je moest vertellen dat hij niet de laatste zou zijn.

Een schok van angst schoot door haar heen. 'Mijn moeder.'

'We zijn nu naar haar onderweg.'

'Ze heeft me gewaarschuwd dat Gary niet de enige zou zijn. Hoe ver moeten we nog?'

'Een uur of drie.'

'Rij harder.'

'Rustig maar.'

'Kom me daar niet mee aan. Ze weet hoeveel ik om mijn moeder geef. Het is niet meer dan logisch dat ze mam ook als doelwit uit zal kiezen.'

'Of dat ze ervoor zorgt dat jij dat idee krijgt en haar zo naar de juiste plek brengt. Het staat niet vast dat ze weten waar je moeder is.'

'We beseften ook niet dat Fiske erachter was gekomen dat we in Bainbridge zaten.' Haar nagels klauwden in haar handpalmen toen ze haar vuisten balde. 'Maar hij wist het. Hij wist het wel.'

'Ja.'

'En nu kan hij best onderweg zijn naar Lanier. Misschien rijdt hij wel voor ons uit.'

'Maar dat hoeft nog niet te betekenen dat hij je moeder zal vermoorden. Het lijkt me waarschijnlijker dat hij daar het eerst wil aankomen om ons in de val te laten lopen. Per slot van rekening gaat het hen om de schedel.'
Ze pakte haar telefoon. 'Ik ga ze waarschuwen.'
'Prima. Goed idee. Maar maak ze niet zo bang dat ze ervandoor gaan. Ik denk dat ze daar het veiligst zitten tot wij er zijn. Zeg alleen maar dat Pilton op zijn hoede moet zijn.'
Hij dacht dat ze daar het veiligst zaten?
Hoe kon iemand nou weten of zij wel iets kon doen om hun veiligheid te garanderen terwijl Fiske daar op de loer lag?
Haar hand beefde terwijl ze het nummer intoetste.

Fiske stapte weer in de auto die hij op de oprit van het verlaten vakantiehuisje had gezet. In het oosten begon het al te dagen en het licht scheen vaag door de met mistflarden omgeven toppen van de dennen.
Hij schatte dat hij op zijn minst een uur voorsprong had. Hij had de omgeving van het Duncan-huisje verkend en het was duidelijk dat dat mens van Duncan met haar telefoon bezig was geweest. Overal brandde licht en hij had toegekeken hoe Pilton de omgeving had verkend en de deur achter zich had dichtgetrokken toen hij weer naar binnen ging. Ze zaten op hem te wachten.
Nou, dat was toch precies wat hij wilde? Een uitdaging.
Hij belde Lisa Chadbourne. 'Ze heeft hen gewaarschuwd.'
'Maar ze zijn er nog steeds?'
'Volgens mij wachten ze op haar. Pilton kwam een kwartier geleden naar buiten om een paar koffers in het busje te gooien, maar daarna heb ik niemand meer gezien.'
'Zorg dat ze niet wegkomen.' Ze zweeg even. 'En raak hen niet aan. Niet tot je me die schedel hebt bezorgd.'
'Die moeder zou haar een zetje in de goeie richting kunnen geven. Eerder dan Kessler.' Hij wachtte even en gooide toen zelf een visje uit. 'Hoewel ik Kessler uitmuntend heb aangepakt. Wilt u de bijzonderheden horen?'
Stilte. 'Ik heb je verteld wat ik wil bewerkstelligen. Ik heb geen behoefte aan details.'
Overgevoelig. 'Ik heb Kessler net zo lang laten leven dat hij haar nog kon bellen. Dat viel niet mee met die messen in zijn…'
'Ik heb gezegd dat ik dat niet hoef te weten. Vergeet niet dat we Eve

Duncan maar tot een bepaalde hoogte onder druk kunnen zetten. Zorg dat je de zaak niet verknalt, Fiske.'
'U gaat al net zo klinken als Timwick.'
Opnieuw was het even stil. 'Sorry. Ik laat het aan jou over. Ik weet dat je me niet teleur zult stellen.' Ze verbrak de verbinding.
Weer die verdomde schedel die hem aan handen en voeten bond en voorkwam dat hij zijn werk kon doen.
Hij boog zich voorover en deed het dashboardkastje open. Hij had tijd genoeg om zijn lijst bij te werken. Met een dikke streep schrapte hij de naam van Gary Kessler.

08.35 UUR
Eve sprong uit de auto zodra ze voor het huisje van haar moeder stopten.
'Wacht even.' Joe stond naast haar en duwde haar aan de kant. 'Ik ga eerst naar binnen.'
Bij het motel was hij ook als eerste naar binnen gegaan en had Gary gevonden. 'Nee. Mam!'
Geen reactie.
Daarna riep Sandra: 'Alles is in orde, Eve. Ik mag van Pilton niet naar buiten, maar alles is goed.'
Eve was bijna misselijk van opluchting. 'We komen naar binnen.'
Logan was achter Joe's auto gestopt. 'Alles in orde?'
'Daar ziet het wel naar uit.' Joe liet zijn blik door de omringende bossen dwalen. 'Het zou kunnen. Ga maar naar binnen en zorg dat ze meteen kunnen vertrekken. Ik blijf hier.'
Logan liep achter Eve aan naar de veranda.
'Wacht even,' zei Joe. 'Waar is de schedel?'
'Op de passagiersstoel. Hou 'm in het oog.'
'Dat zal ik doen.' Joe wendde zijn ogen geen moment van de bossen af. 'Schiet op en zorg dat ze allemaal zo snel mogelijk in de auto's zitten.'

Hij was hier.
Christus, hij kon hem bijna ruiken, dacht Joe.
Hij rook het bloed. De honger.
Zijn zenuwen maakten hem krijsend attent op Fiskes aanwezigheid.
Het was net alsof hij met één klap terug was in de periode waarin zijn hele leven om doelwitten en gesanctioneerd moorden draaide. Een we-

reld waar Fiske begrip voor zou hebben. Hij zat hier ergens, op alles voorbereid, klaar om toe te slaan. Maar hoe?

Door een staaf dynamiet in het huisje te gooien?

Door hen vanuit een hinderlaag onder vuur te nemen als ze de veranda opkwamen?

Als dat het geval was, zou Joe zijn eerste doelwit vormen. De wachtpost was altijd de eerste die uitgeschakeld werd.

Maar Fiske was in het nadeel. Een moordaanslag zou niet zijn enige opdracht zijn.

De schedel.

Joe glimlachte grimmig. Dan moest er nu maar een eind aan gemaakt worden. Dan moest de jager veranderd worden in de prooi.

Hou je me in de gaten, Fiske?

Hij trok zijn colbert uit, stak zijn hand in Logans auto en pakte er de leren koffer met de schedel uit.

Lokaas, Fiske.

Hij tilde de koffer opzettelijk boven zijn hoofd.

Kun je hem zien?

Hij zette het op een lopen, zigzaggend door het struikgewas in de richting van de bossen.

Kom hem maar halen, smeerlap.

Fiskes ogen werden groot van schrik.

Die klootzak tartte hem. En dat deed hij met die leren koffer waarin de schedel moest zitten.

Hij keek toe hoe Quinn zich over het ruige terrein uit de voeten maakte. Hij wist wat hij deed en hij was goed. Hij zou geen gemakkelijk doelwit zijn.

Plotseling voelde hij een golf van genoegen en gretigheid opkomen. Die trut van Chadbourne had gezegd dat hij de schedel te pakken moest krijgen. Dat was de grootste prioriteit. Hij had er geen idee van gehad dat die prioriteit hem zo'n interessante uitdaging zou bieden.

Hij volgde een diagonale koers om Quinn te onderscheppen.

'Margaret, jij rijdt met Pilton mee in het busje,' zei Logan toen hij de trap afliep. 'Wij nemen Sandra mee.'

'Ga ik terug naar Sanibel?' vroeg Margaret. 'Wanneer neem je weer contact met me op?'

'Als het veilig is,' zei Logan. 'Ik zal Quinn vragen om een ontmoeting te arrangeren met die verslaggever van de...'

'Waar is Joe?' Eve was op de bovenste tree blijven staan.

'Hij moet hier ergens in de buurt zijn.' Logan speurde snel de omgeving af.

Eves blik viel op de auto.

Geen Joe.

Haar hart ging zo tekeer dat het pijn deed. 'Fiske.'

'Ik betwijfel of Fiske hem zou kunnen verrassen,' zei Logan. 'Quinn is een taaie.'

'Hij heeft Gary ook verrast.'

'Quinn is Gary niet. Hij is niet voor slachtoffer in de wieg gelegd. Het zit er eerder in dat hij...' Logan liep met grote stappen naar zijn auto. 'De klóótzak.'

'Wat?'

'De koffer. Quinn heeft de koffer gepakt.'

'Waarom?' O jezus, wat een stomme vraag. Ze wist waarom. Joe wilde dat er een eind aan kwam, en zoals gewoonlijk had hij het heft zelf in handen genomen. 'Hij denkt dat Fiske hier is.'

'En ik vertrouw zijn instinct voor honderd procent,' zei Logan. Hij wendde zich tot Pilton. 'Jij blijft hier. Ik ga achter hem aan. Als ik niet binnen... waar ga jij voor de donder naartoe, Eve?'

Ze rende in de richting van de bossen. 'Ik wil niet dat Fiske hem iets aandoet. Dat laat ik niet gebeuren.'

Ze hoorde Logan vloeken. Hij kwam achter haar aan en zat haar vlak op de hielen. 'Denk jij dan verdomme dat jij daar iets tegen kunt beginnen? Je bent niet een of andere commando.'

'Het is mijn schuld dat Joe daarginds ergens zit,' zei ze fel. 'Dacht je soms dat ik hem in de steek zou laten?'

'En hoe was je van plan om...'

Ze luisterde niet meer naar hem. Ze was inmiddels in de bossen aanbeland en stond hijgend stil. Ze mocht hem niet roepen, dan zou Fiske gewaarschuwd zijn. Maar hoe moest ze Joe dan vinden voordat Fiske hem te pakken kreeg?

Niet aan denken. Rustig doorlopen. Hou de schaduwen in de gaten.

Logan liep naast haar. 'Ga in godsnaam terug. Ik ga hem wel zoeken.'

'Hou je mond. Ik probeer te luisteren. Hij moet hier...'

Logan had een pistool in zijn hand.

Hij volgde haar blik. 'Je zou weleens verdomd blij kunnen zijn dat ik dit bij me heb.'

Daar was ze inderdaad blij om, besefte ze met een schok. Als dat pistool Joe kon redden, was ze in staat om het zelf te gebruiken. Gary was gestorven omdat hij zich niet had kunnen verweren.

Joe mocht niet sterven.

Achter hem bewogen de bladeren van het struikgewas licht en Joe schoot naar links, achter een knoestige boom.

'Ben je daar?' vroeg hij zacht. 'Kom me maar halen, Fiske.'

De struiken bewogen als de ademtocht van een fluistering.

'Wil je de schedel hebben? Die is hier.' Hij glipte dieper het bos in. God, het kwam allemaal weer terug. Opjagen, vinden, doden. Het enige verschil was het licht. De meeste operaties werden bij nacht uitgevoerd.

'Probeer hem maar van me af te pakken.'

Fiske was vlakbij. Joe ving een vleugje op van de geur van knoflook en tandpasta.

Van welke kant kwam die lucht? Van rechts, iets achter hem. Veel te dichtbij. Nog sneller lopen.

Afstand.

Stilte.

Snelheid.

De lucht werd zwakker. Hij had even tijd.

Kom maar, Fiske. Kom maar in mijn hol.

Verduiveld nog aan toe, waar zat die smeerlap? vroeg Fiske zich geërgerd af. Het leek wel alsof hij achter een spook aanzat.

Hij bleef achter een paar struiken staan luisteren terwijl zijn blik langs de kring bomen gleed.

Niets te horen.

Verdomme, Quinn had al tien minuten lang geen geluid meer gemaakt.

'Hier moet je zijn.'

Fiskes blik vloog naar links.

De leren koffer met de schedel, vijftien meter verderop onder een eik.

Een valstrik.

Dacht Quinn dat hij zo'n sukkel was? Op het moment dat hij zich vertoonde, zou Quinn hem neerschieten.

Maar waar was Quinn? Fiske speurde de omgeving van de koffer af.

Quinns stem had geklonken alsof hij uit die richting kwam, maar zeker was Fiske daar niet van.

Heel even bewoog er iets.

Links in de struiken.

Wacht. Eerst zeker weten. Iets dichterbij komen.

Als hij schoot, zou hij verraden waar hij zat.

De bladeren bewogen inderdáád.

Hij zag een flits van blauwe spijkerstof.

Meteen daarna was het weer verdwenen.

Maar de struiken bewogen.

Quinn kwam naar hem toe.

Hij kwam nog een stap dichterbij. Hij hief zijn pistool op en wachtte op het volgende geritsel van rechts.

Maar het volgende geritsel kwam van links, ergens links uit de verte.

Hij draaide zich met een ruk om en richtte zijn pistool.

Logan. En dat mens van Duncan.

Zijn vinger spande zich om de trekker.

'Néé.' De kreet kwam van boven zijn hoofd. Hij keek omhoog en zag dat Quinn vanaf de takken van een boom op hem afsprong.

Fiske wervelde om zijn as en slaagde er nog net in om een schot te lossen op het moment dat Quinn boven op hem landde en hem tegen de grond wierp.

Nog een schot.

De smeerlap. Quinn had daarboven op hem zitten wachten om hem naar zijn dood te lokken. Christus, als Logan en Duncan er niet waren geweest, had Quinn nog gewonnen ook.

Maar hij had niet gewonnen. Fiske was de overwinnaar, zoals altijd.

Hij kon Quinns warme bloed op zijn borst voelen en het lichaam dat hem tegen de grond gedrukt hield, was slap.

Weer een naam die hij van zijn lijst kon schrappen.

Maar eerst moest hij dat lichaam van zich af gooien. Logan kwam naar hen toe rennen en Fiske moest de hand waarin hij zijn pistool had vrij hebben.

Waarom kon hij zich niet bewegen?

Pijn. In zijn borst.

Niet alleen Quinns bloed, maar ook het zijne.

Het tweede schot.

Hij had gefaald, hij had gefaald, hij had gefaald, hij had gefaald.

Duisternis daalde op hem neer. Verschrikkingen kwamen op hem af.

Hij gilde.

Fiske was dood toen Logan Joe wegtrok van zijn lichaam.

Heilige moeder gods.

Eve viel naast Joe op haar knieën. Zijn borst... bloed.

'Leeft hij nog?' vroeg Logan.

Heel flauw kon ze de ader aan zijn slaap zien kloppen. 'Ja. Bel het alarmnummer. Snel.'

Ze was zich er nauwelijks van bewust dat Logan zijn telefoon pakte en opzij stapte. Haar blik was vast op Joe's gezicht gevestigd. 'Heb niet het lef dat je doodgaat. Heb je me gehoord, Joe? Ik wil het gewoon niet hebben.' Ze trok zijn T-shirt op. Waar was dat spijkerhemd dat hij aan had gehad? vroeg ze zich vaag af. Druk. Je moest druk uitoefenen.

Zijn ogen gingen open. 'Fiske?'

'Dood.' Ze legde haar hand boven de wond op zijn borst en drukte hard. 'Dat had je niet mogen doen.'

'Moest... hem doden.'

'Het kan me geen bal schelen dat je hem gedood hebt. Je had het risico niet mogen... Wie heeft je gevraagd om dat te doen? Jullie zijn allemaal hetzelfde. Gary, Logan en jij. Jullie denken allemaal dat jullie in staat zijn... Doe je ogen niet dicht. Je blijft hier.'

Hij probeerde te glimlachen. 'Dat... hoop ik.'

'Hoe gaat het met hem?' Logan knielde naast haar. Hij gaf haar een blauw overhemd, Joe's overhemd. 'Heb je hier iets aan? Ik heb het ginds in de bosjes gevonden. Quinn moet het daarin gegooid hebben.'

Ze scheurde snel het overhemd kapot en gebruikte een deel ervan om een drukverband aan te leggen. 'Heb je het alarmnummer gebeld?'

'Ja, ze zijn zo hier. Wij moeten weg zijn als ze aankomen. Ik heb niet gemeld dat het om een schietpartij gaat, maar het ambulancepersoneel zal onmiddellijk de politie waarschuwen als ze Joe en Fiske onder ogen krijgen.'

'Ga weg...' Joe hakkelde. 'Je kunt niets doen, Eve.'

'Ik ben niet van plan om je alleen te laten.' Ze keek nijdig op hem neer. 'En dit keer heb je niet genoeg kracht om me een klap te verkopen.'

'Blijf... achtergrond. Laat Pilton...' Hij zakte opzij, buiten bewustzijn. 'God nog aan toe.' Ze sloot haar ogen. 'Hij is er slecht aan toe, Logan.'

'Hij is nog niet dood.' Hij stond op, draaide zich om en knielde naast Fiske neer. 'Ik ga terug naar het huisje en zeg tegen Pilton dat hij met het ambulancepersoneel moet praten. Als we de sirene horen, zal ik Margaret hier naartoe sturen om bij Quinn te blijven terwijl ik jou uit de buurt breng. Dat is de beste aanpak.' Logan doorzocht Fiskes zakken.

'Waarom doe je dat?'

'Ik pak alles weg waarmee hij geïdentificeerd kan worden. Hoe moeilijker we het de autoriteiten maken om Fiske te identificeren, hoe meer tijd wij hebben voor Lisa Chadbourne erachter komt dat ze een vervanger voor hem zal moeten zoeken.' Hij trok een bos sleutels te voorschijn met een sleutelhanger van het autoverhuurbedrijf National en een portefeuille. Zijn ogen gleden vluchtig over het rijbewijs en de creditcards. 'Hoewel hij zelf ook al grondig te werk is gegaan. Roy Smythe...' Hij stopte de portefeuille in zijn achterzak. 'Nadat wij weg zijn, zal ik Margaret en Pilton op zoek laten gaan naar zijn huurauto zodat ze die leeg kunnen halen voor ze er zelf vandoor gaan.'

Ze wilde op dat moment niet denken aan maatregelen om de schade beperkt te houden. 'Ik ga met Joe mee naar het ziekenhuis.'

'Nee, we rijden wel achter hem aan.' Hij stak een hand op om haar protesten een halt toe te roepen. 'Niet tegenstribbelen. Als je niet zorgt dat je op de achtergrond blijft, word je opgepakt en in de gevangenis gesmeten... als ze je tenminste niet bij de eerste aanblik neerschieten.' Hij stond op en voegde er sarcastisch aan toe: 'En in beide gevallen zul je toch niet in staat zijn om aan zijn bed te zitten en thee en medeleven aan te bieden.'

'Hij heeft jouw leven gered, smeerlap,' zei ze.

'Wie heeft hem gevraagd mijn leven te redden? Ik heb mijn buik vol van de grote Quinn en zijn...' Hij greep de koffer met de schedel op en liep met grote stappen terug naar het huisje.

Wat mankeerde hem? Hij had het recht niet om boos op Joe te zijn. Hij klonk net alsof hij...

De wond begon zwaarder te bloeden.

Ze drukte harder.

Niet doodgaan, Joe.

Joe werd naar de eerstehulppost van het Gwinnett General Hospital gebracht, op dertig kilometer afstand van het meer. Logan, Sandra en Eve reden in Logans auto achter de ambulance aan.

'Ik ga wel naar binnen om te kijken hoe het met hem gaat.' Sandra sprong de auto uit. 'Zet de auto maar een beetje uit het zicht op de parkeerplaats neer. Ik kom weer naar buiten zodra ik iets weet.'

'Ik kan best...'

'Hou je mond, Eve,' zei Sandra streng. 'Ze hebben mij al dagenlang hun wil opgelegd, me naar hun pijpen laten dansen en me binnen gehouden. Joe is net zo goed mijn vriend en ik maak me zorgen om hem. En trouwens, hij zou het me niet in dank afnemen als ik toestond dat jij naar binnen ging en herkend werd.' Ze ging haastig naar binnen door de glazen deuren van de eerstehulp.

'Daar kunnen we het mee doen.' Logan reed verder en parkeerde de auto tussen twee vrachtauto's die het onmogelijk maakten om te zien wie er in de Taurus zaten. 'Nu zullen we wel moeten wachten.' Eve knikte moe. 'Maar ik moet nog één ding doen.' Ze pakte haar telefoon en toetste het privénummer van Joe in. 'Diane, je spreekt met Eve. Ik moet je iets vertellen. Joe is...' De woorden bleven in haar keel steken. Vooruit, schiet op. 'Joe is gewond.'

'Mijn god.'

'Het ziet er... slecht uit. Hij is in het Gwinnett General. Je kunt maar beter hier naartoe komen.'

'Hoe erg is het?'

'Dat weet ik niet. Hij is neergeschoten. Hij is nu bij de eerstehulp.'

'Dat is jouw schuld, verdomme.' Diane smeet zonder verder nog iets te zeggen de hoorn op de haak.

Eve vertrok haar gezicht.

'Het is nooit leuk om slecht nieuws over te brengen,' zei Logan rustig. 'Ze klonk alsof ze me haat.' Ze liet haar tong over haar lippen glijden. 'En wie kan haar dat kwalijk nemen? Het was mijn schuld. Ik had nooit moeten toestaan dat Joe...'

'Het was mij niet opgevallen dat hij jou om toestemming heeft gevraagd. Ik betwijfel of je hem tegen had kunnen houden.'

'Ik kén hem toch. Ik heb zijn gezicht gezien voor we dat huisje binnengingen. Ik had moeten beseffen dat hij dacht dat er iets mis was.'

'Mag ik even opmerken dat je wel een beetje overstuur was?'

'Nee.' Ze liet haar hoofd tegen het raampje zakken. 'Hij gaat dood, Logan.'

'Dat weten we niet.'

'Ik weet het.' Ze fluisterde. 'Ik... hou van hem, zie je.'

Hij wendde zijn blik af. 'Is dat zo?'

'Ja. Hij is de vader en de broer die ik nooit heb gehad. Ik weet niet hoe mijn leven er zonder Joe uit had gezien. Raar hè, daar heb ik nog nooit eerder over nagedacht. Hij was er gewoon altijd en ik dacht dat het ook altijd zo zou blijven.'

'Hij is nog niet dood.'

Als Joe doodging, zou hij dan bij Bonnie zijn?

'Huil nou maar niet meer,' zei Logan hees. Hij trok haar in zijn armen. 'Ssst... alles komt heus in orde.' Hij wiegde haar. 'Ik wil je zo graag helpen.'

Hij hielp haar ook. Hij straalde troost en warmte uit waardoor ze helemaal ingekapseld werd. Hij kon de pijn niet wegnemen, maar hij hield haar vast waardoor de eenzaamheid niet kon toeslaan. Meer had ze op dit moment niet nodig.

21

Sandra fronste toen ze twee uur later terugkwam bij de auto.
Eve verstrakte. 'Joe?'
'Het is niet best. Ze weten niet of hij het haalt.' Sandra stapte achterin. 'Ze hebben hem geopereerd en hij gaat nu naar intensive care.'
'Ik wil hem zien.'
'Geen schijn van kans. Alleen zijn naaste familieleden mogen bij hem komen.'
'Dat is niet eerlijk. Hij zou vast willen dat ik bij hem was. Ik moet...'
Ze haalde even diep adem. Het maakte niet uit wat zij wilde, het enige dat telde was wat het beste was voor Joe. 'Is Diane er?'
'Ze kwam net aan toen ze hem de operatiekamer uitreden.' Sandra trok een gezicht. 'Ze gedroeg zich als een brok ijs tegenover mij. Je zou bijna denken dat ik hem neergeschoten had.'
'Het gaat niet om jou. Ze is heel boos op mij. Jij bent mijn moeder. Ze neemt je waarschijnlijk kwalijk dat je me op de wereld hebt gezet.'
'Dat zal wel. Maar ik dacht dat ze me wel mocht. Ik heb een paar weken geleden nog koffie met haar gedronken. Ik dacht dat ze ons allebei aardig vond.'
'Ze is gewoon overstuur. Het zal wel veranderen als Joe beter wordt.'
Als hij beter werd. Als hij niet doodging. 'Wanneer weten ze dat?'
'Misschien morgen.' Sandra aarzelde. 'Maar ik kan daar niet meer naartoe gaan, Eve. Vlak voor ik wegging, kwam er een politieman de intensive care op. Hij wilde weten hoe het met Joe was.'
Natuurlijk. Joe was een smeris en smerissen hielden een oogje op elkaar. Het zou niet lang duren voor het hele ziekenhuis krioelde van de agenten.
Logan had de auto al gestart. 'Dan moeten we hier weg. Als de gesmeerde bliksem.'
'En waar gaan we naartoe?' vroeg Sandra.
'Ik heb met Margaret en Pilton afgesproken bij Hardee's in de buurt van Emory waar we Quinn toen ontmoet hebben.'
Logan reed de parkeerplaats af.
'Zij neemt je mee naar Sanibel en zal daarna regelen dat je het land uit kunt.'
'Nee,' zei Sandra.

Eve verstijfde. 'Dat is de enige veilige weg, mam. Je moet het doen.'
'Ik hoef helemaal niets te doen.' Ze kneep haar lippen op elkaar. 'En
wie zegt dat het de veiligste weg is? Jij? Logan? Jullie zijn er geen van
beiden zelfs maar in geslaagd jezelf in veiligheid te brengen en Joe ligt
daar in dat ziekenhuis. Waarom zou ik ervan uitgaan dat jullie er wel
in slagen te voorkomen dat ik vermoord word?'
Een gevoel van paniek sneed door Eve heen. 'Alsjeblieft, mam. Je moet
doen wat ik zeg.'
'Gelul.' Sandra keek haar recht aan. 'Ik heb precies gedaan wat jij en
Margaret tegen me zeiden. Jullie hebben me allemaal behandeld alsof
ik een achterlijk kind ben. Dat is afgelopen, Eve.'
'Ik wil alleen maar dat je veilig bent.'
'Dat wil ik zelf ook.' Ze keek Logan aan. 'Breng me maar naar de
Peachtree Arms Apartments. Dat ligt vlak bij Piedmont.'
Eve herkende het adres. 'Ga je naar het huis van Ron?'
'Daar kun je donder op zeggen. Dat heb ik vanaf het allereerste begin
gewild.'
'Denk je echt dat hij je onderdak zal verlenen en je verborgen zal houden?'
'Daar kom ik vanzelf wel achter, hè? Of misschien bespreken we de hele zaak wel en komen dan tot de conclusie dat ik mezelf bij de politie
moet melden als ooggetuige van het neerschieten van Joe. Dan kan ik
vragen of ze me voor mijn eigen veiligheid in de gevangenis willen zetten. Waar het ook op uitdraait, het zal mijn eigen beslissing zijn.' Ze
keek opnieuw naar Logan. 'Rij door of laat me uitstappen.'
Logan aarzelde en zette toen zijn voet op het gaspedaal. 'Misschien
maak je wel een grote fout, Sandra.'
'Als dat zo is, dan zal het niet mijn eerste zijn. Verrek, ik heb ze in de
loop der tijden wel zo'n beetje allemaal gemaakt.' En tegen Eve: 'Ik
kan niet naar het ziekenhuis toe gaan, maar ik zal ze een paar keer per
dag bellen en je laten weten hoe het met Joe gaat.'
'Mam, neem dit risico nou niet. Ik zou het mezelf nooit vergeven als
jou iets overkwam.'
'Heb niet het lef om dat te zeggen. Je bent mijn dochter, niet mijn moeder. Zorg jij maar voor jezelf, dan doe ik dat ook. En hou verdomme
die schuldgevoelens voor je. Ik wil geen tweede Bonnie worden.'
Eves ogen werden groot.
'O shit, kijk me niet zo aan.' Sandra boog zich voorover en gaf een
kneepje in Eves schouder. 'Laat me nou maar los, Eve. Laat háár los.'
'We hebben het niet over Bonnie.'

'O ja hoor, er gaat geen dag voorbij dat ze niet iedere minuut aanwezig is. Ze gaat schuil achter ieder woord en gebaar van jou.'

'Dat is niet waar.'

Sandra schudde haar hoofd. 'Je hoeft haar niet te vergeten om haar los te laten, lieverd. Maar het wordt tijd dat er eens een beetje licht in jouw leven komt. God, wat is het toch zwart om jou heen.'

'Met mij... gaat het best. Alles komt weer in orde als dit maar eenmaal voorbij is.'

'Denk je?'

'Mam, dit wordt me nu een beetje te veel.'

'Ik hou m'n mond al. Ik weet dat je verdriet hebt. Maar probeer niet mijn leven te regelen, Eve. Het heeft me tijd genoeg gekost om te leren dat zelf te doen.'

'We zijn bijna op Piedmont,' zei Logan.

'De Arms is direct om de hoek.'

'Wat als Ron niet thuis is?' vroeg Eve.

'Ik heb een sleutel.' Sandra glimlachte. 'Die heb ik al sinds ons derde afspraakje. Dat ik jou dat nooit heb verteld, zegt wel iets over de manier waarop je mij onder de duim hebt, hè?'

'Ik heb nooit geprobeerd...'

'Dat weet ik wel.' Toen Logan voor het flatgebouw stopte, stapte Sandra uit de auto en pakte haar koffer. 'Ik zal het ziekenhuis om de drie uur opbellen. Als je niets van me hoort, dan weet je dat zijn toestand onveranderd is.'

'Wees voorzichtig. Ik vind het vréselijk dat je dit risico neemt.'

'En ik ben opgelucht dat ik nu eindelijk mijn eigen zin doe. Ik voelde me een soort pion die door jou en Logan en zelfs door die Fiske-figuur heen en weer geschoven werd. Het wordt tijd dat ik zelf het heft in handen neem.'

Verbijsterd keek Eve haar moeder na toen ze het flatgebouw inliep.

'Een feniks die uit de as herrijst?' mompelde Logan.

'Ze heeft de verkeerde keus gemaakt. Ik ben doodsbang.'

'Misschien niet. Ron zou best eens een brave vent kunnen zijn die alles zal doen wat in zijn vermogen ligt om haar te beschermen.'

'Tegen Lisa Chadbourne? Tegen Timwick?'

'Nou ja, Fiske telt niet meer mee. Onze presidentsvrouw zal een andere sluipmoordenaar moeten inhuren en dat zou best wat tijd kunnen kosten. Vooral als ze er niet meteen achter komt dat Quinn hem uitgeschakeld heeft.'

'Dat is niet genoeg...'

'Je kunt er toch niets aan veranderen,' zei Logan. 'Je moeder heeft zelf haar keuze bepaald, Eve. Je kunt haar niet blijven beschermen als ze dat niet wil.'

'Ze begrijpt het niet. Gary en Joe... Ze begrijpt niet wat er kan gebeuren.'

'Volgens mij begrijpt ze dat wel degelijk. Ze heeft gezien hoe Joe in die ambulance werd afgevoerd. Ze is niet dom.'

'Ik zei ook niet dat ze dom was.'

'Waarom behandel je haar dan alsof dat wel zo is?'

'Ik wil haar alleen maar beschermen. Ik wil haar niet kwijtraken.'

'Zoals je Bonnie bent kwijtgeraakt?'

'Hou je bek, Logan.'

'Ik hou mijn bek wel. Sandra heeft alles al gezegd.' Hij reed de oprit naar de I-85 op. 'Toch zou ik eens goed nadenken over wat ze heeft gezegd. Ze is een intelligente tante. Ik had geen flauw idee hoe intelligent.'

'Waar gaan we heen?'

'Naar Margaret om haar te vertellen dat ze de stad uit moet. Ik neem aan dat ik je niet zal kunnen overhalen om met haar mee te gaan?'

Haar angst maakte plotseling plaats voor boosheid. 'En ga jij dan ook? Wat zou je ervan zeggen als jij eens op die boot naar Timboektoe stapte, Logan? Waarom vergeet jij Gil niet gewoon?' De woorden tuimelden over haar lippen in een uitbarsting van woede die met de seconde groeide. 'Waarom laat jij Ben Chadbourne niet stikken? Ga er toch gewoon vandoor en laat de hele wereld barsten.'

Hij tuitte zijn lippen in een geluidloos gefluit. 'Je hoeft niet zo tegen me uit te vallen. Het was maar een voorstel. Ik had niet verwacht dat je...'

'Het was een waardeloos voorstel. Ik laat Joe en mam niet in de steek. Ik heb meer dan genoeg van al dat vluchten en verstoppen en continu bang zijn. Ik heb er genoeg van dat mensen van wie ik hou van alles wordt aangedaan en ik ben dat hulpeloze gevoel zat. Ik heb heel lang geleden gezworen dat niemand ooit nog een slachtoffer van me zou maken en nu gebeurt dat toch. En dat is háár schuld.' Haar stem trilde van heftigheid. 'Ik wéiger dat nog langer te accepteren. Heb je me gehoord? Ik zal haar nooit toestaan...'

'Ik heb je gehoord,' zei Logan. 'Ik begrijp het helemaal, maar het is me nog niet helemaal duidelijk hoe we haar voor de donder tegen moeten houden.'

Dat gold ook voor Eve. Toen herinnerde ze zich de laatste opmerking van haar moeder, de woorden die een gevoelige snaar hadden geraakt en haar boosheid hadden opgewekt.

Het wordt tijd dat ik zelf het heft in handen neem.

Lisa Chadbourne was degene geweest die het heft in handen had, de aanvallende partij. Zij had Gary vermoord. Misschien had ze Joe ook vermoord.

Maar haar moeder leefde nog. Eve was nog in leven en Logan eveneens. En ze zouden ook blijven leven.

Laat dat moorden ophouden, had ze gebeden.

Maar nu bad ze niet meer.

Nu nam zij het heft in handen.

Margaret stapte uit het busje, terwijl Pilton op de stoel naast die van de bestuurder bleef zitten. 'Hoe is het met Quinn?'

'Dat weten we niet,' zei Logan. 'Hij ligt op intensive care.'

'Wat naar voor je,' zei Margaret tegen Eve. 'Gaat het wel een beetje?' Eve knikte.

'Hoe is het met Sandra? Ze mocht hem graag, hè?'

'Ja.' Haar ogen prikten. Ander onderwerp. Niet aan Joe denken. 'Ze gaat niet met je mee. Ze blijft hier.'

Margaret fronste. 'Vind je dat een goed idee?'

'Nee, maar zij wel. Ze wil niet naar me luisteren.'

'Misschien kan ik met haar praten…'

'Ze heeft genoeg van luisteren,' zei Logan. 'Dus kunnen jij en Pilton ervandoor.'

'Pilton heeft recht op een extra beloning,' merkte Margaret op. 'Toen hij dit baantje aannam, heeft hij er totaal geen rekening mee gehouden dat hij misschien op de vlucht zou moeten slaan. Hij zal door de politie gezocht worden.'

'Geef hem dan wat extra's.'

'Een flink bedrag. Hij is een goeie…'

'Waar is de auto van Fiske?' vroeg Eve plotseling. 'Hebben jullie die gevonden?'

'Pilton heeft hem gevonden. Hij stond op de oprit van een leeg huurhuis dat ongeveer drie kilometer van ons huisje af stond.'

'Hebben jullie er alles uitgehaald?'

'We hebben hem helemaal leeggestroopt. We hebben alles uit het dashboardkastje en de kofferbak in vuilniszakken gestopt. Daarna heb ik de auto naar het vliegveld gereden en hem op het terrein voor langparkeerders achtergelaten.'

'Waar zijn die zakken?'
'Achter in de bus.'
Eve liep naar de bus. 'Laten wij die maar meenemen, Logan.'
Margaret keek toe hoe ze de vuilniszakken op de achterbank van hun
auto gooiden. 'Denk je dat hij iets belangrijks bij zich had?'
'Dat weet ik niet,' zei Eve. 'Waarschijnlijk niet, want hij was een be-
roepskracht. Maar we hebben geen andere aanwijzingen.'
'Wees voorzichtig met die grootste zak. Er lagen genoeg vuurwapens
in de kofferbak van Fiske om een halve oorlog te beginnen,' zei Margaret terwijl ze weer in het busje stapte. 'Een geweer, twee handvuur-
wapens, patronen en een paar dozen met een soort elektronische afluisterapparatuur. Hij was van alle gemakken voorzien.' Ze schonk hun
een grimmig glimlachje. 'Veel succes. Zorg dat je in leven blijft, John.
Bij het bedrag dat ik je in rekening zal brengen voor mijn rol in deze
puinhoop zal de extra beloning van Pilton bleek afsteken.'
Eve kroop al over de achterbank toen Piltons busje de parkeerplaats
af reed. 'Ik zal het spul in die zakken wel doorkijken. Rij jij maar.' Ze
trok de grootste zak het eerst open. Wat wist zij van wapens af? Dat
ze er niet van hield, dat ze er bang voor was, dat ze voor haar niets anders vertegenwoordigden dan geweld en verschrikking.
Maar Fiske was er niet bang voor geweest. Hij had deze wapens gebruikt. En ze zouden Lisa Chadbourne ook niet bang maken. Zij had
het bevel gegeven om die wapens te gebruiken.
Eve legde haar wijsvinger op de loop van het geweer. Het metaal was
warm en glad, bijna prettig om aan te raken. Op de een of andere manier had ze verwacht dat het koud zou aanvoelen.
'Heb je iets gevonden?' vroeg Logan.
Niets waar ze naar op zoek was geweest. 'Nog niet.'
'Ik durf te wedden dat we die wapens op geen enkele manier in verband kunnen brengen met Lisa Chadbourne.'
'Dat weet ik.' Lisa had vast geen sporen nagelaten die naar haar zouden voeren. Waarschijnlijk had Eves speurtocht geen enkele zin.
Maar als je de hoop opgaf, erkende je dat je verslagen was. Ze mocht
doodvallen als zij de hoop op zou geven.
Ze duwde de eerste zak aan de kant en begon aan de tweede. De pa-
pieren van de huurauto in een groen mapje, een eersteklas vliegticket
naar Washington van Delta Airlines, een lijst met vertrek- en aan-
komsttijden van vliegtuigen, een paar restaurantrekeningen, twee uit
Atlanta en een uit Bainbridge.
Bainbridge.

Niet aan Bainbridge denken. Niet aan de motelkamer denken waar Gary de dood had gevonden.

Een opgevouwen stukje papier. Nog een bonnetje?

Ze vouwde het open.

Ze verstrakte.

Een lijst met een aantal namen. Sommige getypt, sommige met een pen toegevoegd.

Haar eigen naam, die van Logan, Joe, haar moeder...

Plus twee andere namen waardoor haar ogen van schrik groot werden. Mijn god.

Ze dwong zich om de lijst helemaal door te nemen.

Gary Kessler. Netjes doorgestreept.

Ze staarde als verblind naar Kesslers naam.

Gewoon de zoveelste naam op de lijst.

Gil had gezegd dat Fiske ziekelijk netjes en efficiënt was. Dus vermoordde je een man en dan streepte je zijn naam van de lijst.

'Wat is dat?' Logan zat in de achteruitkijkspiegel naar haar gezicht te kijken.

'Een lijst. Met de naam van Gary.' Ze vouwde het papier op en stopte het in haar tas. Ze zou er later nog weleens naar kijken en er dan beter over nadenken. Op dat moment deed het haar te veel verdriet. Ze liep de rest van de papieren door. Verder niets belangrijks. 'Je moet een plek zoeken waar we even kunnen stoppen.'

'Een motel?'

'Nee, ze zijn in deze omgeving vast naar ons op zoek. Ze zal zich wel afvragen waarom ze niets van Fiske heeft gehoord en er zal ongetwijfeld discreet worden geïnformeerd. Dan komen ze erachter wat er met Joe is gebeurd.'

Joe.

Ze zette snel de gedachte aan hem van zich af. Als ze aan Joe in dat ziekenhuis ging denken, kon ze zich nergens anders op concentreren.

'Je weet dat we hier eigenlijk weg moeten gaan.'

'Nee, Joe heeft me misschien nodig.'

'Nu ben je onredelijk. Je kunt niet eens...'

'Dat kan me niet schelen.' Ze kon Joe niet achterlaten, niet zolang ze niet wist of hij in leven zou blijven of zou sterven. 'Zoek nou maar gewoon een plek waar we een tijdje kunnen blijven staan. Ik moet nadenken.'

'Dat heb ik al gedaan. Volgens mij moeten we contact opnemen met Peter Brown, de verslaggever van die krant uit Atlanta.'

'Misschien.' Ze wreef over haar bonzende slapen. 'Maar hij is een vriend van Joe. Dan hebben we Joe echt nodig om...'
Alweer Joe. Ze konden niet zonder Joe. Zíj kon niet zonder Joe. Ze werd overspoeld door herinneringen. Joe die bij haar lab langskwam om te zeuren dat ze zo hard werkte. Joe die grapjes met haar maakte, rustig met haar praatte en...
'Ontspan je nu maar,' zei Logan. 'We hoeven niet meteen een beslissing te nemen. Ik rij wel een eindje verder en kijk ondertussen uit naar een onopvallende plek om de auto stil te zetten.'

Vijftien kilometer ten zuiden van Gainesville stopte Logan bij een Mc-Donald's en kocht hamburgers en een paar blikjes cola voor onderweg. Hij reed de snelweg af en nog eens zeveneneenhalve kilometer over een hobbelige zandweg voor hij op een paar meter van een grote plas stopte.
'Hier is het stil genoeg.' Logan zette de motor uit. 'Maar achter die volgende heuvel zal waarschijnlijk wel een boerderij liggen. Het is tegenwoordig niet zo gemakkelijk om een plekje ongerepte natuur te vinden.'
'Hoe ver zijn we van het ziekenhuis?'
'Als we snel rijden ongeveer veertig minuten.' Hij stapte uit, pakte de koffer met Ben, liep om de auto heen en deed haar portier open. 'Kom op, laten we maar naar die plas lopen. Volgens mij hebben we allebei wat beweging nodig.'
Ze was tot alles bereid om van die spanning af te komen. Ze pakte haar handtas en sloot zich bij hem aan.
De plas was modderig en de oevers waren glibberig. Het zou wel pas geregend hebben. De zon begon onder te gaan en wierp glinsterende lichtstrepen op het wateroppervlak.
Een halfuurtje later vroeg Logan: 'Beter?'
'Nee. Ja.' Ze bleef naast een boom staan en legde haar wang tegen de stam. 'Ik weet het niet, Logan.'
'Ik wil je helpen. Verdomme, vertel me nou wat ik voor je kan doen.'
Laat Gary uit de doden opstaan. Vertel me dat Joe weer beter zal worden.
Ze schudde haar hoofd.
'Quinn is niet de enige die je kan helpen. Geef me een kans.'
Ze liet zich op de grond zakken. 'Het komt best weer in orde met me, Logan. Ik moet alleen nadenken. Ik weet dat er een manier is om hier een eind aan te maken, maar dat moet wel tot me doordringen en ik kan niet helder denken.'

'Heb je honger?'
'Nee.'
'Dat zou wel moeten. Je hebt al bijna vierentwintig uur niet meer gegeten.'
Bubba Blue's Barbecue. Gary die opbelde om het eten te laten bezorgen...
'Blijf maar hier.' Hij zette de koffer met Ben naast haar neer. 'Ik ga het eten wel even halen.'
Ze keek hem na toen hij met grote stappen de helling opliep. Ze moest zichzelf echt weer in de hand krijgen, dacht ze vol afkeer. Ze gedroeg zich als een slappe tut en hij maakte zich zorgen over haar. De kille berekening die schuilging achter Gary's naam op die lijst had haar uit haar evenwicht gebracht en ze had even tijd nodig om weer op ver... Haar telefoon ging over.
Mam?
Nerveus grabbelde ze in haar tas om haar telefoon te voorschijn te halen.
'Eve?'
Lisa Chadbourne.
Eve begon te beven. 'Verdomd kreng. Je kunt naar de hel lopen.'
'Je hebt me geen andere keus gelaten. Ik heb geprobeerd om je een uitweg te bieden.'
'En toen heb je Gary gewoon vermoord.'
'Fiske heeft... Nee, ik zal het niet ontkennen. Ik heb tegen hem gezegd dat hij het moest doen.'
'En heb je ook tegen hem gezegd dat hij Joe moest vermoorden?'
'Nee, dat was nog niet onmiddellijk aan de orde.'
Maar ze ontkende niet dat het een onderdeel van haar plan kon zijn.
'Hij ligt op sterven.'
'En ik neem aan dat Fiske de dode man was die bij hem werd aangetroffen?'
'Hij probeerde Joe te vermoorden.'
'Daar is hij kennelijk niet in geslaagd. Ik heb begrepen dat de kans bestaat dat Quinn in leven blijft.'
'Dat lijkt me beter ook.'
'Is dat een bedreiging? Ik kan begrijpen dat je bitter bent, maar besef je dan nog steeds niet dat je niet kunt winnen? Hoeveel mensen moeten er nog meer sterven, Eve?'
'Je hebt Fiske niet meer.'
'Timwick zal wel een vervanger vinden. Quinn is op dit moment heel

kwetsbaar. Hij wordt toch kunstmatig in leven gehouden?'
Een blinde woede schoot door Eve heen. 'Heb niet het lef om daar zelfs
maar aan te denken.'
'Ik wil er ook helemaal niet aan denken,' zei Lisa moe. 'De gedachte
alleen maakt me al doodziek, maar ik zal er echt opdracht voor geven,
Eve. Net zoals ik Kessler heb laten doden. Net zoals ik iedereen om
wie jij geeft zal laten doden. Je moet mij de schedel en dat DNA-rap-
port geven.'
'Loop naar de hel.'
'Luister naar me, Eve. Is het dat allemaal waard?'
'Wou je me vertellen dat Joe mag blijven leven als ik jou de schedel
geef?'
'Ja.'
'Je liegt. Joe zou nooit veilig zijn. Mijn god, je hebt zelfs Scott Maren
laten doden en hij moet een goeie vriend van je zijn geweest.'
Stilte. 'Dat was mijn beslissing niet. Ik ben pas op de hoogte gebracht
toen het al gebeurd was. Timwick is in paniek en slaat blind om zich
heen. Ik zal ervoor zorgen dat Quinn veilig zal zijn. Geloof me.'
'Ik geloof je niet.'
'Maar wat wil je dan, Eve? Wat kan ik voor je doen?'
'Ik wil dat jij voor de bijl gaat.' Ze sloot haar ogen en zei iets waarvan
ze nooit had gedacht dat ze dat tegen iemand zou zeggen. 'Ik wil dat
jij gedood wordt.'
'Ik vrees dat die keuze niet tot de mogelijkheden behoort.'
'Dat is de enige wens die ik ooit zal hebben.'
'Dat is niet waar.' Lisa zweeg even. 'Ik vreesde al dat Fiske niet zou
slagen, dus heb ik zitten nadenken over wat ik jou kon aanbieden. En
toen schoot het me ineens te binnen. Het is zo simpel. Ik weet iets waar
jij nog meer naar verlangt dan naar mij ten val te brengen.'
'Er is niets anders.'
'O jawel hoor, Eve.'

Eve zat nog steeds naar de telefoon te staren toen Logan terugkwam.
Hij bleef op een meter afstand staan en keek met samengeknepen ogen
naar haar gezicht. 'Was dat je moeder? Hoe is het met Quinn?'
Ze schudde haar hoofd. 'Het was Lisa Chadbourne.'
Hij verstijfde. 'En?'
'Ze wil de schedel.'
'Kijk je daarvan op? Is dat zo erg dat je daarvan in een shocktoestand
moet raken?'

'Ja.' Ze stopte de telefoon weer in haar handtas. 'Erg genoeg.'

'Heeft ze je bedreigd?'

'Ze heeft Joe en mam bedreigd.'

'De schat.'

'Maar ik weet niet eens zeker of ze hun veiligheid wel kan garanderen als ik op haar aanbod in zou gaan. Ze zei dat Timwick in paniek is geraakt en dat ze hem niet meer in de hand had toen hij Maren doodde. Ze zou haar greep op hem weer kunnen verliezen.'

'En misschien is ze die nooit kwijtgeraakt en heeft ze er zelf opdracht voor gegeven.'

'Dat zou kunnen. Ik weet het niet. Ik kan op het moment niet goed nadenken.'

Als ik op haar aanbod in zou gaan…

Plotseling drong de betekenis van haar woorden tot hem door. 'Mijn god, je zit er echt over na te denken. Verduiveld nog aan toe, wat heeft ze tegen je gezegd?'

Ze gaf geen antwoord.

Hij liet zich naast haar op zijn knieën vallen. 'Vertel het me.'

Ze schudde haar hoofd. 'Het is een warboel in mijn hoofd. Straks misschien.'

'Misschíén?'

Ze veranderde van onderwerp. 'Ik wil dat je het ziekenhuis opbelt.'

'Om te vragen hoe het met Quinn gaat? Je moeder zei dat zij…'

'Nee, ik wil dat je de verpleegsterspost opbelt. Ik wil dat jij tegen hen zegt dat je van plan bent om Joe te vermoorden.'

'Wat?'

'Ik wil dat je smerige taal uitslaat, dat je heel gemeen klinkt en dat je er geen doekjes om windt. Ik wil dat je de verpleegkundige zegt dat je net zult doen alsof je iemand van het ziekenhuispersoneel bent en dat je zijn kamer binnen zult glippen om de apparatuur los te koppelen. Of misschien dat je van plan bent hem een dodelijke injectie te geven. Ik wil dat je als een krankzinnige en moordlustige maniak overkomt.'

Hij knikte langzaam. 'Dat anonieme telefoontje wordt dan onmiddellijk doorgegeven aan de agenten die in het ziekenhuis rondhangen en die zullen meteen op hun hoede zijn.'

'Ik zou het zelf wel willen doen, maar een man wordt gewoonlijk als gevaarlijker beschouwd.'

'Daar kun je je dus verdomd lelijk in vergissen. Ik ga meteen bellen.'

Hij fronste. 'Wat doe je nou?'

Ze was op haar knieën gaan zitten en pakte de koffer met Ben die op de grond naast haar stond. 'Ik wil gewoon de koffer met Bens schedel vasthouden.'

'Waarom?'

'Ik loop er heus niet mee weg. Ik wil hem gewoon in mijn handen hebben.'

Dat beviel hem al evenmin als de manier waarop Eve zich gedroeg. 'Misschien moeten we overwegen om hier weg te gaan. We moeten een plek vinden waar we kunnen slapen.'

'Oké, we gaan later vanavond wel terug naar Gainesville.' Ze wendde haar blik af en keek neer op de koffer op haar schoot. 'Ga nou maar opbellen.'

Om elf uur diezelfde avond belde Sandra Eve op. 'Joe's toestand heeft zich gestabiliseerd. Het is nog steeds kritiek, maar de vooruitzichten zijn iets beter.'

Een golf van hoop welde in Eve op. 'Wanneer zullen ze het zeker weten?'

'Dat weet ik niet. Morgenochtend misschien. Hoe gaat het met jou?'

'Best.'

'Zo klink je helemaal niet.'

'Het gaat prima met me, mam. Ben je bij Ron?'

'Ja, hij zit hier naast me. Hij zegt dat hij geen centimeter van mijn zij zal wijken tot alles voorbij is. Hij vindt dat jij je moet melden en met de politie moet gaan praten. Dat vind ik ook. Je moet orde in deze puinhoop scheppen.'

Het klonk zo gemakkelijk, dacht ze vermoeid. Schuif gewoon alles af op de politie en laat hen de boel maar oplossen. 'Bel me maar terug als je meer van Joe weet. Pas goed op jezelf, mam.'

'Gaat het beter met Quinn?' vroeg Logan.

Ze knikte. 'Maar het blijft op het randje.' Ze deed het portier open. 'Ik loop even naar het water. Je hoeft niet met me mee te gaan.'

'Met andere woorden, op mijn gezelschap wordt geen prijs gesteld.' Hij wierp een blik op de koffer met Ben die ze in haar hand had. 'Maar dat geldt kennelijk niet voor onze knekelige vriend. Je hebt dat ding de hele avond al in je handen. Ben je nog van plan om me te vertellen waarom je dat ding overal met je mee sleept?'

Dat wist ze zelf eigenlijk niet eens. Misschien dacht ze wel dat ze daardoor het antwoord zou vinden. God, ze wilde zo graag dat antwoord vinden. 'Ik wil hem gewoon bij me hebben.'

'Raar.'

'Ja, had je dat nog niet gehoord? Ik heb ze niet allemaal op een rij.'

'Nonsens. Je bent een van de meest normale mensen die ik ken.'

'Maar kijk dan ook eens naar de mensen met wie jij omgaat.' Ze liep de maanverlichte helling af. Het leer van haar koffer voelde zacht aan onder haar handen.

Help me, Ben. Ik ben de weg kwijt en ik heb iemand nodig die me weer thuisbrengt.

Eve had nu al twee uur lang onder die boom gezeten.

En ze koesterde die leren koffer alsof het een baby was.

Hij hield het niet langer uit. Logan stapte de auto uit en liep de helling af.

'Ik ben het zat om geduldig en begripvol te zijn. Je vertelt me nu meteen wat er aan de hand is. Heb je me begrepen? Ik wil verdomme weten wat Lisa Chadbourne tegen je gezegd heeft.'

Ze hield even haar mond en fluisterde toen: 'Bonnie.'

'Wat?'

'Ze heeft me Bonnie aangeboden. Ze heeft aangeboden om Bonnie voor me te vinden.'

'Hoe zou ze dat moeten doen?'

'Ze zei dat ze ervoor zou zorgen dat de zaken weer geopend werden, dat ze een heel legertje politie en militairen op pad zou sturen om vragen te stellen en te zoeken. Ze zei dat ze er goed over had nagedacht. De speurtocht zou duidelijk niet op Bonnie gericht kunnen zijn. Dat zou het voor haar te verdacht maken. Om publiciteitsredenen zou het zogenaamd om een van de andere kinderen gaan, maar de speurders zouden een andere opdracht krijgen. Zij zouden op zoek moeten gaan naar Bonnie.'

'Mijn god.'

'Ze zei dat het jaren zou mogen duren als dat nodig was. Ze beloofde me Bonnie terug te brengen.'

'En daarvoor hoef je haar alleen maar de schedel en het DNA-rapport te bezorgen? Het is een truc. Ze zou zich nooit aan haar woord houden.'

'Alleen maar de schedel. Ze zei dat ik het land uit kon gaan en het DNA-rapport bij me kon houden tot ze me Bonnie brengt.'

'Geen beste garantie.'

Ze sloot haar ogen. 'Bonnie.'

'Ze zou zich nooit aan haar woord houden.'

'Misschien wel.'

'Ik laat je dat niet doen.'

Haar ogen vlogen open en ze zei fel: 'Luister eens goed naar me, Logan. Als ik besluit om erop in te gaan, dan kan jij noch iemand anders me tegenhouden. Ik zet je gewoon opzij. Als iemand Bonnie kan vinden, dan heeft Lisa Chadbourne daar de macht toe. Weet je wel wat dat voor mij betekent?'

'Ja,' zei hij schor. 'En dat geldt ook voor haar. Laat je niet op die manier door haar gebruiken.'

Ze schudde haar hoofd. 'Je begrijpt het niet.'

Hij begreep het wel en hij leed met haar mee. Lisa Chadbourne had het enige lokaas gebruikt waar Eve geen weerstand aan kon bieden.

'Wanneer moet je het haar laten weten?'

'Ze belt me morgenochtend om zeven uur.'

'Het zou een vreselijke vergissing zijn.'

'Ze zei dat Joe en mam dan veilig zouden zijn en dat er een eind zou komen aan al het moorden. Ze zal zelfs proberen Timwick over te halen de jacht op jou stop te zetten.'

'Geen schijn van kans. Je bent gek als je dat gelooft.'

'Volgens mij wil ze echt geen doden meer. Ik weet niet of ze het tegen kan houden, maar ik geloof wel dat ze er een eind aan wil maken.'

'Als ze belt, laat mij dan met haar praten.'

Ze schudde haar hoofd.

'Ik dacht dat dit ons allebei aanging.'

'Ons allebei? Je hebt al gezegd dat je zou proberen om me tegen te houden.'

'Omdat ik weet dat het een fout zou zijn.'

'Het is ook fout om Bonnie daar alleen te laten liggen.'

'Eve, er staat te veel op het spel om...'

'Hou je bek, Logan.' Haar stem klonk gesmoord. 'Laat me nu maar alleen zodat ik erover na kan denken. Je kunt me toch niet overtuigen. Ik ken alle tegenargumenten allang.'

Maar iedere cel in haar hersens en haar lichaam spoorde haar aan om het te doen, dacht Logan. Hij had Lisa Chadbourne met liefde kunnen kelen.

'Oké, ik zal nu geen poging doen om je om te praten. Denk er maar gewoon over na.' Hij stond op. 'En vergeet Kessler en Joe Quinn niet.'

'Ik heb nergens anders aan zitten denken.'

'Dat is niet waar. Ik geloof niet je nog ergens anders aan kunt denken dan aan Bonnie. Maar je moet wel afwegen...'

Ze luisterde niet meer naar hem. Ze zat neer te kijken op de koffer met de schedel, maar volgens hem zag ze die ook niet.

Ze hoorde niets anders dan de lokroep van Lisa Chadbourne.

En ze zag niets anders dan Bonnie.

22

Lisa Chadbourne belde de volgende ochtend stipt om zeven uur. 'En?'
Eve haalde diep adem. 'Ik neem het aanbod aan.'
'Dat doet me genoegen. Dat is het beste voor iedereen, geloof me.'
'Ik maak me niet druk over andere mensen. Als ik dat wel deed, zou
ik niet met jou onderhandelen. Luister eens goed. Ik wil dat je ervoor
zorgt dat ik samen met mijn moeder ergens in het buitenland kan gaan
wonen. Ik wil dat die speurhonden van jou de jacht op Logan staken
en ik wil dat je Joe Quinn met rust laat.'
'En je wilt Bonnie.'
'O ja.' Haar stem trilde. 'Je moet haar vinden en naar mij toe brengen.
Daar valt absoluut niet over te praten.'
'Ik zal haar vinden. Dat heb ik je beloofd, Eve. Ik zal ervoor zorgen
dat Timwick de schedel komt ophalen en dan...'
'Nee. Ik weet niet of jouw belofte wel voldoende is. Ik neem een enorm
risico. Wie kan me garanderen dat je niet op je belofte terugkomt zo-
dra je de schedel hebt?'
'Dan heb jij nog steeds de DNA-rapporten. Je weet best dat je me daar-
mee een hoop problemen kunt bezorgen.'
'Maar waarschijnlijk niet genoeg zonder de schedel.'
'Wat vraag je dan nog meer?'
'Ik vraag niets, ik eis iets. Ik wil jou zien. Ik wil dat jij de schedel komt
halen.'
'Dat is onmogelijk.'
'Dat is het enige waarmee ik akkoord ga.'
'Hoor eens, een vrouw in mijn positie kan niet gaan en staan waar ze
wil. Wat jij vraagt, is onmogelijk.'
'Je hoeft me niet voor te liegen. Een vrouw die ongestraft haar eigen
man kan vermoorden, kan ook een manier vinden om naar mij toe te
komen. Ik zet mijn leven op het spel en ik moet alle mogelijkheden
aangrijpen om in leven te blijven. Ik heb niet veel wapens, maar ik ben
een kunstenares. Ik heb een studie gemaakt van gelaatsuitdrukkingen
en ik heb jou ook bestudeerd. Ik denk dat ik wel in staat zal zijn om
te zien of jij van plan bent om je aan je woord te houden.'
Het bleef even stil. 'En je brengt de schedel mee?'
'Die zal ergens in de buurt verborgen zijn. Maar ik zweer dat je hem

nooit zult kunnen vinden als je mij in de val laat lopen.'

'En als dit nu eens een valstrik voor mij is?'

'Je mag net zoveel voorzorgsmaatregelen nemen als je wilt, zolang ik daar niet door in gevaar word gebracht.'

'En waar zouden we elkaar dan moeten ontmoeten?'

'Ergens in de buurt van Camp David. Het zal voor jou heel gemakkelijk zijn om daar gedurende het weekend naartoe te gaan. Vooral aangezien je zogenaamd geschokt bent door het verlies van je vriend Scott Maren. Zeg maar gewoon dat je naar Camp David wilt en laat de piloot landen voor je daar aankomt.'

'Dat lijkt me redelijk. Hoe zit het met Logan?'

'Hij doet niet meer mee. Ik heb de schedel en de papieren gepakt en ik heb hem vannacht achtergelaten. Hij zei dat ik stapelgek was. Hij denkt dat je me zult bedriegen.'

'Maar je hebt niet naar hem geluisterd?'

'Ik heb wel degelijk geluisterd. Hij kan best gelijk hebben.' Haar vingers verkrampten om de telefoon. 'Maar ik moet er toch mee doorgaan. Dat wist je, hè?'

Er viel even een stilte aan de andere kant van de lijn. 'Die ontmoeting is toch niet zo'n goed idee. Het zou veiliger zijn als jij die schedel ergens achterlaat waar Timwick hem op kan pikken.'

'Veiliger voor jou.'

'Veiliger voor ons allebei.'

'Nee, ik wil je gezicht zien als je me vertelt dat je op zoek zult gaan naar Bonnie. Je hebt al te veel leugens verteld. Ik moet alles doen om me ervan te verzekeren dat je me niet bedriegt.'

'Geloof me, het is geen goed idee.'

'Graag of niet.'

'Gun me even een moment om erover na te denken.' Opnieuw een stilte. 'Goed dan. Ik kom naar je toe. Maar je zult wel begrijpen dat ik Timwick meebreng.'

'Nee.'

'Timwick kan een helikopter besturen en hij is van de geheime dienst. Dat betekent dat ik zowel mijn lijfwacht als de piloot thuis kan laten zonder dat het argwaan wekt.' Lisa zweeg even. 'En hij heeft apparatuur waarmee we kunnen zien of er bij jou of in de omgeving afluisterapparaten zijn aangebracht. Ik moet mezelf in bescherming nemen.'

'En wie neemt mij in bescherming tegen hem?'

'Ik stuur Timwick meteen weer weg zodra ik ervan overtuigd ben dat je me niet in de val wilt laten lopen. Zonder hem kom ik niet, Eve.'

Ze gaf toe. 'Oké. Maar niemand anders. Als ik iemand anders in het oog krijg, kom ik niet naar je toe.'

'Dat lijkt me redelijk. Vertel me nu maar waar je wilt dat we afspreken.'

'Ik bel je wel als je in de lucht bent en in de buurt van Camp David komt.'

'Wat een voorzichtigheid. Wanneer wil je dat ik vertrek?'

'Morgen. Om acht uur 's ochtends.'

'Prima. Denk erom, het duurt een halfuur om van het Witte Huis naar Camp David toe te gaan.' Ze zweeg even. 'Kan ik je echt niet overhalen om de schedel ergens achter te laten? Het zou voor ons allebei echt veel veiliger zijn.'

'Ik heb al nee gezegd.'

'Tot morgen dan.' Lisa verbrak de verbinding.

Eve drukte op het knopje om haar telefoon uit te zetten. Het was gebeurd. Volgens Logan was het een verschrikkelijke fout, maar ze had de teerling toch geworpen.

Nu moest ze nog zorgen voor vervoer naar Washington en er was nog iets dat haar te doen stond. Ze belde haar moeder. 'Hoe is het met Joe?'

'Ik heb net het ziekenhuis gebeld. Hij ligt niet meer op intensive care.'

Eve sloot haar ogen toen een golf van opluchting door haar heen sloeg.

'Gaat het beter met hem? Blijft hij leven?'

'Hij is vannacht bij bewustzijn gekomen. De dokters houden een slag om de arm, maar alle voortekenen zijn gunstig.'

'Ik wil hem zien.'

'Doe niet zo krankzinnig. Dat kan niet en dat weet je best.'

Maar daarmee was haar wanhopige verlangen niet gestild. Wie kon zeggen wat er in Camp David zou gebeuren? Ze moest Joe zien. 'Oké. Ik heb hulp nodig. Wil jij een auto voor me huren en me ergens oppikken?'

'Wat is er met de auto van Logan gebeurd?'

'We zijn uit elkaar gegaan. Ze zijn harder op zoek naar hem dan naar mij en het zit er dik in dat ze de opdracht hebben om hem neer te schieten zodra ze hem in het oog krijgen.'

'Ik ben blij dat jullie niet meer bij elkaar zijn. Ik vond het helemaal geen prettig idee dat jullie samen...'

'Mam, ik heb niet veel tijd meer. Ik ben in het damestoilet van het Recreational Park in Gainsville. Op dit uur is het helemaal verlaten, maar ik kan hier niet lang blijven. Ik vind het vreselijk om dit van je te vragen, maar zou je me op kunnen pikken?'

'Ik kom eraan.'

Mam was onderweg. Eve zou Sandra weer afzetten aan de achterkant van het appartement en dan kon zij ook op weg gaan. Ze ging op de grond zitten, zette haar handtas naast de koffer met Ben en leunde achterover tegen de muur van betonblokken. Diep ademhalen. Probeer te ontspannen. Ze deed wat ze moest doen.

Morgenochtend 08.00 uur.

Morgenochtend 08.00 uur.

Lisa stond op en liep naar het raam.

Morgen had ze Bens schedel in haar bezit en dan zou het eerste gevaar voorbij zijn.

Het kon een val zijn, maar Lisa voelde instinctief dat ze de enige troef had uitgespeeld waar Eve geen weerstand aan kon bieden. Het opsporen van haar dochter was een obsessie voor de vrouw en Lisa had ingespeeld op haar emotionele marteling en haar op haar knieën gebracht. Ze veronderstelde dat ze zich triomfantelijk zou moeten voelen. Maar ze voelde zich helemaal niet triomfantelijk.

Ze wenste dat ze Eve ervan had kunnen overtuigen dat een onmoeting helemaal niet nodig was. Ze was eerlijk van plan geweest om zich aan haar deel van de overeenkomst te houden.

Maar was dat wel zo? vroeg ze zich vermoeid af. Ze had gedacht dat ze zichzelf kende, maar ze had nooit kunnen dromen dat ze de dingen zou doen die ze al had gedaan.

Ze wilde alleen maar dat Eve die ontmoeting niet had gearrangeerd.

DE VOLGENDE DAG

08:20 UUR

VLAK BIJ HET CATOCTIN MOUNTAIN PARK

De helikopter kwam vanuit het noorden aanvliegen.

Eve toetste het nummer in.

'Ik ben op een open plek op anderhalve kilometer van route 77 in de buurt van Hunting Creek. Land maar op de open plek. Ik kom naar jullie toe.'

'Zodra we over het gebied zijn gevlogen en ons ervan overtuigd hebben dat alles veilig is,' zei Lisa Chadbourne. 'Timwick pakt de zaken graag voorzichtig aan.'

Het was Lisa zelf die liever voorzichtig was, dacht Eve. Maar Eve was zelf ook voorzichtig geweest. Ze had zich er grondig van overtuigd dat er niemand in het omliggende gebied was voor ze het nummer had gebeld.

Met handen die zich nerveus balden en weer strekten keek ze toe hoe de helikopter boven de open plaats cirkelde.

'Een persoon.' Timwick wees op de infrarode vlek op het LCD-scherm. 'De dichtstbijzijnde andere hittebron is het wegrestaurant op viereneenhalve kilometer afstand.'

'Elektronica?'

Timwick controleerde een ander scherm. 'Niet in het gebied rondom Duncan.'

'Weet je dat zeker?'

'Natuurlijk weet ik dat zeker. Het gaat ook om mijn nek.'

Lisa voelde een spoor van treurigheid terwijl ze naar de eenzame vlek op het scherm keek en besefte dat Eve daar beneden helemaal alleen en onbeschermd was. 'Laten we dan maar landen en kijken of we hem te pakken kunnen krijgen, James.'

Lisa Chadbourne stapte uit de helikopter.

Eve had de overeenkomst gesloten. Zij was degene die de tijd en de plaats had vastgesteld en toch leek het nog steeds bizar dat Lisa werkelijk hier was.

Eve keek toe hoe ze op de grond sprong. Ze zag er precies zo uit als op de video's – mooi, sereen en stralend. Nou ja, wat had ze dan verwacht? Een of ander teken van losbandigheid of wreedheid? Lisa had haar man vermoord en ze zag er nog steeds precies zo uit als op die video's. Waarom zou een dode meer of minder verschil maken?

Gary. Bloed. Dolken. In een flits zag Eve weer het walgelijke beeld van die motelkamer.

Het moest wel verschil maken. Dat moest.

Niet aan denken. Kalm blijven.

Ze liep naar de helikopter.

Lisa Chadbourne zei opgewekt: 'Hallo, Eve. James heeft net de veiligheidsdienst in Camp David gebeld om te zeggen dat we de helikopter even aan de grond zouden zetten om een lampje op ons besturingspaneel te controleren. We hebben hooguit tien minuten. Dan moeten we weer in de lucht zijn, anders zullen ze gealarmeerd zijn en iemand naar dit gebied sturen.'

'Aan tien minuten moeten we genoeg hebben.'

'Zeg niets, Lisa.' Timwick stapte uit de helikopter en liep naar Eve toe.

Ze deed instinctief een stap achteruit.

Hij had een instrument in zijn hand dat een beetje leek op zo'n metaaldetector in de vorm van een staaf die op luchthavens wordt gebruikt. 'Steek je armen uit.'

'Je zei dat het hele gebied schoon was, James,' zei Lisa.

'Het kan geen kwaad om voorzichtig te zijn.' Hij liet de staaf langs Eves lichaam glijden. 'Draai je om.'

'Raak me niet aan.'

Hij ging achter haar staan en liet de staaf van haar schouders tot haar enkels glijden. 'Ze is in orde. Geen wapens. Geen opnameapparatuur.'

'Je moet het James maar vergeven,' zei Lisa. 'Hij is de laatste tijd bijzonder nerveus. Ik vrees dat jij en Logan daar schuldig aan zijn. Ga weg en laat ons praten, James.'

Timwick begon in de richting van de bomen te lopen.

'Nee,' zei Eve scherp. 'Het valt me op dat niemand me een kans heeft gegeven om hem met die verdomde staaf te controleren. Ik wil hem niet uit het oog verliezen.' Ze wees naar een plek naast de helikopter. 'Ga op de grond zitten.'

'Wat?'

'Je hebt me gehoord. Ik wil dat je met gekruiste benen op de grond gaat zitten. Vanuit die houding kun je niet zo snel tot de aanval overgaan.'

Timwick kneep z'n lippen op elkaar. 'Dit is vernederend, Lisa.'

'Doe het maar,' zei Lisa met een flauw glimlachje. 'Je bent niet zo hulpeloos als ik dacht, Eve.'

Timwick liet zich op de grond zakken en kruiste zijn benen. 'Tevreden?'

'Nee, steek je hand in je colbert en pak je pistool. Zet de veiligheidspal om en gooi hem buiten bereik.'

'Ik heb geen pistool.'

'Pak je pistool,' herhaalde Eve.

Lisa knikte. 'Laten we nu maar opschieten, James.'

Timwick vloekte binnensmonds, trok zijn pistool, zette de veiligheidspal om en gooide het wapen naar de andere kant van de open plek.

Eve keek Lisa aan. 'Nu ben ik tevreden.'

'Dat heeft je kostbare tijd gekost.' Lisa wierp een blik op haar horloge. 'Twee minuten om precies te zijn.'

'Dat was het waard. Ik vertrouw hem niet.'

'Ik veronderstel dat je het recht hebt om argwanend te zijn.' Ze zweeg even. 'Geef me nu Bens schedel, Eve.'

'Nog niet.'

'Wil je dat ik je vertel dat jij je Bonnie weer terugkrijgt?' Ze keek haar recht in de ogen. 'We kunnen er nooit helemaal zeker van zijn dat het lukt, maar ik zal alles doen wat in mijn macht ligt om haar te vinden.' Haar stem trilde van eerlijkheid. 'Dat beloof ik je, Eve.'

O god, ze sprak de waarheid. Bonnie zou misschien weer thuis kunnen komen.

'De schedel, Eve. Ik heb niet zoveel tijd. Ik heb papieren en geld voor jou in de helikopter en James heeft een vliegtuig geregeld dat jou en je moeder het land uit zal brengen. Geef me de schedel, dan stappen James en ik weer in die helikopter en verdwijnen uit je leven.'

Zou er ooit een moment komen waarop Lisa Chadbourne haar geheugen en haar leven niet langer in beslag zou nemen?

'De schedel.'

'Die staat daar onder de bomen.' Eve wierp een behoedzame blik op Timwick terwijl ze naar de rand van de open plek liep. 'Ik hou je in de gaten, Timwick.'

'James zal je niets in de weg leggen.' Lisa liep achter haar aan. 'Hij wil die schedel net zo graag als ik.'

'Maar wat gebeurt er nadat ik je die schedel heb gegeven?'

Lisa gaf geen antwoord. Haar voorhoofd was gefronst. 'Waar is hij? Heb je hem begraven?'

'Nee.' Ze bleef staan en wees naar de leren koffer die half schuilging onder een struik. 'Daar staat hij.'

'Open en bloot? Je zei dat we hem nooit zouden kunnen vinden.'

'Bluf. Zou ik er iets mee zijn opgeschoten als ik hem verstopt of begraven had? Je zou hier met allerlei detectors terug zijn gekomen.'

'In dit opzicht heb ik je kennelijk overschat.' Ze lachte. 'Mijn god, ik dacht dat je een of ander briljant idee had uitgewerkt.' Haar glimlach verdween. 'Als het Ben is. Je hebt ons al eerder een verkeerde toegespeeld.'

Eve schudde haar hoofd. 'Het is Ben Chadbourne. Kijk zelf maar.'

Lisa pakte de koffer op. 'Ik heb gehoord dat jij een fantastisch sculpteur bent. Zou ik echt de gelijkenis kunnen zien?'

'Maak hem maar open.'

Lisa keek omlaag naar de koffer. 'Ik geloof niet dat ik daar zin in heb.'

Eve haalde haar schouders op. 'Zoals je wilt. Maar ik sta ervan te kijken dat je het risico neemt om het niet te doen.'

'Ik kan geen risico nemen.' Lisa vermande zich en maakte langzaam de sloten open. 'Laten we maar eens kijken of je echt zo goed bent als je reput... Lieve god.' Ze wankelde achteruit tegen de boom en keek neer op de verschroeide schedel. 'Wat is...'

'Het spijt me dat het er niet zo mooi uitziet als je verwachtte. Gary Kessler gaf er altijd de voorkeur aan om met een schone schedel te werken, dus hij heeft me alles weer laten weghalen wat ik had gedaan. Je zult je Gary nog wel herinneren. Jij hebt Fiske opdracht gegeven om hem te vermoorden, hè?'

Lisa bleef als gebiologeerd naar de schedel staren. 'Ben?' fluisterde ze. 'Zo ziet een man eruit als je hem hebt verbrand. De hele huid smelt weg en...'

'Hou je mond.' De tranen stroomden Lisa plotseling over de wangen.

'En zie je dat rafelige gat aan de achterkant van de schedel? Dat is gebeurd toen zijn hersens ontploften. Bij een brand worden je hersens gekookt en uiteindelijk...'

'Hou je bek, trut.'

'Maar Gary's dood was anders. Jij hebt Fiske gezegd dat hij me duidelijk moest maken dat ik de schedel aan jou moest geven. Jij hebt gezegd dat je wilde dat hij gekruisigd werd.'

'Dat heb ik niet gezegd. Ik heb alleen maar gezegd dat hij je zo'n schok moest bezorgen dat je zou beseffen dat je toe moest geven. Ik moest dat wel tot je laten doordringen. Dat was je eigen schuld. Ik wilde dat er een eind aan zou komen. Ik heb je verteld dat het zou ophouden als jij me Bens schedel zou geven, maar dat wilde je niet.' Ze keek neer op de schedel. 'Ben...'

'Hoe heb je hem vermoord?'

'Scott Maren heeft hem een injectie gegeven. Het ging allemaal heel snel, heel barmhartig. Hij heeft niet geleden.' Ze haalde even diep adem en probeerde haar zelfbeheersing te herwinnen. 'Het was heel wreed om me te dwingen naar die schedel te kijken, Eve.'

'Praat me niet over wreedheid. Jij hebt Gary en Gil laten vermoorden. Joe was bijna dood.'

'Ben je nu tevreden?' vroeg Lisa. 'Christus, wat ben je hard. Ik had eigenlijk medelijden met je.'

'Omdat je van plan was om me te vermoorden, bedoel je? Omdat je nooit de verwachting had dat ik hier levend vandaan zou komen?'

'Ik heb je gezegd dat je de schedel ergens moest achterlaten. Ik wist dat ik je niet in leven kon laten als je me de kans gaf... Dat is mijn plicht.'

Ze draaide zich met een ruk om naar Timwick. 'We gaan weg, James. Zorg jij maar voor haar.'

Timwick kwam langzaam overeind. 'Wil je dat ik haar vermoord?'

'Nee, dat wil ik niet, maar het moet wel gebeuren. Doe het dus maar.'
Timwick keek Eve aan. Toen draaide hij zich om en liep naar de heli-
kopter.
'James!'
'Val dood.'
Lisa verstijfde. 'We waren het erover eens dat het moest gebeuren.'
Hij trok de deur van de helikopter open. 'En waren we het er ook over
eens dat Fiske met mij zou afrekenen? Wanneer moest dat gebeuren,
Lisa?'
'Ik weet niet waar je het over hebt.'
'De lijst. Je hebt Fiske een andere lijst gegeven. Die heb ik gezien. Hij
heeft jouw lijst en de mijne samengevoegd. Ik ken zijn handschrift.'
'Hoe kun je nu iets hebben gezien dat helemaal niet bestaat?' Ze liet
haar tong over haar lippen glijden. 'Als er al zo'n lijst was, dan kwam
die niet van mij. Je weet dat hij vaak zijn eigen gang ging.'
'Hij zou de kip met de gouden eieren nooit geslacht hebben. Tenzij hij
een nieuwe kip had gevonden. Jij dacht dat je me niet meer nodig had.'
'Daar heb je geen enkel bewijs van. Fiske is dood.'
'Je had wel iemand anders gevonden om me koud te laten maken.'
'Je vergist je.' Ze ging naar de helikopter. 'Luister naar me, James.'
'Ik heb lang genoeg geluisterd. Ik ga ervandoor.'
'Ze krijgen je toch wel te pakken.'
'Niet als ik een voorsprong heb. Dat was een onderdeel van de over-
eenkomst. Ik bel Camp David op en zeg dat we onderweg zijn. Dat zal
me tijd genoeg geven.' Hij stapte in de helikopter. 'Ik hoop dat je in de
hel zult branden, teef.'
'Timwick!' Ze deed een greep naar de deur. 'Het is een truc. Het is ge-
logen. Geef niet alles op waar we zo hard voor hebben gewerkt. Ke-
vin zal je tot...'
De helikopter steeg op en Lisa viel op de grond.
Eve keek toe hoe ze opkrabbelde tot ze op haar knieën zat.
Lisa Chadbourne keek naar Eve die aan de rand van de open plek
stond. 'Dat is jóúw werk.'
'In feite heb je het zelf gedaan. Jij bent degene die me vertelde dat Timwick in paniek was geraakt. En een man in paniek grijpt elke strohalm
aan.'
'Je hebt me erin laten lopen.' Er klonk nog steeds een spoortje onge-
loof in haar stem.
'Het plan was van mij. Maar het was Logan die met de lijst naar Timwick is gegaan.'

'Maar toen ik voorstelde om Timwick mee te brengen, protesteerde je daartegen.'

'Ik wist dat je samen met Timwick zou willen komen. Dat zou het slimst zijn en jij bent een slimme vrouw. Als jij het zelf niet had voorgesteld, zou Timwick je wel hebben overgehaald om dat te doen.' Ze glimlachte vreugdeloos. 'Maar hij hoefde je niet te overtuigen, hè?'

'Je schiet hier toch niets mee op. Ik kan wel iets verzinnen om Timwick...' Ze bleef stokstijf staan. 'O mijn god, je hebt afluisterapparatuur bij je, hè?'

'Ja.'

'En je hebt me Bens schedel expres laten zien om me uit mijn evenwicht te brengen.'

'Ik hoopte dat het die uitwerking zou hebben. De meeste mensen zijn bang van skeletten. Vooral van die van hun slachtoffers.'

Lisa hield haar mond en dacht kennelijk na over het verloop van hun gesprek. 'Het ziet er niet goed uit, maar helemaal fataal is het niet. Bij een proces kan elk afschrift zo worden geïnterpreteerd dat...'

'Logan heeft er ook voor gezorgd dat drie getuigen hebben meegeluisterd. Peter Brown, een verslaggever van de *Atlanta Journal and Constitution*, Andrew Bennett van het Hooggerechtshof en senator Dennis Lathrop. Stuk voor stuk zeer gerespecteerde mensen. Nadat we het besluit hadden genomen, is Logan in actie gekomen. Hij had bijna een hele dag om Timwick ervan te overtuigen dat hij je volgende slachtoffer zou zijn.'

Lisa werd bleek en zag er plotseling twee keer zo oud uit. Ze ging weer op haar hurken zitten. 'Wat... gehaaid. Ik heb vanaf het begin tegen Timwick gezegd dat we voor jou moesten oppassen. De controle op de elektronica was kennelijk gefingeerd, maar ik heb zelf het infraroodscherm gezien dus ik neem aan dat we nog even tijd hebben voor Logan hier is.'

Eve knikte.

'Mooi. Ik heb even tijd nodig om weer tot mezelf te komen. Het lijkt onmogelijk dat alles verkeerd is gelopen...' Ze slikte. 'Ik dacht dat ik je te pakken had. Ik dacht dat jouw Bonnie de sleutel was.'

'Dat was ze ook.'

'Maar jij hebt de kans niet aangegrepen om haar...'

'Er stond te veel op het spel. Jij hebt mensen aangepakt van wie ik hield.'

'Ik was echt van plan om het te doen, weet je. Ik wilde mijn belofte houden om Bonnie te vinden. Ik zou me beter hebben gevoeld, als ik

me in dat opzicht aan mijn woord zou houden.'
'Ik geloof je.'
Eve verstrakte toen Lisa overeind kwam.
Lisa schudde haar hoofd. 'Ik zal echt niet proberen om jou iets aan te doen. Ik ben degene die aangeslagen is. Jij hebt me... geruïneerd.'
'Dat heb je zelf gedaan. Waar ga je naartoe?'
'Ik heb Bens schedel laten vallen toen ik naar de helikopter rende.' Ze viel naast de schedel op haar knieën. 'Hij is zo... klein. Dat verbaast me. Hij was zo'n grote man. Ben was in alle opzichten meer dan levensgroot...'
'Tot jij hem vermoordde.'
Lisa deed net alsof ze haar niet had gehoord. 'Hij was zo slim. Hij had zulke mooie dromen. En hij zou ervoor gezorgd hebben dat ze allemaal uitkwamen.' Ze streelde over het linker jukbeen. 'Wat was je een ongelooflijke man, Ben Chadbourne,' fluisterde ze.
Eve realiseerde zich met een schok dat Lisa's aanraking bijna liefdevol was. Alle afschuw, alle verschrikking was verdwenen.
Lisa's ogen glinsterden van de tranen toen ze naar Eve opkeek. 'De boulevardpers zal foto's van hem willen hebben. Ze hebben altijd het liefst de meest morbide en smerige opnamen. Laat ze geen foto maken van Ben in deze staat. Ik wil dat iedereen aan hem terugdenkt zoals hij was. Laat ze niet hun gang gaan. Beloof me dat.'
'Dat beloof ik. Geen foto's, behalve die opnamen die als bewijsmateriaal tijdens het proces zullen dienen. Daarna zal ik ervoor zorgen dat hij naar huis gaat.'
'Naar huis.' Ze was even stil en toen ze weer begon te praten, klonk haar stem verbaasd. 'Voor mij maakt het echt iets uit. Maar het zou Ben helemaal niets kunnen schelen. Hij heeft altijd gezegd dat het gaat om wat we achterlaten, niet om wat we na onze dood worden of waar we dan naartoe gaan.' Ze keek neer op de verschroeide schedel en opnieuw schoten de tranen haar in de ogen. 'God, Ben, dit doet me écht pijn. Ik had niet gedacht dat ik je zou moeten zien. Je hebt tegen me gezegd dat ik je niet zou hoeven zien.'
Eve stond als aan de grond genageld. 'Wat zei je daar?'
Lisa keek haar aan. 'Ik hield van hem,' zei ze eenvoudig. 'Ik heb altijd van hem gehouden. En ik zal altijd van hem houden. Hij was lief, zorgzaam en heel bijzonder. Dacht je echt dat ik zo'n man zou kunnen vermoorden?'
'Je hébt hem vermoord. Of je hebt Maren zover gekregen dat hij het deed.'

315

'Ik heb Scott overgehaald om de injectie klaar te maken.' Ze keek weer op de schedel neer. 'Maar Ben heeft de naald van Scott afgepakt en zichzelf de injectie gegeven. Hij wilde niet dat Scott daar verantwoordelijk voor zou zijn. Zo'n soort man was hij.'

'Waarom?'

'Ben leed aan een terminale vorm van kanker. Daar kwam hij een maand na zijn installatie achter.'

Het duurde even tot Eve de schok zo ver te boven was dat ze kon vragen: 'Zelfmoord?'

'Nee, zelfmoord is laf. Er was niets lafs aan Ben. Hij wilde alleen voorkomen...' Ze hield even haar mond om haar stem weer in bedwang te krijgen. 'Hij heeft alles gepland. Hij wist dat al zijn dromen in duigen lagen. We hadden vijftien jaar lang gewerkt om hem in het Witte Huis te krijgen. We waren zo'n geweldig team... Hij moest Mobry wel als vice-president kiezen omdat we het zuiden nodig hadden, maar hij zei altijd dat die post mij eigenlijk toekwam. Mij kon het niets schelen. Ik wist toch dat ik bij hem zou zijn om hem te helpen. Om dan tot de ontdekking te komen dat hij zou sterven voor hij kon volbrengen wat hij moest doen... Het was niet eerlijk. Hij kon het niet accepteren.'

'Het was allemaal zíjn plan.'

'Hij heeft Kevin Detwil uitgekozen. Hij heeft me verteld hoe ik hem moest aanpakken, wat ik hem moest zeggen om hem zo effectief mogelijk te maken. Hij wist dat ik Timwick nodig zou hebben. Hij vertelde me welk lokaas ik moest gebruiken om me van zijn medewerking te verzekeren.'

'Wist Timwick dat hij ziek was?'

'Nee, Timwick dacht dat het om moord ging. Ben had het idee dat hij gemakkelijker onder de duim te houden zou zijn als hij dacht dat hij medeplichtig was aan de moord op de president. Hij had gelijk.' Ze glimlachte wrang. 'Hij had in alle opzichten gelijk. Alles ging goed. We hadden allemaal onze eigen taak. Die van mij was om Kevin onder controle te houden en achter de schermen te werken om ervoor te zorgen dat Bens wetten werden aangenomen. Ik ben er tijdens deze ambtsperiode in geslaagd om er zeven door het congres te krijgen. Besef je wel hoe hard ik heb gewerkt?'

'En wat was de taak van Timwick?' vroeg Eve grimmig.

'Het was niet de bedoeling dat hij zou gaan moorden. Hij diende alleen ter bescherming en hij moest het gemakkelijker maken om iedereen een rad voor de ogen te draaien. Hij werd bang. Hij raakte in paniek en ik kon hem niet meer in bedwang houden.'

'Dan had jouw Ben kennelijk geen gelijk waar het hem betrof.'
'Hij zou wel gelijk hebben gekregen als alles volgens plan was verlopen. Als Donnelli had gedaan wat er van hem verwacht werd. Als Logan er niet bij betrokken was geraakt.' Ze keek Eve aan. 'Als jij niet had besloten om je ermee te bemoeien.'
'Als niemand anders argwaan was gaan koesteren.'
'De kans daarop was toch vrijwel nihil? Bens plan was bijna volmaakt. Besef je wel wat je kapot hebt gemaakt? We streefden naar een meelevende en ordentelijke overheid. We wilden alleen maar mensen helpen. Het was niet eerlijk dat we daar niet eens de kans toe zouden krijgen.'
'Je hebt mensen vermoord. Zelfs als je je man niet hebt gedood, dan heb je toch Fiske opdracht gegeven om te moorden.'
'Ik wilde niet... Het was niet mijn bedoeling... Alles liep plotseling uit de hand, ik weet niet waarom. Maar ik had Ben beloofd dat ik het voor elkaar zou krijgen. Dat was mijn taak. Ik moest het doen. Begrijp je dat dan niet? Van het een kwam gewoon het ander en ineens zat ik gevangen in een...' Ze hield op. 'Ik gedraag me schandalig. Ik moet wat meer waardigheid tonen. Vooral omdat dit waarschijnlijk allemaal nog steeds opgenomen wordt.' Ze richtte zich op, trok haar schouders recht en plotseling gleed er een stralende glimlach over haar gezicht. 'Ik red me hier wel uit, wacht maar af. Ik kan me overal uit redden. Ik zal gewoon glimlachen en heel oprecht zijn, dan zullen ze die banden niet geloven.'
'O, dat denk ik wel. Het is voorbij, Lisa.'
Ze gooide haar hoofd in haar nek. 'Nee, want ik zal me tot mijn laatste snik verzetten.'
'Zou Ben hebben gewild dat je je verzet? Een schandaal van deze omvang zal de regering maandenlang ontwrichten en alles bezoedelen wat je voor hem hebt gedaan.'
'Ik zal precies weten wanneer de tijd rijp is om het op te geven en me terug te trekken... precies zoals Ben heeft gedaan.' Ze was even stil en schudde toen haar hoofd. 'Het is wel ironisch dat jij Camp David hebt uitgekozen voor onze ontmoeting. Wist jij dat Camp David door FDR altijd Shangri-La werd genoemd?'
'Nee.'
'Shangri-La. Een verloren droom...' Haar blik dwaalde naar de bosrand. 'Ze komen eraan. Ik denk dat ik ze maar tegemoet ga. Een open vizier is altijd het best.'
Eve keek toe hoe ze gracieus over de open plek liep naar de plaats waar Logan en drie andere auto's tot stilstand waren gekomen.

Het pistool.
Lisa was stil blijven staan naast het pistool dat Timwick had weggegooid en stond erop neer te kijken.
'Nee.'
'Jij hebt alles waarvoor Ben en ik hebben gewerkt geruïneerd. Jij denkt dat ik een moordenares ben. Ik zou dat pistool op kunnen pakken en bewijzen dat je het bij het rechte eind had. Volgens mij ben ik nog niet binnen schootsafstand van jouw vrienden daarginds. Ben jij bang om dood te gaan, Eve?'
'Nee, dat geloof ik niet.'
'Dat geloof ik ook niet. Ik denk dat je bang bent om te leven.' Ze wierp een blik over haar schouder. 'Ik zou jouw Bonnie hebben gevonden. Met die wetenschap zul je moeten leven. Nu zul je haar misschien nooit vinden. Ik hoop dat dat zo is.' Ze schopte het pistool een stukje opzij. 'Zie je nu dat ik helemaal niet gewelddadig ben? Ik laat de kans op wraak liggen, ik lever mezelf over aan de rechterlijke macht.' Ze glimlachte. 'Vaarwel, Eve. Misschien zie ik je wel terug in de rechtszaal.' Ze liep weer verder. 'En misschien ook niet.'

'Ze denkt dat ze eronderuit kan komen,' zei Eve tegen Logan terwijl ze toekeek hoe Lisa achter in de auto met de FBI-agenten stapte. 'En dat lukt haar misschien ook nog.'
'Niet als we haar gescheiden houden van Kevin Detwil. Ze willen proberen haar de komende vierentwintig uur van iedereen afgezonderd te houden. Dat zal verduiveld moeilijk zijn, als je nagaat wie ze is. Rechter Bennett gaat rechtstreeks naar Detwil toe om de band voor hem af te spelen.'
'Denk je dat hij door de knieën gaat?'
'Waarschijnlijk wel. Hij heeft haar altijd nodig gehad om hem moed in te praten. Als hij niet meteen instort, is er nog altijd de lijst. Dat zal wel voldoende zijn.'
'Maar waarom stond Detwils naam ook op die lijst? Timwick kan ik begrijpen. Hij werd onevenwichtig en een bedreiging voor haar plannen. Maar ze had Detwil nodig voor een volgende ambtsperiode.'
'Ik betwijfel of hij een direct doelwit was. Ze heeft zijn naam waarschijnlijk op de lijst gezet als lokaas voor Fiske. Welk doelwit is nu moeilijker dan de president?'
'Maar uiteindelijk zou ze het toch hebben gedaan.'
'O ja, Detwil was het wandelende bewijs. Ik kan me zo voorstellen dat ze Fiske een of ander ongeluk zou hebben laten veroorzaken waarbij

alle DNA-bewijsmateriaal teniet zou worden gedaan. Misschien zelfs wel het opblazen van de *Air Force One.*'
'De president heeft een heel gevolg als hij met de *Air Force One* reist.'
'Denk je dat ze zich daar iets van aan zou hebben getrokken?'
'Ja. Nee.' Ze schudde haar hoofd. 'God, ik weet het niet. Misschien.'
Hij pakte haar arm. 'Kom op, laten we maken dat we wegkomen.'
'Waar gaan we naartoe?'
'Mag ik dat zomaar zeggen? Wat verfrissend. Nadat je als een stoomwals over me heen bent gegaan om ervoor te zorgen dat Lisa Chadbourne in de val zou lopen, was ik er eigenlijk wel zeker van dat je daar ook al een plan voor had.'
Maar ze had geen plannen meer. Ze had geen greintje energie meer. Ze was helemaal leeg. 'Ik wil naar huis.'
'Dat kan nog niet, vrees ik. We gaan naar het huis van senator Lathrop, waar we blijven tot het eerste rumoer voorbij is en wij officieel van alle verdenkingen gezuiverd zijn. Ze willen niet dat een of andere schietgrage regeringsfunctionaris ons per vergissing doodschiet.'
'Wat aardig,' zei ze ironisch.
'Helemaal niet aardig. Wij zijn bijzonder belangrijke getuigen. We zullen scherp worden bewaakt tot alles voorbij is.'
'Wanneer mag ik naar huis?'
'Over een week.'
Ze schudde haar hoofd. 'Hooguit drie dagen.'
'We zullen ons best doen.' Zijn gezicht ontspande. 'Maar je moet niet vergeten dat we per slot van rekening te maken hebben met het omverwerpen van een president.'
'Knap jij dat maar op, Logan.' Ze stapte in de auto. 'Drie dagen. Dan ga ik naar huis om Joe en mam op te zoeken.'

23

'Het is een gekkenhuis.' Eve keerde zich af van het met vitrage bedekte raam. 'Er staan daarbuiten zeker een paar honderd verslaggevers. Waarom gaan ze verdorie niet iemand anders lastig vallen?'
'Wij zijn groot nieuws,' zei Logan. 'Groter dan O.J. Groter dan Whitewater. Groter dan de misstapjes van Clinton. Ik zou er maar snel aan wennen als ik jou was.'
'Daar wil ik helemaal niet aan wennen.' Ze liep als een nerveuze tijger door de bibliotheek van de senator te drentelen. 'We zitten hier al vijf dagen. Ik moet naar huis. Ik wil Joe zien.'
'Je hebt me verteld dat je moeder heeft gezegd dat het met de dag beter met Joe ging.'
'Maar ze willen me niet met hem laten praten.'
'Waarom niet?'
'Verrek, hoe moet ik dat weten? Ik ben niet dáár.' Ze bleef met gebalde vuisten voor zijn stoel staan. 'Ik zit hier opgesloten in dit… dit huis. Ik kan nergens naartoe zonder onder de voet gelopen te worden. We konden niet eens naar de begrafenissen van Gil en Gary. En er komt ook geen eind aan, hè?'
Logan schudde zijn hoofd. 'Ik heb geprobeerd je dat aan je verstand te brengen. Zodra Detwil door de knieën ging en bekende, was er geen houden meer aan.'
En zij zaten er middenin, dacht Eve. Min of meer gevangen in het huis van de senator terwijl ze de maalstroom van gebeurtenissen op de tv volgden. De bekentenis van Kevin Detwil, de beëdiging van Chet Mobry als president en Lisa Chadbourne die de gevangenis indraaide.
'Het blijft maar doorgaan,' zei ze. 'Het is net alsof ik in een glazen huis woon. Hoe kan ik zo werken? Hoe kan ik zo leven? Ik kan er niet tégen.'
'De belangstelling van de media zal na verloop van tijd wel afnemen. Als het proces achter de rug is, zijn we oud nieuws.'
'Maar dat kan nog jaren duren. Ik heb zin om je te wurgen, Logan.'
'Nee, dat doe je toch niet.' Hij glimlachte. 'Want dan had je niemand meer om je ellende te delen. Gezelschap is heel belangrijk in tijden als deze.'

'Ik wil jouw gezelschap helemaal niet. Ik wil mam en Joe.'

'Op het moment dat je naar hen toe gaat, zullen zij ook in het centrum van de belangstelling komen te staan. Dan kunnen ze geen stap meer verzetten zonder dat er een camera op hen is gericht. Dan hebben zij ook geen leven meer. Denk je dat de relatie van je moeder met haar nieuwe vriendje een dergelijke druk zal kunnen weerstaan? En wat dacht je van Joe Quinn? Hoe zou de politie van Atlanta reageren op een rechercheur die geen stap kan verzetten zonder dat het op tv komt? Wat zal het effect zijn op zijn huwelijk? Zal zijn vrouw het leuk vinden...'

'Hou je bek, Logan.'

'Ik probeer er geen doekjes om te winden. Jij hebt me zelf gezegd dat ik altijd eerlijk tegen je moest zijn.'

'Je wist dat het hierop zou uitdraaien.'

'Ik heb niet nagedacht over de reacties van de media. Ik veronderstel dat ik die ook in overweging had moeten nemen, maar ik wilde haar alleen maar ten val brengen. Dat leek me het enige dat echt belangrijk was.'

Hij sprak de waarheid. Ze wenste dat het niet zo was. Ze voelde zich zo gefrustreerd dat ze iemand de schuld moest geven, het maakte niet uit wie.

Rustig voegde hij eraan toe: 'En ik geloof dat het uiteindelijk voor jou ook het enige was dat telde.'

'Ja.' Ze liep weer naar het raam. 'Maar het had hier niet op mogen uitdraaien. We hebben haar ten val gebracht en nu sleept ze ons mee in de afgrond.'

'Zo ver zal ik het niet laten komen.' Hij stond plotseling achter haar en zijn handen rustten licht op haar schouders. 'Niet als je me toestaat om je te helpen, Eve.'

'Kun je me mijn leven teruggeven?'

'Dat is inderdaad mijn bedoeling. Maar het kan nog wel even duren.' Hij masseerde de strakke spieren in haar schouders. Hij boog zich voorover en fluisterde: 'Je bent veel te gespannen. Ik geloof dat je aan vakantie toe bent.'

'Ik wil weer aan het werk.'

'Misschien kunnen we die twee dingen combineren. Wist je dat ik een huis heb op een eiland net ten zuiden van Tahiti? Het is heel erg afgelegen en bovendien uitmuntend beveiligd. Daar ga ik altijd naartoe als ik om de een of andere reden behoefte heb om er even uit te zijn.'

'Waar heb je het over?'

'Dat jij behoefte hebt om er even uit te zijn en ik ook. Het moet wel een heel ondernemende verslaggever zijn die ons tot in die uithoek achtervolgt. En kijk nou eens naar jezelf,' voegde hij er ruw aan toe. 'Je bent door een hel gegaan en dat is grotendeels mijn schuld. Geef me de kans om het een beetje goed te maken. Je hebt rust nodig om alles te verwerken. En het is zo saai als de pest op dat eiland. Je kunt er niets anders doen dan langs het strand wandelen, lezen en naar muziek luisteren.'

Het klonk helemaal niet saai. Het klonk zalig. Ze draaide zich langzaam om en keek hem aan. 'Kan ik daar werken?'

Hij trok een gezicht. 'Dat had ik kunnen verwachten. Ik laat er wel een lab voor je inrichten. Margaret kan er meteen aan beginnen.'

'Zullen ze ons wel laten gaan?'

'De gerechtelijke macht? Ik verwacht geen problemen zolang ze weten waar we zijn en dat we niet van plan zijn om voorgoed te verdwijnen. Het laatste dat ze willen, zijn lekken of getuigenverklaringen die verdraaid zijn onder invloed van de media.'

'Wanneer zouden we erheen kunnen?'

'Dat moet ik nog even natrekken om er zeker van te zijn, maar waarschijnlijk begin volgende week.'

'En mag ik daar blijven tot ze me nodig hebben?'

'Zolang je wilt.'

Ze staarde door het raam naar de horde verslaggevers aan de overkant. Ze maakten een gretige indruk, maar ze wist dat ze nooit genoeg zouden hebben. Het was best mogelijk dat er aardige mensen bij waren, maar ze kon zich nog goed herinneren dat nadat Bonnie was verdwenen er af en toe verslaggevers waren die opzettelijk iets kwetsends tegen haar zeiden om het verdriet dat ze dan toonde te kunnen beschrijven. Dat wilde ze niet nog eens meemaken.

'Voel je er wat voor?' vroeg Logan.

Ze knikte langzaam.

'Goed. En je zult het toch niet erg vinden dat ik er ook ben? Je bent niet de enige die behoefte heeft aan rust. Het is een groot buitenhuis en ik beloof je dat ik je niet voor de voeten zal lopen.'

'Dat kan me niet schelen.' Rust. Zon. Werk. Ze kon overal mee leven als dat inhield dat ze aan al deze heisa kon ontsnappen. 'Zodra ik aan het werk ga, heb ik toch niet in de gaten dat jij er ook bent.'

'O, maar daar zorg ik wel voor. Je zult echt af en toe boven water moeten komen en we zitten daar behoorlijk afgezonderd.' Hij liep naar de deur. 'Je zult niet om me heen kunnen.'

'Tien minuten.' De hoofdverpleegkundige fronste terwijl ze over Eves hoofd naar de meute verslaggevers keek die door de veiligheidsdienst van het ziekenhuis op afstand werd gehouden. 'Dit soort ongeregeldheden is voor ons onaanvaardbaar. We hebben al genoeg problemen gehad om de media uit de buurt van meneer Quinn te houden. Hij is ziek.'

'Ik zal hem niet lastig vallen. Ik wil hem alleen maar zien.'

'Ik hou die verslaggevers wel bezig,' zei Logan. 'Je kunt zolang blijven als je wilt.'

'Dank je wel, Logan.'

'En aangezien we toch samen naar een onbewoond eiland gaan, zou je het dan misschien over je hart kunnen krijgen om me John te noemen?'

'Het is geen onbewoond eiland, het is een tropisch eiland en ik geloof niet dat ik op dit moment aan een nieuwe naam zou kunnen wennen.'

'Tien minuten,' herhaalde de hoofdverpleegkundige. 'Kamer 402.'

Joe zat rechtop in bed en ze bleef bij de deur staan om even naar hem te kijken.

'Ik had niet verwacht... Je ziet er... fantastisch uit. Hoe lang mag je al zitten?'

Hij wierp haar een nijdige blik toe. 'Dat had je kunnen weten als je de moeite had genomen om op te bellen.'

'Ik heb gebeld. Iedere dag. Maar op de een of andere manier was er iets mis. Ze wilden me niet met je laten praten.'

Een ondefinieerbare uitdrukking flitste over zijn gezicht. 'Heb je gebeld?'

'Natuurlijk heb ik gebeld. Je denkt toch niet dat ik tegen je zou liegen?'

'Nee.' Hij glimlachte. 'Dan zal ik mijn hand wel over mijn hart moeten strijken en je toestemming geven om iets dichterbij te komen en me te omhelzen. Heel voorzichtig natuurlijk. Ik mocht gisteren pas voor het eerst overeind komen en ik wil geen problemen maken. Die verpleegsters zijn streng.'

'Dat was me al opgevallen. Ik mag maar tien minuten blijven.' Ze liep naar het bed en sloeg haar armen om hem heen. 'Maar dat zal wel genoeg zijn want je bent zo kribbig als de pest.' Ze snoof. 'En je stinkt naar desinfecterende middelen.'

'En maar klagen. Ik offer mijn levensbloed voor jou en wordt dat gewaardeerd?'

'Nee.' Ze ging op het bed zitten. 'Dat was stom en ik had het je nooit vergeven als je dood was gegaan, Joe.'

'Dat weet ik. Daarom is dat ook niet gebeurd.'

Ze pakte zijn hand. Hij voelde warm aan, sterk en... Joe. Dank u, God.
'Ik heb mam een kopie gestuurd van de band van het afluisterapparaat en haar gevraagd om die voor jou af te draaien. Ik hoop dat ze door dat leger van verpleegkundigen is gekomen. Logan moest het ministerie van justitie zo ongeveer de maan en alle sterren beloven om er een kopie van te krijgen.'
'Ze is tot me doorgedrongen. Jij schijnt de enige te zijn die daar problemen mee had.' Hij strengelde zijn vingers door de hare. 'En die band bezorgde me bijna een hartaanval. Waarom heeft Logan je dat voor de donder laten doen?'
'Hij kon me niet tegenhouden.'
Hij kneep zijn lippen op elkaar. 'Ik had je wel tegengehouden.'
'Gelul.'
'Moest je er als een dolle op af? Kon je echt niet wachten?'
'Ze heeft Gary vermoord. En ik dacht dat ze jou nog steeds zou kunnen vermoorden,' voegde ze er fluisterend aan toe.
'Dus het is mijn schuld.'
'Daar kun je vergif op innemen. Ik zou dus maar niet meer zo tegen me schreeuwen. Ik kon niet wachten tot jij uit de doden zou opstaan om me te helpen. Ik moest het zelf doen.'
'Met behulp van Logan.' Hij keek nijdig. 'Maar niet genoeg hulp, verdomde vent.'
'Lisa bood ons een kans, maar die was voor mij, niet voor hem. Logan heeft enorm geholpen. De manier waarop Timwick over de streep is getrokken, kwam uit zijn koker. Hij zorgde ervoor dat jouw vriend van de krant contact opnam met Timwick, hem die lijst liet zien en vervolgens regelde dat Logan met hem kon spreken. Weet je wel hoe gevaarlijk dat had kunnen zijn? Stel je voor dat Timwick niet zo wanhopig en bang was geweest als wij hoopten?'
'Hebben ze Timwick al te pakken?'
'Nee, hij lijkt van de aardbol verdwenen te zijn.'
'Niemand kan verdwijnen zonder een spoor achter te laten.' Zijn voorhoofd was nadenkend gefronst. 'Hij moet opgepakt worden. Anders zal het jou tot in de lengte...'
'Niet door jou, Joe.'
'Zei ik dan dat ik van plan was om achter hem aan te gaan? Ik ben maar een zielige gewonde stakker. Waar maak je je zorgen over? Timwick is door de knieën gegaan. Hij vormt geen bedreiging.'
'Een kat in het nauw maakt rare sprongen.'
'Waarom heb je dan die afspraak gemaakt om Lisa Chadbourne en

Timwick te ontmoeten? Jij hebt haar helemaal in de hoek gedreven. Niemand kon voorzien hoe ze daarop zou reageren. Er had iemand moeten zijn om jou rugdekking te geven.'

'Het zou niet logisch zijn geweest als Logan er ook bij was geweest.'

'Val dood met je logica.'

'Je weet best dat ik gelijk heb. Lisa Chadbourne zou hebben geweten dat Logan nooit toestemming zou geven om die schedel te ruilen voor Bonnie. Om het allemaal een beetje echter te laten klinken, moest ik wel net doen alsof ik de schedel had weggepakt en ervandoor was gegaan.'

Hij bleef even stil. 'En klonk het echt? Hoe dicht zat je ertegenaan om het met haar op een akkoordje te gooien?'

'Dat antwoord ken je al.'

'Zeg het nou maar. Hoe dicht?'

'Heel dicht.'

'Wat heeft je tegengehouden?'

Ze haalde haar schouders op. 'Misschien vertrouwde ik haar niet. Misschien betwijfelde ik of ze het voor elkaar zou kunnen krijgen. Misschien was ik wel te boos over wat ze jou en Gary had aangedaan.'

'En misschien is het de eerste stap.'

'Wat?'

'Niets.' Hij kneep in haar hand. 'Maar genoeg met die onzin tot ik weer op ben en sterk genoeg om je in de hand te houden. Logan maakt er een zootje van.'

'Hij is slim genoeg om het niet eens te proberen.' Ze zweeg even. 'En eerlijk gezegd is hij ontzettend aardig. Tot al die heisa van de media voorbij is, neemt hij me mee naar een eiland ergens in de Stille Oceaan dat zijn eigendom is.'

'O?'

Zijn toon beviel haar niet. 'Het is een goed idee. Ik kan daar aan het werk. Je weet dat ik daar hier geen enkele kans voor zou krijgen. Het is bijna nog erger dan... Het is echt een goed idee, Joe.'

Hij was stil.

'Joe?'

'Volgens mij heb je gelijk. Je bent hard aan rust toe en je moet eruit. Ik vind dat je met hem mee moet gaan.'

'Echt waar?'

Hij grinnikte. 'Kijk niet zo verbaasd. Je hebt me zelf verteld dat het zo'n goed idee was. Ik ben het gewoon met je eens.'

'Mooi,' zei ze onzeker.

'Heb je Logan nu ook bij je?'

Ze knikte. 'Nadat ik afscheid heb genomen van mam vertrekken we meteen naar Tahiti.'

'Als je weggaat, wil je hem dan zeggen dat hij even bij me moet komen?'

'Waarom?'

'Waarom denk je? Ik ga hem vertellen dat hij heel goed op je moet passen, anders smijt ik hem in een vulkaan. Zijn er vulkanen op Tahiti?'

Ze grinnikte opgelucht. 'Zijn eiland ligt in feite ten zuiden van Tahiti.'

'Maakt niet uit.' Zijn hand pakte de hare steviger vast. 'Hou nu je mond. Ik schat dat ik nog ongeveer vijf minuten over heb en die wil ik besteden met naar je te kijken in plaats van te luisteren naar allerlei gedweep over Tahiti.'

'Ik dweep niet.'

Maar zij had evenmin zin om te praten. Ze wilde daar alleen maar zitten met dat gevoel van vrede en welbehagen dat ze altijd kreeg in de aanwezigheid van Joe. De hele wereld mocht dan op zijn kop staan, hij was niet veranderd. Hij leefde, hij was sterk en hij zou met de dag sterker worden.

Het was goed om te weten dat alles nog precies hetzelfde zou zijn als ze weer terugkwam.

'Je wilde me spreken?' vroeg Logan behoedzaam.

Joe gebaarde naar de stoel naast het bed. 'Ga zitten.'

'Waarom heb ik nou het gevoel alsof ik bij de directeur op het matje word geroepen?'

'Schuldgevoelens?'

Logan schudde zijn hoofd. 'Dat spelletje hoef je met mij niet te spelen, Quinn. Daar trap ik niet in.'

'Je hebt mij ervan beschuldigd dat ik Eve heb belazerd en nu doe jij precies hetzelfde. Ze denkt dat je aardig voor haar bent.'

'Ik zal ook aardig zijn.'

'Dat is je geraden ook. Daar heeft ze echt behoefte aan.' Hij voegde er weloverwogen aan toe: 'En als ze me ook maar belt om te vertellen dat ze op dat eiland een nagel heeft gebroken, dan kom ik er naartoe.'

'Je zult niet met open armen ontvangen worden.' Hij glimlachte flauw.

'En voor het geval je dat wilt weten, er zijn geen vulkanen op het eiland.'

'Heeft ze je dat verteld?'

'Ze vond het grappig. Ze was opgelucht dat je haar niets in de weg leg-

de. Ik was zelf ook een beetje opgelucht, maar toen ik er even over had nagedacht besefte ik dat je dan de zaak verkeerd had aangepakt. En dat overkomt jou niet vaak, Quinn.'
'Jou ook niet. Jij pakt Eve heel geraffineerd aan. Ze denkt echt dat je het alleen maar goed wilt maken en haar wilt helpen om haar leven weer op orde te krijgen.'
'Ik wil haar ook helpen.'
'En je wilt ook met haar naar bed.'
'Zeker weten.' Hij zweeg even. 'Maar daarnaast wil ik mijn leven ook zo lang mogelijk met haar delen.' Hij glimlachte. 'Dat is een schok voor je. Je hebt niets tegen het idee van een seksueel tussendoortje, maar je wilt niet dat ik me echt aan haar ga hechten. Maar het is al te laat. Ik heb me al aan haar gehecht en ik ga verdomd hard proberen of ik haar zo ver kan krijgen dat ze zich ook aan mij hecht.'
Joe wendde zijn blik af. 'Dat zal niet gemakkelijk zijn.'
'Ik heb de tijd en de eenzaamheid aan mijn kant. Ze is een opmerkelijke vrouw. Ik ben niet van plan om haar te laten gaan. Wat jij ook doet.'
'Maar ik ben helemaal niet van plan om iets te doen.' Joe's blik vestigde zich weer op zijn gezicht. 'Nog niet. Ik wil dat ze met je meegaat. Ik wil dat ze met je naar bed gaat. Als je daartoe in staat bent, wil ik dat je ervoor zorgt dat ze van je gaat houden.'
Logan trok zijn wenkbrauwen op. 'Wat edelmoedig. Mag ik vragen waarom?'
'Dat is het beste dat haar kan overkomen. Ze moet weer tot leven komen. Het was al een doorbraak voor haar toen ze de kans liet lopen om Bonnie terug te krijgen. Jij kunt haar helpen om de volgende stap te nemen.'
'Dus je beschouwt mij als een goeie therapie?'
'Het kan me niet schelen hoe je het noemt.'
Logan keek Joe met samengeknepen ogen aan. 'Goeie genade, je vindt het echt vreselijk, hè?'
Joe gaf geen antwoord op zijn vraag. 'Het is gewoon het beste. Jij kunt haar nu helpen. Ik niet. Maar als deze ervaring niet zo goed voor haar blijkt te zijn als ik hoop,' voegde hij eraan toe, 'geloof me, dan kan ik nog steeds een vulkaan opzoeken.'
Logan geloofde hem. Quinn lag zwaargewond in dat bed en had eigenlijk een hulpeloze indruk moeten maken. Maar hij zag er helemaal niet hulpeloos uit. Hij zag er sterk, beheerst en onverzettelijk uit. Logan kon zich nog herinneren dat hij Quinn aanvankelijk een van de

meest intimiderende mannen had gevonden die hij ooit had gekend. Nu besefte hij dat de beschermende kant van Quinn nog veel gevaarlijker was. 'Ik zal heel goed voor haar zijn.' Hij kon het niet nalaten om nog een steek onder water te geven toen hij naar de deur liep. 'Natuurlijk bestaat de kans dat jij daar niet over kunt oordelen. Misschien krijgen we het in de toekomst wel zo druk dat we je niet vaak zullen zien.'

'Probeer niet tussen ons in te komen. Dat lukt je toch niet. We hebben samen te veel meegemaakt.' Hij keek Logan recht aan. 'En ik hoef haar alleen maar te vertellen dat er een nieuwe schedel is waarvoor ik haar nodig heb om haar weer spoorslags hierheen te laten komen.'

'Om de donder niet. Wat ben jij voor smeerlap? Je wilt dat ze eroverheen komt en toch ben je bereid om haar weer terug te lokken naar die wereld.'

'Je hebt er nooit iets van begrepen,' zei Quinn vermoeid. 'Ze heeft het nodig. En zolang zij het nodig heeft, kan ze het van mij krijgen. Er is niets op de hele verdomde wereld dat ze niet van mij kan krijgen als ze dat nodig heeft. Met inbegrip van jou, Logan.' Hij wendde zijn hoofd af. 'Maak nou maar dat je wegkomt. Ze wacht op je.'

Logan wilde eigenlijk zeggen dat hij naar de hel kon lopen. Hij begreep Eve en hij was van plan om goed voor haar te zijn. Hij hoefde alleen maar de kans te krijgen en Quinn gaf hem die kans.

Quinn? Verrek, wat was dat nou? Hij deed net alsof Quinn een of andere machtige figuur was die achter de schermen aan de touwtjes trok. Gelul.

'Eve wacht inderdaad.' Hij deed de deur open. 'En ze wacht op míj, Quinn. Over drie uur zijn we aan boord van dat vliegtuig dat ons naar de andere kant van de wereld zal brengen. Ver bij jou vandaan. Prettige dag verder.'

Hij grinnikte terwijl hij op zijn gemak door de gang naar Eve liep. Verdomme, die laatste kat deed hem goed.

'Ze is hier geweest.' Diane stond in de deuropening. 'De verpleegsters bij de balie kunnen nergens anders over praten. Waarom is Eve hier naartoe gekomen?'

'Waarom niet? Ze wilde me zien.' Joe keek strak naar haar gezicht. 'Ze was bezorgd omdat ze me per telefoon niet kon bereiken. Het ziekenhuis wilde haar niet doorverbinden.'

Een haast niet te onderscheiden emotie flitste over haar gezicht. 'Is dat zo?'

Schuldgevoelens, besefte hij moe. Hij had gehoopt dat het niet waar zou zijn. Of misschien had hij juist wel gehoopt dat ze het had gedaan. Het zou hem een excuus geven om te doen wat hij moest doen.

'Je weet het, hè?' zei Diane verbitterd. 'Ik heb me niet aan de regels gehouden. Ik ben tussenbeide gekomen.' Haar handen balden zich tot vuisten. 'Nou, verdomme, daar had ik het volste recht toe. Ik ben je vrouw. Ik dacht dat ik er wel mee kon leven dat er zo'n band tussen jullie is, maar ze bemoeit zich met ons leven en dat wens ik niet te accepteren. Weet je wel hoe er wordt gepraat over de manier waarop ze jou in deze hele puinhoop heeft meegesleept? Het is niet eerlijk. Het is voor mij al erg genoeg om te weten dat ik bijna niet meetel. Je hebt de hele wereld getoond dat je geen bal om...'

'Dat is waar,' zei hij zacht. 'Alles wat je zegt, is absoluut waar, Diane. Ik ben niet eerlijk geweest en jij hebt veel geduld gehad. Het spijt me dat we eraan begonnen zijn. Ik hoopte dat het zou werken.'

Ze hield even haar mond. 'Het kan nog steeds.' Ze liet haar tong langs haar lippen glijden. 'Je hoeft alleen maar... Misschien heb ik mijn geduld verloren en dingen gezegd die ik niet meende. We moeten dit gewoon uitpraten en tot een eerlijk compromis komen.'

Maar zij vroeg om het enige compromis dat hij niet kon opbrengen. Hij had haar al genoeg teleurstelling en verdriet bezorgd. Daar kon hij niet mee door blijven gaan. 'Doe de deur dicht en ga zitten,' zei hij rustig. 'Je hebt gelijk, we moeten met elkaar praten.'

'Alles goed met je?' Logan stond naast Eve die vanuit haar vliegtuigstoel naar buiten zat te kijken. 'Je klauwt je vast aan de armleuningen van die stoel alsof je bang bent dat hij zonder jou zal opstijgen.'

Ze liet de leuningen los. 'Ik voel me prima. Het is gewoon een raar gevoel om mijn huis achter te laten en dan zo ver weg te gaan. Ik ben nog nooit het land uit geweest.'

'Echt niet?' Hij ging naast haar zitten. 'Dat wist ik niet. Maar er is ook zoveel dat ik niet van je weet. Het zal een lange vlucht worden. Kunnen we niet met elkaar praten?'

'Wil je dat ik je al mijn meisjesdromen vertel, Logan?'

'Waarom niet?'

'Omdat ik me niet kan herinneren dat ik die ooit heb gehad. Ik heb altijd gedacht dat dat sentimentele sprookjes van de reclamewereld waren.'

'En je volwassen dromen dan?'

'Vergeet het maar.'

'God, wat ben je toch een moeilijke vrouw.' Zijn blik dwaalde naar de metalen koffer die naast haar op de vloer stond. 'Is dat wat ik denk dat het is?'

'Mandy.'

'Het is maar goed dat we een privévliegtuig hebben gecharterd. Je zou de veiligheidsdienst van het vliegveld de stuipen op het lijf hebben gejaagd als dat door het röntgenapparaat was gegaan.' Hij keek nog steeds naar de koffer. 'Ik ben bang dat ik haar helemaal vergeten was. Maar natuurlijk kon jij het niet vergeten.'

'Nee, ik vergeet nooit.'

'Dat klinkt zowel veelbelovend als angstaanjagend. Ik hoop dat je niet van plan bent om tijdens de vlucht aan haar te werken?'

Ze schudde haar hoofd. 'Dat zou niet veilig zijn. Al die turbulentie.'

'Wat een opluchting. Ik zag die botten al als bomscherven om ons heen vliegen. Ik ben blij dat je wacht tot je op het eiland bent. Oké, als je dan toch niet gaat werken en me ook je hartsgeheimen niet wilt vertellen, wat dacht je dan van een spelletje kaart?'

Hij glimlachte haar toe en deed zijn best om haar op haar gemak te stellen. Iets van haar eenzaamheid en spanning viel van haar af en er welde een warm gevoel in haar op. Hij had gelijk. Het zou een lange vlucht worden. De tijd die ze samen zouden doorbrengen voor ze terug zou moeten naar de echte wereld zou zelfs nog langer zijn. Waarom zou ze het hem dan niet even gemakkelijk maken als hij dat voor haar probeerde te doen. 'Dat zouden we kunnen doen.'

'Een eerste deuk in het harnas,' mompelde hij. 'Als ik mazzel heb, ben je tegen de tijd dat we op Tahiti zijn zelfs bereid om tegen me te glimlachen.'

'Dan moet je wel héél veel mazzel hebben, Logan.'

Ze schonk hem een glimlach.

EPILOOG

'Dit strand lijkt helemaal niet op dat bij Pensacola,' zei Bonnie. 'Het is best leuk, maar ik geloof dat ik het water daar fijner vind. Deze golven zijn veel te rustig.'

Eve draaide haar hoofd om en zag Bonnie die een paar meter verderop een zandkasteel zat te bouwen. 'Dat is lang geleden. Ik dacht dat ik misschien nooit meer over jou zou dromen.'

'Ik heb besloten om een tijdje weg te blijven en je een kans te geven om mij langzaam maar zeker te laten verdwijnen.' Bonnie stak een vinger in de zijkant van het kasteel om een raam te maken. 'Dat was wel het minste wat ik kon doen, als Joe zoveel moeite deed.'

'Joe?'

'En Logan ook. Ze willen allebei het beste voor jou.' Ze maakte nog een raam. 'Je hebt het hier fijn gehad, hè? Je bent veel meer ontspannen dan toen je hier kwam.'

Eve keek naar het licht dat op het blauwe water glinsterde. 'Ik hou van de zon.'

'En Logan is echt heel lief voor je geweest.'

'Ja, dat is waar.' Dat was nog maar slap uitgedrukt. De afgelopen paar maanden had ze haar best gedaan om Logan op afstand te houden, maar daar wilde hij niets van weten. Hij had de banden tussen hen zowel in geestelijk als in fysiek opzicht steeds nauwer aangetrokken tot hij zich stevig in haar leven verankerd had. Die ontwikkeling had haar vervuld met een mengeling van behaaglijkheid en onzekerheid.

'Je maakt je zorgen over hem. Dat hoeft helemaal niet. Na verloop van tijd wordt alles anders. Sommige dingen beginnen op een bepaalde manier en veranderen als je verder gaat.'

'Doe niet zo mal. Ik maak me helemaal geen zorgen over hem. Logan kan best voor zichzelf zorgen.'

'Waarom ben je dan zo ongedurig?'

'Ik geloof dat ik het gevoel heb alsof ik geen meter opschiet.' Ze trok een gezicht. 'En over een maand moet ik weer terug om bij het proces tegen Lisa Chadbourne te getuigen. Daar zie ik ontzettend tegenop. Detwil hoeft niet voor te komen omdat hij bereid is tegen haar te getuigen, maar zij heeft het gevecht nog niet opgegeven.'

'Ik denk niet dat je zult hoeven te getuigen.'

'Natuurlijk moet ik dat.'

Bonnie schudde haar hoofd. 'Ik geloof dat ze al heeft besloten dat het tijd is om het op te geven. Ze heeft voor Ben gedaan wat ze kon. Ze wil vast niet dat dat allemaal bij het proces aan het licht komt.'

'Gaat ze bekennen?'

Bonnie schudde haar hoofd. 'Maar er komt wel een eind aan.'

Ik zal precies weten wanneer de tijd rijp is om het op te geven en me terug te trekken... precies zoals Ben heeft gedaan, had Lisa gezegd.

'Denk er maar niet aan,' zei Bonnie. 'Dan word je toch verdrietig.'

'Dat mag eigenlijk niet. Ze heeft verschrikkelijke dingen gedaan.'

'Je hebt het er gewoon zo moeilijk mee omdat ze helemaal niet op Fraser leek. Het idee dat de beste voornemens tot zoveel kwaad kunnen leiden, maakt je bang. En wat zij heeft gedaan was echt slecht, mama.'

'Ik denk dat zij je wel gevonden zou hebben, liefje. Ik denk dat ze zich aan haar belofte zou hebben gehouden.'

'Nadat ze jou had vermoord.'

'Misschien niet. Misschien had ik wel een manier kunnen vinden... het spijt me, Bonnie. Als ik niet zo bezeten was geweest van het idee om haar in de val te laten lopen, had ik misschien iets kunnen doen om...'

'Hou je nou op? Ik vertel je keer op keer dat het voor niemand iets uitmaakt, alleen voor jou. Het is niet belangrijk.'

'Het is wel belangrijk.' Ze slikte. 'Toen je niet meer naar me toe... ik bedoel, toen ik niet meer van je droomde, dacht ik dat je best boos zou kunnen zijn. Omdat ik de kans om jou thuis te brengen niet heb aangegrepen toen die zich voordeed.'

'Goeie genade, ik was blij dat je haar niet de kans gaf om over je heen te lopen. Maar dat je achteraf zo hebt zitten piekeren, was toch een hele teleurstelling voor me. Joe heeft gelijk, je hebt de eerste stap gezet. Je hebt het leven gekozen in plaats van een stapel botten, maar je bent er nog lang niet.'

Eve fronste. 'Ik heb al een tijdje niets meer van Joe gehoord.'

'Dat zal binnenkort wel gebeuren. Ik geloof dat hij Timwick heeft opgespoord.'

'Alweer een proces.'

Bonnie schudde haar hoofd.

'Wat bedoel je?'

'Hij wil vast niet dat jij overstuur raakt, mama. Het zit er dik in dat Timwick gewoon verdwijnt.' Ze hield haar hoofd scheef en keek haar aan.

'Dat maakt je niets uit. Je hebt die kant van Joe geaccepteerd.'

'Ik vind het niet leuk, maar het is beter dan mezelf een rad voor ogen te draaien.'

'Ik denk dat je bereid bent om bijna alles te accepteren als dat betekent dat je contact met Joe kunt blijven houden. Alle andere mensen kunnen ongemerkt wegblijven, maar Joe moet blijven. Heb je jezelf weleens afgevraagd waarom?'
'Hij is mijn vriend.'
Bonnie lachte. 'Goeie genade, wat ben jij eigenwijs. Nou ja, ik denk dat die "vriend" van je hier wel gauw langs zal komen.'
Ze onderdrukte het plotselinge gevoel van opwinding. 'En hoe weet jij dat? Dat heeft de wind je ingefluisterd, veronderstel ik. Of misschien trof het je bij donderslag tijdens dat noodweer van gisteravond.'
'Weet je, Joe heeft wel iets van een onweersbui. Vol bliksemschichten... Af en toe overvalt hij je met veel misbaar en dan komt hij weer tot rust. Interessant. Ben je niet blij dat hij komt?'
Blij? O god, om Joe weer te zien... 'Hoe kan ik nu blij zijn om iets waarvan ik niet eens weet of het wel waar is? Ik lig me waarschijnlijk gewoon af te vragen waarom ik al zolang niets meer van Joe heb gehoord.'
'Het is echt waar.' Ze keek fronsend neer op haar kasteel. 'Ik wou dat ik een vlag had om erbovenop te zetten. Kun je je dat vlaggetje nog herinneren dat je voor mijn kasteel in Pensacola hebt gemaakt? Je hebt een hoekje van dat rode badlaken afgescheurd.'
'Ja, dat weet ik nog.'
'O, nou ja, ik geloof dat ik het zo ook best mooi vind.'
'Het is een prachtig kasteel,' zei ze onvast.
'Ga nou niet sentimenteel doen.'
'Ik doe helemaal niet sentimenteel. In feite zou een extra toren je kasteel nog een stuk mooier maken. En waar is de ophaalbrug?'
Bonnie gooide haar hoofd achterover en lachte. 'De volgende keer zal ik beter mijn best doen, dat beloof ik, mama.'
'Blijf je hier dan?'
'Zolang jij hier bent. Maar je begint je al een beetje te vervelen.'
'Helemaal niet. Ik ben volmaakt tevreden.'
'Jij je zin.' Ze sprong overeind. 'Kom op, dan loop ik een eindje mee op weg naar het huis. Logan is van plan er voor jullie allebei een fantastische avond van te maken.' Haar ogen twinkelden. 'Dat zou je helemaal... tevreden moeten stellen.'
'Als ik hier onder deze palmboom lig te dutten, hoe kan ik dan samen met jou teruglopen naar het huis?'
'In een droom kun je alles. Ik weet zeker dat je er een verstandige verklaring voor zult kunnen vinden, slaapwandelen of zoiets stoms. Kom op, sta op, mama.'

Eve stond op, sloeg het zand van haar korte broek en wandelde over het strand. 'Je bent een droom, lieverd. Dat weet ik best.'

'Is dat zo? Als je hier morgen terugkomt, zal de vloed mijn hele zand-kasteel hebben weggespoeld.' Ze glimlachte Eve toe. 'Maar vanavond, voor dat gebeurt, kom je hier toch niet meer terug, hè?'

'Misschien wel.'

Bonnie schudde haar hoofd. 'Daar ben je nog niet klaar voor. Maar ik begin wat hoop voor je te koesteren.'

'Moet ik daar blij mee zijn? Ik zou er toch echt heel slecht aan toe zijn als...'

'Kijk eens naar die zeemeeuw.' Bonnie stond met haar hoofd in haar nek; een stralende glimlach deed haar gezicht glanzen en haar rode haar spran-kelde in de zon. 'Is het je weleens opgevallen dat ze hun vleugels bewe-gen alsof ze muziek horen? Waar zou hij volgens jou naar luisteren?'

'Geen idee. Rachmaninoff? Count Basie?'

'Is hij niet prachtig, mama?'

'Schitterend.'

Bonnie pakte een schelp op en gooide die zo ver als ze kon in het water. 'Oké, stel me die vraag nu maar, dan hebben we dat ook weer gehad en dan kunnen we gewoon plezier maken.'

'Ik weet niet wat je bedoelt.'

'Mama.'

'Het is gewoon niet juist. Ik moet je thuisbrengen.'

'Je weet allang wat mijn antwoord daarop is. Op een dag zul je me dat niet meer vragen en dan weet ik dat je eroverheen bent.' Ze gooide op-nieuw een schelp in de zee voor ze zich omdraaide en Eve vol genegen-heid toelachte. 'Maar ik besef dat het nu nog moet, dus vraag het me maar, mama.'

Ja, stel die vraag.

Aan een geest. Aan een droom.

Een vraag uit liefde.

'Waar ben je, Bonnie?'

Beste lezer,

Toen ik bijna klaar was met *The Face Of Deception* wist ik al dat er nog een boek over Eve Duncan zou moeten komen. Op het moment dat ik Eve tot leven bracht, was ze gewoon een forensisch sculpteur zonder persoonlijke achtergronden. Maar ze ging al heel snel haar eigen leven leiden, een leven vol verdriet en triomf, en ze bleek een behoorlijk taaie tante te zijn. Ze heeft leren leven met de grootste nachtmerrie die een ouder kan treffen: het verlies van een kind. Omdat ik zelf ook moeder ben, kan ik me de kwelling van Eve heel goed voorstellen. En ik zou mezelf geweld aandoen als ik haar nu zomaar in de steek laat, terwijl haar speurtocht naar Bonnie nog maar net is begonnen.

Vandaar dat ik aan een nieuw verhaal ben begonnen. Bij haar queeste om Bonnie thuis te brengen, wordt Eve geconfronteerd met een innerlijke uitdaging die haar beangstigt. Een moordenaar zal haar geduld op de proef stellen en haar op de rand van de waanzin brengen. En Eve zal zich afvragen welke offers ze bereid is te brengen om in leven te blijven.

Ik hoop dat u vol verlangen naar het antwoord uit zult kijken.

Met de beste wensen,

Iris Johansen